Der beste Sommer unseres Lebens

Adriana Trigiani

Der beste Sommer unseres Lebens

Roman

Aus dem Amerikanischen von
Caroline Einhäupl und Charlotte Breuer

WILHELM HEYNE VERLAG
MÜNCHEN

Die Originalausgabe erschien 2000 unter dem Titel:
»Big Stone Gap« bei Random House, New York

2. Auflage

Umwelthinweis:
Dieses Buch wurde auf chlor- und säurefreiem Papier gedruckt.

Satz: Leingärtner, Nabburg
Druck und Bindung: Wiener Verlag, Himberg
Printed in Austria

ISBN 3-453-17856-4

Für Tim

KAPITEL

1

Das wird ein richtiges Lesewochenende. Ich habe mir gestern beim Kuchen- und Plätzchenmarkt des French Club ein Dutzend von Vernie Crabtrees superköstlichen Chocolate-Chip-Cookies gekauft. Ich weiß nicht, was sie hineintut, aber sie sind weich und knusprig zugleich. Die Cookies, eine Kanne Kaffee und ein gutes Buch – mehr brauche ich nicht für ein verregnetes Wochenende. Es ist Anfang September, und hier bei uns in den Bergen ist es tagsüber noch warm, aber heute abend wird wohl schon ein kühler Nebel aufziehen und uns an den Herbst erinnern.

Das Wise-County-Büchermobil gehört für mich zu den schönsten Anblicken auf der Welt. Sobald es wie ein Panzer die Straße herunterrumpelt und in einem weiten Bogen in die Shawnee Avenue einbiegt, winke ich ihm zu wie einem alten Freund. Seit ich denken kann, stehe ich jeden Freitag an dieser Ecke und warte. Das Büchermobil ist nichts weiter als ein staatlich subventionierter Lastwagen, aber für mich ist es eine glitzernde königliche Kutsche, die Geschichten, Wissen und Leben hierher bringt. Ich liebe sogar den Geruch von Büchern. Viele Leute haben mir erzählt, daß ihre intensivste Kindheitserinnerung der Duft im Haus ihrer Großmutter ist. Ich habe keine meiner Großmütter gekannt, aber auf das Büchermobil konnte ich mich immer verlassen.

Alles, was wirklich wichtig ist, habe ich aus Büchern gelernt. Das nützlichste Buch, das ich je gelesen habe, hat mich gelehrt, in den Gesichtern von Menschen zu lesen. Es ist eine uralte chinesische Kunst namens »Siang Mien«, derzufolge die Größe der Augen, der Schwung der Lippen und die Höhe der Stirn wichtige Hinweise auf den Charakter eines Menschen geben. Die Position der Ohren sagt etwas über die Intelligenz aus. Ein vorstehendes Kinn weist auf Sturheit hin. Tiefliegende Augen lassen auf ein verschlossenes Wesen schließen. Zusammengewachsene Augenbrauen beantworten unter Umständen die Frage: *Könnte dieser Mann mich mit bloßen Händen töten?* (Er könnte.) Selbst Grübchen haben eine Bedeutung. Ich habe welche, und das heißt angeblich, daß ich etwas Wunderbares erleben werde, wenn ich fünfunddreißig bin. (Seit meinem Geburtstag sind vier Monate vergangen, und ich warte immer noch.)

Wenn Sie Gelegenheit hätten, mein Gesicht zu lesen, würden Sie feststellen, daß ich eine angenehme Erscheinung bin, mit braunen Augen, guten Zähnen, schönen Lippen und einer Nase, die die Leute, wenn sie nett sind, als aristokratisch bezeichnen. Meine Nase ist groß, aber wenigstens ist sie gerade. Ich habe dichte Augenbrauen, was auf eine praktische Veranlagung schließen läßt – ich bin Apothekerin –, praktischer geht's wohl kaum. Ich habe eine weibliche Figur, gebaut wie ein Mädchen aus den Bergen, wie man bei uns sagt, kräftige Beine, flacher Hintern. Läßt sich mit einem Jackett ganz gut kaschieren.

Heute morgen verursacht mir der Gedanke, den Rest meines Lebens in Big Stone Gap zu verbringen, leichtes Unbehagen. Ich höre auf zu atmen, wie immer, wenn ich zu angestrengt nachdenke. Nicht zu atmen ist ungesund, also hole ich langsam und tief Luft. Ich schmecke Kohlenstaub. Macht nichts; es bestätigt mir, daß unsere Wirtschaft noch funktioniert. Früher hieß es, unsere Stadt würde einmal das »Pittsburgh des Südens« werden und die »Grubenhauptstadt von Virginia«. Dazu ist es nie gekommen, und deswegen sind wir von den Launen der großen Minengesellschaften abhängig. Wenn sie uns erklären, daß die Kohlevorkommen in unseren Bergen zur Neige gehen, wie kämen wir dazu, das anzuzweifeln?

Es ist schön hier. Gegen sechs Uhr abends schimmert alles in einem satten Mitternachtsblau. Nirgendwo duftet die Natur so intensiv wie hier. Big Stone Gap hat zweifellos seine romantischen Seiten. Selbst das Pfeifen der Eisenbahn klingt wie Musik, wie süße Oboenklänge in der Dunkelheit. Die Gegend kann einen mit Schwermut erfüllen.

Das Büchermobil steht an der Ampel. Die Fahrerin und Bibliothekarin ist die Herzensbrecherin Iva Lou Wade. Sie ist Mitte Vierzig, aber den Gipfel ihres sexuellen Tatendrangs hat sie noch nicht erreicht. Sie hat den Bogen raus, was es heißt, eine Frau zu sein. Wenn einer auf die Idee käme, sie zu malen, würde sie auf einer von Gold umrandeten rosa Wolke sitzen und viel Bein zeigen. Ihr Parfüm ist so aufdringlich, daß ich nach jedem Besuch in ihrem Büchermobil für den Rest des Tages danach dufte. (Zum Glück entspricht Emeraude von Coty meinem Geschmack.) Mein Vater sagte immer, genauso sollte eine Frau sein. »Ein Mann muß merken, wenn eine Frau im Raum ist. Wenn Iva Lou reinkommt, weiß man sofort Bescheid.« Ich habe nie etwas dazu gesagt, sondern nur die Augen verdreht.

Iva Lou findet keinen Parkplatz. Dummerweise steht ein Postlaster auf Iva Lous Stammplatz vor der Post, also signalisiert sie mir, daß sie an die Tankstelle fährt. Der Besitzer, Kent Vanhook, hat nichts dagegen. Er mag Iva Lou sehr. Welcher Mann tut das nicht? Sie schenkt jedem ihre ungeteilte Aufmerksamkeit. Sie beäugt Männer wie rohe Eier, wie Geschöpfe, die der liebe Gott als Leckerbissen in die Welt gesetzt hat. Und ihr ist noch kein Mann begegnet, der das nicht zu schätzen wüßte. Einen Mann zu verführen ist eine echte Gabe, wie nach Gehör Klavier zu spielen. Nicht jede Frau ist ein Naturtalent, aber Frauen wie Iva Lou haben die Verführung zu einer Kunstform entwickelt.

Die Türen des Büchermobils öffnen sich zischend. Nicht zu fassen, wie Iva Lou sich mal wieder herausgeputzt hat: Ihr eisblauer Rollkragenpulli ist so eng, daß es aussieht, als trüge sie ihren BH außen. Die im Mondrian-Stil gemusterte Hose mit hellblauen, gelben und grünen Quadraten umspannt ihre

Beine wie eine Netzstrumpfhose. Selbst im Sitzen hat Iva Lou eine unglaubliche Figur. Das könnte natürlich auch an all dem engen Zeug liegen, das sie trägt. Hat sie ihren Körper womöglich so perfekt eingeklemmt und festgezurrt, daß sie sich langsam in eine Art menschliche Sanduhr verwandelt hat? Sie hat ein kindliches Gesicht, ein kleines Kinn, große, blaue Augen und einen Mund wie eine Rosenknospe. Ihre Eckzähne stehen leicht vor, aber bei ihr wirkt das reizvoll. Ihre blonden Locken trägt sie hochgesteckt wie ein Nest aus gelbem Ostergras. Sie trägt jede Menge Modeschmuck von Sarah Coventry, weil sie das Zeug nebenher verkauft.

»Ich hab dir was zum Tauschen mitgebracht. Shampoo gegen einen Bestseller.« Ich reiche Iva Lou eine Tüte voll Shampoo-Pröbchen aus meiner Apotheke.

»Abgemacht.« Iva Lou nimmt die Tüte entgegen und fängt an, in den Pröbchen herumzuwühlen. Sie deutet auf ein Regal mit Neuerscheinungen. »Ave Maria, Schätzchen, du mußt unbedingt *The Captains and The Kings* lesen. Es ist gerade rausgekommen. Ich weiß, daß du nicht auf Historienschinken stehst, aber in dem Buch geht's um Sex.«

»Gott, Iva Lou, du kriegst den Hals wohl nicht voll mit Liebesgeschichten, was? Dabei liegt dir doch schon die Hälfte der Männer von Big Stone Gap zu Füßen.«

Sie kichert. »Die Hälfte? Na ja, ich will das mal als *complimento* betrachten.« Ich bin Halbitalienerin, und deswegen meint Iva Lou, sie müßte hin und wieder italienische Floskeln einfließen lassen, wenn sie mit mir spricht. Ich habe ihr mal ein paar italienische Brocken beigebracht, für den Fall, daß sich irgendwann eine internationale Liebesaffäre anbahnen sollte. Es war nicht besonders lustig, als sie sie eines Tages bei meiner Mutter ausprobierte. Danach habe ich ziemlichen Ärger bekommen.

Iva Lou hat sich ein großes Ziel gesetzt. Sie will unbedingt mit einem Italiener ins Bett gehen, um herauszufinden, ob Italiener wirklich die besten Liebhaber der Welt sind. »Italiener sind mein Matterhorn, *cara*«, erklärt sie. Schade, daß es in dieser Gegend keine gibt. Die Leute hier sind hauptsächlich schottisch-irischer Abstammung oder *melungeon* (eine Mischung aus türkisch, französisch, afrikanisch, indisch und weiß der Teufel was; sie leben oben in den Bergdörfern und bleiben meistens unter sich). Zackie Wakin, der Besitzer des Kaufhauses, ist Libanese. Meine Mutter und ich waren die einzigen Italiener; und dann, vor etwa fünf Jahren, haben wir einen Juden dazubekommen, Lewis Eisenberg, einen Anwalt aus Woodbury, New York.

»Wieso setzt du dich eigentlich jedesmal auf den dritten Klappstuhl?« fragt Iva Lou, ohne von dem Bildband über Reisefotografie aufzublicken, in dem sie gerade blättert.

»Die Drei ist meine Lieblingszahl.«

»Ich will dir mal was sagen, *cara.*« Iva Lou setzt einen entrückten Blick auf. Dann sagt sie mit rauchiger, verführerischer Stimme: »Wenn ich hier eines Tages die Fliege mache und auf Abenteuertour gehe, dann kannst du dich drauf verlassen, daß ich meine Zeit nicht damit vergeuden werde, den Circus maximus zu fotografieren. Die ganzen Ruinen sind mir schnuppe. Ich werde mir ein bißchen Fleisch und Blut zur Brust nehmen. Einen knackigen, breitschultrigen Europäer. Die Sehenswürdigkeiten können mir gestohlen bleiben, ich seh mir lieber die Männer an. Marmor erwidert keine Küsse, Baby.« Dann holt sie tief Luft. »Puuh.«

Iva Lou macht sich einen Sanka-Kaffee und lacht. Sie gehört zu der Sorte Leute, die sich dauernd selbst zum Lachen bringt. Jedesmal bietet sie mir eine Tasse an, und ich lehne jedesmal dankend ab. Ich weiß, daß ihr einziger zusätzlicher sauberer Styroporbecher dazu dienen könnte, ihr ein Rendezvous zu bescheren. Warum sollte sie ihn an mich verschwenden?

»Ich hab dir das Buch über Erbschaftsrecht besorgt, das du haben wolltest. Und hier ist das einzige über Trauer, das ich finden konnte.« Iva Lou hält das Buch hoch, als wollte sie es zum Verkauf anpreisen. Auf dem Umschlag sind Putten und Wölkchen zu sehen. Das Lächeln der Engelchen hat etwas Tröstliches. »Wie geht's dir überhaupt?« Ich sehe Iva Lou an. Ihr Gesicht ist unschuldig wie das der Engelchen. Sie will wirklich wissen, wie es mir geht.

Meine Mutter ist am 2. August 1978 gestorben, auf den Tag genau vor einem Monat. Es war der schlimmste Tag meines Lebens. Sie hatte Brustkrebs. Ich hätte nie geglaubt, daß meine Eltern beide an Krebs sterben würden. Aber so war es. Mama war zweiundfünfzig Jahre alt; was mir plötzlich unglaublich jung vorkommt. Sie war erst siebzehn, als sie nach Amerika kam. Mein Vater hat ihr Englisch beigebracht, aber sie hat immer einen starken Akzent behalten. Was mir am meisten fehlt, ist ihre Stimme. Manchmal schließe ich die Augen, und dann kann ich sie hören.

Mama wollte nicht sterben, weil sie mich nicht allein zurücklassen wollte. Ich habe keine Geschwister. Die Wurzeln der Familie Mulligan sind kräftig, aber die meisten Zweige des Stammbaums sind heute abgestorben. Meine Mutter hat nie über ihre Familie in Italien gesprochen, deswegen nehme ich an, daß ihre Angehörigen alle im Krieg umgekommen sind oder so. Die einzige Verwandte, die ich noch habe, ist meine Tante Alice Mulligan Lambert. (Ein Trauerkloß.) Ihr Mann, mein Onkel Wayne, hat sein Leben lang vergeblich versucht, sie wütend zu machen. Tante Alice hat einen kleinen Kopf und schmale Lippen – eine schreckliche Kombination.

»Ich geh eine rauchen, Süße.« Iva Lou klettert die Stufen hinunter, zwei Tassen Kaffee und ihre Zigaretten in der Hand. Es dauert keine fünfzehn Sekunden, und Kent Vanhook kommt aus der Werkstatt und wischt sich die Hände an einem Lappen ab. Der Styroporbecher, den Iva Lou ihm reicht, sieht in seinen Händen ganz winzig aus. Sie rauchen und nippen an ihrem Kaffee. Kent Vanhook ist ein gutaussehender Mann von fünfzig Jahren, groß, gemütlich, ein Typ wie ein Cowboy. Er sieht aus wie der große Walter Pigeon mit weniger Haaren. Wie er so mit Iva Lou lacht und scherzt, scheint sein Gesicht zwanzig Jahre jünger zu werden. Kents Frau ist Diabetikerin, sie geht kaum vor die Tür und nörgelt viel herum. Ich weiß das, weil ich ihr einmal im Monat ihr Insulin liefere. Aber mit Iva Lou lacht Kent immer.

Ich sitze gern allein im Büchermobil. Da kann ich mir die Neuerscheinungen in aller Ruhe ansehen. Nachdem ich mir einen Stapel zusammengesucht habe, gehe ich die alten Bücher durch. Ich nehme mein Lieblingsbuch in die Hand, »*Siang Mien*« – *Die alte chinesische Kunst, in Gesichtern zu lesen*, und denke an meinen Vater, Fred Mulligan. Als er vor dreizehn Jahren starb, glaubte ich, ich würde um ihn trauern, aber das habe ich bis zum heutigen Tag nicht getan. Wir haben uns nie nahegestanden, was nicht etwa daran lag, daß ich es nicht versucht hätte. Solange ich denken kann, hat er immer durch mich hindurchgesehen, so wie man durch ein dickes Marmeladenglas schaut, um zu sehen, ob noch Marmelade drin ist. Als ich klein war, habe ich mich deswegen abends oft in den Schlaf geweint, aber eines Tages habe ich aufgehört, mich um seine Liebe zu bemühen, und dann verging der Schmerz. Als er krank wurde, habe ich ihn trotzdem nicht im Stich gelassen. Plötzlich war mein Vater, der sich sein Leben lang für etwas Besseres gehalten hatte, ein ganz normaler Sterblicher. Er hatte Schmerzen und lag im Sterben. Das Leiden machte ihn bescheiden. Es ist traurig, daß die einzigen guten Erinnerungen, die ich an ihn habe, aus der Zeit stammen, als er krank war. Damals habe ich mir zum erstenmal das Buch über »Siang Mien« ausgeliehen.

Ich dachte, wenn ich das Gesicht meines Vaters lesen könnte, würde ich verstehen, warum er so gemein war. Ich habe mich sehr gründlich damit beschäftigt. Dads Gesicht war voller Ecken und Kanten: rechteckige Stirn, kantiger Kiefer, spitzes Kinn. Er hatte kleine Augen (ein Zeichen für Unehrlichkeit), eine Knollennase (ein Hinweis auf Wohlstand in den mittleren Jahren, den die Apotheke ihm beschert hat) und keine Lippen. Okay, er hatte zwei Lippen, aber sein Mund sah aus wie eine dünne graue Bleistiftlinie. Das ist ein Zeichen für Grausamkeit. Wenn Sie sich die Nachrichten im Fernsehen anschauen, beachten Sie den Mund des Sprechers. Ich garantiere Ihnen, daß keiner der verdammten Nachrichtensprecher eine Oberlippe besitzt. Man kommt nicht ins Fernsehen, indem man nett zu den Leuten ist.

Vier Jahre lang war das Buch immer wieder auf meinen Namen ausgeliehen, und zwar ausschließlich auf meinen Namen.

Als ich einmal auf einer Geschäftsreise in Charlottesville war, wollte ich ein Exemplar kaufen. Es war vergriffen. Iva Lou hat schon mehrmals versucht, mir das Buch einfach zu schenken. Sie meinte, sie würde es als verloren melden. Aber das möchte ich nicht. Mir gefällt der Gedanke, daß es hier im Büchermobil ist und mit der guten alten Iva Lou umherreist.

Ich muß die beiden wohl durch die Windschutzscheibe angestarrt haben, denn sie sehen mich an. Iva Lou tritt ihre Zigarette mit ihrem pinkfarbenen Ballerinaschuh aus und kommt auf das Büchermobil zu. Kent sieht ihr nach und verschlingt sie mit den Augen, während er den letzten Schluck des rabenschwarzen, koffeinfreien Sanka-Kaffees trinkt.

»Tut mir leid. Kent und ich sind ins Plaudern gekommen und – na du weißt schon.«

»Kein Problem.«

»Schon wieder dieses Buch? Kennst du das nicht mittlerweile auswendig? Mannomann.«

Iva stempelt das Buch, den kleinen Finger elegant abgespreizt.

»Bis nächste Woche.« Ich winke Kent im Vorbeigehen zu, um ihm zu zeigen, daß es völlig in Ordnung ist, mit der alleinstehenden, verfügbaren, willigen Iva Lou zu plaudern und eine Zigarette zu rauchen. Ein wenig erleichtert lächelt er mich an. Ich glaube, die meisten Leute in Big Stone Gap wissen, daß ihre Geheimnisse bei mir gut aufgehoben sind. (Ich ziehe weiß Gott keine Befriedigung aus dem Wissen, daß der Stadtdirektor sich selbst rektal untersucht.)

Ich muß noch eine Lieferung ausfahren. Ich habe Mrs. Mac – sie heißt mit vollem Namen MacChesney – versprochen, ihr das neue Medikament gegen ihren hohen Blutdruck zu bringen. Sie ist in der ganzen Stadt als »Apfelgelee-Nan« bekannt, weil ihres das allerbeste ist. Sie wohnt in einem Haus hoch oben in Cracker's Neck Holler. Die Straße dort hinauf ist eng und gewunden, und ich rase um die Kurven wie Mario Andretti, noch ein berühmter Italiener. Die Straßen in den Bergen sind ziemlich gefährlich – es gibt keine Leitplanken, man muß sich auf sich selbst und die Lenkung verlassen. Wenn man sich nicht konzentriert, läuft man Gefahr, in die Tiefe zu stürzen. Eines Abends verloren die Brüder Brightwell im Nebel die Kontrolle über ihren Pick-up und kamen von der Straße ab. Zum Glück fingen die Bäume ihren Sturz auf. Am nächsten Morgen fand ein Polizist die Jungs wie frische Wäschestücke in den Ästen hängen. Der Pick-up war hinüber. Beim Aufprall war er wie eine zu große Hose von den Brüdern abgerutscht. Jetzt liegt er auf dem Grund des Powell-Valley-Sees.

Big Stone Gap, oder »die Stadt«, wie die Leute aus den Hollers sagen, liegt im Tal. Die Hollers sind kleine Dörfer, die an den Hängen der Blue Ridge Mountains kleben. Ich könnte Ihnen keine Wegbeschreibung zu den Bergdörfern geben, aber ich könnte Sie hinbringen. Es gibt nirgendwo Straßenschilder; man muß sich schon auskennen. Wenn man auf die höchste Stelle hier in der Gegend klettert, steht man auf der Grenze zu fünf Staaten: Virginia, Kentucky, North Carolina, Tennessee und West Virginia. Man kann die Grenzlinien natürlich nicht sehen; man weiß einfach, daß man sich in fünf Staaten befindet, weil es dort auf einem Schild steht, und weil wir es in der Schule gelernt haben. Die kleine Miss Callahan, meine Grundschullehrerin, würde sich freuen, wenn sie wüßte, daß ich das behalten habe und weitergebe.

Jedes Dorf hat seinen eigenen Namen und seine eigene Geschichte. Vor langer Zeit entdeckten einzelne Familien geeignete Siedlungsplätze in den Bergen, ließen sich dort nieder und sind dort geblieben. Der Ort, an dem Menschen sich ansiedeln, sagt eine Menge über sie aus. Ich habe noch nie an einem anderen Ort gelebt, außer während der Zeit, als ich aufs College ging. Ich habe in South Bend, Indiana, studiert, an einem kleinen Frauen-College namens Saint Mary's. Für mich war es groß genug. Nach meinem Examen bin ich nach Hause zurückgekommen und habe die Apotheke übernommen. Ich wurde hier gebraucht. Mein Vater war an Krebs erkrankt und konnte nicht mehr arbeiten, und Mama kam allein nicht mit dem Geschäft klar. Nicht daß sie eine schwache Frau gewesen wäre; sie konnte sich bloß nicht an die Veränderung gewöhnen.

Ich habe es in Rekordzeit nach Cracker's Neck hinauf geschafft. Das Haus der MacChesneys steht auf einer Lichtung. Es ist ein rechteckiges Steinhaus mit vier Schornsteinen. Kaminfeuer riechen besser in Steinhäusern, und bei Mrs. Mac brennt immer eins. Ich parke vor dem Haus und warte darauf, daß die Hunde mich einkreisen. In den Bergen leben Hunderte von wilden Hunden, die in Rudeln umherziehen. Die meisten haben keine Tollwut, wenn doch, werden sie abgeschossen. Ich zähle sechs magere Hunde, die an meinen Reifen schnüffeln. Um Zeit zu gewinnen, kurble ich mein Fenster herunter und hänge das Schild hinaus, an dem die Kunden mich erkennen. Es ist ein weißes Plastikschild mit der Aufschrift: »Die Pillenbotin«. (Ich habe mir sogar ein kleines Logo geleistet – eine rennende Krankenschwester.)

Meistens bringe ich den Mut auf, aus dem Auto zu steigen, sobald ich Mrs. Mac aus dem Fenster lugen sehe. Kunden gegenüber ängstlich zu erscheinen ist das letzte, was ich will. Ich bin heilfroh, daß Mrs. Mac die Viecher im Auge behält, während ich die Fahrertür öffne und meine Beine aus dem Wagen schwinge. Ganz, ganz vorsichtig richte ich mich auf und gehe mit festen Schritten auf die Haustür zu, wie Maureen O'Hara in allen Filmen, die sie mit John Wayne gedreht hat. Maureen O'Hara hat kaum eine Taille, genau wie ich. Sie ist mein Vorbild in Sachen Garderobe und Mut. Ich habe mir sogar angewöhnt, mein Haar so zu tragen wie sie; lang und im Nacken zu einem Zopf geflochten. Aber ich bin unscheinbarer; meine Haare sind braun, ihre leuchtend rot.

Die Veranda ist frisch hellgrau gestrichen und makellos sauber. Das Kaminholz ist neben dem Haus ordentlich und im Verbund gestapelt. Ich bemühe mich, niemanden vorzuziehen, aber Mrs. Mac mit ihrem blitzblanken Haus ist einfach meine Lieblingskundin.

»Das hat aber lange gedauert!« ruft Mrs. Mac, als sie die Fliegengittertür öffnet.

»Ich habe noch mit Iva Lou geplaudert.«

»Das hab ich mir schon gedacht.« Mrs. Mac deutet auf das Kaminfeuer. »Ist das nicht ein schönes Feuer?« Hungrige gelbe Flammen züngeln im Kamin.

»Das beste Feuer, das ich je gesehen habe.« Ich meine es ernst.

»Kommen Sie doch rein! Ich habe Maisbrot gebacken.«

Ich folge Mrs. Mac in die Küche, einen sonnigen, großzügigen Raum mit Holzbalken unter der Decke. Ich höre ein Geräusch hinter mir. Ich bete, daß es kein Hund ist, und sehe mich vorsichtig um, erst in Knie-, dann in Augenhöhe. Es ist kein Hund. Es ist ein Mann. Mrs. Macs Sohn, Jack MacChesney, in Unterwäsche, einer langen, rosafarbenen Hemdhose, die ihm am Leib klebt wie ein Gymnastikanzug. Wir starren einander an, und unsere Gesichter nehmen die Farbe an, die seine Wäsche hatte, bevor sie ausgebleicht war – blutrot.

»Mein Gott, Jack, zieh dir gefälligst was an«, befiehlt Mrs. Mac.

»Ja, Ma'm«, antwortet er wie auf Knopfdruck. »Guten Morgen, Ave Maria«, sagt er zu mir und geht. Unwillkürlich sehe ich ihm nach. Er hat einen schönen, knackigen Hintern. Ich wünschte, das könnte ich von mir auch behaupten. Ich ziehe meinen Apothekerkittel über meinen flachen Po und folge Mrs. Mac in die Küche.

Wir gehen zu einem großen Tisch am Fenster, wo sie mir eine Henkeltasse mit heißem, schwarzem Kaffee füllt, der himmlisch duftet. Sie bietet mir frische Sahne und schneeweißen Zucker an, den ich in meinen Kaffee löffle. »Was gibt's Neues in der Stadt?« fragt Mrs. Mac. Sie hat das Gesicht eines Mädchens aus den Bergen – eine feingeschnittene Nase, die man mit einem Zirkel zeichnen könnte, leuchtende grüne Knopfaugen, einen herzförmigen Mund, glatte Wangen. Man sieht gleich, daß sie als junge Frau eine Schönheit war. Und das ist sie immer noch.

»Ist ›Nan‹ eigentlich eine Abkürzung?« frage ich.

»Wie bitte? Meinen Sie meinen Namen?« Mrs. Mac schneidet das Maisbrot in der gußeisernen Pfanne in saubere Dreiecke. »Meine Mutter hieß Nan mit Vornamen. Mein zweiter

Vorname ist Bluebell, weil das ganze Feld mit Glockenblumen übersät war, als ich geboren wurde.« Sie deutet mit dem Pfannenheber auf das Feld hinter dem Haus, das man vom Fenster aus sehen kann.

»Nan Bluebell. Hübsch. Wie heißen Sie mit Mädchennamen?«

»Gütiger Himmel, Sie sind aber heute neugierig. Gilliam. Nan Bluebell Gilliam.«

»Mir gefällt der Name«, sage ich und nippe an meinem Kaffee.

Jack erscheint im Türrahmen. Er bleibt einen Moment lang dort stehen, als wolle er die Situation einschätzen. Vielleicht will er auch unser Gespräch nicht unterbrechen. Die Leute in der Stadt nennen ihn Jack Mac. Er ist etwas über eins achtzig groß, wirkt jedoch kleiner, weil er einen kurzen Hals und einen kräftigen Oberkörper hat. Sein Gesicht ist rund und weich, sein Kinn entschlossen. Er hat einen ebenmäßigen Mund, Ober- und Unterlippe sind gleich breit (das ist sehr selten), und eine Nase, die zu seinem Gesicht paßt – eine kräftige Nase, die keinen Ansatz hat, aber wie ein Keil hervorragt. Sein Kiefer ist ausgeprägt, was bedeutet, daß er weiß, was er will, und es auch bekommt. Jack Mac ist jetzt angezogen, er trägt ein Flanellhemd und alte Jeans. Sein Haar liegt naß am Kopf an; im Sonnenlicht wirkt es grau und schütter. Jack Mac und ich sind gleich alt, aber er sieht viel älter aus als ich. Ich glaube, in den vier Jahren, die wir gemeinsam auf der High-School verbracht haben, hat er keine vier Worte gesprochen; er ist einer von der wortkargen Sorte.

Mrs. Mac schenkt ihrem Sohn Kaffee ein. »Setz dich, Junge«, sagt sie liebevoll. »Ich habe mich gerade bei Miss Ave erkundigt, was es Neues in der Stadt gibt.«

»Jack Mac müßte eigentlich noch besser Bescheid wissen als ich. Musiker erfahren doch immer alles zuerst.«

»Ach ja?« sagt Jack Mac und lacht. »Aber du bist doch die große Regisseurin. Du bist zuständig für den Informationsfluß.«

Jack Mac spricht natürlich von meinem ehrenamtlichen »Job« als Regisseurin unseres Open-Air-Musicals *The Trail of*

The Lonesome Pine. Eine Liebesgeschichte aus den Bergen, so steht es jedenfalls auf dem Plakat. Das Stück wurde vor sechzehn Jahren geschrieben. Hier in der Gegend gibt es eine Menge schauspielerische und musikalische Talente, und man beschloß, daraus Gewinn zu schlagen. Wir nehmen an, daß der Tourismus eine willkommene alternative Einnahmequelle bieten wird, wenn die Kohlevorhaben zur Neige gehen. Das Open-Air-Musical zieht Publikum aus dem ganzen mittleren Süden an.

»Also, ich will ja nichts ausplaudern«, sage ich geheimnisvoll, »aber eine gewisse Sweet Sue Tinsley ist ziemlich vernarrt in einen gewissen Gitarristen aus der Grubenband.«

»Gütiger Himmel, Jack, triffst du dich immer noch mit dieser kleinen Spitzmaus?« Mrs. Mac hebt indigniert die Brauen.

»Jawohl, Mama, und ich bin obendrein noch stolz darauf«, erwidert Jack und zwinkert mir zu.

»Dieses Mädchen ist nicht zum Gewichtheben geschaffen.« Mrs. Mac mustert mich von oben bis unten; offenbar bin ich eher eine, die dafür gemacht ist.

»Mrs. Mac, Sie können Ihren einzigen Sohn nicht nur für sich allein haben. Mit der Zeit werden Sie Sweet Sue bestimmt mögen«, sage ich, um das Thema zu beenden. Jack Mac schaut mich erleichtert an.

Mrs. Mac läßt sich lang und breit über ein Problem mit der Kanalisation oben in den Hollers aus, von dem sie in der *Post*, unserem lokalen Wochenblatt, gelesen hat. Es fällt mir schwer, unsere Zeitung zu lesen, weil es darin von Rechtschreibfehlern nur so wimmelt. Orthographie ist zufällig etwas, das ich sehr gut beherrsche, und deswegen fällt mir immer auf, wenn sie nicht stimmt.

Mrs. Mac stellt Spiegeleier und Käsegrütze (selbstgemachte, hellgelbe, nicht das fertig gekaufte Zeug) und Speck und Honig und weiß der Himmel, was noch alles, auf den Tisch, und Jack Mac beginnt zu essen. Für einen Mann aus den Bergen hat er gute Tischmanieren. Beinahe vornehm. Und während seine Mutter unermüdlich plappert, hört er die ganze Zeit aufmerksam zu, als wäre alles, was sie sagt, von großer Bedeutung. Was mögen die beiden hier oben in Cracker's Neck für ein Leben führen? Ich überlege, wie er es schafft, sich davonzustehlen, um sich mit Sweet Sue zu treffen, wie er es hinkriegt, mal eine Nacht mit ihr zu verbringen, und was er dann seiner Mutter erzählt. Das sind die Probleme, mit denen erwachsene Kinder sich herumplagen müssen, wenn sie mit ihren Eltern zusammenwohnen. Bis vor kurzem war ich selbst in der Situation und weiß, wie schwierig das ist. Vielleicht verbringt er jedes zweite Wochenende mit Sweet Sue, wenn ihre Kinder beim Vater sind. Vielleicht lieben sie sich auf irgendeiner abgelegenen Straße im Auto, zum Beispiel unten im Strawberry Patch oder oben am Huff Rock, wo die Teenager knutschen. Vielleicht treffen sie sich auch in einem Hotel drüben in Tennessee, wo sie keiner kennt.

»Ave Maria, wo sind Sie denn mit Ihren Gedanken?« fragt Mrs. Mac, als sie mir frischen Kaffee einschenkt. Ich fühle mich ertappt und laufe rot an. Sie bemerken es beide.

»Sie ist in ihre Träume versunken, Mama.«

»Nein, nein. Ich habe gerade an die Apotheke gedacht. Die gute alte Fleeta wird ziemlich nervös, wenn ich zu lange fortbleibe.«

Jack Mac erhebt sich wie ein Gentleman, als ich aufstehe.

»Bleib ruhig sitzen. Dein Essen wird kalt«, sage ich zu Jack, leicht verlegen über sein zuvorkommendes Verhalten.

Mrs. Mac stößt Jack in die Rippen. »Begleite sie zu ihrem Wagen, Jack. Ich muß die Eier wenden.«

»Vielen Dank für den Kaffee. Und lassen Sie mich wissen, wie Sie mit dem neuen Medikament zurechtkommen, das Doc Daugherty Ihnen verschrieben hat.«

»Mach ich, meine Liebe«, sagt Mrs. Mac und winkt mir zum Abschied mit dem Pfannenheber. »Und jetzt ab mit euch.«

Jack Mac läßt mir beim Hinausgehen den Vortritt. Bei der Fliegengittertür entsteht eine peinliche Situation, weil wir beide gleichzeitig nach der Tür greifen und er meine Hand streift. »Für einen Bergarbeiter hast du sehr weiche Hände«, sage ich. Er lächelt. Was ist bloß in mich gefahren, daß mir das rausgerutscht ist?

Ich bin jetzt auf der Veranda, er steht in der Tür. Seine breiten Schultern füllen den gesamten Rahmen aus. Er langt nach oben und zupft an der Spiralfeder, als wäre sie eine Saite an seiner Gitarre.

»Nicht ganz. Fühl mal an den Fingerspitzen.« Jack Mac streckt seine rechte Hand aus, nimmt mit der linken meine Hand und legt unsere Fingerspitzen gegeneinander.

»Du hast Hornhaut.«

»Vom Gitarrespielen.«

»Du scheinst viel zu üben.«

»Muß sein. Pee Wee Poteet und ich führen einen unausgesprochenen Konkurrenzkampf. Die Gitarre gegen die Geige.«

»Den wirst du gewinnen.«

»Woher willst du das wissen?«

»Seine Frau hat ihm gestern abend die Finger in der Autotür eingeklemmt. Ich mußte ihm Schmerztabletten bringen.«

»Der arme alte Pee Wee.«

»Es war noch nicht mal ein Unfall. Seine Frau hatte einen Anfall von Eifersucht und hat ihm –« Ich unterbreche mich. Ich erzähle diesem Mann vertrauliche Dinge. Ich plaudere nie vertrauliche Dinge aus.

»Ich mag dein Parfüm.«

»Das ist bloß von Iva Lou an mir hängengeblieben«, sage ich und laufe schon wieder puterrot an (der Fluch aller hellhäutigen Frauen).

»Also, egal, woher es stammt, es riecht verdammt gut.« Ich gehe die Stufen hinunter. Die Hunde umkreisen mich.

»Gehören euch welche davon?«

Jack Mac lacht. »Nein. Die sind alle herrenlos. Um diese Jahreszeit, wenn es aufhört zu regnen und die Blätter fallen, werden sie unruhig, weil sie kein Wasser mehr finden. Sie wissen, daß ich ein weiches Herz habe.« Ich schaue auf die Hunde hinunter, und einen Moment lang mag ich sie irgendwie, mit ihren sanften Augen und rosafarbenen Zungen.

»Du hast doch keine Angst vor ihnen, oder?«

»Ich? Gott, nein. Ich fürchte mich nicht so schnell.« Wahrscheinlich sieht er nicht, daß ich unbesiegbar bin, wie Maureen O'Hara. Als ich auf meinen Jeep zugehe, ruft Jack Mac hinter mir her.

»Hey, Ave Maria, wie findest du meinen neuen Pick-up?«

Jack Mac deutet auf eine kleine Lichtung neben dem Schuppen. Sein 78er Ford Pick-up leuchtet feuerrot im Sonnenlicht.

»Ein Prachtstück«, rufe ich zurück.

»Mit allem Drum und Dran.«

»Absolut unschlagbar.« Ich winke ihm zu und klettere in meinen Jeep.

Auf der Fahrt zurück in die Stadt muß ich daran denken, wie sauber alles bei den MacChesneys ist.

In der Stadt herrscht ein absolutes Verkehrschaos. Alle sind unterwegs, um ihre Einkäufe zu erledigen. Außerdem ist heute der letzte Termin, um die Strom- und Gasrechnungen zu bezahlen. Ich mag es, wenn im Ort viel los ist, dann habe ich immer das Gefühl, daß irgend etwas Aufregendes passieren könnte. Zackie Wakin, ein dicker libanesischer Händler, der zum lokalen Großunternehmer aufgestiegen ist, rollt vollbeladene Kleiderständer auf den Gehweg vor seinem Laden. Er ist klein, etwa einssechzig, hat kaffeebraune Haut und volle Lippen – ein Zeichen für Großzügigkeit. Sein Ladenschild hat mir immer gefallen: »Zackies Discount: Kleidung und alles für die ganze Familie«. Und das ist keine Übertreibung. Er führt alles vom Toaster bis zu goldfarbenen Schuhen. (Das weiß ich, weil ich einmal ein Paar goldene Schuhe für einen Pharmazeutischen Kongreß brauchte, und er hatte welche!)

»Miss Ave!« Zackie winkt mich zu sich. Zackie sieht aus wie ein Ausländer, aber er spricht wie ein Einheimischer. Aus seinem Mund klingt das immer komisch. Er gleicht einem Wüstenscheich aus dem Kino, aber er spricht wie einer von uns.

»Schlußverkauf?«

»Klar. Ich muß Platz schaffen für die Herbstware. Nächste Woche bekomme ich eine Lieferung Frye-Stiefel. Das sollten Sie sich vormerken.«

»Ich werde mir mein Paar holen«, verspreche ich. Zackie strahlt. Der Mann ist der geborene Verkäufer.

Der Parkplatz neben der Apotheke ist voll, also parke ich in zweiter Reihe in der Seitenstraße und lasse den Zündschlüssel stecken, falls ich jemandem im Weg stehen sollte. Ich sehe, daß das Büchermobil immer noch an der Tankstelle steht und Kent inzwischen bei Iva Lou im Führerhaus sitzt. Sie haben Fortschritte gemacht. Bevor ich die Apotheke betrete, werfe ich einen Blick auf das Haus: An den Fensterrahmen blättert die Farbe ab, das Ladenschild ist verblaßt, und die Hälfte der wie ein Mörser mit Stößel geformten Neonreklame blinkt kläglich. Seit Mama krank wurde, habe ich mich um diese Dinge nicht mehr gekümmert. Ich hatte ganz vergessen, daß sie so lange krank war, aber der Zustand der Apotheke erinnert mich daran. Zum Glück legen meine Kunden keinen Wert auf eine pompöse Aufmachung; ich habe einfach immer soviel zu tun.

Fleeta Mullins, meine einzige Angestellte und die dünnste Frau von Big Stone Gap, steht kettenrauchend hinter der Theke. Ich habe Fleeta noch nie ohne Zigarette in der Hand gesehen, egal wie oft wir schon darüber diskutiert haben, wie ungesund das Rauchen für sie ist. Sie hat bereits einen Raucherhusten, doch sie weigert sich aufzuhören. Sie ist erst Mitte Fünfzig, aber ihr Gesicht ist bereits voller winziger Fältchen.

»Hi, Ave-Maria«, bellt sie mich an.

»Schöne Frisur, Fleetsie«, sage ich, und ich meine es ernst; sie hat sich eine Dauerwelle machen lassen.

»Hab ich mir von Jeanne Pruett abgeguckt.« Fleeta tätschelt liebevoll ihre Löckchen. »Ich wünschte, ich könnte auch so singen wie sie.«

»Singen ist nicht alles. Dafür kennt sie bestimmt nicht die Namen von sämtlichen Wrestling-Profis, darauf wette ich.«

»Wahrscheinlich hast du recht.«

»Viel los heute.« Ich leere die Kasse.

»Ich werde diese verdammten Sammelbüchsen demnächst einfach verbieten. Ich kann kaum noch die Kasse bedienen, ohne eins von den blödern Dingern umzuwerfen.«

Sie hat recht. Unsere Theke ist übersät von selbstgebastelten Dosen mit Münzschlitzen im Deckel. Die Schulkinder stellen sie hier auf, um Geld für alles mögliche zu sammeln. Sie kleben ein Klassenfoto vorne auf die Dose und malen einen Slogan darüber, mit dem sie zu Spenden aufrufen. Zur Zeit wetteifern die Grundschulklassen darum, wer in diesem Jahr Halloweenprinz und -prinzessin wird, und da ich niemanden bevorzugen möchte, darf jeder seine Sammelbüchse bei mir aufstellen. Teena Lee Ball, eine süße Kleine aus der zweiten Klasse, steht an der Kasse. Teena Lee sieht erst Fleeta an, dann überlegt sie es sich anders und bittet doch lieber mich um den Gefallen.

»Miss Mulligan, meine Mama sagt, Sie würden mir erlauben, meine Sammelbüchse bei Ihnen aufzustellen, weil wir bei Ihnen einkaufen.«

»Teena Lee, deine Mama ist eine kluge Frau, ich muß ihr recht geben. So was nennt man ›Eine Hand wäscht die andere‹. Stell deine Büchse ruhig hierher. Vielleicht bekommen wir eine Million zusammen!«

Teena Lee lächelt und läßt eine Lücke sehen, wo eigentlich ihre Schneidezähne sein müßten. Sie schiebt die Büchse vor die anderen und geht.

»Du hast ein viel zu weiches Herz. Du solltest die Kinder lieber mir überlassen. Wenn ich nicht wäre, würden die Leute dich von morgens bis abends ausnutzen. Ich sage den Gören, sie sollen ihre verdammten Büchsen drüben im Piggly Wiggly aufstellen. Die haben genug Platz. Die haben drei Kassen, wir nur eine.«

Ich nehme eine Büchse von der Theke. »Hat der kleine Coomer eigentlich seine Niere bekommen?«

»Ich glaub, es stand neulich in der Zeitung, daß er eine gekriegt hat.«

Ich öffne die Dose von dem kleinen Coomer und schütte die Münzen in die Sammelbüchse für den *March of Dimes*, eine Organisation, die Geld für die Polioforschung sammelt.

»Lew Eisenberg will dich in seiner Kanzlei sprechen. Und ich kündige.«

»Du machst wohl Witze!«

»Ave, Liebes, ich habe die Leute satt. Ich will zu Hause sitzen und es mir vor dem Fernseher gemütlich machen. Portlys Antrag auf Frühinvalidenrente ist durchgekommen. Es wird Zeit, daß wir unser Leben genießen.«

Fleeta hat offenbar noch nicht begriffen, daß ihr Mann sehr krank sein muß, wenn die Bergbaugesellschaft ihm wegen seiner Staublunge eine Rente bewilligt. Das ist nicht gerade ein Grund zum Feiern.

»Ich möchte nicht, daß du gehst.« Ich klinge jämmerlich, kein bißchen wie eine Chefin.

»Du wirst schon drüber wegkommen. Niemand ist unersetzlich.«

»Aber es wird nicht mehr dasselbe sein.«

»Es ist Zeit für eine Veränderung«, verkündet Fleeta wie ein griechischer Philosoph. *Veränderung*. Warum läuft es mir bei dem Wort kalt über den Rücken?

Lew Eisenbergs Kanzlei liegt direkt neben der Apotheke an der Main Street. Ich gehe nur widerstrebend dorthin. Der ganze Laden ist so vollgestopft. Inez, Lews Frau, ist gleichzeitig seine Sekretärin. Sie haben sich kennengelernt, als Lew hierherkam, um für die Westmoreland Coal Company irgendwelche Rechtsgeschäfte abzuwickeln. Inez hatte damals gerade die High-School abgeschlossen. Die beiden verliebten sich, und sie wurde schwanger. Lew tat das Richtige und heiratete sie. (Jedenfalls war es für Inez das Richtige.)

»Er ist da drin«, sagt Inez, ohne aufzusehen. Inez hat immer noch ein hübsches Gesicht, aber sie hat seit ihrer Hochzeit ungefähr fünfzig Kilo zugenommen. Sie leidet sehr darunter, denn sie gehörte früher zu den Cheerleaders und hatte eine phantastische Figur. Jetzt ist sie dauernd auf Diät. Sie hat Slim Fast ausprobiert – ich führe alle Geschmacksrichtungen –, Recatol, Diät-Schokolade und sämtliche auf dem Markt erhältlichen Schlankheitsmittel, aber nichts hat geholfen.

Lew sitzt hinter seinem Schreibtisch und raucht. Lew ist ein schmächtiger Mann mit einem Kopf, der so rund ist wie ein Kürbis. Er hat kleine, braune Augen hinter dicken Brillengläsern und eine Lücke zwischen den Schneidezähnen. (Die Chinesen nennen das Glückszähne, sie bringen Reichtum.) Ich habe die Lücke schon lange nicht mehr zu Gesicht bekommen; Lew lächelt selten.

»Kaffee, Tee oder sonst was?« fragt Lew. Er wirkt stets gereizt, aber das macht ihn nicht unsympathisch. Man spürt, daß sich unter der rauhen Schale ein weicher Kern verbirgt.

»Nein, danke.« Lew scheint erleichtert darüber, daß ich nichts möchte; je weniger Kontakt er mit Inez hat, desto besser. Er schließt die Tür und setzt sich auf den Stuhl neben mir. Das hat er noch nie getan. »Wir müssen miteinander reden.« Er schweigt ein paar Sekunden lang, aber es kommt mir viel länger vor. Er steht auf und beginnt, im Büro auf und ab zu gehen. »Ich habe den Papierkram deiner Mutter erledigt. Ihr Testament. Das Haus, die Apotheke, die Lebensversicherung – sie hat alles dir vererbt. Im Prinzip ist meine Arbeit damit beendet. Bis auf eins.« Er steht am Fenster und spielt mit den Lamellen.

Vor der Bürotür quietscht eine Bodendiele, es klingt, als würden hundert Kilo auf Zehenspitzen darüber schleichen. Wir sehen einander an. Lew schaltet das Radio ein, damit wir ungestört reden können – er kennt seine Inez –, und setzt sich wieder neben mich. »Ich habe einen Brief für dich.«

Lew reicht mir einen großen, braunen Umschlag. Er ist an mich adressiert, zu treuen Händen von Lew Eisenberg. In der oberen linken Ecke steht: »Von Fiametta Villaminore Mulligan«. Da ich zu den Leuten gehöre, die ihre Post gleich am Briefkasten öffnen, reiße ich den Umschlag ohne zu zögern auf und falte den Brief auseinander. Ich erkenne die Handschrift meiner Mutter. (Der Brief ist auf englisch geschrieben, wahrscheinlich, damit auch Lew ihn würde lesen können.)

Meine liebe Ave Maria,

wenn Du dies liest, bin ich nicht mehr da. Es gibt Dinge in meinem Leben, über die ich nie mit Dir sprechen konnte. Ich habe es oft versucht. Aber anstatt mir alles von der Seele zu reden, habe ich immer wieder geschwiegen. Als erstes sollst Du wissen, daß Du das Beste bist, was mir je passiert ist.

Mein Herz klopft so heftig, daß die Knöpfe an meiner Bluse sich auf und ab bewegen. Ich sehe zu Lew hinüber, der sich auf den Boden gelegt hat, eine Zigarette raucht und an die Decke starrt.

»Hast du das gelesen, Lew?«

»Ja. Beachte mich einfach nicht. Ich hab mir den Rücken verrenkt.«

Als ich siebzehn war, war ich ein sehr glückliches Mädchen. Ich arbeitete als Näherin in der Schneiderei meines Vaters in Bergamo. Meine Mutter war eine schöne Frau und mein Vater ein angesehener Mann. Manchmal kam ein Junge in unseren Laden, er hieß Mario Barbari. Er stammte aus einer respektablen Familie aus Schilpario, einem kleinen Dorf in den Bergen. Er war ein hübscher Kerl, und er brachte mich immer zum Lachen. Einmal, als mein Vater etwas Geschäftliches in Schilpario zu erledigen hatte, bat ich ihn, mich mitzunehmen. Ich hoffte, Mario zu sehen, und wie das Glück es so wollte, traf ich ihn auch. Nachdem Papa seine Geschäfte erledigt hatte, blieb er noch in Schilpario, um Karten zu spielen. Mario erbot sich, mir die Stadt zu zeigen. Er zeigte mir die Kirche, die Wassermühle, die Schule. Es war, als würde ich ihn schon mein Leben lang kennen. An dem Tag habe ich mich in ihn verliebt.

»Kann ich einen Schluck Wasser haben?« Ich muß schlucken. Inez kommt mit einem Glas Wasser. Lew und ich sehen einander an. Inez geht wieder.

Mario kam nach Bergamo, um mich zu besuchen. Dann erfuhr mein Vater von unserer Freundschaft und verbot mir, Mario weiterhin zu sehen, weil er mich noch für zu jung hielt. Ich tat, was keine gute Tochter tut: Ich widersetzte mich ihm und schlich mich aus dem Haus, um Mario zu treffen. Ich war so glücklich, wenn ich mit ihm zusammen war. Wir haben uns so gut verstanden. Ich wußte, daß ich mein Leben mit ihm verbringen wollte, und wir beschlossen, gemeinsam von zu Hause wegzulaufen. Wir vereinbarten, uns am Bahnhof von Bergamo zu treffen, und von dort aus wollten wir den ersten Zug nach Mailand nehmen. Ich wartete und wartete, aber er ist nicht gekommen. Dann brachte ein Kurier einen Brief von ihm, in dem er erklärte, er hätte nicht kommen können. Ich wollte Mario sagen, daß ich Dich erwartete, damit wir sofort heiraten konnten. Ich bin mir sicher, daß er nichts davon ahnte, sonst wäre er bestimmt gekommen.

Ich wußte, daß ich von zu Hause fort mußte, um keine Schande über meine Familie zu bringen. Ich erinnerte mich, daß wir eine Cousine am Lago Maggiore hatten. Ich kaufte mir eine Zugfahrkarte, um zu ihr zu fahren, und hoffte, sie würde mich bei sich aufnehmen. Als ich am Lago Maggiore ankam, konnte ich meine Cousine nicht finden. Ich wußte nicht, wohin ich mich wenden sollte. Ich war todunglücklich. Aber ich mußte an Dich denken. Ich mußte für Dich sorgen. Und dann lief mir das Glück über den Weg. Ich ging zum Bahnhof zurück. Der Anblick all der umhereilenden Leute, die alle ein Ziel hatten, tröstete mich. Ich saß allein auf einer Bank. Ich schlief ein. Als ich aufwachte, saß eine schöne Dame neben mir. Ich werde nie vergessen, wie sie aussah. Sie war groß, schlank und trug einen blauen Mantel. Die Knöpfe glitzerten wie blaue Edelsteine. Und auf dem Kopf trug sie einen Hut aus feinstem blauem Samt mit Pfauenfedern und winzigen blauen Sternen. Ihr Gesicht war zart und rosig; sie duftete nach Blumen. Sie bot mir ein süßes Brötchen an. Ich hatte solchen Hunger, also nahm ich es an. Sie sagte: »Und nun, mein Kind, was machen wir jetzt?« »Ich habe kein Zuhause«, erklärte ich ihr. »Natürlich hast du ein Zuhause. Du kommst mit mir. Ich fahre nach Amerika. Ich nehme dich mit, und wenn wir ankommen, suchen wir dir eine Stellung.« Ich hatte solche Angst. Aber die Frau lächelte mich an, und da wußte ich, daß alles gut werden würde.

Ich weine. Lew steht auf und streckt sich. Er kommt zu mir herüber, legt mir eine schlaffe Hand auf die Schulter und tätschelt mich wie einen Hund.

Ich fragte die schöne Dame nach ihrem Namen. Sie sagte: »Ave Maria Albricci.« Ich sagte, das sei ein schöner Name, und sie lachte. Sie fand ihn zu pompös. Ich sagte ihr, wenn mein Baby auf die Welt käme, würde ich es Ave Maria nennen. Da lachte sie wieder. Sie fragte mich, woher ich wüßte, daß ich ein Mädchen bekommen würde. Ich erklärte ihr, ich wüßte es einfach. Die Fahrt mit dem Schiff war wunderbar. Ave Maria hatte eine schöne Kabine. Diener legten unsere Kleider zurecht. Es gab trotz des Krieges reichlich zu essen. Ich spürte Dich unter meinem Herzen und wußte, daß Du gesund und glücklich warst. Nach vier Wochen kamen wir in New York an. Ave Marias Verwandte holten uns am Hafen ab. Wir fuhren mit dem Zug nach Hoboken, New Jersey. Ave Maria kaufte die Italia Oggi, *die italienische Tageszeitung, und wir studierten die Stellenanzeigen. Damals waren die Einwanderer billige Arbeitskräfte, die für Kost und Logis arbeiteten. »Was ist Virginia?« fragte ich die Albriccis. Sie lachten. Ich schrieb auf eine Anzeige, die lautete:* »NÄHERIN GESUCHT: BERGARBEITERSTADT: BIG STONE GAP, VIRGINIA. GUTE BEZAHLUNG.«

Mama hatte die Anzeige auf die Rückseite des Briefs geklebt, als Beweis, daß ihre Geschichte der Wahrheit entsprach.

Ich wußte, daß diese Stelle eine günstige Gelegenheit für mich war. Ich schrieb einen Brief. Der Mann, der die Anzeige aufgegeben hatte, besaß ein Kleidergeschäft in der Stadt. Er stellte mich allein aufgrund des Briefes ein. Zufällig befand sich ein Freund von ihm, ein Geschäftsmann aus Big Stone Gap, auf Geschäftsreise in New York. Er hieß Fred Mulligan, und ihm gehörte die Apotheke »Mutual Pharmacy«. Er sollte mich auf der Reise nach Virginia begleiten. Ich war so glücklich. Fred Mulligan holte mich mit dem Zug ab. Ich war überrascht. Er war jung, so jung wie ich. Er sprach Italienisch; er hatte es an der University of Virginia gelernt. Ich mochte ihn. Später sagte er mir, bei ihm sei es Liebe auf den ersten Blick gewesen. In Wirklichkeit ahnte er, daß ich in anderen Umständen war, und glaubte, es sei leichter für mich, wenn wir verheiratet wären. Ich willigte ein, ihn zu heiraten. Es war eine arrangierte Ehe; ich habe sie arrangiert.

Ich habe nie wieder von Ave Maria Albricci gehört. Ich habe über die Jahre viele Briefe an ihre Familie geschickt; sie sind alle zurückgekommen. Aber ich habe jeden Tag für sie gebetet, denn ich habe nie vergessen, wie gut sie zu mir gewesen ist. Jedesmal, wenn ich Deinen Namen ausspreche, muß ich an sie denken und daran, wie sehr sie mir geholfen hat. Sie war ein Engel.

Ich wollte, daß Du die Wahrheit erfährst. Ich hoffe, es war die richtige Entscheidung, Dir das alles zu erzählen. Ich habe Mr. Eisenberg gebeten, dabeizusein, wenn Du diesen Brief liest. Ich liebe Dich, meine Kleine.

Mama

Ich drehe den Umschlag auf den Kopf, um mich zu vergewissern, daß ich nichts übersehen habe. Ein kleines, quadratisches Schwarzweißfoto mit gezacktem Rand fällt in meinen Schoß. Mit goldener Tinte steht darauf: »Ti amo, Mario.« Auf der Rückseite steht in der Handschrift meiner Mutter: »Mario da Schilpario, Italien 1942«. Das Foto ist nicht größer als meine Handfläche. Der Mann auf dem Bild ist etwa siebzehn. Er hat schwarzes Haar und ist schlank. Er lacht. Das ist mein Vater.

Inez steht in der Tür. »Ave, du wirst in der Schule gebraucht. Es hat einen Unfall gegeben.« Die Bodendielen knarren, als Inez auf mich zukommt.

»Ave, du mußt zur Schule rüberfahren. Der Direktor hat angerufen.« Lews Stimme bringt mich auf den Boden der Tatsachen zurück. »Sie brauchen den Rettungsdienst.«

Ich bin nicht nur Apothekerin, sondern auch die Chefin des Rettungsdienstes. Doc Daugherty hat mir den Job vor ein paar Jahren angedreht. Wir sind eine freiwillige Rettungsmannschaft – und diese Mannschaft besteht aus dem Feuerwehrhauptmann Spec Broadwater und mir. Wir sind für alles zuständig, von Verkehrsunfällen bis zu Kindern, die sich einen Knopf in die Nase gestopft haben. Einmal haben wir sogar die Katze von Faith Cox wiederbelebt.

»Spec wartet draußen auf dich«, sagt Inez ein bißchen zu ungeduldig.

Spec hat sich hinter das Steuer des Rettungswagens geklemmt – ein weißer Kombi mit leuchtend orangefarbenen Streifen. Ich weiß nicht, wie Spec zu seinem Namen kommt – er ist das glatte Gegenteil eines Fleckchens. Er ist ein Hüne, fast zwei Meter groß, der größte Mann in Big Stone Gap. Ich steige in den Wagen. Fleeta kommt aus der Apotheke gerannt und reicht mir meinen Notfallkoffer durchs Fenster. Spec gibt so plötzlich Gas, daß er Fleeta beinahe die Hand abreißt. Als wir losbrausen, höre ich sie hinter uns herfluchen. Durch das Fenster der Fahrertür schiebt Spec das Blaulicht auf das Dach.

»Es gibt ein Problem in der Schule.« Spec bietet mir eine Zigarette an. Ich muß wohl so aussehen, als bräuchte ich eine. Mein Gesicht ist vom Weinen ganz verquollen.

»Rauchen ist ungesund, Spec.«

»Selbstmedikation. Sobald einer etwas anderes erfindet, was meine Nerven beruhigt, höre ich auf.«

Die Powell Valley High-School ist ein modernes, nagelneues Ziegelsteingebäude, das auf einem weitläufigen Gelände abseits der Hauptstraße liegt. Es ist der ganze Stolz unserer Stadt, in den späten sechziger Jahren mit Mitteln aus dem staatlichen Programm gegen die Armut errichtet. Unter Mißachtung sämtlicher Verkehrsregeln rast Spec gegen die Fahrtrichtung in den Kreisel vor der Schule.

»Wir müssen zum Westflügel«, erklärt er.

Der Direktor, Dale Herron, erwartet uns vor dem Haupteingang. Die Schüler nennen ihn »Schleicher«. Ich kann mir vorstellen, warum – er hat hängende Schultern und schiebt seinen Kopf vor. Der »Schleicher« führt uns in das Gebäude und zu einer Tür mit der Aufschrift »Jungen«. Es herrscht Totenstille.

»Wo sind die Schüler?« frage ich.

»In der Aula. Miss Mulligan, warten Sie bitte hier draußen«, sagt der Direktor.

»Ich mach das schon«, sagt Spec und tätschelt mich wie einen Pekinesen.

Die Männer verschwinden in der Jungentoilette. Ein paar Minuten vergehen. Ich höre sie drinnen murmeln. Schließlich kommen beide wieder heraus.

»Gehen wir«, sagt der Schleicher und weist den Weg in die Aula.

Wir folgen dem wütenden Direktor in die Aula. Sie ist bis auf den letzten Platz gefüllt. Die Lehrer stehen wie Wächter an den Seiten. Hier und da wird geflüstert. Auf der Bühne befindet sich ein Rednerpult, daneben winden sich zwei Schüler auf ihren Stühlen: der Schülersprecher, ein junger Mann mit langen Renaissance-Locken, und seine Vertreterin, ein pummeliges Mädchen mit einer dicken Brille. Der Schleicher betritt die Bühne.

»Guten Tag, Schüler und Schülerinnen. Diese Begrüßung gilt für die achtundneunzig Prozent von euch, die Recht und Ordnung einhalten. Zu den restlichen zwei Prozent komme ich gleich. Ich habe diese außerplanmäßige Versammlung einberufen, um euch alle darauf aufmerksam zu machen, daß wir einen Verrückten unter uns haben. Vor dieser Tür hängt ein Schild mit der Aufschrift: GEMEINSAM SIND WIR STARK, EINZELN GEHEN WIR UNTER. Der Unfug und die groben Scherze einzelner schwächen uns alle. Wir müssen alle darunter leiden. Mike. Brownie. Bringt die Beweisstücke her.«

Zwei junge Burschen erheben sich von ihren Plätzen in der ersten Reihe und verschwinden hinter dem Vorhang. Verlegen grinsend kommen sie von der Seite wieder auf die Bühne. Mike ist klein und weißblond. Ich kenne ihn, er spielt in unserer Basketballmannschaft. Der andere Junge ist schmächtig und unscheinbar; sein Spitzname paßt zu ihm. Sie schleppen eine große, mit etwas Schwerem gefüllte Plane.

»Ausschütten«, bellt der Direktor.

Die Jungs kippen den Inhalt der Plane auf die Bühne. Weiße Porzellanscherben poltern krachend zu Boden und wirbeln eine Staubwolke auf. Eine intakte Klobrille fällt heraus und bestätigt meinen Verdacht.

»Das hat jemand getan, der hier in der Aula sitzt. Schuleigentum zerstört. In böser Absicht eine kriminelle Handlung begangen. Und was hat er gemacht? Er hat ein paar Chinakracher an einer Kloschüssel in der Jungentoilette im Westflügel angebracht.«

Einige Schüler kichern nervös.

»Das ist kein Witz, Leute.« Schleicher sucht das Auditorium nach den Kicherern ab. Dann holt er tief Luft. Er schlägt mit der Faust auf das Rednerpult. »Irgendein unglücklicher junger Mann hätte auf dieser Toilette sitzen können, als sie in die Luft flog. Ich frage euch, was wäre dann passiert?«

»Himmel«, raunt Spec.

»Ist jemand verletzt worden?« flüstere ich.

Spec beachtet mich nicht.

»Ich mach mir gleich vor Angst in die Hose«, sagt eine vertraute tiefe Stimme hinter mir.

»Kein Wunder. Die Lehrertoiletten sind als nächstes dran«, flüstere ich.

»Gehen wir heute abend essen? Nach der Show?«

»Gern.«

Die tiefe Stimme gehört dem Mann, mit dem ich heute abend verabredet bin. Es ist Theodore Tipton, mein bester Freund, der Chor- und Bandleiter der Powell Valley High-School. Er hat früher in Scranton, Pennsylvania unterrichtet. Hin und wieder stellt die Bergbaugesellschaft oder die Schule jemanden von außerhalb ein. Und solche Leute bringen unweigerlich alles durcheinander. Theodore brachte das Schulorchester wieder auf Vordermann und verdrehte gleichzeitig sämtlichen Frauen im Ort den Kopf. (»Der Mann ist unglaublich«, sagt Iva Lou jedesmal, wenn sie ihn sieht. »Der würde sogar eine alte Levi's zum Singen bringen.«) Theodore tritt außerdem als Reverend Red Fox in unserem Musical auf. Wir haben uns angefreundet, als er vor neun Jahren zum Vorsingen kam und ich ihm sofort die Rolle gab. Ich konnte nicht anders. Sein Gesicht sagte mir, daß er loyal und ehrlich und absolut zuverlässig ist. Ich wußte, wenn ich ihm die Rolle gab, würden wir viel Zeit miteinander verbringen, und genauso ist es gekommen. Er hat ein kantiges Gesicht, einen ausgeprägten Unterkiefer und ein festes Kinn mit einem Grübchen in der Mitte. Er kann rauhbeinig wirken wie ein irischer Pirat, oder intellektuell wie ein versonnener Dichter. Er ist groß, hat blaue Augen und einen roten Bart. Obwohl alle alleinstehenden Frauen der Stadt hinter ihm her sind – und auch ein paar verheiratete! –, verbringt er seine Freizeit ausschließlich mit mir. Wir sind beide »Ausländer« (obschon ich hier geboren bin, gelte ich als Ausländerin, weil meine Mutter eine war); aber uns verbindet sehr viel mehr als das.

Der Direktor richtet noch ein paar weitere Drohungen an die Schüler. Wenn die Schuldigen sich nicht stellen, werden die Raucherecken auf dem Schulhof abgeschafft. Ein Stöhnen geht durch die Reihen. Die stellvertretende Schülersprecherin stellt einen Schuhkarton mit der Aufschrift »anonym« auf das Podium. Der Schleicher verkündet, daß der Karton in der Sporthalle aufgestellt wird, damit jeder, der irgendwelche Hinweise auf die Urheber des Fiaskos in der Jungentoilette geben will, sie dort deponieren kann. Dann beendet er die Versammlung, und die Schüler erheben sich. Als die Jugendlichen den Saal ruhig und geordnet verlassen, wird Theodore von fast allen im Vorbeigehen gegrüßt.

Er ist beliebt und wird respektiert, das Beste, was ein Lehrer sich wünschen kann.

Nur eine Schülerin bleibt stehen, um mit mir zu sprechen: Pearl Grimes, fünfzehn Jahre alt, ein nettes Mädchen mit Übergewicht. Sie steht oft vor dem Schaufenster der Apotheke. Ich lege meinen Arm um ihre Schulter, und wir gehen zusammen den Korridor hinunter.

»Ich hab schon wieder das ganze Gesicht voll Pickel.« Pearl läßt den Kopf hängen.

»Dagegen hab ich was. Komm einfach zu mir ins Geschäft, dann reden wir darüber.«

»In Ordnung.« Sie zuckt die Achseln. Sie glaubt mir nicht.

»Je mehr Pickel du jetzt hast, um so weniger Falten wirst du später haben, wußtest du das nicht?«

Endlich lächelt Pearl. Ihr herzförmiges Gesicht mit der hohen Stirn sagt mir, daß sie gefühlvoll und gerecht ist. Ihre Nase ist klein und leicht nach oben gebogen. Ihre Wangen sind voll und rund – königliche Wangen –, was bedeutet, daß sie mit Macht umgehen kann.

Pearl mischt sich unter die anderen Schüler. Theodore nimmt meinen Arm.

»Ich bringe dich zu deinem Wagen.«

»Nett von dir.«

»Was gibt's Neues?«

»Ich bin ein Bastard.«

Theodore lacht, und ich muß auch lachen. »Hast du einen Ladendieb erwischt, oder was?«

»Nein. Ich habe mich nicht wie ein Bastard benommen. Ich habe das wörtlich gemeint: Ich *bin* ein *Bastard.*«

»Was?«

»Mamas Testament ist heute eröffnet worden. Sie hat mir einen Brief hinterlassen. Fred Mulligan war nicht mein Vater.« Theodore ist überrascht, bewahrt jedoch mir zuliebe die Fassung. Er weiß alles über Fred Mulligan und mich. Als ich ihm all die Geschichten erzählte, machte Theodore jedesmal ein Gesicht, als würde er jeden umbringen, der es wagte, mir etwas zuleide zu tun. Die Neuigkeit überrascht ihn.

Theodore begleitet mich durch den Haupteingang zum Wagen. Spec sitzt bereits hinter dem Steuer.

»Steig ein, Ave. Das war reine Zeitverschwendung«, brummt Spec und zündet sich eine Zigarette an.

»Wir sehen uns heute abend«, sagt Theodore, als er die Tür zuschlägt. Ich schaue zu den Fenstern im ersten Stock hinauf, wo sich der Chemiesaal befindet. Pearl Grimes steht am Fenster und beobachtet uns. Von hier aus, im warmen Nachmittagslicht, wirkt Pearl wie eine Königin, die auf ihre Untertanen hinabblickt. Ich winke ihr zu. Sie lächelt.

KAPITEL

2

Zu allem Überfluß ist auch noch mein Dach undicht. Es muß ausgebessert werden, und zwar schleunigst. Die Handwerker hier im Ort sind Brüder, Otto und Worley Olinger. Sie fahren mit einem Pritschenwagen herum und sammeln alles ein, was die Leute nicht mehr brauchen. Einmal haben sie eine alte Waschmaschine aufgeladen, ein andermal ein paar alte Eisenbahnschwellen und einen ausgestopften Bärenkopf. Manche Leute nennen sie die »Brauchen-Sie-das-noch«-Brüder, weil sie einen stets mit diesen Worten begrüßen, wenn sie etwas Interessantes auf einem der Grundstücke entdecken.

Otto ist anscheinend der ältere der beiden. Er hat kurze Beine und einen gedrungenen Körper, sein Haar ist grau, und in seinem Unterkiefer fehlen die meisten Zähne. Er hat eine ausgeprägte Nase. Sie ist an der Wurzel eingekerbt, was bedeutet, daß er gut mit Geld umgehen kann. Worley hat dichtes, rotes Haar, und er ist groß und schlank. Sein längliches Gesicht paßt zu seinem langen Körper. Keiner im Ort kennt ihr genaues Alter, weil sie nie zur Schule gegangen sind. Doch irgendwie hat man das Gefühl, daß sie schon immer da waren.

Ich klettere zu ihnen aufs Dach. Ich habe den Jungs eine Kanne Kaffee aufgebrüht und ein paar Haferflockenkekse (meine Spezialität) gebacken.

»Zeit für eine Pause, Gentlemen«, sage ich, während ich auf allen vieren auf sie zukrabble.

»Miss Ave, leiden Sie etwa an Höhenangst?«

»Ach wo.« Ich bemühe mich, nicht nach unten zu sehen.

Worley reicht mir seine Hand. »Keine Angst. Wir lassen Sie schon nicht runterfallen. Außerdem ist der Boden weich. Ich bin mal vom Dach der Post gefallen, als ich einen Ventilator reparieren mußte. Bin auf dem Kopf gelandet. War halb so wild.«

»Du lügst. Ich hab dich aufgefangen«, sagt Otto.

»Wie schlimm steht's denn mit meinem Dach, Jungs?«

»Hab schon Schlimmeres gesehen«, bemerkt Otto.

»Seit Mama krank geworden ist, hab ich hier alles schrecklich vernachlässigt.«

»So was kommt vor.« Worley zuckt die Achseln.

»So wie es aussieht, seid ihr hier den ganzen Winter über beschäftigt.«

»Wir brauchen die Arbeit. Wir bringen schon alles wieder in Ordnung für Sie«, verspricht Otto.

Es entsteht ein langes Schweigen. Ich bin noch nie auf meinem Dach gewesen. Man hat einen wunderbaren Ausblick von hier aus. Es ist Herbst geworden. Die Baumwipfel sehen aus wie rote und orangefarbene Federn am Stadtrand. Ich wünschte, ich wäre mal mit Mama hier heraufgekommen. Sie wäre von dieser Aussicht begeistert gewesen. Ich taste in der Tasche meiner Latzhose nach ihrem Brief. Überall trage ich ihn mit mir herum, obwohl das nicht nötig wäre. (Ich habe ihn so oft gelesen, daß ich ihn auswendig kenne.) Ich wünschte, sie hätte mir irgendwelche Anweisungen hinterlassen. Warum hat sie mir diese Geschichte erzählt? Wollte sie, daß ich mich auf die Suche nach Mario aus Schilpario mache? Oder wollte sie einfach nur, daß ich die Wahrheit erfahre, damit ich Fred Mulligan besser verstehen kann? So vieles, worüber ich nachdenken muß.

»Wenn ich so ein Dach hätte, würde ich den ganzen Tag hier oben sitzen«, verkündet Worley.

»Mein Bruder arbeitet nicht gern.«

»Stimmt. Schlafen und essen gefällt mir besser. Arbeit strengt mich an. Dann bin ich am Ende immer ganz erschossen und weiß gar nicht mehr, was ich den ganzen Tag gemacht hab.«

»Genauso fühle ich mich, wenn ich einen Tag lang Pillen gezählt habe.«

»Sie sollten heiraten, Miss Ave. Eine Frauensperson sollte nicht soviel arbeiten.«

»Otto, ich bin nicht auf der Suche nach einem Mann. Und außerdem mag ich meinen Beruf. Okay?« Ich sage das ziemlich trocken; ich werde dauernd auf das Thema angesprochen. Die Leute wollen mir immer klarmachen, daß ich – auch ohne verheiratet zu sein – in Ordnung bin, auf jeden Fall nett genug, um einen Mann zu verdienen.

»Sie sollten nicht zu lange warten, mit dem Heiraten. Am Ende werden Sie noch ganz kauzig, und dann nimmt Sie keiner mehr.«

»Und was ist, wenn mein Leben mir so gefällt, wie es ist?«

»Da hat sie recht, Otto«, sagt sein Bruder.

»Waren Sie schon mal verliebt, Worley?«

»Nein, Ma'm.«

»Und Sie, Otto?«

Otto antwortet nicht.

»Otto war mal in ein Mädchen verliebt. Doch, Bruder, das warst du!«

»Haben Sie etwa Geheimnisse vor mir, Otto?«

»Nein, Ma'm.«

»Dann erzählen Sie doch.«

»Ich hatte mal eine große Liebe, aber das ist ganz, ganz lange her. Also, es war Sommer. Ich war fünfzehn. Mama hatte mich in die Stadt geschickt, um Einmachgläser zu kaufen. Sie war gerade beim Einwecken. Unterwegs kam ich an einem Wohnwagen vorbei. Da liefen jede Menge Kinder rum. Die Leute waren Melungeons, das hab ich gleich gesehen. Die dunkle Haut und alles sah einfach danach aus. Da war auch ein Mädchen. Sie hatte schwarze Haare, schön glänzend und zu zwei dicken Zöpfen geflochten. Ich weiß noch, wie ich gedacht hab, die Zöpfe sehen aus wie die Girlanden über dem Eingang an der Bank. Sie waren so lang. Sie hatte Augen, schwarz wie Kohle. Und sie war klein. Winzig, wie eine Streichholzschachtel. Sie hat mich an dieses Mädchen aus dem Märchen erinnert.«

»Däumelinchen?«

»Ja, genau. Däumelinchen.«

»Wie hieß das Mädchen?«

»Destry.« Otto wendet sich ab, als er den Namen ausspricht. »Der schönste Name, den ich je gehört hab«, sagt er leise.

»Und was ist dann passiert?«

»Der Sommer ging vorbei. Sie ist fast jeden Tag mit mir spazierengegangen. Das gefiel mir, und ich fing an, mich darauf zu freuen. An einem Tag konnte sie nicht mit mir gehen, und da hab ich sie schrecklich vermißt. Da wußte ich, daß ich sie liebte. Aber dann hat ihr Pa den Wohnwagen nach Stonega gefahren. Ich bin die ganzen fünf Meilen hingelaufen. Ich hatte was, das ich ihr geben wollte. Meine Mama hatte einen kleinen Silberring mit einem roten Stein drin. Und ich liebte Destry so sehr, daß ich ihn gestohlen hab, um ihn ihr zu schenken.«

»Na, was sagen Sie dazu!« sagt Worley lachend.

»Sie müssen sie sehr geliebt haben, wenn Sie sogar für sie gestohlen haben.«

»Das hab ich, Ma'm. Das hab ich.«

»Mama hat ihm eine ordentliche Tracht Prügel verpaßt, als sie es rausgefunden hat. Hat ihn mit einer Gerte versohlt, bis sie in zwei Stücke gebrochen ist.«

»Jawohl, und dann ist Daddy nach Hause gekommen, und dann hab ich noch mal Dresche gekriegt.« Otto langt in seine Hosentasche. Er bringt eine Handvoll Papierschnipsel, Nägel und eine Fünfdollarnote zum Vorschein. Er kramt in dem Zeug herum, bis er den kleinen silbernen Ring findet. Er reicht ihn mir.

»Los, probieren Sie ihn an.«

Ich stecke den Ring an meinen Finger.

»Für eine große Frau haben Sie ziemlich kleine Finger«, bemerkt Worley.

»Was für ein schöner Ring.«

»Danke, Ma'm.«

»Wo ist Destry jetzt?«

»Sie ist gestorben.« Otto seufzt.

»Das ist der traurige Teil der Geschichte«, sagt Worley. Er schaut seinen Bruder liebevoll an.

»Ja, Ma'm. Sie ist gestorben. Wissen Sie, diese Melungeons kriegen alle möglichen Krankheiten, sie fangen sich alles ein, was es gibt, und weil sie nicht besonders robust sind, haut es sie gleich um. Sie war sechzehn, als sie gestorben ist. Ich wollte sie heiraten, aber sie war zu krank.«

»Warum sterben die Melungeons so leicht?« fragt Worley.

»Man sagt, daß es bei ihnen eine Menge Inzucht gibt. Oben in den Bergen haben die Leute sehr isoliert gelebt und sich nicht mit der allgemeinen Bevölkerung vermischt. Das hat ihnen geschadet. Denn Blut muß ordentlich gemischt werden, damit es widerstandsfähig bleibt. Das glauben die Ärzte jedenfalls.«

»Woher kommen diese Leute denn?«

»Melungeon kommt von dem französischen Wort *mélange*. Es bedeutet Mischung.«

»Ich dachte, die Melungeons wären die Leute aus der ›Verschwundenen Kolonie‹.«

»Das ist eine andere Theorie.«

»Was ist denn die ›Verschwundene Kolonie‹?« fragt Worley.

»Erzählen Sie's ihm, Miss Ave«, sagt Otto.

»Ich glaube, bei der verschwundenen Kolonie handelt es sich um eine Legende, die man sich in den Bergen erzählt. Aber die Geschichte geht so: Im Jahre 1607 sind englische Siedler in Jamestown, Virginia, angekommen, weit im Osten, an der Atlantikküste. Das Schiff hat sie mitsamt ihrem Proviant abgesetzt, und sie gründeten die Kolonie Jamestown. Es gab ein Fort, Gärten, kleine Häuser, eine Kirche – alles lief gut. Aber als die Schiffe ein Jahr später wieder aus England zurückkamen, war Jamestown nur noch eine Geisterstadt. Die Betten waren gemacht, in den Regalen standen Bücher, in den Schränken hingen Kleider. Aber man fand keine Menschenseele. Die Menschen waren spurlos verschwunden. Man hat nach ihnen gesucht, aber man hat sie nicht gefunden. Es gab nur einen einzigen Hinweis: Das Wort *Croatan* war in einen Baumstamm geritzt. Manche nehmen an, daß einer der Siedler es in die Rinde geschnitzt hat, bevor er von den Indianern entführt wurde. Aber das ist nur eine Vermutung. Ein Melungeon könnte also von einer Gruppe von Indianern und Siedlern abstammen, die sich hier in den Bergen versteckt haben und dort geblieben sind. Ihre Destry könnte eine Nachfahrin von diesen Leuten gewesen sein.«

»Na ja, ich weiß nur, daß ich nie wieder eine andere geliebt habe.« Otto sagt das so bestimmt, daß ich ihm glaube.

Wir sitzen auf dem Dach und trinken Kaffee. Alle drei denken wir an die kleine Destry. Otto hatte seine große Liebe gefunden und sie wieder verloren. Ich hoffe, daß sich eines Tages mein Herz öffnet und ich so eine Liebe erleben werde.

Das Freilichttheater für das Musical *The Trail of the Lonesome Pine* wurde neben dem Haus der einzigen Berühmtheit errichtet, die je aus dieser Stadt hervorgegangen ist. Der Autor John Fox jr., dessen Buch uns zu dem Stück inspiriert hat, war ein großes Talent. Ein Einzelgänger, der mit seiner Mutter und seiner Schwester zusammenlebte. Sein Buch aus dem Jahr 1908, *The Trail of the Lonesome Pine*, war das meistverkaufte Buch in den Vereinigten Staaten bis zum Erscheinen von *Vom Winde verweht*. (Das ist das erste, was man erfährt, wenn man an einer Führung durch Fox' Haus teilnimmt.) Die Stadt hat aus dem Haus einen Andenkenladen gemacht. Man kann dort Schlüsselanhänger, Postkarten und Maisstrohpuppen kaufen. Daneben befindet sich das Freilichttheater, und neben dem Theater steht die winzige Schule aus John Fox jr.s Kindheit. Die staatlichen Subventionsgelder, mit denen sie restauriert werden soll, sind noch nicht bewilligt, deswegen kann man nicht hinein, sondern nur durch die Fenster linsen. Die Touristenbusse fahren bis zum Ende der Sackgasse, so daß den Leuten, die sich das Musical ansehen, irgendwie nichts anderes übrigbleibt, als Geld auszugeben. Sie durchstöbern den Andenkenladen und kaufen sich in der Pause am Imbißstand des Kiwanis-Clubs etwas zu essen.

Ich liebe das Theater, weil ich in meiner Kindheit fast jeden Sommer hinter der Bühne verbracht habe. Meine Mutter entwarf und nähte alle Kostüme für die Show. Irgend etwas mußte immer geflickt oder erneuert werden, und dann gingen Mama und ich rüber und kümmerten uns darum. Die Theaterleute haben mich fasziniert, obwohl sie mir auch ein bißchen angst machten mit ihren kunstvollen Perücken, ihren langen, schwarzen Wimpern und ihren leuchtendroten Wangen. Die Schauspieler waren nett zu mir, und einmal durfte ich sogar in der Schlußszene mit auf die Bühne. Ich werde nie die Aufregung vergessen, das Rampenlicht, die Fackeln, die die Kulisse erleuchteten, und die Musiker in dem mit Strohballen angedeuteten Orchestergraben vor der Bühne. Mir war klar, daß ich später einmal hier mitmachen würde. Mazie Dinsmore, die Grande Dame des Theaters und Regisseurin der ersten Stunde, ein Schlachtschiff von einer Frau mit der Vision eines Cecil B. DeMille, entdeckte mich schon früh und brachte mir bei, wie man Regie führt. Ich arbeitete für sie als Souffleuse. Das war eine wichtige Aufgabe, denn mehr als einer unserer Hauptdarsteller war dafür bekannt, daß er vor oder während der Vorstellung dem Whisky zu sehr zusprach. Eines Abends flüsterte ich dem beschwipsten Cory Tress seinen Text zu, woraufhin er zu mir in die Kulisse herübersah und fragte: »Was?« Er erntete ein Riesengelächter. Aber solche Patzer kommen selten vor. Wir sind zwar Amateure, aber wir nehmen das Theater ernst. An einem Abend fing eine Kulisse, auf die der Salon in einer typischen Pferdezüchter-Villa in Kentucky gemalt war, an zu wackeln und drohte umzukippen. Ich sprang auf die Bühne und hielt sie fest, bevor sie die Schauspieler unter sich begraben konnte. Das hat Mazie nie vergessen. Sie fand, ich hätte die Nerven, um Regie zu führen. Ich geriet nie in Panik, und ihrer Meinung nach war das eine der wichtigsten Eigenschaften, die eine Regisseurin braucht.

Hinter der Bühne herrscht stets ein Riesenchaos: Kinder schreien, Instrumente werden gestimmt, Tänzer wärmen sich auf, und Schauspieler proben ihren Text. Heute abend ist die letzte Vorstellung dieser Saison. Es ist eine Gratisvorstellung für Familienangehörige und Freunde der Schauspieler und Mitarbeiter. Es gibt also nur Stehplätze. Immer wenn wir für die

Einheimischen auftreten, sind alle besonders nervös; vor Fremden zu spielen ist irgendwie leichter.

Das Stück handelt von einem Mädchen aus den Bergen namens June Tolliver, das sich in John Hale verliebt, einen Mineninspektor aus Kentucky. Hale schickt die kleine Wildkatze nach Kentucky, um aus ihr eine Dame machen zu lassen. Wie Eliza Doolittle nach ihrer Metamorphose kommt sie in die Berge zurück und ist nur noch fehl am Platze. Sie ist sogar zu vornehm für John Hale, der es nicht fassen kann, was für eine kultivierte Dame aus ihr geworden ist. Aber die beiden raufen sich wieder zusammen und kommen zu dem Schluß, daß sie sich immer geliebt haben. Es ist eine klassische Geschichte, und sie fesselt das Publikum jedesmal. Meine Lieblingsszene in dem Stück kommt gleich am Anfang, wenn Junes Vater, Devil Judd Tolliver, herausfindet, daß John Hale seine fünfzehnjährige Tochter liebt. Er versucht, den Mineninspektor zu erschießen. Die Textzeilen lauten:

DEVIL JUDD: Meine Juney ist zu jung für Sie.
JOHN HALE: Sie wird nicht immer fünfzehn bleiben, Sir. Ich kann warten.

Es ist seit Jahren die gleiche Inszenierung, ich brauche also nur zu sagen: *Sie gehen hierhin; Sie stellen sich dorthin; Schauen Sie verblüfft, wenn die Pistole losgeht; Kein Kaugummi, bitte.* Ich folge einfach den Anweisungen aus Mazies Regiebuch. (Als sie starb, hat sie es dem John-Fox-jr.-Museum vermacht.) Alles, was dem Stück seine besondere Note gibt, verdanken wir Mazie Dinsmore und ihrer Vorstellung vom Theater. Sie hat dafür gesorgt, daß es richtig knallt, wenn auf der Bühne geschossen wird, und es war ihre Idee, vor der Vorstellung eine Bluegrass-Band auftreten zu lassen, um das Publikum zu unterhalten, bis der Vorhang sich öffnet. Wir sind das einzige Freilichttheater weit und breit, das ein musikalisches Vorprogramm hat. Das Publikum liebt die traditionelle Bluegrass-Musik, und natürlich können die Leute es kaum erwarten, unser weltberühmtes Bühnenbild zu sehen: ein Gemälde von der Größe eines halben Footballfelds, das eine detailgetreue Reproduktion des dahinterliegenden Bergpanoramas darstellt. Besonders im Dämmerlicht ist es eindrucksvoll, wenn man auf den Zuschauerrängen des Freilichttheaters sitzt und ein Bild von der Aussicht hat, die man sonst von seinem Platz aus sehen könnte.

Die schwierigste Aufgabe für mich als Regisseurin besteht im Besetzen der Rollen. Da wir keine Profis sind, übt jeder neben dem Theater noch einen oder zwei andere Berufe aus. Ich habe Musiker, die Bergarbeiter sind und die »Waldkauzschicht« schieben (von Mitternacht bis Mittag); Lehrer, die den ganzen Tag über beschäftigt sind; Farmer, die am Wochenende arbeiten müssen. Man muß ständig improvisieren, aber mir hat noch nie irgend etwas soviel Spaß gemacht. Ich liebe die Volksmusik hier in den Bergen – die wehmütigen keltisch-schottisch-irischen Melodien, die klagenden Lieder wie »Barbr'y Allen« und »Poor Wayfaring Stranger«. Ich dachte immer, diese Musik hätte es mir wegen Fred Mulligan so angetan. Er war schottisch-irischer Abstammung. Die Musik war das einzige, was uns verband, das einzige, was wir beide mochten. Jetzt muß ich mich auch davon verabschieden.

Theodore eilt in vollem Kostüm und mit falschem Bart von rechts über die Bühne. Er geht nach vorn, springt von der Rampe und kommt besorgt auf mich zu. Wir halten Kriegsrat über das Ding, das künstliches Blut – er wird am Ende des Stücks erschossen – aus seiner Brust quellen läßt. Pearl Grimes, für die Requisiten zuständig, gesellt sich zu uns.

Mein Regieassistent wedelt mit seinem Klemmbrett vor meiner Nase herum. »Miss Mulligan, es kann losgehen.« Dann ruft er laut: »Tänzerinnen, auf eure Plätze, bitte.« Die Tänzerinnen stellen sich auf der Bühne auf. Tagsüber sind sie Majoretten in der Marching Band unserer High-School, die unter Theodores Leitung steht. Majoretten sind die hübschesten Mädchen der Schule, noch hübscher als Cheerleader. Machen wir uns nichts vor: Zum Wirbeln braucht man Geschick, zum Anfeuern nur kräftige Lungen. Abends sind sie meine Tänzerinnen, die mit ihren Bewegungen Geschichten erzählen.

In unserem Stück wird nicht mit Stäben gewirbelt, obwohl Tayloe Slagle, die erste Majorette, sich ordentlich ins Zeug gelegt hat, um mich dazu zu überreden. Ich erklärte ihr, daß es in dem Stück vor allem auf historische Genauigkeit ankommt. Ich kann mir nicht vorstellen, daß ein paar einfache Leute aus den Bergen 1895 auf einem Dorffest plötzlich anfangen, mit Stäben zu wirbeln.

Tayloe betritt die Bühne von rechts. Sie nimmt ihren Platz im Zentrum mit einer Selbstverständlichkeit ein, als wäre sie der Mittelpunkt des Universums. Bo Caudill, der Beleuchter, der den Verfolger bedient, verbreitert den Lichtkegel, so daß nicht nur ihr perfektes Gesicht, sondern auch ihr vor Weiblichkeit strotzender Körper angeleuchtet wird und sie in ihrem einfachen roten Kleid mit Rüschen und tiefem Rückenausschnitt in ihrer ganzen Schönheit erstrahlt.

Tayloe ist muskulös, aber sie hat lange Beine, wie alle großen Filmstars. Sie hat einen wohlgeformten, großen Kopf, eine hohe, glatte Stirn und feine Gesichtszüge: eine ausgeprägte, aber gerade Nase (wie Miriam Hopkins), blondes Haar (wie Veronica Lake), und wäßrige Augen (wie Bette Davis). Ihre rechte, elegant geschwungene Braue ist stets ein wenig angehoben, was mir immer wieder den Eindruck vermittelt, als würde sie allem, was man ihr sagt, mit Skepsis begegnen.

Tayloe spielt June Tolliver, die Naive, das ungebildete Mädchen aus den Bergen, das sich zu einer Dame mausert. Tayloe hat die Rolle bekommen, weil sie das Zeug zum Star hat. So etwas kann man sich nicht aneignen. Aber das hält die anderen Mädchen im Ort natürlich nicht davon ab, nach dem gewissen Etwas zu streben. Wir haben Mädchen, die unermüdlich ihre Beinarbeit trainieren, zahllose Stunden Gesangsunterricht nehmen oder sich auf eine Mannequinfigur herunterhungern, aber sie begreifen nicht, daß diese Ausstrahlung angeboren und nicht erlernbar ist. Und Tayloe hat Ausstrahlung. Ein guter Regisseur braucht nicht mehr zu tun, als dieses natürliche Talent auszunutzen. Also haben wir in den zweiten Akt ein Traumballett eingebaut, in dem Tayloe in einem blaßrosa Trikot und einem weißen Tüllröckchen auftritt. Die Eintrittskarten gingen weg wie warme Semmeln.

Sie ist unsere Attraktion, und deswegen buhlen die anderen Mädchen um ihre Aufmerksamkeit und versuchen, sie zu imitieren. Tayloe ist ihr Vorbild, sie setzt die Norm, an der die anderen sich messen. Andere Fähigkeiten und Qualitäten werden geschätzt und zur Kenntnis genommen, aber Schönheit springt jedem sofort ins Auge. Ich bin noch nie einem Mädchen begegnet (mich eingeschlossen), das sich nicht nach Schönheit gesehnt hätte, das nicht darum gebetet hätte, zu einer besonderen Schönheit zu erblühen. Wenn eine Frau schön ist, hat sie die Wahl – sie braucht nicht darauf zu warten, daß sie von jemandem auserwählt wird. Die Wahl zu haben bedeutet Macht.

Pearl Grimes berührt meinen Arm. »Ich glaube, ich habe eine bessere Idee, wie wir das Blut zum Spritzen bringen können. Ich werde einen Schlauch durch Mr. Tiptons Hosenbein führen, auf den muß er fest treten, wenn er erschossen wird.«

Der Sommer 1978 wird in die Geschichte eingehen als der Sommer der raffinierten dramaturgischen Kunstgriffe. Egal, mit welcher Technik wir es probieren – und wir haben sogar bei einem Theater in New York angerufen, um uns zu erkundigen, wie die das machen –, es gelingt uns einfach nicht, Theodore aufs Stichwort hin zu erschießen. Das Blut spritzt entweder zu früh oder zu spät. In beiden Fällen ist die Glaubwürdigkeit hin.

»Und gefällt Mr. Tipton deine Idee?«

»Er ist ziemlich ungeduldig.«

»Das sind die meisten großen Künstler. Michelangelo hat mal gesagt: ›Genie bedeutet unendliche Geduld.‹«

»Glauben Sie, Mr. Tipton ist ein Genie?«

»Genie oder nicht, wir müssen dafür sorgen, daß er vorschriftsmäßig erschossen wird. Es ist die letzte Vorstellung der Saison. Wäre es nicht nett, wenn wir sie mit einem richtigen Knall beenden könnten?«

»Ja, Ma'm.«

Die arme Pearl; sie hat alles, was Tayloe nicht hat. Sie hat dünnes braunes Haar, dicke Knöchel und Übergewicht. Aber Pearl hat schöne Hände. Mädchen mit einem hübschen Gesicht haben meistens häßliche Hände. Andererseits kenne ich nicht viele Leute, die auf Hände achten.

»Tayloe sieht einfach toll aus«, sagt Pearl.

»Mhmm.«

»Das Kostüm ist ziemlich eng.«

So ein Kleid würde ich nie anziehen, sage ich mir im stillen. Das ist der Unterschied zwischen Pearl und mir: Sie träumt immer noch davon, es eines Tages zu tragen.

»Aber sie ist eine eingebildete Gans«, zischt Pearl.

Ich reagiere nicht auf den Kommentar. Ich hätte nichts davon, wenn ich versuchte, Pearl zu erklären, daß Schönheit von innen kommt und daß auch ein hübsches Gesicht mit dem Alter welkt. In meiner linken Schläfe beginnt es zu pochen, während ich sehe, wie Pearl Tayloe auf der Bühne anstarrt, als wäre da oben eine Antwort zu finden. Sie hofft, daß »Schönheit Wahrheit und Wahrheit Schönheit« ist, wie Keats es einmal in einer Ode ausgedrückt hat. Aber diese Behauptung kann nur vom Vater einer sehr schönen Tochter stammen (nicht von Pearls und bestimmt nicht von meinem). Tayloe ist eingebildet. Na und? Tayloe steht im Rampenlicht, nicht Pearl. Tayloe wird von allen Seiten wie ein seltener Rubin bestaunt und bewundert, nicht Pearl. Wie sehr Pearl sich wünscht, sie wäre der Star! Ich könnte sie natürlich belügen. Ich könnte Pearl erklären, daß es nichts Besonderes bedeutet, das schönste Mädchen der Stadt zu sein, aber irgendwann würde sie die Wahrheit herausfinden. Wenn man fünfzehn ist, bedeutet es alles. Und wenn man fünfunddreißig ist, bedeutet es immer noch etwas. Schönheit ist die fette gelbe Linie mitten auf der Powell Valley Road. Und am besten findet man heraus – und zwar je eher, um so besser –, auf welche Seite man gehört, denn wenn man es nicht selbst herausfindet, werden die anderen es einem beibringen. Warum soll man auf das Urteil warten?

Pearl starrt mit zusammengekniffenen Augen auf die Bühne und atmet die Nachtluft ein, als würde sie an einer Zigarette ziehen. Sie würde es so gern verstehen, würde so gern begreifen, warum Tayloe da steht und nicht sie.

»Schau lieber nach, ob du alle Requisiten beisammen hast. Der Vorhang geht gleich auf«, mahne ich.

Pearl gibt sich einen Ruck und geht entschlossen hinter die Bühne. Eine Aufgabe zu haben ist das kleine Geheimnis der weniger Hübschen. Handeln ist immer noch besser, als tatenlos zuschauen.

Die Darsteller sehen umwerfend aus. Sie haben den ganzen Sommer über fünf Vorstellungen pro Woche gegeben, und sie haben immer noch Schwung. Was die Vorsprechproben und die Rollenverteilung angeht, die jedes Jahr von März bis Juni stattfinden, werde ich Ihnen die Einzelheiten ersparen. Sagen wir einfach, es ist jedesmal ein unglaublicher Konkurrenzkampf. Nichts ist so sehr wie das Theater geeignet, Menschen dazu zu bringen, daß sie die Zähne zeigen und die Krallen schärfen. Die Leute wollen die Rolle, die sie sich in den Kopf gesetzt haben, und damit basta. Ob sie das falsche Alter haben, nicht singen oder nicht tanzen können, ist völlig unerheblich. Sie klemmen Zettel unter meinen Scheibenwischer, rufen mich zu Hause an, schenken mir Kuchen und selbstgemachtes Gelee – lassen nichts unversucht, um mich gewogen zu stimmen. Ich kann mir nicht vorstellen, daß es am Broadway noch brutaler zugeht. Zum Glück gibt es Rollen, in die ein Schauspieler hineinwachsen kann: Aus L'il Bub wird Big Bub, der dann Dave Tolliver spielen kann. Wenn er noch älter ist, spielt er Bad Rufe und schließlich Devil Judd, den Patriarchen. Wir führen das Stück schon so lange auf, daß fast jeder Darsteller die Texte der anderen kennt. Uns fehlt es nie an einer zweiten Besetzung.

Ziemlich anstrengend ist allerdings die »Mutter der Truppe«, Betty Slagle. Tayloes Mutter ist mir mit all ihren Vorschlägen – die natürlich alle dazu dienten, ihre Tochter noch besser zur Geltung zu bringen, und zwar auf Kosten der Handlung – so lange auf die Nerven gegangen, bis ich sie dem Kostümteam zugeteilt habe. Im Moment ist sie damit beschäftigt, Hosen zu bügeln, so daß sie mir nicht in die Quere kommt.

Ich gebe den Foxes das Zeichen, die Show zu eröffnen. Die Foxes sind unsere ehrenamtlichen Frauen, benannt nach John Fox jr. (Was sonst?) Sie verkaufen die Eintrittskarten, betreiben die Imbißstände und führen während der Pause den Teppichwebstuhl im Fox-Museum vor. Sie sind eine Clique von jungen, attraktiven geschiedenen und unverheirateten Frauen, die sich einander schwesterlich verbunden fühlen. Und sie halten die Geschichte lebendig, so steht es jedenfalls auf ihren enganliegenden T-Shirts.

Ich gebe der Band das Zeichen zum Einsatz. Jack Mac zwinkert mir zu; ich zwinkere zurück. Wir haben jetzt ein Geheimnis – ich habe ihn in der Unterhose gesehen –, und wir amüsieren uns darüber. Jack Mac nickt seinen Jungs zu. Sie beginnen zu spielen. Ich bin jedesmal begeistert vom einfachen, klaren Klang der Geigen, Gitarren und Mandolinen. Die sanfte Melodie schwebt über das Theater und in die Dunkelheit hinaus. Ich nehme meinen Platz hinten auf der Mauer neben Bo ein. Egal, wie oft ich das Stück schon gesehen habe, bevor der Vorhang aufgeht, habe ich jedesmal Lampenfieber. Ich schaue hinunter und sehe zu, wie die Zuschauer hereinströmen; die Glocken- und Geigenklänge aus dem Orchestergraben beruhigen mich. Iva Lou Wade rauscht mit einem gutaussehenden Mann an, den ich noch nie gesehen habe. Wo treibt sie bloß immer diese Männer auf? Sie trägt eine weite Hose und ein T-Shirt aus lindgrünem, fließendem Stoff und sieht aus wie eine griechische Göttin. Ein goldener Armreif macht den Eindruck perfekt. Sie grinst mich an, und ich winke ihr zu.

Unsere letzte Vorstellung geht reibungslos über die Bühne. Die Fußtritt-Blutspritz-Methode, die Pearl sich ausgedacht hat, hat funktioniert, Gott sei Dank. Der Junge, der L'il Bub spielt, erlaubt sich einen Scherz. In dem Augenblick, als Theodore erschossen wird, wirft er ein Gummihuhn auf die Bühne. Die Zuschauer johlen vor Vergnügen. Theodore fand es überhaupt nicht witzig. Nach drei Vorhängen und stehenden Ovationen richtet Bo einen Scheinwerfer auf mich, und meine Schauspieler winken mich auf die Bühne. Tayloe pfeift anerkennend durch die Zähne. Wie komisch das wirkt, wo sie doch wie eine vornehme Dame gekleidet ist. Ich trete auf die Bühne und umarme alle vier Hauptdarsteller. Dann hole ich Pearl aus den Kulissen. Sie strahlt, als ich sie zum Dank für ihren genialen Einfall herze. Und dann halte ich meine übliche »Ich danke euch für die beste Saison, die wir je hatten«-Rede. Sweet Sue Tinsley, die Präsidentin der Foxes, betritt die Bühne und kommt mit einer Flasche Champagner auf mich zu.

Sweet Sue ist so alt wie ich, und sie war die Tayloe Slagle meiner Zeit. Sie ist immer noch so hübsch wie als Teenager; klein und blond, mit lebhaften blauen Augen. Und sie ist immer noch so beliebt wie damals, als sie noch zur Schule ging – eine große Leistung. Aber sie ist nicht mit diesem Namen auf die Welt gekommen. In der ersten Klasse gab es drei Sues. Um die drei nicht zu verwechseln, gab die Lehrerin jeder einen Spitznamen, der haften geblieben ist. Es gab eine Tall Sue, eine Lil' Bit Sue und Sweet Sue.

»Ava Maria, dieses Prickelwasser überreiche ich dir im Namen der Foxes. Du bist die allerbeste Regisseurin der Welt, und wir sind dir sehr dankbar für deinen unermüdlichen Einsatz!« Sweet Sue bekommt einen Riesenapplaus, und es wird soviel gepfiffen, daß man meinen könnte, sie wäre gerade Miss America geworden. Einen Moment lang bin ich versucht, Sweet Sues Aussprache meines Namens zu korrigieren: Es heißt nicht Ava Maria wie Ava Gardner, sondern Ave wie im Gebet. Sweet Sue spricht meinen Namen seit der ersten Klasse falsch aus. Lernt sie das denn nie? Als ich bemerke, wie warmherzig die Zuschauer mich anlächeln, beschließe ich, mich nicht weiter darüber aufzuregen. Jetzt ist nicht der richtige Zeitpunkt, um kleinlich zu sein. Mir fällt auf, daß die Pause nach Sweet Sues Worten zu lange andauert. Ihre Augen flehen mich an, etwas zu sagen. Und zwar schnell. Sie hat dieses eingefrorene Lächeln und diese gewisse Ungeduld, die allen hübschen Mädchen eigen ist. *Jetzt bist du dran*, scheint sie mit ihren Augen zu sagen.

»Vielen Dank, Sweet Sue«, platze ich heraus. »Und auch den Foxes möchte ich danken.« Sweet Sue lächelt mich erleichtert an, als ich den Champagner entgegennehme.

»Hey, Jungs, wie wär's mit einem Lied für Sweet Sue, die schönste Frau der Stadt?« ruft der Schlagzeuger aus dem Orchestergraben.

»Ich danke euch, Jungs«, sagt Sweet Sue edelmütig. Dann beugt sie sich über den Bühnenrand und küßt Jack Mac ausgiebig auf den Mund. Die Leute jubeln. Und dann beginnen sie zu skandieren: »Frag sie, Jack! Frag sie, Jack!« Die Musiker hieven Jack Mac auf die Bühne. Wanda Brickey, die in dem Stück Junes Mutter spielt, klopft mit ihrem Krückstock auf die Bühne. »Jack Mac, wenn du diese Frau nicht heiratest, dann versteh ich die Welt nicht mehr.«

Die Zuschauer verstummen und warten darauf, was Jack Mac sagt.

»Leute, ihr wißt alle, daß ich ziemlich schüchtern bin –«

Bevor er weitersprechen kann, fällt Sweet Sue ihm ins Wort und flötet: »Die Antwort ist ja. Ja!« Sweet Sue bedeckt sein Gesicht mit Küssen und ruft: »Ich liebe diesen Mann!« Ihre Söhne, immer noch in Kostümen, springen auf die Bühne. Die Leute applaudieren. Die kalte Champagnerflasche, die ich immer noch umklammert halte, scheint mir plötzlich in den falschen Händen zu sein. Also überquere ich die Bühne und reiche sie Jack Mac.

»Herzlichen Glückwunsch!« sage ich fröhlich. Die Menge tobt.

Jack Mac beugt sich zu mir herüber und sagt mir ins Ohr: »Danke.«

Ich sehe ihn an. »Ruf deine Mutter an.«

»Jawohl, Ma'm.« Jack Mac drückt mir einen Kuß auf die Wange. Sweet Sue zerrt ihn von mir weg.

»Hey, Ava, er gehört mir. Such dir selbst einen!«

Die Leute lachen; sie hören gar nicht mehr auf. Also, wenn man die alte Jungfer der Stadt ist, sind solche Witze kein bißchen lustig. Hier in der Gegend ist man wer, wenn man verheiratet ist. Bisher hat noch niemand um meine Hand angehalten, und obwohl es albern ist, verletzt es mich. Ich könnte heulen. Statt dessen lache ich lauter als alle anderen.

Wie aufs Stichwort kommt Theodore von hinten auf mich zu und legt seine Hände um meine Taille. Dann verkündet er: »Sie hat einen Mann, Sweet Sue.« Ich schaue zu Theodore auf, dem schönsten Mann, der mir je unter die Augen gekommen ist. Ich lehne mich an ihn.

»Na ja, ich wollte nicht ...«, stottert Sweet Sue. Jack Mac gibt der Band ihren Einsatz und rettet damit auf elegante Weise das Gesicht seiner Freundin. Dann sieht er mich an und zuckt die Achseln.

Theodore nimmt mich in die Arme, und wir tanzen. Die Musik erfüllt das Theater. Irgend jemand singt den Text mit, aber ich höre nur immer wieder Theodores Worte: »Sie hat einen Mann! Sie hat einen Mann!« Er hat sie auf der Bühne ausgesprochen, in der Öffentlichkeit, so laut, daß alle sie hören konnten! Er schaut mich an und lächelt. Ich fühle mich gewollt, geliebt und – ich kann's selbst nicht fassen – verführerisch. Anstatt beim Tanzen über seine linke Schulter zu blicken, schaue ich in seine Augen, und sie sind so blau wie der Himmel des Bühnenbilds.

Und dann hören wir auf zu tanzen. Theodore küßt mich. Es ist nicht die übliche Art Kuß unter guten Freunden, an die ich mich über die Jahre gewöhnt habe. Ich reagiere also zunächst nicht. Ich bin verwirrt. Aber seine Lippen bleiben weich auf meinem Mund. Mein Rückgrat, das bisher aus einer Reihe von Wirbeln bestand, verwandelt sich in ein samtenes Band, das sich von seiner Spule löst und zu Boden trudelt. Ich klammere mich an ihn wie Myrna Loy an Clark Gable, als die beiden in *Die Unerschrockenen* aus einem zweisitzigen Sportflugzeug springen. Meine Taille fühlt sich an wie auf einem Drehgelenk, als er mich nach hinten beugt. Aber der Kuß hört nicht auf. Dann, als er vorbei ist, habe ich das Gefühl, als wäre mein Körper mit Gänsefedern gefüllt. Theodore hält mein Gesicht, während alle um uns herum tanzen. Wohlwollend lächelnde Gesichter schweben an mir vorbei.

»Du brauchst frischen Lippenstift«, sagt er und schaut mich mit zusammengekniffenen Augen an.

»Du nicht.« Ich wische die roten Spuren, die ich hinterlassen habe, von seinem Gesicht. Wir lachen. Es ist einer dieser seltenen Augenblicke, die nur zwischen Menschen möglich sind, die sich so lange kennen, daß einfach nichts mehr peinlich ist. Theodore zieht mich an sich. Ich lege meinen Kopf an seine Schulter. Er riecht appetitlich, nach einer Mischung aus Minze und Gewürz, frisch und prickelnd. Ich lasse meinen Blick über die Tanzfläche schweifen. Iva Lou reckt beide Daumen in die Höhe.

»Laß uns machen, daß wir von hier wegkommen«, sagt Theodore mit einem Nachdruck, den ich bei ihm so noch nie erlebt habe. Er nimmt meine Hand, zieht mich von der Bühne weg, und ich stolpere hinter ihm her die Stufen hinunter.

Nellie Goodloe, die Präsidentin der Lonesome Pine Arts and Crafts-Gilde, hält uns auf. »Mr. Tipton, ich muß mit Ihnen über den Besuch des Präsidentschaftskandidaten John Warner sprechen.«

»Wir wollen gerade gehen«, erwidert Theodore bestimmt. Nellie wendet sich an mich.

»Ave Maria, sagen Sie ihm, daß das wichtig ist.«

»Das kann warten«, sagt Theodore in einem Ton, der keinen Widerspruch duldet.

»Es kann nicht warten. Ich habe einen Anruf von John Warners Pressesprecher erhalten. Wir sollen ihnen bestätigen, daß die Stadt sich für seine Wahlkampftour durch Südwestvirginia einsetzt.«

Nellies Lippen bewegen sich weiter, aber ich höre sie nicht mehr. Ihre Lippen und Haare sind orangefarben, und sie hat eine Hand auf Theodores Brust gelegt. John Warner ist mit der berühmten Schauspielerin Elizabeth Taylor verheiratet, und Nellie will, daß Theodore ihr zu Ehren eine Show auf die Beine stellt, wenn sie in unsere Stadt kommt. Die Stadt soll das Beste zeigen, was sie zu bieten hat: die Powell Valley High School Marching Band. Die Show soll ein Riesenspektakel werden. Ich kann mir darüber jetzt nicht den Kopf zerbrechen. Nach dem heutigen Abend wird mein Leben sich völlig verändert haben. Ich bin eine Geliebte! Zwischen den

Schlackenhalden hat mich jemand gefunden. Ich werde begehrt! Auf diesen Augenblick habe ich mein Leben lang gewartet.

Während die Leute lachend und schwatzend an mir vorbeigehen, kommt es mir in den Sinn, daß sie wahrscheinlich annehmen, Theodore und ich hätten schon längst eine Beziehung, so vertraut, wie wir miteinander umgehen. Aber seit Theodore hierhergezogen ist und wir uns anfreundeten, war meine Mutter krank, und ich hatte wenig Zeit für jemand anders. Was Theodore und mich miteinander verbindet, ist also eine Freundschaft und keine Liebesbeziehung. Anfangs dachte ich, irgend etwas stimme nicht, aber jetzt begreife ich. Er hat abgewartet. Abgewartet, bis mein Herz die Trauer überwunden hat, damit für ihn Platz ist!

Jetzt kommen mir die Jahre vergeudet vor, wie ein ganzes Leben, und am liebsten würde ich die aufdringliche Nellie Goodloe in die Sägespäne stoßen und ihr den getüpfelten Schal in den Rachen stopfen, den sie auf Pionierart um den Hals trägt. Kapiert sie denn nicht, daß mein Körper so von Verlangen erfüllt ist, daß ich die Kraft hätte, einen Lastwagen mit bloßen Händen umzukippen? Daß ich seit dem Tag, an dem ich diesem Mann begegnet bin, davon träume, mich in seine Arme zu werfen? Sieht sie nicht, daß ich eine reife Pflaume bin, die platzt, sobald man sie berührt? Ich unterbreche die beiden ohne das geringste schlechte Gewissen.

»Über dieses Thema könnt ihr zwei euch ein andermal unterhalten. Gute Nacht, Nellie.«

Ich packe Theodore am Arm, und wir gehen hinaus auf die Straße. »Gehen wir zu mir?«

»Klar.« Theodore hilft mir auf den Beifahrersitz seines Pickup, der sich plötzlich in eine prachtvolle Kutsche verwandelt hat und mich aus meinen Träumen an einen wirklichen Ort bringen wird. Theodore steigt ein, legt einen Arm um mich und setzt zurück. Ich denke: *Wenn wir bekommen, was wir uns wünschen, steht die Zeit still.*

Seit Mamas Tod habe ich keine Spaghetti mehr gekocht. Ich nehme ihr Kochbuch aus dem Regal. Als sie erfuhr, daß sie Krebs hatte, hat sie angefangen, ihre Rezepte für mich aufzuschreiben. Am Anfang ist ihr Englisch flüssig, später wird es holpriger. Als sie das Buch halb fertig hatte, war sie schon sehr krank. Die letzten Rezepte sind nur noch auf italienisch.

»Du kannst schon mal den Knoblauch hacken. Basilikum steht auf der Fensterbank. Ich setze inzwischen das Wasser auf.«

Theodore erledigt die Aufgaben, die ich ihm zuteile. Mir fällt auf, daß wir nicht reden. Ist es das, was passiert, wenn Lust ins Spiel kommt? Ersetzen die Küsse die Worte? Ich muß an meine früheren Liebesbeziehungen denken; sie liegen weit zurück, und sie kommen mir jetzt unbedeutend vor, kindisch und lächerlich – wahrscheinlich waren sie das auch. Damals war ich noch keine richtige Frau, keine Frau, die etwas über sich selbst wußte. Keine Frau, die allein auf der Welt und frei war. Jetzt bin ich eine Frau, die nicht durch Schuldgefühle oder Eltern gebunden ist, und ich weiß nicht, was ich sagen soll. Wo soll ich anfangen?

»Wie lange waren deine Eltern verheiratet?« frage ich beiläufig.

»Sie sind es immer noch.«

»Seit wann?«

»Seit zweiundvierzig Jahren.«

»Sind sie glücklich miteinander?«

»Sie passen perfekt zusammen. Er trinkt, und sie vertuscht es. Warum fragst du?«

»Wir haben noch nie über deine Eltern gesprochen.«

»Ich denke schon. Ich glaube, du weißt alles über mich.«

»Bist du schon mal verliebt gewesen?«

»Und du?« fragt er, ohne mir zu antworten.

Das ist eine schwierige Frage für mich. Ich glaube, ich war noch nie verliebt, obwohl es mal einen netten jungen Mann aus Chicago gegeben hat; er war katholisch und polnischer Abstammung – ich war ihm auf einer Mardi-gras-Party in der Saint-Mary's-Kirche begegnet. Anderthalb Jahre lang bin ich mit ihm gegangen. Als wir Schluß gemacht haben, war ich traurig, aber es hat mir nicht das Herz gebrochen.

»Ich glaube, ja. Einmal.« Ich nehme den gehackten Knoblauch und gebe ihn in das heiße Olivenöl in der Kasserolle auf dem Herd.

»Nur einmal?«

»Ja.«

Theodore denkt einen Moment darüber nach. Ich setze mich an den Küchentisch und sehe ihm zu, wie er Basilikumblättchen hackt. Gefällt es mir, wie er da an meiner Spüle steht und Kräuter hackt? Paßt er in dieses Haus? Paßt er in mein Leben? Werden wir hier in diesem Haus wohnen, wenn wir erst einmal verheiratet sind, oder werden wir in sein Blockhaus an der Aviation Road ziehen? Ich höre die Stimme meiner Mutter: »*Pazienza!* Immer mit der Ruhe! Mach dich nicht lächerlich! Denk nach, Ave Maria! Denk nach!«

Ich ordne das Besteck auf den Platzdeckchen. Es gefällt mir, zwei Platzdeckchen aufzulegen. Es sieht aus, als würde hier wieder eine Familie leben. An diesen Tisch passen vier Leute. Kinder! Bin ich zu alt? Einige meiner ehemaligen Mitschüler haben schon Enkelkinder. Nein, ich bin nicht zu alt. Gott sei Dank habe ich gute italienische Gene. Keine schottisch-irischen Runzeln. Was geht mir überhaupt durch den Kopf? Was rede ich? Ich sehe mein Spiegelbild in der Scheibe des Küchenfensters. Ich bin feucht wie vom Tau. Nein, ich bin klatschnaß! Meine Handflächen und mein Gesicht sind schweißnaß. Ich mache mich völlig verrückt. Ich bin praktisch veranlagt, aber ich habe schon immer einen Hang zum Tagträumen gehabt, und jetzt stelle ich mir vor, wie es ist, mit diesem Mann verheiratet zu sein, und aus irgendeinem Grund ruiniert der Gedanke die ganze Romantik. Ich möchte noch nicht über die Ehe nachdenken – es ist zu kompliziert. Ich will einfach nur Sex. Ich will in den Armen gehalten werden! Himmel, hilf!

»Die Leute werden über uns reden«, prophezeie ich.

»Laß sie doch.«

»Warum kochen wir eigentlich?« Diese Frage soll kokett klingen und ihm sagen: Laß uns lieber knutschen statt zu essen.

»Hast du keinen Hunger?« fragt Theodore.

Ich nicke, doch. Aber ich hungere nach vielem: nach Essen, nach ihm, nach allem, was das Leben zu bieten hat. Plötzlich scheint alles möglich zu sein. Wie soll ich ihm das sagen?

Theodore hackt und hackt. Was er für schöne Hände hat! Seine große Hand und seine kräftigen Finger haben das Messer sicher im Griff. Seine Bewegungen erinnern mich an einen französischen Film, den ich einmal in Charlottesville gesehen habe. Wenn ich zum Einkaufen in eine andere Stadt fahre, sehe ich mir immer ausländische Filme an. Hier bei uns laufen sie nicht im Kino, deswegen sind sie etwas ganz Besonderes. In französischen Filmen gibt es immer Liebesszenen in der Küche. Jemand ißt irgend etwas Saftiges, einen reifen Pfirsich zum Beispiel, als nächstes sieht man eine Nahaufnahme von Lippen und Händen, dann geht das Licht aus, und gleich darauf reißen sie sich gegenseitig die Kleider vom Leib, und dann wird überhaupt nicht mehr geredet. Ich werfe einen Blick auf meine Obstschale auf der Anrichte. Eine schwarze Banane. Hoffentlich ist das kein schlechtes Omen.

»Ich hab noch nicht ... Na ja, also, ich wollte sagen ...«

Theodore hackt.

Ich gebe nicht auf. »Was ich sagen will ...«

»Ich denke nach, Ave.«

Es mag zwar lange her sein, daß ich mit einem Mann zusammen war, aber man muß keine Sexgöttin sein, um darauf zu kommen, daß Nachdenken kein gutes Zeichen ist. Männer denken nicht über Sex nach. Sie denken nach über das Wie und das Wo und das Wann, aber das Warum interessiert sie nicht die Bohne.

»Du willst mich nicht«, sage ich platt, in der Hoffnung, daß ich mich irre. So, es ist raus. Das Wasser im Topf kocht über. Theodore läßt das Messer fallen, rührt und pustet. Schaum quillt über den Topfrand. Er fängt soviel Schaum wie möglich mit einem Löffel auf, aber das Nudelwasser kocht weiter über.

»Hilf mir mal.«

»Du kriegst das schon geregelt.« Ich sage das leichthin, aber in Wirklichkeit versagen meine Beine mir ihren Dienst. Ich befinde mich in einem Schockzustand, und zwar von den Knöcheln aufwärts. Ich habe gerade etwas gesagt, das mir Angst einjagt, und es bleibt mir nichts anderes übrig, als klein und still hier auf meinem harten Küchenstuhl sitzen zu bleiben, sonst kann ich für nichts garantieren. Theodore nimmt den Topf vom Herd. Der Schaum geht zurück. Er schüttet die Spaghetti in ein Sieb. Er schüttelt es. Er schüttelt es heftig. Er läßt den Topf mit dem Sieb in der Spüle stehen und tritt an den Herd, rührt die Soße um.

»Wir nennen diese Soße *shway shway*«, sage ich, mein einziger Beitrag zum Essen.

»Was heißt das?«

»Es ist ein italienischer Dialekt aus der Gegend, aus der meine Mutter stammte. *Shway shway* heißt ›schnell‹. Schnelle Soße. Instantsoße.«

»Schmeckt phantastisch.«

»Das macht das frische Basilikum.«

Theodore gießt die Soße über die Spaghetti. Er nimmt Teller aus dem Schrank und stellt sie auf den Tisch.

»Willst du mir nicht sagen, warum du mich geküßt hast?«

»Du hast mich geküßt.« Theodore sieht mir direkt in die Augen.

»Nein. Du hast mich geküßt.« O Gott. Ich schreie.

»Ich habe einfach mitgespielt. Du hast mich geküßt, also habe ich den Kuß erwidert. Nach der Bemerkung von Sweet Sue hatte ich das Gefühl, daß du das brauchtest.«

»Du hast mir also einen Gefallen getan?«

»Genau.«

Dies ist einer der Augenblicke, in denen die Luft zwischen einem Mann und einer Frau dick wie eine Wand wird. So dick, daß ich Theodores Gesicht nicht mehr erkennen kann. Ich verstehe ihn nicht; weiß er denn nicht, was ich empfinde? Ich will ihn. Ich will das hier. Wo ist der Theodore, der mich so leidenschaftlich geküßt hat? Wo ist er geblieben?

»Du liebst mich nicht, Ave.«

»Was?«

»Du bist ganz durcheinander, das ist alles.«

»Der Kuß hat mir gefallen! Er war wunderbar! Ich habe ihn genossen!«

»Du hast gesagt, du bist schon lange nicht mehr mit einem Mann zusammengewesen. Da ist das verständlich. Ein Glas Wasser in der Wüste ist ein Genuß.«

Ich kann's nicht fassen! Ich sitze hier mit lechzenden Lenden, und Theodore tut so, als wäre ich kurz vorm Verdursten. Dieser Abend verläuft ganz und gar nicht so, wie ich mir das vorgestellt habe.

»Was?« Wieso bringe ich nichts anderes heraus als »Was?«?

»Ich lebe allein. Das gefällt mir. Ich bin mit acht Geschwistern aufgewachsen, und ich bin immer noch heilfroh, daß ich mein Bett mit niemandem mehr teilen muß. Ich will keine Beziehungskiste. Ich bin gern mit dir zusammen. Du bist meine beste Freundin. Aber ich will keine Beziehung.«

»Jeder will eine Beziehung!«

»Nein. Du willst eine Beziehung.«

Während wir essen, komme ich zu dem Schluß, daß er recht hat. Es ist mein Ding. Ich will geliebt werden. Ich möchte jemandem die Schuld dafür geben, daß mich niemand liebt. Meine Eltern müssen herhalten. Sie bieten sich als Opfer an. Der eine hat mich nie geliebt, und die andere hinterläßt mir beunruhigende Briefe. Außerdem gebe ich dem Leben die Schuld. Das Leben pfuscht mir immer wieder in meine Pläne. Erst wurde Fred Mulligan krank; dann mußte ich meine Mutter pflegen, dann begann das Geschäft zu florieren. Ich habe mir immer mehr aufgehalst und immer weniger an mich selbst gedacht. Ich Ärmste. Ich richte mich auf meinem Stuhl auf und lege meine ganze Selbstachtung in meine Haltung. Ganz lässig beuge ich mich zu Theodore hinüber.

»Das glaubst du doch selbst nicht, daß ich dich geküßt habe.«

»Doch. Die ganze Stadt war schockiert.«

Die ganze Stadt kann mir den Buckel runterrutschen. Ich kaue in Zeitlupe, um all das zu verdauen. Ich soll den Kuß provoziert haben? Ich soll ihn geküßt haben? Bin ich wirklich so scharf auf ihn?

»Eines Tages wirst du schon einen guten Mann finden.«

Wo denn? In den Blue Ridge Mountains? Wo die Hinterwäldler hausen? Im Cumberland Gap? Komm auf den Teppich, du Transplantat aus Scranton, Pennsylvania. Hier in der Gegend sind die Männer in meinem Alter verheiratet, seit sie siebzehn sind. Ein paar von ihnen sind bereits Großväter. Es gibt keine Männer. Du bist der Mann! Sei du mein Mann!

»Du wirst jemanden finden«, versichert er mir.

»Jemanden!« Wach auf, du Penner! Ich bin nicht die Richtige für einen Jemand. Ich bin wählerisch. Ich brauche eine Stunde, um ein Sandwich mit Thunfischsalat zu essen, weil ich sämtliche Gurkenstückchen herauspicke, bevor ich hineinbeiße. Ich bin eitel. Ich brauche zwanzig Minuten, um vor dem Schlafengehen mein Gesicht zu reinigen und einzucremen, und anschließend lasse ich meinen Kopf weitere fünf Minuten lang aus dem Bett hängen, um Hängebacken vorzubeugen. Ich bin ein Snob. Ich will einen Mann, der liest. In dreißig Jahren habe ich noch nie einen Mann im Büchermobil gesehen außer diesem komischen Earl Spivey, aber der zählt nicht, denn der kommt nicht zum Lesen, sondern um Iva zu beglotzen. Wenn dieser mysteriöse Mann nicht intelligent ist, will ich ihn nicht. Warum kann Theodore das nicht begreifen?

»Okay, vielleicht nicht irgend jemanden. Wie wär's mit einem anständigen Kerl, einem richtigen Siegertypen? Als du mich heute abend geküßt hast, warst du impulsiv. Verwegen. Die Leute haben dich mit ganz neuen Augen gesehen. Wart's ab. Es wird bestimmt bald etwas passieren.«

»Wenn du es sagst«, erwidere ich so schwach, daß es kaum hörbar ist. Theodore streut Käse auf seine Spaghetti, wickelt eine ordentliche Portion Nudeln mit der Gabel auf und schiebt sie sich in den Mund. Er kaut ganz normal. Schluckt. Als wäre alles ganz normal! Er kann es nicht erwarten, das Thema zu wechseln; als wäre es ausdiskutiert und als gäbe es nichts mehr dazu zu sagen. Ich kann fast hören, wie er sagt: »Okay, wir haben uns geküßt, es war nett, aber das war's. Also laß uns bei unserer Freundschaft bleiben.«

»Irgend jemand muß Sweet Sue Tinsley mal sagen, daß sie nicht mehr die Homecoming-Queen ist…«

Auch das ist ein Grund, warum ich Theodore will. Ich will nach Hause kommen und jemanden haben, mit dem ich alles und jeden auseinandernehmen kann. Warum kann ich das nicht haben?

»… Sie fürchtet, jemand könnte ihr ihren Mann ausspannen.« Theodore zuckt die Achseln.

Waren Theodore und ich überhaupt auf derselben Veranstaltung heute abend? Die Leute haben Jack Mac angefeuert, damit er Sue einen Heiratsantrag macht; die beiden haben sich leidenschaftlich geküßt, und mir schien es so, als sei die Sache damit besiegelt. Bin ich so ausgehungert nach körperlicher Nähe, daß ich das falsch verstanden habe? Wie blind bin ich eigentlich? Oder lebe ich in einer anderen Welt, in einer Welt, die ich mir aus meiner eigenen verzerrten Wahrnehmung gebastelt habe? Ich wende mich ab, schaue durch das Fenster in meinen Garten, und was ich dort sehe, ist nicht die Eiche der Potters, deren Äste über den Zaun hängen, sondern das Bild von Jack MacChesney in der Unterhose. Wie kräftig und bärenhaft er wirkte. Ganz Mann, von Kopf bis Fuß. Ich schüttele den Kopf, um das Bild zu verscheuchen. Es verschwindet.

»Ich will heute abend mit dir schlafen.« So. Ich hab's einfach gesagt. Ehrlich. Klar. Direkt. Gut gemacht.

Theodore sieht mich an und legt seine Gabel weg (noch ein schlechtes Zeichen).

»Du bist schön und begehrenswert. Aber es würde nicht funktionieren. Wir lieben einander; aber wir sind nicht ineinander verliebt. Wenn wir heute abend miteinander schlafen, werden wir früher oder später keine Freunde mehr sein. Aber ich möchte diese Freundschaft nicht aufs Spiel setzen. Du etwa?«

Ich habe so viele Spaghetti um meine Gabel gewickelt, daß das Knäuel so groß ist wie ein Tennisball.

Nein, das möchte ich nicht. Aber warum kann ich nicht beides haben? Den Geliebten und den besten Freund? Geht es nicht genau darum? Ich weiß, was ich will. Ich hatte einige Jahre Zeit, um darüber nachzudenken. Als ich Theodore bei dem Vorsprechtermin vor Jahren zum erstenmal begegnete, ist mein Herz beinahe stehengeblieben. »Seelenverwandtschaft« reicht bei weitem nicht aus, um das zu beschreiben, was uns miteinander verbindet.

Ich wickle den Tennisball aus Nudeln wieder ab. Er bildet ein Viereck auf dem Teller, wie der Rahmen eines offenen Fensters. Ich stelle mir eine Karikatur in dem Rahmen vor, primitiv und eindeutig. Ein Gorilla mit Riesenzähnen, der von einer wütenden Maus mit einem Holzhammer gejagt wird. Die Maus klettert auf den Gorilla und schlägt ihm wie wild mit dem Hammer auf den Kopf. Der Gorilla verdreht die Augen, und Sternchen schießen aus seinem Kopf. Das Bild bringt mich zum Lächeln und sorgt dafür, daß ich nicht in Tränen ausbreche.

KAPITEL

3

Fleeta will tatsächlich gehen. Ich merke es daran, daß sie das Regal hinter der Kasse aufgeräumt hat. Ihre Riesenvorräte an Cola und Erdnüssen sind verschwunden. Ihre Lesebrille ist im Etui verstaut. Ihr Papierkram ist sauber in zwei Stapeln geordnet. Auf einem Stapel liegen ihre Profi-Wrestling-Unterlagen. Fleeta und Portly nehmen jede Gelegenheit wahr, sich Wrestling-Kämpfe in Kingsport und Knoxville anzusehen. Bilder von den großen Wrestling-Stars Haystack Calhoun, Atomic Drop, Johnny Weaver und dem furchterregenden Pile Driver stecken in schützenden Plastikhüllen. Die massigen, keulenförmigen Körper der Wrestler sind mit Öl eingefettet. Ihre Köpfe wirken zu klein für ihre gedrungenen, muskulösen Körper – wie Äpfel auf großen Gebäuden. Auf dem anderen Stapel liegen Fleetas Rezepte. Wenn in der Apotheke nicht viel zu tun ist, schreibt Fleeta sie auf neue Karteikarten; an diesem Projekt arbeitet sie schon seit fünf Jahren. Auf der obersten Karte steht in Fleetas Blockschrift:

OPOSSUM À LA MAMA SKEEN

Opossum häuten, in einen großen Topf legen und schmoren, bis das Fleisch zart ist. Mit Salz und Pfeffer abschmecken. Es herausnehmen und warm stellen. 4 Eßlöffel Mehl in 1/2 Tasse Milch glattrühren, zum Bratensaft geben und unter Rühren köcheln lassen, bis die Soße dickflüssig ist. Einen Fuß aufheben, um später die Soßenreste damit aus dem Topf zu kratzen.

Möchte wissen, was man mit den anderen drei Füßen tut. Ich blättere die Karteikarten durch und entdecke eine Menge von Fleetas Spezialitäten: Zuckerwatte, ein Konfekt aus geschleudertem Zucker, das aussieht wie kleine Wölkchen (sie bringt jedes Jahr Weihnachten welches mit zur Arbeit), Schinkenkekse, Käsestangen, Erdnußbutterkugeln, Rhabarberpastete und mein Lieblingsrezept: Teufelskuchen.

»Ich schreibe meine Rezepte für meine Enkelin auf, die bekommt sie, wenn sie mal heiratet«, sagt Fleeta hinter mir. »Hast du schon mal Opossum gegessen?«

»Nicht daß ich wüßte.«

»Na, da hast du was verpaßt. Es ist das beste, zarteste Fleisch, das es gibt.«

Fleeta schnappt sich ihre Zigaretten und bedeutet mir, für die Mittagspause mit ihr ins Büro zu gehen. Sie macht die Ladentür zu und stellt das Schild mit der Aufschrift »Bitte klingeln« auf den Tresen.

Fleeta sitzt auf einem Klappstuhl und raucht. Sie schüttet gesalzene Erdnüsse aus einer kleinen Tüte in ihre Colaflasche, hält die Flasche mit dem Daumen zu, schüttelt sie ordentlich, und als es richtig gut schäumt, kippt sie das Gebräu runter. Ich fange jetzt schon an, unsere gemeinsamen Mittagessen zu vermissen.

»Fleeta, mußt du denn wirklich kündigen?«

»Ave, Liebes, meine Mutter ist gestorben, als sie fünfundfünfzig war. Ich bin sechsundfünfzig. Die Uhr tickt. Ich will mein Leben genießen, bevor es vorbei ist. Das Geld werde ich allerdings vermissen.«

»Ich geb dir eine Lohnerhöhung.«

»Zu spät. Laß gut sein, Ave. Du hast schöne Zeiten vor dir. Du wirst diesen Tipton heiraten.«

»Was?«

»Sein Wagen stand Samstag nacht bis zum frühen Morgen vor deinem Haus, und Nellie Goodloe hat überall rumerzählt, daß ihr beiden euch beim Tanzen auf der Theaterbühne abgeknutscht habt. Die ganze Stadt weiß es. Also mach mir nichts vor, meine Kleine, ich kenne dich zu gut.«

»Er will mich nicht, Fleeta. Wir sind nur Freunde.«

»Blödsinn. Erzähl mir keinen Quatsch. Ihr beide seid doch unzertrennlich. Ihr seid füreinander bestimmt.« Ich fange an, Fleeta zu widersprechen, aber sie fällt mir ins Wort. »Wenn man zwei Ratten zusammen in einen Käfig sperrt, kann es sein, daß sie sich am Anfang fast gegenseitig zerfleischen, aber irgendwann fangen sie an, kleine Rattenbabys zu machen.«

»Fleeta, ich esse gerade.«

»Der Mann sieht gut aus. Er ist gepflegt. Ich mag gepflegte Männer. Und er hat schönes, dichtes Haar, Liebes, ab dreißig muß man das als Pluspunkt verbuchen. Man sieht den irischen Einschlag. Die markanten Züge, das rötliche Haar, die blauen Augen. Das kesse Lächeln. Menschenskind, was kann man denn noch von einem Mann erwarten?«

Ich antworte nicht. Nichts! Für mich gibt es keinen anderen als Theodore. Warum hält sie nicht endlich die Klappe?

»Oder willst du etwa gar keinen Mann?« Fleeta beäugt mich über ihre Halbbrille hinweg.

»Jedenfalls nicht irgendeinen«, sage ich trotzig mit vollem Mund.

»Ich wünsche dir, daß du einen guten Mann bekommst, so einen wie meinen. Weißt du was, Portly und ich haben immer noch Sex. Natürlich dauert es länger als früher, bis ich auf Touren komme. Schließlich hab ich die Wechseljahre schon hinter mir. Und das ist ein passendes Wort, denn seitdem ist bei mir alles anders. Ich muß mich erst drauf einstellen, wenn er diesen gewissen Blick kriegt. Aber ich will dir mal was sagen – Portly hat ziemlich kräftige Unterarme und richtige Männerhände, du weißt schon, was ich meine, er könnte meinen Kopf mit einer Hand festhalten – wirklich, wie einen Basketball. Und wenn ich mich nicht jeden Abend in diese gigantischen Arme schmiegen könnte, dann wäre ich ein ziemlich zänkisches altes Weib. Ich weiß also genau, was du meinst.«

»Wie habt ihr euch eigentlich kennengelernt, du und Portly?«

Fleeta bläst den Rauch ihrer Zigarette aus, und ihre Augen füllen sich mit weit zurückliegenden Erinnerungen. Sie kneift die Lider zusammen, um das alte Bild deutlicher zu erkennen.

»In der Schule. Als die East Stone Gap High-School geschlossen wurde, mußten alle Schüler rüber nach Powell Valley, und Portly gehörte dazu. Ich habe ihn an seinem ersten Tag in der Schule gesehen, und ich wußte gleich, das ist er. Damals kam ich mir schon richtig alt vor und dachte, ich würde nie einen abkriegen.«

»Wie alt warst du denn?«

»Sechzehn. Und noch ungeküßt. Darauf war meine Mama mächtig stolz. Aber laß dir gesagt sein, als ich mir Portly geangelt hab, hab ich alles nachgeholt. Ich weiß noch, wie er mich zum allerersten mal geküßt hat. Hinter der Zuschauertribüne am Schulsportplatz. Es war so gegen fünf Uhr nachmittags, nach Portlys Baseballtraining. Er hat mich angesehen. Ich hab ihn angesehen. Zuerst mußten wir natürlich den Kautabak aus dem Mund nehmen – Portly und ich standen nämlich beide auf Kautabak. Wir haben ihn also ausgespuckt, und dann haben wir uns geküßt, und der Rest ist Geschichte.«

Ich bin so fasziniert von Fleetas Liebesleben, daß ich das hartnäckige Klingeln aus dem Laden nicht gleich höre. Die Majoretten stehen am Verkaufstresen; ein paar von ihnen lesen im *National Enquirer*, andere blättern im *People*-Magazin. Tayloe wartet inzwischen am Medikamententresen.

»Ich möchte meine Tabletten abholen.«

»Ich bin gleich für dich da.«

»Geht es nicht sofort?« Ihr Tonfall verrät, wie genervt sie ist, und dazu verdreht sie die Augen. Gott, ist sie ungeduldig. Ich sage mir, daß sie noch ein Kind ist, und widerstehe dem Impuls, ihr den Hals umzudrehen.

»Einen Augenblick noch«, erwidere ich freundlich.

Pearl Grimes kommt herein, und als sie die Majoretten sieht, verzieht sie sich sofort hinter das Regal mit den Haarpflegemitteln.

»Gott, ist die fett geworden«, sagt Glenda mit Kennermiene. Auf der Stelle versammeln sich die Majoretten um das *People*-Magazin und lassen sich schadenfroh über eine ehemals schlanke, aber jetzt pummelige Fernsehschauspielerin aus.

»Ich begreife nicht, wie man sich so gehenlassen kann«, sagt eine von ihnen.

»Die ist einfach verfressen«, verkündet Tayloe. Es ist kein bißchen witzig, aber die Mädchen lachen sich halb tot, weil Tayloe in der Clique nicht nur die Schöne, sondern auch die Lustige ist.

»Immerhin ist sie nicht so fett wie Pearl Grimes.« Noch lauteres Gelächter.

Ich sehe Pearls Kopf hinter dem Regal mit dem Verbandszeug abtauchen. Ich frage mich, ob die Mädchen bemerkt haben, daß Pearl reingekommen ist. Kann es sein, daß sie so grausam sind? Mrs. Spivey, Mrs. Holyfield und Mrs. Edmonds kommen herein und verteilen sich im Laden. Alle drei sind fromme Baptistinnen. Außerdem sind sie dafür zuständig, Neuigkeiten schneller im Ort zu verbreiten als das Lokalblättchen.

»Miss Mulligan, würden Sie sich bitte beeilen? Wir haben gleich Bandprobe. Bei Mr. Tipton, wissen Sie?« Schon wieder großes Gekicher. Wahrscheinlich haben sie bereits davon gehört, daß Theodores Wagen die halbe Nacht vor meinem Haus gestanden hat. Ich wünschte, ich wäre mit ihm ins Bett gegangen, dann ginge der Witz wenigstens nicht auf meine Kosten.

»Einen kleinen Moment noch, Mädels«, rufe ich ihnen zu. Seufzen und Augenverdrehen. Sie blättern weiter in den Zeitschriften.

Fleeta kommt aus dem Büro. »Geht ein bißchen vorsichtiger mit den Zeitschriften um – mit Eselsohren können wir sie nicht mehr verkaufen. Die Leute wollen jungfräuliches Lesefutter. Und da sie immerhin dafür bezahlen, kann ich's ihnen nicht verübeln«, knurrt sie.

Durch Fleetas Worte inspiriert, nutze ich die Gelegenheit. Weil die Apotheke so groß ist, habe ich am Medikamentresen ein Mikrophon installieren lassen, so daß ich den Kunden aufrufen kann, wenn ich soweit bin. Ich puste ins Mikrophon. Alle Köpfe fahren herum.

»Tayloe Slagle: Die Antibabypillen sind jetzt abholbereit. Tayloe. Slagle. Die. Antibabypillen. Können. Jetzt. Abgeholt. Werden.«

Tayloe stürzt auf den Tresen zu und schnappt sich die weiße Papiertüte.

»Die sind gegen Bauchkrämpfe.«

»Ach, tatsächlich?« Ich denke über diese Möglichkeit nach. Die guten Baptistinnen sehen erst einander und dann Tayloe an. Die Empörung in ihren Blicken ist so groß, daß sie aussehen wie Racheengel in einem Kirchenfenster.

»Schreiben Sie's an«, faucht Tayloe und rennt aus dem Laden. Die Mädchen folgen ihr.

Ich höre die Damen in dem Gang mit den Zahnpflegemitteln tuscheln – Mission erfüllt.

Fleeta kichert, und wie immer wird aus dem Kichern ein Husten. »Es geht mir reichlich auf die Nerven, wie diese Weiber immer hier reinrauschen, die Zeitschriften durchblättern und nie eine kaufen. Wurde Zeit, daß du's ihnen mal richtig gegeben hast.«

Ich nehme einen Korb mit Festiger und gehe zum Regal mit den Haarpflegemitteln. Pearl sitzt auf dem Boden und studiert die Gebrauchsanweisungen auf der Rückseite von Shampooflaschen.

»Hallo, Pearl.«

»Ich bin gekommen, weil ich mit Ihnen über das Aknemittel reden wollte, von dem Sie mir erzählt haben.«

»Was in Gottes Namen machst du dann bei den Haarpflegemitteln?«

Pearl zuckt die Achseln. Ihre Augen sind ziemlich verquollen, woraus ich schließe, daß sie die Majoretten gehört hat.

»Hast du Lust, mir beim Auffüllen der Regale zu helfen?«

»Ja, Ma'm.«

»Fleeta hat gekündigt, ich brauche also eine andere Teilzeitkraft. Wär das was für dich?«

»Ich muß erst meine Mutter fragen.«

»Ruf doch einfach deine Mutter an, und frag sie, ob du gleich heute anfangen kannst.«

»Wir haben kein Telefon. Ich weiß nicht, ob sie mir erlaubt, einen Job anzunehmen. Wie würde ich denn zur Arbeit und wieder nach Hause kommen?«

»Ich könnte dich nach der Arbeit nach Hause bringen«, schlage ich vor.

»Aber ich wohne draußen in Insko.«

»Ich fahre ziemlich schnell. Wieviel würdest du denn pro Stunde verlangen? Als Bezahlung?«

»Ich weiß nicht.«

»Komm schon, Pearl. Du wirst hier als Verkäuferin arbeiten. Verkauf dich ein bißchen besser!«

»Na ja, ich bekomme einen Dollar die Stunde fürs Babysitten bei den Bloomers.«

»Nicht schlecht. Die Kleinen sind eine echte Rasselbande. Ich schätze, ich werde dir ein bißchen mehr bieten müssen als Mrs. Bloomer.«

»Ein Dollar die Stunde ist in Ordnung.« Pearl wendet sich ab, es ist ihr peinlich, über Geld zu reden.

»Nur ein Dollar? Hmm. Du bist ja eine richtige Halsabschneiderin, Pearl. Wie wär's mit drei Dollar die Stunde?«

Pearls Augen weiten sich. »Danke, Miss Ave! Kann ich morgen anfangen?« Pearl strafft ihren Rücken, und ich könnte schwören, sie ist zwei Zentimeter gewachsen.

»Na klar.«

Fleeta schaut Pearl nach, als sie den Laden verläßt, und zündet sich eine Zigarette an. »Wie zum Teufel kommst du auf die Idee, dieses Mädchen einzustellen?«

»Ich mag sie.«

»Sie macht nichts aus sich.«

»Du hast doch gehört, was sie gesagt hat. Sie wohnt in Insko.«

»Na und? Das ist kein Grund.«

»Ich muß mich doch sehr über dich wundern, Fleeta. Ich dachte, du hättest ein Auge für Talent.«

»Ave, Liebes, es gibt Talent, und es gibt Traumtänzerei. Ich fürchte, du bist eine unverbesserliche Traumtänzerin, wenn du verstehst, was ich meine.«

Fleeta huscht mit dem großen Staubwedel über die Vitaminpräparate.

»Was ich sagen wollte, ist, daß wir aus Pearl eine gute Mitarbeiterin machen könnten, wenn sie von einer Meisterin angeleitet würde.«

»Ich hab dir gesagt, ich will nicht mehr arbeiten.« Fleeta zündet sich eine Zigarette an und überlegt. »Aber bevor du alles den Bach runtergehen läßt, was ich hier aufgebaut hab, sollte ich noch mal drüber nachdenken. Also gut, ich bin mit einem Teilzeitjob einverstanden.« Vor lauter Begeisterung umarme ich Fleeta, die sich so steif macht wie ein Telefonmast. Ich habe sie noch nie umarmt; wir sind beide ganz verblüfft.

»Drei Tage die Woche und fünfzig Cent mehr pro Stunde.«

»Abgemacht.«

»Was? Ich bin keine Halsabschneiderin?« fragt Fleeta grinsend.

»Du bist auf jeden Fall kein Haystack Calhoun.«

»Nein, da hast du recht. Aber unter den richtigen Umständen könnte ich ihn aufs Kreuz legen.« Fleeta kichert in sich hinein.

Pearl erscheint am nächsten Tag in ihren besten Sachen zur Arbeit: gesmoktes T-Shirt und Schlaghose mit Nieten. Ihre Haare hat sie im Nacken zusammengebunden. Sie sieht gut aus, aber das hindert Fleeta nicht daran, sie von Kopf bis Fuß zu mustern. Pearls Arbeitsleben in der Apotheke beginnt mit dem Auspacken und Einräumen neuer Ware. Fleeta und ich haben ein System. Fleeta packt die Sachen aus und versieht sie mit Preisschildern, ich zerreiße die Kartons und bringe sie in den Container hinter dem Haus. Fleeta gestaltet die Auslagen, weil das ihrer kreativen Ader entspricht. Sie wirft Pearl einen giftigen Blick zu, als diese Shampooflaschen kunstvoll in einer verglasten Auslage arrangiert. Es wird wohl besser sein, die beiden vorerst zu trennen; Fleeta ist eine alte Katze mit einem fest abgesteckten Revier, das sie mit scharfen Krallen verteidigt. So hilft Pearl mir dabei, die Pappkartons zu entsorgen. Sie hat bereits alle möglichen Vorschläge, wie man das Auffüllen der Bestände noch besser und schneller organisieren kann. Die Kleine ist nicht dumm, und ich habe überhaupt nichts dagegen.

»Ich möchte mich noch mal bei Ihnen für den Job bedanken. Meine Mutter und ich können das Geld gut gebrauchen.«

»Ich freue mich, daß du mir hilfst. Und laß dich von der guten alten Fleeta nicht ins Bockshorn jagen. Nach außen hin ist sie kratzbürstig, aber innen drin ist sie butterweich.«

»Im Gegensatz zu Tayloe und den anderen Mädchen in der Schule. Die sind durch und durch gemein.«

»Laß sie einfach links liegen.«

»Das versuche ich ja, aber es ist nicht so leicht, sich zu verstecken, wenn man das dickste Mädchen in der ganzen Schule ist.«

»Du bist nicht das dickste Mädchen der Schule.«

»Bin ich doch.«

»Nein, du bist das Mädchen mit dem besten Nachmittagsjob.« Darüber muß Pearl lachen. »Außerdem zerreißen sich solche Mädchen über jeden das Maul. Sogar über ihre Freundinnen.«

»Wissen Sie, was sie über Sie erzählen?«

»Über mich? Warum sollten sie über mich reden?«

»Sie behaupten, daß Sie ein Bastard sind, daß Fred Mulligan gar nicht Ihr Vater war.«

»Das sagen die Leute?«

Pearl nickt. Wie naiv von mir. Ich hatte angenommen, niemand würde über mich reden. Da ich über niemanden irgendwelche Klatschgeschichten verbreite, dachte ich, es würden auch keine über mich verbreitet. Aber in einer Kleinstadt ist jede Geschichte ein gefundenes Fressen, selbst meine.

»Tja, Pearl. Sie haben recht.«

»Wirklich?«

»Jawohl. Meine Mutter war schwanger, als sie aus Italien hierherkam, und sie hat Fred Mulligan geheiratet, weil eine Frau damals heiraten mußte, wenn sie ein Baby bekam. Das Dumme ist nur, daß meine Mutter es mir nicht selbst gesagt hat. Sie hat mir einen Brief hinterlassen, den ich erst nach ihrem Tod bekommen habe.«

»Sind Sie denn nicht total sauer deswegen?«

Ich muß ziemlich lange ins Leere gestarrt haben, weil Pearl ihre Frage wiederholt. Ich weiß nicht, was ich ihr antworten soll, denn es ist überhaupt nicht meine Art, über irgend etwas wütend zu werden.

»An Ihrer Stelle wäre ich sauer.«

»Wirklich?«

»Ihre Mutter hätte Sie nicht belügen dürfen, was Ihren Vater angeht.«

»Tja, sie hat's aber getan, daran läßt sich jetzt nichts mehr ändern.«

Und dann stellt Pearl mir die Frage, die mein Leben für immer verändern wird.

»Werden Sie Ihren leiblichen Vater suchen?«

»Meinen leiblichen Vater?« frage ich ruhig. Das Wort *leiblich* klingt so ungewohnt.

»Falls er noch lebt, werden Sie versuchen, ihn zu finden?«

Wer hat Zeit, sich den Kopf über Mario aus Schilpario zu zerbrechen? Ich habe zu tun. Ich habe die Apotheke, ich muß Medikamente ausliefern, ich muß an den Rettungswagen denken und ans Theater – und an den KUSS.

»Werden Sie Mr. Tipton heiraten?«

»Sag bloß, das erzählen sich die Leute auch schon?«

Sie nickt.

»Also, Pearl, ich finde, es geht niemanden was an, wen ich heirate oder wer mein Vater war oder welche BH-Größe ich trage.«

»Gut. Jetzt sind Sie sauer!« sagt Pearl voller Stolz.

Stimmt. Ich bin sauer. Aber was sie nicht weiß, und was auch ich nicht weiß, ist, daß ich gerade erst anfange, richtig wütend zu werden.

Ethel Bartees Frisörsalon befindet sich hinter der Post in einem Wohnwagen. Ich nehme die Abkürzung durch die Seitengasse und über die Ladezone, um zu Ethel zu gehen. Sie hat den Wohnwagen sehr hübsch hergerichtet, mit Blumenkästen, aus denen rote Geranien ranken. Die Spitze meines Zopfs ist so spröde wie trockenes Stroh; ich muß mir die Haare schneiden lassen.

Die Tür wird von einem Kanister mit rosafarbenem Shampoo offengehalten. Ethel ist gerade dabei, Iva Lous Haare aufzudrehen.

»Kannst du mich kurz dazwischenschieben?« frage ich liebenswürdig.

Ethel, klein und mollig, mit einem perfekten Lockenkopf, der zu ihrer Figur paßt, beäugt mich über ihre Halbbrille hinweg, während sie bei Iva Lou die letzte Strähne um einen Lockenwickler legt.

»Wenn's sein muß«, sagt sie gereizt.

»Ich weiß, ich hätte anrufen sollen.«

»Ja, hättest du. Aber du weißt ja, daß ich nicht nein sagen kann.« Ethel mustert mich kritisch. »Vor allem nicht bei Leuten, die dringend einen Haarschnitt brauchen. Ich muß noch zwei Kundinnen frisieren, bevor ich mich um dich kümmern kann.« Ethel deutet auf zwei Frauen, die unter Trockenhauben sitzen.

»Ich kann warten.«

Iva Lou steht auf. »Ich setz mich raus und laß meine Haare in der Sonne trocknen, Liebes. So sparst du ein bißchen Strom.« Iva Lou legt ihren mit riesigen Lockenwicklern bestückten Kopf schief und macht mir ein Zeichen, mit nach draußen zu kommen.

»Ethel hat schlechte Laune.« Iva Lou zündet sich eine Zigarette an. »Ich hab's gehört«, sagt sie und sieht mich direkt an.

»Reden denn jetzt schon alle darüber?« frage ich entgeistert.

»Sagen wir's mal so. Ich mache mit meinem Bus sechs Stationen im Gap. Bei jeder Station war es das Gesprächsthema Nummer eins.« Iva Lou deutet mit ihrer Zigarette auf die Wohnwagentür. »Und die beiden Muttchen unter den Trokkenhauben hatten da drinnen ihren großen Tag. Bis du aufgetaucht bist.«

Einen Augenblick lang bleibt mir glatt die Luft weg. Ich hatte immer angenommen, wer mich gezeugt hat, sei eine Privatangelegenheit. Ich lehne mich gegen die Stufen und schließe die Augen.

»Weißt du was?« sagt Iva Lou gutgelaunt. »Vielleicht ist das alles gar nicht so schlecht.«

»Wie meinst du das?«

»Paß auf. Dein ganzes Leben lang bist du jemand Bestimmtes gewesen. Jetzt kannst du jemand komplett anderes sein, wenn du willst! Du kannst ganz neu anfangen, endlich die sein, die du immer sein wolltest …« Während Iva Lou mit ihrem aufmunternden Vortrag fortfährt, richte ich mich auf und drehe mich um, so daß ich die Rückseite der Apotheke sehen kann. Von hier aus sieht das Haus noch schlimmer aus. Der Mörtel zwischen den Ziegelsteinen ist brüchig, überall haben sich Löcher gebildet. Gräßlich. Ich nehme mir vor, sie ausbessern zu lassen. Aber es nervt mich. Das dürfte eigentlich nicht nötig sein; die Firma hat mir eine lebenslange Garantie gegeben.

Die letzte Vorstellung im Freilichttheater läutet die Powell-Valley-High-School-Footballsaison ein. Wenn mein Theaterleben zur Ruhe kommt, geht Theodores erst richtig los, denn er muß die Show für die Halbzeit organisieren und arrangieren. Die Show ist den Fans genauso wichtig wie die Football-Spiele. Wir fragen uns jedes Jahr, ob Theodore es diesmal wieder schaffen wird, sich selbst zu übertreffen, und es gelingt ihm jedesmal. Alle Geschäfte in der Stadt sind mit Fähnchen und Wimpeln in den Farben der High-School geschmückt: leuchtendes Blau und Rubinrot. Zackie stellt einen fast zwei Meter großen, mit silberner Farbe besprühten Wikinger aus Pappmaché vor seinem Laden auf, damit jeder, der durch die Stadt fährt, gleich sieht, daß wir die Wikinger sind, die großartigen, mächtigen »Vikings«.

Nellie Goodloe hat es endlich geschafft, sich mit Theodore zu treffen und ihm klarzumachen, welche Bedeutung der für Ende Oktober geplante Besuch von Elizabeth Taylor und John Warner für unsere Stadt hat. Alle Augen werden auf uns gerichtet sein und man wird erwarten, daß wir ihnen ein unvergeßliches Wochenende bereiten. Schon jetzt liegt ein gewisses Hochgefühl in der Luft, denn es ist Herbst, unsere schönste Jahreszeit. Die Berge um uns herum verwandeln sich von dunklem Samt in glänzenden Taft. Ende September sind die Blätter an den Bäumen saftig grün; in der ersten Oktoberwoche werden sie zu leuchtenden Edelsteinen, zu Granaten und Topasen, und schillern in allen Rottönen dazwischen. Die Berge scheinen aus den Tälern von riesigen Scheinwerfern angestrahlt zu werden. Der Herbst ist unsere große Oper. Es riecht sogar üppig um diese Jahreszeit, ein frischer, lieblicher Duft nach Balsam und Hickory und Vanillerauch erfüllt die Luft. Freitags abends finden die Footballspiele statt, und samstags abends trifft sich alles in »Carters Scheune«.

Die Scheune ist weithin berühmt, denn es war die legendäre Familie Carter unter der Führung der Mutter Maybelle Carter, die den für East-Tennessee typischen Bluegrass-Stil begründet hat. Maybelle Carter hatte mehrere Töchter, eine hübscher als die andere, und eine von ihnen ist June Carter, die jetzt mit Johnny Cash verheiratet ist. Es ist ihre Heimstatt und ein Magnet für populäre Bluegrass-Musiker, und hin und wieder läßt sich ein berühmtes Mitglied der Familie Carter dort blicken, aber das ist nicht der Grund, warum wir alle dorthin gehen. Wir gehen in die Scheune wegen der Live-Musik und zum Tanzen. Man kann dort auch essen – Chiliwürstchen und Pommes frites, die besten, die es gibt. Ich gehe meistens mit Theodore. Seit wir nicht miteinander ins Bett gegangen sind, sehen wir uns noch häufiger als vorher. Die Sturmwolken meiner Lust haben sich fürs erste verzogen, also kann er sich wieder sicher fühlen.

Wir betreten die alte Scheune durch das riesige Tor, das offensteht, um die Nachtluft einzulassen. Die Scheune erinnert an ein Zigeunertheater – man hat das Gefühl, als könnten die Betreiber den ganzen Schuppen einfach zusammenklappen und über Nacht damit irgendwoanders hin ziehen. Wenn man tagsüber daran vorbeifährt, könnte man den Laden tatsächlich für irgendeine windschiefe Scheune halten, die verlassen mitten in einem Feld steht. Aber nachts erwacht sie zum Leben. Die Leute hocken in Reihen auf Heuballen rund um die betonierte Tanzfläche. Die Wand hinter der erhöhten Bühne ist für gelegentliche Live-Übertragungen im Radio mit den nötigen elektrischen Leitungen ausgerüstet. Über der Bühne baumeln farbenfrohe japanische Lampions zwischen bunten Weihnachtslichterketten. Ich mag dieses improvisierte Durcheinander; es ist hausbacken und eindrucksvoll zugleich. Ein wunderbarer Anblick, den ich genieße, bis die Stimme meiner Tante Alice Lambert die Stimmung ruiniert. Ich drehe mich zu ihr um und sehe, wie sie Theodore von Kopf bis Fuß mustert. Sie hat die Lippen so fest zusammengekniffen, daß sie aussehen wie zwei rote Ladykracher, die auf ein Streichholz warten.

»Also, Ava Maria«, (auch sie spricht meinen Namen falsch aus), »jetzt ist es also endlich raus.«

»Was denn?« frage ich und blinzle ins Licht.

»Die Wahrheit. Du weißt genau, wovon ich rede, Mädel.« Ich hätte nie damit gerechnet, daß sie mich darauf ansprechen würde.

Sie spürt, daß sie mich überrumpelt hat, und nutzt es sofort aus. »Das ändert alles, nicht wahr?« faucht sie. »Den Nachlaß meines Bruders zum Beispiel.«

»Dein Bruder ist vor dreizehn Jahren gestorben und hat alles meiner Mutter hinterlassen«, erwidere ich freundlich, als würde ich einen Kommentar über das Wetter abgeben.

»Das ist nicht rechtens. Du bist nicht sein Fleisch und Blut. Du bist nie –«

Bevor sie richtig in Fahrt kommt, stehe ich auf und sehe ihr direkt in die Augen. »Ich bin nicht bereit, mit dir über meine Angelegenheiten zu diskutieren. Niemals. Wenn du mich also entschuldigen würdest – ich bin mit meinen Freunden hergekommen, um mich zu amüsieren. Guten Abend.«

Beim Weggehen sehe ich, wie ihre Lippen sich bewegen – *Frechheit!* Ich habe Zeit gehabt, über das nachzudenken, was Pearl gesagt und was Iva Lou angedeutet hat. Wahrscheinlich gab es genug Anzeichen dafür, daß ich nicht Fred Mulligans

Tochter bin, aber ich habe es nie in Frage gestellt. Für mich war er mein leiblicher Vater. Natürlich mochte ich meine Mutter viel lieber, ich stand ihr viel näher, aber das habe ich immer darauf zurückgeführt, daß ich ein Einzelkind und ein Mädchen bin. Ich nahm an, daß jedes Kind seine Mutter mehr liebt als seinen Vater. Andererseits habe ich auch immer gespürt, daß irgend etwas nicht stimmte. Ich erinnere mich, daß auf Familienfesten getuschelt wurde, daß meine Vettern und Cousinen nicht mit mir spielen wollten, und wie ich in der Schule wegen meines Vornamens gehänselt wurde. Aber ich bin nie auf die Idee gekommen, einen Zusammenhang herzustellen. Ich hoffe, ich finde irgendwann heraus, warum ich das nicht getan habe. Es ärgert mich, daß ich die ganze Zeit so blöd gewesen bin.

Otto und Worley haben uns entdeckt.

»Wollen Sie meinen Schlangenkopf sehen?« fragt Worley. Ehe ich dazu komme, nein zu sagen, zieht er ein kleines Marmeladenglas aus der Hosentasche und zeigt mir einen frischen Schlangenkopf, der grinsend und mit heraushängender Zunge in einer Flüssigkeit schwimmt und immer wieder gegen das Glas stößt.

»Zu Hause hab ich noch drei. Ich hab sie oben beim Roaring Branch gefangen.«

»Und was ist das Besondere an dieser?«

»Die hier hat die längste Zunge.« Worley wirft laut lachend den Kopf zurück.

»Wollen wir tanzen, Miss Ave?« fragt Otto wie ein Gentleman.

»Später, Otto. Ich habe noch etwas zu erledigen.«

Otto und Worley entfernen sich im Takt der Musik. Theodore geht los, um Chiliwürstchen für uns zu besorgen. Lew Eisenberg sitzt allein auf einem Strohballen und leckt an einem Eis.

»Ich hab ein Hühnchen mit dir zu rupfen«, sage ich.

»Du kannst mir das Leben auch nicht schwerermachen, als es schon ist. Ich hocke in einer gottverdammten Scheune, und das Stroh kitzelt mich am Hintern. Was kann ich für dich tun?« fragt Lew liebenswürdig.

»Die ganze Stadt weiß über mich Bescheid. Ich schätze, Inez ist die undichte Stelle.«

Lew leckt weiter an seinem Eis und schaut zum Würstchenstand hinüber, wo seine Frau gerade Würstchen auf den Grill legt. Inez redet wie ein Wasserfall; von hier aus können wir nur sehen, wie ihre grell pinkfarben geschminkten Lippen sich bewegen. Sie macht ein grimmiges Gesicht, ihre Brauen sind zu einem schwarzen V zusammengezogen. Ich entdecke meine gräßliche Tante Alice bei ihr, und auch die anderen Damen vom Band Boosters Club. Das Epizentrum des städtischen Klatschs schüttelt Hot-dog-Brötchen aus Zellophantüten und reiht sie vor sich auf dem Tresen auf.

»Was ist mit meinem Leben passiert?« fragt Lew. »Ich war so glücklich und zufrieden auf Long Island. Allein. Ganz allein. Ich hatte meine kleine Kanzlei, meine kleine Wohnung, meine kleinen Probleme. Ich mag es klein, Ave Maria. So klein, daß ich mich darin verstecken kann. Statt dessen muß ich mich damit herumschlagen.« Er macht eine ausladende Geste. »Ich liege jeden Abend wach im Bett und frage mich, was falsch gelaufen ist.«

»Ich weiß nicht, was ich dazu sagen soll, Lew.« Ich weiß es wirklich nicht. Normalerweise reden wir nicht über so persönliche Dinge, und es macht mich etwas verlegen.

»Ein Fehler.« Ich nehme an, Lew spricht von Inez' ungeplanter Schwangerschaft. »Ein kleiner Fehler und dann ... das. Inez war so ein nettes, stilles Mädchen. So hübsch. So anschmiegsam. Ein Bild. Jetzt ist sie eine fluchende, gemeine, widerspenstige, unmögliche Frau. Wenn sie nicht redet, ißt sie, egal wie, dieser Mund ist rund um die Uhr in Aktion.«

»Versuche, dich zu erinnern, warum du dich anfangs in sie verliebt hast.«

»Sie hatte einen phantastischen Körper.« Schweigen. »Einen schlanken, festen Körper wie ein flotter englischer Sportwagen. Sie war der TR-6 von Big Stone Gap. Sie hätte das Zeug zu einem Model gehabt.« Lew sieht mich an. »Schockiert es dich, daß ich das sage?« Lew seufzt. Die alte Inez scheint ihm wirklich sehr zu fehlen.

»Du bist nur ehrlich.« Dann schauen wir zu Inez hinüber, die keine Ahnung hat, daß wir über sie reden. Klatschmäuler können sich nie vorstellen, daß man auch über sie redet. »Glaubst du, sie weiß, wie du empfindest?«

»Seit fünf Jahren habe ich nicht den leisesten Schimmer, was dieser Frau durch den Kopf geht. Jede Fremde kenne ich besser.« Er seufzt.

»Ich wette, sie weiß es. Vielleicht ist das der Grund, warum sie soviel ißt.« Es ärgert mich, daß ich mich auf dieses Gespräch einlasse; ich wollte über etwas ganz anderes mit ihm reden. Obwohl er um sich herum nichts mitzubekommen scheint, liest er meine Gedanken.

»Was wolltest du denn mit mir besprechen?«

Ich antworte ihm nicht, weil ich auf einmal nur noch Liebespaare auf der Tanzfläche herumschweben sehe. Fleeta und Portly knuddeln einander, als hätten sie sich gerade nach einem hundertjährigen Schlaf wiedergefunden. Frauen, die mit mir zur Schule gegangen sind, tanzen engumschlungen mit Männern, mit denen sie seit ihrer Teenagerzeit verheiratet sind. (Von wegen, man sollte »nie jung heiraten«.) Rick Harmon, ein Schrank von einem Mann, der High-School-Champion im Kugelstoßen und jetzt Bergarbeiter, legt seiner Frau Sherry beim Tanzen eine Hand auf den Hintern. Sie schiebt sie diskret weg, und die beiden kichern. Otto tanzt mit Nellie Goodloe, die schaudernd abwinkt, als er ihr seinen Schlangenkopf zeigt. Ich sehe mich nach Theodore um. Ich möchte tanzen. Ich möchte auch über den Tanzboden schweben. Vergessen. Aber ich kann ihn nirgendwo entdecken. Vielleicht ist er rausgegangen, schießt es mir durch den Kopf, und spaziert über die Felder und kommt nie wieder zurück. Er wird einfach verschwinden, genau wie alles andere. Mein Herz beginnt zu rasen – solches Herzklopfen habe ich nicht mehr gehabt, seit ich im College mal eine Nacht durchgemacht und literweise Kaffee und jede Menge Aufputschtabletten in mich reingeschüttet habe. Ich lege eine Hand auf meine Brust und schaue nach unten. Meine Hand bewegt sich im Rhythmus meines Herzschlags.

»Alles in Ordnung?« fragt Lew.

»Ich fühle mich nicht gut.«

»Was fehlt dir denn?«

»Mein Herz rast.« Ich halte meine Hand immer noch auf meine Brust gepreßt, und so plötzlich wie es angefangen hat, hört das Herzrasen auf.

»Das ist eine Panikattacke«, sagt Lew und verscheucht eine Fliege von seiner Brille.

»So was hab ich noch nie gehabt.«

»Willkommen im Club. Wenn du einmal eine gehabt hast, weißt du nie, wann es dir das nächstemal passiert. Das ist das Alter.«

»Ich bin doch nicht alt!« Da ist sie wieder, die alte Jungfer Ave Maria. Sie steckt ihren Kopf aus dem Fenster wie ein Kuckuck aus einer Kuckucksuhr. Nicht alt! Nicht alt! Nicht alt!

»Ich hab nicht behauptet, daß du alt bist. Du bist einfach älter geworden.«

Mein Herzschlag ist zu einem normalen Rhythmus zurückgekehrt. Ich atme tief durch. Ich habe mal gelesen, daß man das in solchen Situationen tun soll. Sauerstoff tanken. Tief einatmen.

»Möchtest du tanzen?« Endlich! Theodore! Er hat mich nicht verlassen! Ich stehe auf. Aber er duftet nicht nach Minze und Äpfeln: Es ist ein neuer Duft, Sandelholz und Limone. Angenehm, aber ungewohnt.

»Möchtest du tanzen?« Jack Mac steht vor mir und bietet mir höflich seinen Arm.

Ich sehe mich nach Theodore um. Aber er ist nirgendwo zu sehen, er kann mich nicht retten.

»Okay. Klar.«

»Viel Spaß«, sagt Lew und winkt mir zum Abschied wie einem kleinen Kind.

Jack Mac nimmt meine Hand. Wir mischen uns unter die Tanzenden und bewegen uns auf die Mitte der Tanzfläche zu. Er zieht mich dicht an sich und legt seine Hand um meine Taille. Er tanzt langsam, und es ist leicht, ihm zu folgen. Beim Tanzen kommt er mir viel größer vor als sonst.

»Wo ist Sweet Sue?«

»Sie bringt die Kinder zu ihrem Daddy.«

»Er wohnt drüben in Coeburn, stimmt's?«

Jack Mac nickt.

»Ich kenne ihn noch von der High-School. Du auch?«

Jack Mac nickt.

»Mike Tinsley war in allem der Beste. Seine Sportjacke war mit Abzeichen übersät wie die Uniformjacke eines Generals. Weißt du noch?«

»Seit der High-School hat sich viel geändert«, erklärt Jack Mac und wendet seinen Blick ab, damit ich endlich aufhöre, von Mike Tinsley zu plappern. Ich wüßte doch, daß er Sue mit anderen Frauen betrogen hat, daß er sie schlecht behandelt hat und daß sie während ihrer Ehe fast jedes Wochenende zu ihren Eltern geflüchtet ist? Und war mir nicht klar, daß kein Mann Lust hat, sich mit seinem Vorgänger vergleichen zu lassen?

Jack Mac zieht mich an sich und drückt seine Wange an mein linkes Ohr.

»Wie geht's deiner Mutter?« Er antwortet nicht gleich. Ich spüre, wie er mich wegschiebt, um mich ansehen zu können. Er schaut mir in die Augen. Dann drückt er mich wieder an sich.

»Ehrlich gesagt, habe ich gerade nicht an meine Mutter gedacht.«

Um Himmels willen, Ave Maria! Wie kann man nur einen Mann nach seiner Mutter fragen? Wer tut denn so was? Du bist eine alte Jungfer! Du hast schon vergessen, wie man mit einem Mann redet. Sag was Intelligentes.

»Könnten wir einfach tanzen, ohne zu reden?«

Ich nicke. Nicht reden, Ave Maria. Dieser Mann schweigt lieber. Du gehst ihm auf die Nerven. Du mußt nicht krampfhaft versuchen, etwas Lustiges zu sagen. Du mußt ihn nicht unterhalten. Entspann dich. Hör auf die Musik und tanze. Einfach tanzen. Mehr nicht.

Das Stück ist zu Ende. Jack Mac verbeugt sich höflich und förmlich wie ein Graf. »Vielen Dank, Ma'm«, sagt er und geht.

Ich parke hinter Theodores Haus, um neuen Gerüchten vorzubeugen. Ich habe keine Lust, die stadtbekannte alte Jungfer, der stadtbekannte Bastard und auch noch die stadtbekannte Schlampe zu sein. Und Theodore ist schließlich Lehrer an der staatlichen High-School, mit einem tadellosen Ruf. Er schaltet das Licht an. Sein Haus ist schlicht und ordentlich. Es könnte das Haus irgendeines Lehrers sein, wenn da nicht das detailgetreue Modell wäre, das er auf seinem Eßtisch aufgebaut hat. Daß es sich um ein Eßzimmer handelt, erkennt man einzig daran, daß der Raum direkt neben der Küche liegt. Theodore hat sämtliche Stühle aus dem Zimmer geräumt. Er hat es in ein Arbeitszimmer verwandelt, wo er seine meisterhaften Shows choreographiert.

Heute abend hat er hundert Spielzeugsoldaten in sauberen Reihen aufmarschieren lassen; sie stellen die Marching Band unserer High-School dar. Auf einem alten Teewagen neben dem Tisch stehen ein alter Plattenspieler und zwei Lautsprecherboxen. Daneben stapelweise Schallplatten. Er hat alles von Sousa (klassische Marschmusik) bis zu Al Green (Rhythm-and-Blues-Sänger). Der Tisch ist mit Wachspapier bedeckt. Theodore hat mit Kreide die Linien des Footballfelds auf das Papier gemalt. Die Figuren marschieren in perfekten Reihen in der Formation eines Sterns auf drei Papierpyramiden zu, die auf der Mittellinie aufgereiht sind. Die Pyramiden sind maßstabgetreu aus Papier nachgebaut.

»Du willst Pyramiden bauen?«

»Die Jungs aus dem Werkunterricht werden sie machen. Die kleine Vernon soll sie bemalen. Kannst du dich an sie erinnern? Sie hat letztes Jahr den riesigen Globus für den High-School-Abschlußball gemacht, der unter dem Motto ›Mach meine Welt farbenfroh‹ stand.« Wie hätte ich den Abschlußball vergessen sollen? Ich war mit Theodore dort. Ich konnte es kaum fassen, daß mich endlich jemand zum Ball an der Powell Valley High-School eingeladen hatte. Als Schülerin bin ich nie eingeladen worden. Sechzehn Jahre später unter den Sternen aus Goldpapier zu tanzen hat es mir süß vergolten.

»Wer soll sie denn auf das Feld tragen?«

»Die Majoretten. Zwei unter jeder Pyramide.«

»Die Majoretten? Bist du verrückt?«

»Pappmaché. Sie werden so leicht sein wie Windbeutel.«

»Super. Und wirst du wieder die Lichter ausgehen lassen?« Bei jeder Show gibt es eine Stelle, wo die Band sich den einheimischen Fans zuwendet und ein Stück spielt. Das ist Tradition, kann aber ziemlich langweilig sein. Theodore hat sich etwas ausgedacht, um diesen Teil spannender zu machen; im entscheidenden Augenblick wird das Flutlicht ausgeschaltet, dann laufen die hübschen Majoretten mit wie Fackeln brennenden Stäben auf das Feld, gruppieren sich zu Formationen wie *Win* oder *Go* und beginnen, ihre Stäbe durch die Luft zu wirbeln.

»Die Mädchen unter den Pyramiden werden starke Taschenlampen bei sich haben. Ich habe Stücke aus den Filmen ausgesucht, in denen Elizabeth Taylor mitgespielt hat. Wir fangen an mit *Kleines Mädchen, großes Herz*, und wenn die Band die Titelmelodie von ... *die alles begehren* spielt, gehen die Lichter aus, und die Pyramiden werden von innen erleuchtet. Dann gehen wir zu dem Liebeslied aus *Cleopatra* über und Tayloe wird, als Kleopatra kostümiert, hinter der mittleren Pyramide hervortreten und einen brennenden Stab in die Luft wirbeln.« Theodore schiebt die Figuren auf dem Tisch herum, um mir seine Choreographie zu demonstrieren. Dann schaltet er das Licht im Zimmer aus und führt mir die beleuchteten Pyramiden vor.

»Das ist phantastisch, Theodore«, sage ich. Ich bin restlos begeistert. »Das wird sogar einen Filmstar umhauen.«

»In so einem Fall muß man einfach innovativ sein«, sagt Theodore, während er die Holzbläser mit einem Lineal verschiebt.

Ich spüre regelrecht die Bürde, die auf seinen Schultern lastet. »Elizabeth Taylor hat bestimmt schon mehr Shows ihr zu Ehren erlebt als alle Präsidenten zusammen. Die hat schon alles gesehen! Und in tausend verschiedenen Ländern. Aber wenn sie so etwas Großartiges in einem kleinen Kaff wie Big Stone Gap geboten kriegt, bricht sie glatt in Tränen aus. Du wirst bestimmt berühmt!«

Theodores Miene erhellt sich, als ich von Ruhm und Ehre spreche. Wem würde das nicht so gehen? Was für eine schmeichelhafte Vorstellung: begehrt und gefeiert zu werden wegen eines Talents, das einem von Gott gegeben wurde. Als Fachmann auf seinem Gebiet gefragt zu sein und zu Rate gezogen zu werden. Die Bewunderung und den Respekt zu genießen, der normalerweise nur Filmstars zuteil wird.

»Ich will nicht berühmt werden, Ave. Ich will einfach nur richtig gut sein.«

»Das bist du doch! Das bist du wirklich.« Es fällt mir nicht schwer, in Theodores Gegenwart leidenschaftlich zu werden. Ich glaube fest an ihn.

Theodore verschiebt eine Reihe Soldaten und verwandelt den Stern in ein Dreieck. Ich sehe ihm zu, wie er geschickt Formationen verändert und die Tischplatte studiert wie eine algebraische Gleichung. Theodore liebt seine Arbeit. Er denkt ständig darüber nach, überlegt, probiert alles mögliche aus, verbessert und feilt daran herum. Meine Mutter war genauso. Sie war nie zufrieden mit dem, was sie nähte. Ebenso viele Nähte, wie sie fertiggestellt hat, hat sie wieder aufgetrennt, wahrscheinlich mehr. Sie besaß eine Kunstfertigkeit, einen Stolz auf ihre Arbeit, der mir immer fremd geblieben ist. Sie war so hart mit sich selbst. Beim Nähen führte sie immer Selbstgespräche, kritisierte ihre Arbeit oder murmelte anerkennend lächelnd vor sich hin, wenn der Stoff von Stichen zusammengehalten wurde, so fein und gleichmäßig, daß sie fast unsichtbar waren. Das war das Markenzeichen meiner Mutter: Um ihren hohen Ansprüchen zu genügen, mußte die Naht so gut wie unsichtbar sein. Es kam auf den Gesamteindruck des Kleidungsstücks an. Die Silhouette. Die Paßform. Wie der Stoff fiel. Ihre Arbeit war so unsichtbar wie sie selbst.

Ich besitze weder die handwerklichen Fähigkeiten meiner Mutter noch Theodores visionäres Talent. Ich bin eine pillenzählende Apothekerin. Ich befolge einfach die Anweisungen der Ärzte, ich stelle noch nicht einmal Diagnosen. Bei meiner

Arbeit geht es nicht um Expansion, sondern um Präzision. Vielleicht liegt Theodore ja deswegen so sehr an meinem Rat. Details. Präzision. Darin bin ich gut.

»Um diese Show auf die Beine zu stellen, wirst du Helfer in den Kulissen brauchen. Ich könnte die Leute aus der Theatergruppe mobilisieren, ein Team zusammenstellen, und dann könntest du uns rumkommandieren.«

»Das würdest du für mich tun?«

»Na klar. Als Gegenleistung brauchst du nur mit mir ins Bett zu gehen.«

Darüber müssen Theodore und ich so sehr lachen, daß der Tisch anfängt zu wackeln und sämtliche Soldaten übereinanderpurzeln, als hätten sie gerade eine Schlacht verloren. Wir lachen, bis uns die Tränen übers Gesicht laufen. Ich bin mal gespannt, was die Nachbarn diesmal sagen werden. Wie langweilig wäre mein Leben ohne Theodore. Ob er das weiß?

Ich habe Pearl eine Woche freigegeben, damit sie sich auf den Eignungstest fürs College vorbereiten kann. Seit sie bei mir arbeitet, haben ihre Noten sich deutlich verbessert. Jack Gibbs, ihr Tutor an der High-School, hat mich angerufen, um sich bei mir zu bedanken. Sie hat durchaus Chancen, aufs College zu gehen. Mädchen wie Pearl fallen häufig durchs Raster, sagte er mir, und es würde ihn sehr freuen, wenn ein Mädchen aus den Bergen einmal alle Erwartungen überträfe.

Fleeta hat sich den Tag frei genommen, und ich bin heute allein im Laden. June Walker, die runzligste Frau der ganzen Stadt, macht mich ganz verrückt mit Fragen über Gesichtscremes.

»June, Sie müssen warten, bis Pearl aus der Schule kommt. Sie kennt sich am besten mit Cremes aus.«

»Also, dann soll sie sich gefälligst beeilen, weil das nämlich ein Notfall ist.«

Das Büchermobil hält vor der Apotheke. Pearl steigt aus. Iva Lou winkt und bedeutet mir, daß sie an der Tankstelle parkt. (Zwischen ihr und Kent Vanhook muß es richtig gefunkt haben, denn ihr üblicher Parkplatz an der Straße ist frei.)

Pearl hat einen modischen Kurzhaarschnitt und ist richtig schick angezogen. Kann es sein, daß sie einen Stretchgürtel trägt? Tatsächlich! Ich habe sie seit über einer Woche nicht gesehen. Welch ein Unterschied. Sie hat abgenommen! Und zwar soviel, daß man es deutlich sieht! Bevor ich dazu komme, meine Begeisterung zum Ausdruck zu bringen, plappert June schon drauflos.

»Pearl Grimes, du hast ja unglaublich abgenommen. Wie hast du das bloß gemacht?«

»Ich bin zu den Weight Watchers gegangen. Und ich esse jede Menge Wackelpeter.«

»Also, da mach ich auch mit. Wenn man davon schlank wird, esse ich ab jetzt auch eimerweise Wackelpeter. Hör zu, Mädel, ich hab Falten im Gesicht, da kann man 'ne Rolle Dimes drin verstecken, und ich möchte gern wissen, welche von diesen Cremes ich mir abends draufpappen soll.«

»Ich würde Ihnen die Queen-Helene-Gurkenmaske empfehlen. Sie ist ziemlich fett, aber sie zieht gut ein. Und Sie bekommen eine Menge für einen Dollar.«

Pearl führt June an einen kleinen Kosmetiktisch, den sie arrangiert hat. Ich sehe zu, wie sie – ganz Expertin – die unterschiedlichen Cremes zur Probe auf Junes Hand aufträgt. Ganz schön geschäftstüchtig, die Kleine. Vielleicht hat Jack Gibbs recht. Das Mädchen hat eine Zukunft, und die liegt nicht in Insko.

Das melodische Bimmeln der Türglocke kündigt den nächsten Kunden an.

»Guten Tag, Reverend.«

»Tag, Miss Mulligan.« Reverend Elmo Gaspar, unser Baptistenprediger und Schlangenbeschwörer, steht vor dem Medikamententresen und durchsucht sämtliche Hosen- und Jackentaschen.

»Reverend, Sie sind der zerstreuteste Mensch in ganz Südwestvirginia.«

»Ave Maria, ich weiß, daß ich ein Dussel bin. Aber, Sie wissen ja, es gibt keine Vollkommenheit in dieser Welt. Nur in der nächsten.«

»Wie wahr, Reverend!« ruft June unter ihrer Maske.

Der Reverend kichert in sich hinein und erinnert mich an die heitere Seite seines Charakters. Als ich klein war, versammelten wir uns jeden Freitagmorgen zur Andacht in der Aula der Grundschule. Die Predigt wurde immer von einem Pfarrer einer der örtlichen Gemeinden gehalten. Als wir größer wurden, fanden wir das natürlich ganz furchtbar. Aber als Kinder liebten wir die biblischen Geschichten von Hölle und Teufel, die von dem jeweiligen Prediger mit Leidenschaft und Inbrunst vorgetragen wurden. Die protestantischen Pfarrer wechselten sich ab, bis eines Tages einer von ihnen ausfiel und der einzige katholische Priester der Gegend einspringen mußte. Die anderen Kinder in der Schule zogen mich immer wegen meines Glaubens auf und behaupteten, wir Katholiken würden während der Messe Blut trinken und Statuen anbeten. Als sie hörten, daß der Priester kommen würde, waren sie davon überzeugt, daß er Hörner haben würde und grüne Haut. Sie waren mächtig enttäuscht, als Pastor Rausch, ein gütiger Mann mit einem Bürstenhaarschnitt, Handpuppen auspackte und damit die Parabel vom verlorenen Sohn spielte – nicht gerade ein Reißer. Ich wünschte mir fast, mein Priester hätte ein bißchen was Diabolisches an sich, zumindest für den theatralischen Effekt. Ich wollte, die Katholiken hätten ein bißchen mehr Pep. Hätte er nicht über Stigmata reden können oder über weinende Marienstatuen? Doch es sollte nicht sein. Wir hatten nicht das Zeug dazu. Aber die Protestanten.

Die Protestanten wußten, daß aggressive Verkaufstaktik alles ist (zwischen den einzelnen Sekten herrschte schon immer eine hitzige, wenn auch unausgesprochene Rivalität), und setzten jedes erdenkliche Mittel ein, um uns zu bekehren, Filme, Flugblätter und Lieder. Als Reverend Gaspar an der Reihe war, zeigte er uns einen Film, in dem tatsächlich gezeigt wurde, wie es im Himmel aussieht. Das Wohnzimmer im himmlischen Palast war aus rotem und goldenem Marmor, und junge, schöne Menschen in fließenden Gewändern ruhten auf Steinen und starrten in ein helles Licht, das von der offenen Decke einfiel. Das Licht war Gott, der gerade seine Schäfchen in einem der vielen Räume besuchte, die er für uns eingerichtet hat. Dann zeigte Reverend Gaspar uns die Hölle. Dort lagen die Menschen übereinandergestapelt und wanden sich in Qualen, Füße traten in Gesichter, ausgestreckte Hände flehten um Gnade, die Menschen knirschten mit den Zähnen und jammerten laut vor Entsetzen. An dieser Stelle hielt Reverend Gaspar den Film an. Er lief vor der Leinwand auf und ab, redete auf uns ein und versuchte, uns eine Heidenangst einzujagen. Das gelang ihm auch, und die meisten von uns waren in Tränen aufgelöst, als der Film schließlich zu Ende war. Nachdem wir unsere Tränen abgewischt und geschworen hatten, niemals zu lügen oder zu stehlen oder jemanden zu betrügen, sangen wir ein Lied über die Bibel.

»Reverend ..., erinnern Sie sich noch an das Lied, das Sie uns während der Andacht beigebracht haben, als ich noch ein Mädchen war?«

»Sind Sie denn nicht immer noch ein Mädchen, Miss Mulligan?« sagt er augenzwinkernd.

»Gott straft dich, wenn du lügst.« Ich summe ein bißchen vor mich hin, und dann fahre ich in meiner schrecklichen Singstimme fort: »Die B-I-B-E-L. Ja, das ist das richtige Buch! Für mich zählt Gottes Wort allein! Die B-I-B-E-L!«

»Sehr gut.« Der Reverend scheint froh zu sein, daß ich mein Ständchen beendet habe, und erleichtert darüber, daß er sein Rezept in der Brusttasche gefunden hat.

Ich falte es auseinander und befestige es an meinem Klemmbrett. Es ist von Doc Daugherty ausgestellt: eine Tinktur gegen Klapperschlangenbisse. Dieses Mittel habe ich immer vorrätig; schließlich ist Jagdsaison, und hin und wieder wird einer der Männer gebissen.

»Gehen Sie auf die Jagd, Reverend?«

»Nein, nein. Wir haben eine Erweckungsversammlung drüben in Frog Level. Ich werde dort predigen und Schlangen beschwören. Ich habe Doc Daugherty versprochen, das Gegengift parat zu halten.«

Der Reverend hat schon als ganz junger Mann angefangen, bei Erweckungsversammlungen Schlangen zu beschwören. Man erzählt sich, daß es einmal drei Klapperschlangen gleichzeitig waren, die er gebändigt hat, bis sie eingeschlafen sind. Das Schlangenbeschwören kommt im Alten Testament vor. Es ist eine Möglichkeit für Gläubige, ihren Glauben an Gott zu beweisen; wenn ihr Glaube rein ist, werden sie nicht von den Schlangen gebissen. Reverend Gaspar muß wirklich reinen Glaubens sein, denn er ist in all den Jahren nicht ein einziges Mal gebissen worden. Er schaut mich an und lächelt. Sein Gesicht hat einen glückseligen Ausdruck, es strahlt die Sanftheit eines Heiligen aus. Er muß jetzt fast siebzig sein, aber sein Gesicht ist faltenfrei und jugendlich. Er hat immer noch alle seine Zähne. Sie sind weiß und gesund. Seine Haare, die einmal schwarz, dicht und widerspenstig waren, sind ausgefallen, aber sein Schädel ist glatt und rosig, der Spiegel einer guten Gesundheit. Seine blauen Augen strahlen Humor und Klugheit aus, die nur von seinem gelassenen und vertrauten Verhältnis zu Gott herrühren können. Ihm geht jede Falschheit ab; er ist echt, warmherzig und gütig.

»Seien Sie bloß vorsichtig, Reverend.«

»Keine Sorge.« Er wendet sich zum Gehen, dann dreht er sich noch einmal nach mir um. »Miss Ave, erinnern Sie sich noch daran, wie das Lied weiterging, das ich Ihnen beigebracht habe?«

»Leider nicht, wie ich zu meiner Schande gestehen muß.«

Er singt: »GOTTES WORT WIRD UNS NIE IM STICH LASSEN; NIE IM STICH LASSEN …« Pearl, June und ich stimmen ein: »GOTTES WORT WIRD UNS NIE IM STICH LASSEN … NEIN! NEIN! NEIN!«

Reverend Gaspar lacht und geht.

»Irgendwann müssen Sie mal kommen und ihn predigen hören«, sagt June vom Kosmetiktisch aus. »Er ist einer der Besten, das garantiere ich Ihnen.«

Tayloe Slagle und ihre Majoretten kommen kichernd und schwatzend herein. Sie sind immer gerade so laut, um die Aufmerksamkeit auf sich zu ziehen; aber nicht laut genug, um Anstoß zu erregen.

»Was kann ich für euch tun, Mädels?«

Sie verteilen sich vor dem Zeitschriftenregal, ohne auf meine Frage zu reagieren. Wenn Fleeta hier wäre, würde sie ihnen mit dem Staubwedel auf die Finger hauen. Ich bin nicht ganz so streng mit ihnen, denn schließlich lassen sie für andere Dinge Geld hier.

Schließlich fragt Tayloe: »Haben Sie wasserfeste Wimperntusche bekommen?«

»Ich bin mir nicht sicher. Haben wir welche, Pearl?«

Pearl reibt Junes Gesicht mit Creme ein, als würde sie ein Auto wachsen. »Ja, Ma'm. Wir haben eine Lieferung Great Lash hereinbekommen.«

»Seht ihr? Bei uns bekommt ihr alles, was ihr braucht. Vielleicht solltet ihr euch mal von Pearl unsere neue Make-up-Serie vorführen lassen.« Pearl wirft mir einen Blick zu, als wollte sie sagen: *Bitte erwähnen Sie mich nicht. Wenn Sie nicht von mir sprechen, werden sie mich nicht bemerken. Ich verschwinde einfach in dem Tiegel mit der Queen-Helene-Gurkenmaske.*

»Darf ich Sie mal was fragen, Miss Mulligan?« Tayloe sieht mich an. Selbst nach einem anstrengenden Schultag, selbst in meinem gnadenlosen Neonlicht sieht sie umwerfend aus. Sie reckt ihr perfektes Kinn vor. »Warum sollte eine, die aussieht wie ich, Schönheitstips annehmen von einer, die aussieht wie sie?« Die Majoretten brechen in lautes Gelächter aus. Tayloe nimmt mein *People*-Magazin aus meinem Regal und fängt an, darin zu blättern. Ihre beiläufige Grausamkeit macht mich wütend. Plötzlich möchte ich nicht, daß sie und ihresgleichen irgend etwas in meinem Laden anrühren.

»Leg die Zeitschrift weg. Du kaufst sie sowieso nicht«, sage ich in einem Ton, der mich selbst verblüfft.

Hastig legt Tayloe das Heft weg. Ich schaue zu Pearl hinüber, deren Augen nicht mit Tränen gefüllt sind, die nicht vor

Verlegenheit errötet, die konzentriert und in aller Ruhe Junes Gesicht eincremt. Pearl ist kein Nervenbündel mehr.

»Ich will euch mal was sagen, Mädels. Und ihr werdet mir gefälligst zuhören.« Zwei der Majoretten, eine Rothaarige mit einer Frisur wie Farrah Fawcett, die andere eine Brünette mit einer Taille wie Jaclyn Smith, versuchen sich unauffällig zum Ausgang zu bewegen. »Ihr geht nirgendwo hin.« Die beiden bleiben stehen und drehen sich nach mir um.

»Du bist ganz schön von dir eingenommen, Tayloe, aber an deiner Stelle wäre ich vorsichtig. Dein hübsches Gesicht und deine gute Figur werden dir nicht immer bleiben. Und dann werden all die Mädchen wie Pearl, die in der Schule nicht so beliebt waren, die Hübschen sein. Und warum? Weil sie es sich erarbeiten müssen. Deswegen schätzen sie Schönheit in all ihren Formen. Du kennst Schönheit nur als etwas Naturgegebenes, nicht als etwas, was man sich verdient. Also wirst du nicht wissen, wie dir geschieht, wenn die Pfunde sich unmerklich ansammeln und die ersten Fältchen auftauchen; und dann wirst du in Panik geraten, weil deine beste Zeit vorbei ist. Aber dann wird Pearl ihre beste Zeit noch vor sich haben. Und warum? Weil sie von Anfang an etwas aus sich machen mußte. Niemand hat ihr dabei geholfen. Bestenfalls haben sich ein paar eingebildete Gänse über sie lustig gemacht, damit sie sich stark fühlen konnten. Aber glaub mir, diese Art von Stärke ist das reine Gift. Es wird sich gegen euch wenden. Wenn ihr erst mal in meinem Alter seid, dann werdet ihr diejenigen sein, die Pearl beneiden. Pearl dagegen wird gelernt haben, wieviel Kraft man daraus schöpft, wenn man sich selbst akzeptiert und liebt. Das ist etwas anderes als die fadenscheinige Eitelkeit, die ihr für Eigenliebe haltet. Am Ende wird Pearl Grimes so hübsch sein, daß sie euch als Fußabtreter benutzt.«

Es ist so still im Laden, daß man nichts hört außer dem leisen Quietschen des Stuhls, auf dem June Walker sitzt und sich zum Spiegel vorbeugt, um ihr eingecremtes Gesicht zu betrachten.

»Sie sind ja total übergeschnappt, Ave Maria Mulligan«, sagt Tayloe. Endlich mal jemand, der meinen Namen richtig ausspricht. Tayloe und ihre Freundinnen gehen. Pearl wendet sich wieder ihrer Kosmetikberatung zu.

Ich komme hinter dem Medikamententresen hervor, trete an die Tür und sehe den Mädchen nach. Ich weiß gar nicht, wie ich die Gefühle einordnen soll, die mich überkommen, aber aus irgendeinem Grund sehe ich mich selbst mit sechzehn dort gehen. Ich weiß, daß ich das nicht bin, da draußen auf der Straße, und doch sehe ich mich selbst in diesen Mädchen, die fortgehen und immer kleiner werden, bis sie verschwunden sind. Zum erstenmal habe ich das Gefühl, daß sich der rote Faden meines Lebens auflöst. Ich gehöre zu den Leuten, die schwören, daß sie sich selbst gut kennen. Ich bin eine Frau, auf die man sich verlassen kann und deren Verhalten jederzeit berechenbar ist. Nie schreie ich jemanden an, und ich halte auch keine Vorträge. Meistens tue ich alles mit einem Scherz ab, damit sich alle wieder wohl fühlen können. Aber außer meinem Bedürfnis, Pearl zu verteidigen, und außer meinem Gerechtigkeitsgefühl hat mich noch etwas anderes dazu getrieben, diese Mädchen zurechtzuweisen. Aber was? Woher kommt diese Stimme, die nicht mehr versucht, alles zu beschönigen, die statt dessen die Wahrheit ausspricht? Das ist nicht die Tochter von Fred Mulligan. Das ist die Tochter von Mario aus Schilpario, meinem Vater, dem Mann auf dem Foto. Warum habe ich versucht, das zu ignorieren, habe angenommen, er sei tot, nicht mehr da, nicht an mir interessiert? Aber plötzlich weiß ich – und ich bin mir dessen so sicher, wie ich weiß, daß ich hier stehe –, daß mein Vater lebt, daß es ihm gutgeht und daß ich ihn finden muß. Ich lege meine Hand auf meine Brust, in der Erwartung einer weiteren Panikattacke, aber sie kommt nicht. Die praktisch veranlagte Ave Maria muß gehen. Ich. Die immer noch unverheiratete Apothekerin, die sich nie ohne ihren Erste-Hilfe-Koffer in der Hand erwischen läßt. Ich. Die Frau, die so verantwortungsbewußt ist, daß sie immer zwei Ersatzreifen im Kofferraum hat. Ich. Die für alles und jedes zwei Versicherungen abschließt, weil sie fürchtet, eine Versicherungsgesellschaft könnte pleite gehen und sie nach einer Flutkatastrophe mittellos dastehen lassen. Ich. Die Frau, die ihr Leben so umsichtig eingerichtet hat, daß sie nie irgend jemanden um irgend etwas bitten muß. Ich habe genug von mir. Von ihr. Wer auch immer sie gewesen ist! Wer auch immer ich gewesen bin! Werde wütend, Ave Maria! Du bist allein auf dieser Welt. Man hat dich verlassen. Laß dich durch diese Wut zu dem antreiben, was du zu tun hast. Finde ihn. Finde deinen Vater!

Ich gehe hinaus auf die Straße. Ich atme tief ein, bis in die Zehenspitzen. Ich gehe zum Büchermobil hinüber. Ich habe einen Auftrag für Iva Lou Wade.

KAPITEL 4

Es ist still in meinem Wohnzimmer. Nur das Rascheln der Seiten ist zu hören, wenn Iva Lou und Theodore beim Lesen umblättern. Iva Lou war noch nie bei mir. Ich weiß auch nicht, warum. Sie ist geistreich und lustig, genau wie Theodore. Und ich mag sie sehr. Als Mama noch lebte, habe ich nicht oft Gäste eingeladen. Mama hat zu Hause genäht, so daß sowieso immer viele Leute vorbeikamen – vielleicht ist es uns einfach nicht eingefallen, ganz offiziell Gäste einzuladen. Mein Vater Fred konnte es nicht ausstehen, wenn Leute im Haus waren. Mama war immer darauf bedacht, daß kein Kunde mehr da war, wenn er von der Arbeit kam. Das ist ihr bestimmt sehr schwer gefallen. Sie war so gesellig. Mama liebte Menschen. Für sie gab es keine Fremden. Nach ihrem Tod kamen viele Leute zu mir und dankten mir für ihre Freundlichkeit: Frauen, denen Mama kostenlos die Kleider für den Abschlußball genäht hat. Mädchen, die ein Hochzeitskleid mit etwas mehr Weite in der Taille brauchten, weil sie ein bißchen schwanger waren und nicht wollten, daß man es ausgerechnet bei dieser Gelegenheit sah. Sie hat sich nie beschwert, sie hat es einfach getan.

Mein Vater dagegen hatte gegen alles und jeden Vorbehalte. Seine Kunden waren nie seine Freunde. Ich glaube, er hatte das Gefühl, daß man an Freunden kein Geld verdienen darf, deshalb hatte er keine. Oder vielleicht wollte auch niemand mit ihm befreundet sein. Wie auch immer, es ist ein herrliches Gefühl, mit Iva Lou und Theodore in meinem Wohnzimmer zu sitzen und Butterkuchen zu essen, um uns herum Stapel von Büchern aus dem Clinch Valley College, einer Abteilung der University of Virginia in Wise. Iva Lou durfte die Bücher ausleihen, weil sie den Bibliothekar in der Universitätsbibliothek kennt (sie haben zusammen Kaffee getrunken).

Sie hält mir ein Buch unter die Nase und zeigt mir eine Panoramaaufnahme. »Sieh mal, das ist Bergamo. Es ist ungefähr so groß wie Big Stone Gap.«

Ich betrachte die Ansicht von Bergamo. Auf der Piazza steht ein Springbrunnen mit tanzenden Engeln. Eselskarren fahren Leute spazieren. Ich sehe Kopfsteinpflastergassen. Feigenbäume. Kleine Steinhäuser. Kinder. Ich stelle mir meine Mutter als kleines Mädchen vor. Und irgendwie paßt es.

Theodore und Iva Lou gehen gegen Mitternacht. Ich spüle das Geschirr ab, gehe durch das Erdgeschoß und mache die Lichter aus. Dann tue ich etwas, das ich seit dem Tod meiner Mutter nicht mehr getan habe. Ich gehe in ihr Zimmer.

Das Zimmer meiner Mutter ist einfach. Ein Doppelbett mit einem weißen Bettüberwurf. Über dem Bett hängt ein kleines Holzkreuz. An der Wand gegenüber dem Fenster stehen ein einfacher Stuhl und ein Schreibtisch. Ihre Nähmaschine ist in einem kleinen Alkoven neben dem Fenster untergebracht. Der Schrank ist klein, drinnen alles ordentlich gefaltet. Ich setze mich auf die Bettkante und sehe mich in ihrem Zimmer um, als wäre ich noch nie hier gewesen. Als sie im Sterben lag, habe ich immer hier bei ihr geschlafen. Das war mein rechtmäßiger Platz, denn ich war alles, was sie hatte. Als kleines Mädchen bin ich immer zu ihr gekommen, wenn ich krank war, doch sie ließ mich nie in das Bett, das sie mit meinem Vater teilte. Sie kam mit in mein Zimmer im ersten Stock und legte sich neben mich. Sie sagte, sie wollte ihn nicht stören, aber heute weiß ich, daß sie ihn gar nicht stören konnte. Er wußte, daß ich nicht sein Kind war, und obwohl er mich liebevoll als seines hätte annehmen können, tat er es nicht, und sie hielt mich ruhig. Das war ihre Abmachung. Eine Abmachung, an die sich beide ihr ganzes Leben lang gehalten haben.

Auch meine Mutter war eine Leseratte. Gelegentlich kaufte sie ein Buch, aber meistens lieh sie welche im Büchermobil aus, genau wie ich. Am liebsten las sie Liebesgeschichten, die von fernen Orten und längst vergangenen Zeiten erzählten und in denen Kostüme beschrieben wurden. Wenn Mama die Kostüme für unser Theaterstück entwarf, beschäftigte sie sich mit dieser Zeit und zeichnete Entwürfe mit allem Drum und Dran, ehe sie anfing zu nähen. Sie hatte auch weniger »theatralische« Aufträge. Seit ich denken kann, hat meine Mutter alle Cheerleaderkostüme genäht. Sie kreierte ausgefallene Röcke für den Square Dance und natürlich Kleider für den Abschlußball in der Schule. Wenn ein Kunde etwas Verrücktes wollte, sagte meine Mutter mit ihrem italienischen Akzent: »Einfach ist besser. Immer einfach.« Manchmal hatte sie damit Erfolg, aber oft hörte ich sie schimpfen, wenn sie Ziermünzen und Spitze auf Kostüme nähte, die den Firlefanz eigentlich nicht nötig hatten. Oft überredete sie Frauen, die ihr Kleider zum Ändern oder zum Flicken brachten, einen Mantel mit rotem Satin oder einen Rock mit Seide zu füttern. »Niemand wird es sehen, aber Sie wissen, daß es da ist, und es wird sich wundervoll anfühlen«, sagte sie dann. Meine Mutter kannte die Feinheiten, doch in dem Leben, das sie führte, wurde das nicht gewürdigt. Ich nehme ein Buch vom Nachttisch. Auf dem Umschlag ist ein Bild von dem berühmten Gene Tierney. Ein Buch über die Kostüme in den Filmen zu Hollywoods Glanzzeit.

Mama hat mich immer ins Kino mitgenommen, drüben ins Trail Theater, gleich neben Zackie's. Damals wußte ich es nicht, aber Jim Roy Honeycutt, dem das Kino gehört, zeigte Filme, die damals schon zehn, fünfzehn Jahre alt waren. Ich habe mir nie die Mühe gemacht, meine Mutter zu fragen, warum die Menschen auf der Leinwand so seltsame Hüte und Frisuren trugen; es war einfach so. Und so verliebte ich mich in die großen Filmstars der dreißiger und vierziger Jahre: Clark Gable, William Powell, Spencer Tracy, Robert Taylor und vor allem Joel McCrea. Mama liebte die Schauspielerinnen, deren Kostüme von so berühmten Kostümbildnern wie Edith Head, und Adrian und Travis Banton stammten. Ich erinnere mich an die Namen, weil meine Mutter mich jedesmal auf sie aufmerksam gemacht hat, wenn sie im Abspann auftauchten. Wir haben immer wieder dieselben Filme gesehen, weil Mama die Kostüme studieren wollte. Anschließend hat sie jedes Detail mit mir diskutiert. Obwohl die Filme in Schwarzweiß waren, wußte Mama genau, ob die Goldfäden in Hedy Lamarrs Haremskostüm oder der Zobel an Rosalind Russels Mantel echt waren.

Meine Mutter war eine Schönheit. Sie hatte schwarzes, glänzendes Haar, das aussah wie lackiert. Sie trug es aus dem Gesicht gekämmt und zu einem schlichten Knoten geschlungen. Ihre Haut schimmerte golden, und sie starb ohne eine einzige Falte im Gesicht. Sie hatte tiefliegende, braune Augen mit schweren Lidern, wie auf einem Gemälde von Modigliani, einen langen Hals und lange Finger. Ihre Lippen waren voll, und sie hatte wunderschöne Zähne. Sie achtete darauf, regelmäßig zum Zahnarzt zu gehen, und nahm mich immer mit. Ihre Nase war königlich, gestochen scharf. Die hohe Stirn hatte etwas Aristokratisches; für mich war sie eine Königin. Doch in den Augen meiner Mutter lag immer eine tiefe Traurigkeit, die Sehnsucht danach, anderswo zu sein. Ich fragte sie oft: »Warum, Mama? Warum bist du hierher gekommen?« Als wäre es hier schlimmer als in einem Sumpf, als bekäme sie hier keine Luft. Aber sie liebte die Berge. Berge bedeuteten ihr alles.

Ich flehte sie an, mit mir nach Italien zu fahren, nachdem mein Vater gestorben war. Wir hatten die Zeit, wir hatten die Mittel, und vor allem hatten wir ihn nicht mehr. Wir waren frei, doch wir konnten uns nicht daran gewöhnen. Nach seinem Tod hätten wir Sergio Franchi so laut hören können, wie wir wollten, aber wir drehten die Musik immer noch leise, um seinen Wagen nicht zu überhören. Er duldete nichts Italienisches im Haus, bis auf das Essen. Was meine Mutter kochte, aß er mit Appetit, und eigentlich war das die einzige Gelegenheit, wo wir uns darauf verlassen konnten, daß er lächelte. Meine Mutter bereitete alles frisch zu; das Olivenöl bestellte sie in New York. Mein Vater trank sogar Espresso. Ihre Kochkunst war das einzige, was er an ihrer italienischen Herkunft schätzte. Er hatte zwar auf dem College Italienisch studiert, konnte es jedoch später nicht mehr gut sprechen. Es war ihm lieber, wenn meine Mutter Englisch sprach. Sie lehrte mich Italienisch, den Dialekt der Gegend, aus der sie kam; es war unsere Geheimsprache.

In dem Sommer, in dem ich die High-School abschloß, fuhren wir nach Monticello, zum Wohnhaus von Thomas Jefferson in Charlottesville, Virginia. Es ärgerte mich, als mein Vater Monticello mit einem weichen *c*, wie Monti-sello aussprach. Ich verbesserte ihn, und er wurde so wütend, daß er mich ohrfeigte. Doch das war das letzte Mal. Von diesem Augenblick an ging ich ihm aus dem Weg. Ich kapitulierte. Und dann gab auch Mama auf. Jahrelang hatte sie alles dafür getan, damit wir miteinander auskamen, aber es sollte nicht sein. Im nachhinein wird mir klar, daß sie mich vor ihm geschützt hat. Wir richteten unser Leben so ein, daß er es bequem hatte und sich nicht aufregte. Nie zeigte ich Wut, Niedergeschlagenheit oder Freude vor ihm. Ich schluckte alles hinunter, und bald wurde das ein Teil meines Charakters. Ich war da, um ihn zu unterhalten und zu erfreuen, niemals durfte ich ihn herausfordern oder mit ihm streiten. Wenn ich mit meiner Mutter allein war, konnte ich meine Empfindungen zeigen, doch dann fühlte ich mich schuldig – was nützte es, Mama aufzuregen?

Meine Mutter war römisch-katholisch. Sie durfte die Messe besuchen und mich mitnehmen, aber wir mußten auch mit meinem Vater zum Gottesdienst der Methodisten gehen. Die katholische Kirche wird von einem kleinen Orden namens Glenmary Orden geleitet. Bis vor fünf Jahren hatten wir nicht einmal eine richtige Kirche. Die Priester waren so damit beschäftigt, in ärmeren Gegenden Kirchen zu bauen, daß der Bau unserer Kirche immer wieder verschoben wurde. Schließlich wurde sie doch gebaut, und es machte meine Mutter überglücklich, den Katholiken nach dem Tod meines Vaters einen dicken, fetten Scheck auszustellen. Sie schenkte ihnen so viel Geld, daß sie damit unsere Kirche fertig bauen konnten! Als die Methodisten kamen und die Hand aufhielten, gab meine

Mutter ihnen eine symbolische Spende und verwies auf ihre große Gemeinde und die lange Spenderliste. Sie waren nicht gerade glücklich darüber, aber als gute Christen ließen sie es durchgehen.

Nachdem Fred Mulligan gestorben war, bemühten Mama und ich uns, gute Italienerinnen zu sein. Wir wollten die Seite in uns wiederfinden, die wir so lange verbergen mußten. Wir beschlossen, nach Italien zu fahren. Es machte uns großen Spaß, die Reise zu planen. Wir informierten uns, machten Pläne, kauften die Tickets, und dann, als das Datum immer näher rückte, geriet Mama in Panik und sagte, sie hätte Angst vor der Reisekrankheit. Sie war so aufgewühlt, daß ich alles absagte. Nach ein paar Tagen war sie wieder die alte. Das Ganze hatte sie so mitgenommen, daß ich keinen zweiten Anlauf unternahm. Sie hätte sowieso nicht mehr fahren können. Sie bekam Krebs, und das veränderte unser Leben von Grund auf.

Ich schaue mich in diesem Zimmer um und sehe, daß sie von allem eins hatte: eine Lampe, einen Schreibtisch, einen Stuhl. Sie besaß immer nur einen Wintermantel. Ein Paar gute Schuhe. Eine schöne Haarspange. Ein Kind. Von allem eins, nur eins, als wollte sie die Übersicht über ihr Leben behalten. Sie lebte nach ihrer eigenen Philosophie: Sei bescheiden, dann läßt er uns vielleicht bleiben. Als hätte sie nicht mehr verdient! Meine Mutter hätte so viel mehr verdient. Das Allerbeste! Kein Gold, keine Edelsteine, kein noch so seltener Diamant wären für meine Mutter gut genug gewesen. Sie war eine Frau mit Charakter. Zu wissen, daß sie ein Leben lebte, das dem nicht gerecht wurde, macht mich besonders traurig.

Man sollte meinen, daß ich nach ihrem Tod gleich in ihr Zimmer ging, um ihre Sachen auszusortieren. Aber ich konnte nicht. Ich nehme die Bücher von ihrem Nachttisch, lege sie aufs Bett und beginne, sie durchzusehen. Eins über Brustkrebs. Ein anderes über die italienische Küche. Ingrid Bergmanns Lebensgeschichte (wir beide liebten Biographien). Und schließlich: *Der Lago Maggiore und seine Provinzen.*

Ich nehme das Buch mit und mache das Licht in ihrem Zimmer aus. Ich fürchte mich in diesem Haus nie, aber heute abend durchläuft mich ein Schauer. Etwas bedrängt mich. Ich habe ein Leben in stiller Verzweiflung geführt (wie mein Lieblingsautor, Henry David Thomas Thoreau, es in *Walden oder Leben in den Wäldern* beschrieben hat), genau wie meine Mutter, und das will ich jetzt ändern. Als ich auf dem Weg in mein Schlafzimmer durch das Wohnzimmer gehe, greife ich noch nach einem kleinen Buch von dem Stapel, den Iva Lou hiergelassen hat. Es heißt *Schilpario – Ein Leben in den Bergen.* Auf der Büchereikarte steht: University of Virginia, Abteilung Architektur – »KEINE AUSLEIHE«. Iva Lou hat wirklich all ihre Beziehungen spielen lassen, um mir diese Bücher zu besorgen. Vielleicht sollte ich meinem Herzen einen Stoß geben und ihr ein bißchen Modeschmuck von Sarah Coventry abkaufen.

Als ich im Bett liege, betrachte ich die Bilder in dem Buch über Schilpario. Die italienischen Alpen sind spitz, und die Gipfel sind schneebedeckt. Sie wirken dreimal so hoch wie die Blue Ridge Mountains und viel bedrohlicher, nicht so sanft und mütterlich. Die Straßen scheinen neu, aber schmal zu sein. Auf einem Bild ist ein Sportwagen zu sehen, der um die gefährlichen Kurven fährt, am Straßenrand die tiefen, gezackten Einschnitte. Keine Leitplanken. Genau wie im Powell Valley! Ich blättere um, und die Stadt liegt vor mir. Wahrscheinlich mit einem Teleobjektiv von einem anderen Berg aus aufgenommen. Die Häuser stehen eng beieinander und sind in blassen Blau- und Brauntönen gestrichen. Die Farben der Alpen. Die Hauptstraße führt zu einer Wassermühle. Auf der nächsten Seite ist eine Großaufnahme der Wassermühle, eine Sehenswürdigkeit für Touristen. In früheren Zeiten, als es noch keine Elektrizitätswerke gab, versorgte die Wassermühle die Stadt mit Strom und Wasser. Heute ist sie ein Museum.

Ich blättere noch eine Seite weiter und habe die Honoratioren der Stadt vor mir. Sie stehen in einer Reihe. Nur Männer, aufgeplustert und stolz auf ihr kleines Dorf. Ich werfe einen Blick auf die Namen unter dem Foto. Beim Lesen schaue ich mir die Gesichter der Männer an, und eines erregt meine Aufmerksamkeit. Ich betrachte es genauer. Der Gesichtsausdruck. Ich habe ihn schon mal irgendwo gesehen. In meinem eigenen Spiegel. Mein Herz fängt an zu klopfen, wie an dem Abend in Carter's Scheune. Ich blicke an mir hinunter. Die Knöpfe an meinem Schlafanzug bewegen sich, doch diesmal kann ich die Panikattacke sogar hören: wusch, tock, wusch, tock schießt mein Blut durch mein angsterfülltes Herz. Ich atme tief durch, aber irgendwie kann ich nicht richtig einatmen, also sauge ich die Luft in kleinen Schnaufern in mich hinein. Ich denke an Lew, seinen Rat, mir keine Sorgen zu machen. Ich halte mich mit zitternden Fingern an dem Buch fest. Meine Finger sind schweißnaß und hinterlassen kleine dunkle Kreise auf dem Einband. Ich wische das Buch an meinem Bettüberwurf ab. Dann ziehe ich das Licht so dicht heran wie ein Mikroskop. Ich lege das Buch auf meine Knie. Ich zähle vier Namen ab. Der vierte gehört zu dem Gesicht, das ich zu kennen glaube. Ich fahre mit dem Finger über die Gesichter und wieder zu dem dazugehörigen Namen: Mario Barbari, seit 1961 Bürgermeister von Schilpario. Ich schlage die ersten Seiten des Buches auf und suche das Erscheinungsjahr: 1962. Das ist lange her. Ich ziehe das kleine Foto von meinem Vater mit dem gezackten Rand aus seinem Umschlag (ich trage es immer bei mir) und vergleiche die Gesichter. Auf dem Foto im Buch ist Mario Barbari nur klein abgebildet. Aber ich kann die Form seines Gesichts, die Augen, die Brauen erkennen – es ist dem jungen Mann auf dem Foto, das Mama mir hinterlassen hat, sehr ähnlich. Ist er mein Vater?

Ich kann den Freitag kaum erwarten, denn dann kommt Iva Lou mit dem Büchermobil. Fast hätte ich sie zu Hause angerufen, denn ich wollte ihr von dem Bild mit Mario Barbari erzählen. Es dauert mir zu lange, bis sie in die Stadt kommt, und weil ich so nervös und aufgeregt bin, fahre ich ihr zu ihrem ersten Halt im Süden der Stadt entgegen. Iva Lou sitzt auf dem Fahrersitz des Büchermobils und ißt einen Hot dog. Ich kurble mein Fenster herunter und rufe: »Bist du allein?«

»Bis jetzt war niemand da. Das Geschäft geht so schlecht wie an Weihnachten.«

Ich parke neben dem Büchermobil und gehe zu ihr rein. »Ich glaube, ich habe ihn gefunden. Mario.«

»Herr im Himmel!« Sie hüpft auf und ab. Das Büchermobil schaukelt wie ein Boot.

»Vorsicht, Iva. Wir kippen um.«

»Keine Angst, *cara*. Der alte Kasten muß es nicht mehr lange machen.«

»Warum? Spendiert die Regierung einen neuen?«

»Nein. Aber die gute alte Liz Taylor kommt zu Besuch, und es gibt eine Benefizveranstaltung mit Hähnchen vom Grill drüben im Coach House. Sie ist der Ehrengast. Wir verkaufen Eintrittskarten und sammeln, damit wir endlich eine richtige Bücherei bekommen. Das könnte es sein, Ave. Das ganz große Ding!«

Ich setze mich auf meinen Klappsitz. Warum paßt mir das nicht? Hänge ich so sehr an diesem Lastwagen voller Bücher?

»Ich weiß, daß du dieses Ding liebst – aber eine Bücherei! Stell dir mal all die Bücher vor, die wir bekommen können, wenn wir ein ganzes Haus haben!«

»Du hast völlig recht. Ich bin eine richtige Egoistin.«

»Der Gouverneur hat versprochen, noch mal genausoviel draufzulegen, wie Liz Taylor spendet. Kann ich dich auf die Liste für zwei Eintrittskarten setzen?«

»Na klar.«

»Es wird bestimmt lustig. Wir nehmen Theodore für dich, und ich werde mir Lyle Makin schnappen. Er ist schon eine ganze Weile hinter mir her, ich könnte mich ja mal einfangen lassen. Er ist nett, und er hat einen anständigen Anzug. Aber was rede ich, erzähl mir von dem Mann, der dein Vater sein könnte.«

Ich zeige Iva Lou das Buch; sie macht sich ein paar Notizen. Iva Lou hat Fortschritte bei der Einwanderungsbehörde gemacht und hat ebenfalls neue Informationen für mich.

»Kaffee?«

Diesmal nehme ich ihr Angebot an. Sie zieht eine Tüte aus einem Regal und bietet mir ein Rosinenbrötchen an. Ich nehme es und breche kleine Stückchen davon ab, während ich Iva Lou von der Nacht erzähle, in der ich meinen Vater in dem Buch gefunden habe. Sie hört gebannt zu und verschlingt jedes Wort.

Big Stone Gap war noch nie in so großer Aufregung. Theodore probt ununterbrochen für die Show. Nellie Goodloe hat die Organisation für das Essen im Coach House übernommen; und ich schreibe Briefe an Ministerien in Italien, um Informationen über Mario Barbari zu sammeln. Es ist, als wären die Blue Ridge Mountains um uns herum geschrumpft und ein größeres Universum hätte uns entdeckt. Das ist gleichzeitig aufregend und beängstigend. Bis jetzt war das Leben so bequem und ruhig; wie komme ich dazu, es aus dem Gleichgewicht zu bringen?

Neben allem, was in meinem Privatleben geschieht, muß ich mich um die Apotheke kümmern. Ich inspiziere gerade eine Lieferung, Fleeta steht an der Kasse, und Pearl überprüft unsere Medikamentenvorräte, als die vertraute Minensirene losgeht. In der Grube ist Feierabend; bald werden Scharen von hungrigen Männern zum Abendessen heimkehren. Während ich bestellte Medikamente vorbereite, sehe ich zu meinen beiden Angestellten hinüber und fühle mich geborgen. Dann heult die Sirene dreimal in schneller Folge. Das ist nicht die Feierabendsirene, das ist die Alarmsirene. Irgend etwas Schreckliches ist in der Mine geschehen. Wir handeln mechanisch. Fleeta hilft mir aus dem weißen Kittel und in die Jacke vom Rettungsteam, und ich greife nach meinem Erste-Hilfe-Koffer. Draußen hupt es – es ist Spec –, ich springe in den Rettungswagen. An Specs Gesichtsausdruck kann ich ablesen, daß es eine schlimme Explosion war, deshalb stelle ich keine Fragen. Wieder heult die Sirene dreimal. Spec kann gar nicht schnell genug fahren.

Wir rasen den Berg zur Mine hinauf. Die Straße ist nicht geteert, ein reiner Kiesweg; wir wirbeln Staub auf und werden in den Spuren, die die Kohlelastwagen ausgefahren haben, hin und her geschüttelt. Über der Zufahrtsstraße zur Mine hängt dicker, grauer Rauch.

Als erstes halten wir vor dem Registrierhäuschen neben dem Grubeneingang. Dort hinterläßt jeder Bergarbeiter eine silberne Plakette mit seinem Namen, ehe er seine Schicht beginnt. An seinem Gürtel trägt er das Pendant, so daß die Minengesellschaft immer weiß, wer wo arbeitet. An der Tafel hängen drei Plaketten; drei Männer befinden sich noch in der Mine. A. Johnson, R. Harmon und J. MacChesney. Ich hole tief Luft.

»Komm schon, Ave, wir haben nicht den ganzen Tag Zeit«, sagt Spec, und wir gehen auf das Rettungsteam zu.

Es gibt vier Eingänge in den Berg. Einer bringt die Bergarbeiter zu ihrem Arbeitsplatz, in einem läuft das Förderband, das die Kohle heraustransportiert, und die anderen beiden dienen der Belüftung. Unten in der Mine herrscht eine hohe Konzentration an Methangas, so daß die kleinste Störung zu einer Explosion führen kann. Es gibt Inspektoren, die Tag und Nacht die Konzentration des Methangases überprüfen. Doch da die Arbeiter bis zu fünf Meilen tief in den Berg hinein fahren, droht immer Gefahr. Immer. Als wir näher kommen, wird der Rauch pechschwarz, also muß die Explosion ziemlich tief im Berg stattgefunden haben. Die Notfallteams aus den umliegenden Städten sind auch schon da. Ich sehe Wagen aus Appalachia, Stonega, Norton, Coeburn und Wise.

Spec und ich warten auf die Anweisungen des Steigers, der über Funk mit den Bergleuten in der Mine verbunden ist. Die Tragen füllen sich schnell. Die meisten Verletzungen scheinen Rauchvergiftungen zu sein. Wir wagen zu hoffen, daß die Situation im Innern des Bergs nicht allzu schlimm ist. Dafür spricht, daß dies eine neue Grube ist, so daß die tragenden Konstruktionen dem neuesten Stand der Technik entsprechen.

Spec und ich sollen das Team aus Stonega verstärken. Ich kann vor lauter Rauch nichts sehen, aber es würde sowieso nichts nützen. Der Steiger zeigt uns auf einer Karte, wo die Explosion stattgefunden hat: Es ist auf der dritten Sohle, ungefähr fünf Meilen tief im Berg.

Als ich zusammen mit Freiwilligen aus dem ganzen Staat für das Notfallteam ausgebildet wurde, wurden wir durch ein Bergwerk geführt. Ich weiß noch, daß ich mich darauf gefreut habe, wie auf einen Ausflug. Wir zogen uns wie Bergarbeiter an: Overall, Gummistiefel, Helm mit Lampe, der Gürtel, an dem wir die Batterien für die Lampe befestigten, die Identitätsmarke und eine Maske, über die Kohlenmonoxid in Kohlendioxid umgewandelt wird, falls es zu einer Explosion kommt. Bergarbeiter müssen Schutzbrillen tragen; jeder tut es. Es wird ebenfalls empfohlen, eine schützende Stoffmaske zu tragen, um die Inhalation von tödlichem Kohlenstaub zu vermindern, aber die meisten stört sie beim Sprechen, und sie sind sowieso davon überzeugt, daß eine Maske die Staublunge nicht verhindert, so daß sie sie meistens weglassen.

Ich hatte ziemlich romantische Vorstellungen vom Innern des Bergs, dachte, er wäre wie eine verwunschene Höhle, unheimlich und schön. Aber von dem Augenblick an, als ich mit den anderen in den Wagen kletterte, kam mir alles ziemlich bedrohlich vor. Die Wagen sind flach, wie Kanus aus Blech, sie fassen ungefähr zehn Mann. Die Decken des Schachts sind niedrig, so daß man die meiste Zeit liegen muß; beim Einfahren in die Tiefe ist das nervenaufreibend und unbequem. Der einzige, der aufrecht sitzen darf, ist der Fahrer; er lenkt den Wagen mit einer Holzstange, die mit den elektrischen Drähten an der Decke verbunden ist. Während der Fahrt wird nicht viel gesprochen, aber viel gekaut und gespuckt. Die Männer kauen Tabak, um den Mund zu befeuchten, denn die Luft in der Mine ist sehr trocken. Die Temperatur beträgt das ganze Jahr circa fünfzehn Grad.

Ich hatte angenommen, im Innern der Mine wäre alles gut beleuchtet. Doch die Hauptlichtquelle ist die Lampe an unseren Helmen. Viele Wände sind weiß. Wenn die Kohle gefördert ist, besprühen die Männer die Wände mit einer weißen, nicht entzündlichen Farbe, damit sich die Grube nicht in einen Ofen verwandelt, der seine eigene Kohle grillt, wenn ein Feuer ausbricht.

Unser Führer erklärte uns, daß jeder Wagen eine Gruppe von Bergleuten zu einem bestimmten Arbeitsplatz bringt. Im

Zuge des technischen Fortschritts wurde eine Maschine entwickelt, eine Kohlenfräse, die »Der automatische Bergmann« genannt wird und die eigentliche Arbeit tut, nämlich die Kohle von den Wänden fräst. Die Männer sind dazu da, die Kohle auf das Förderband zu laden, nachdem die Maschine sie aus dem Gestein geholt hat. Wenn die Kohle in einem Flöz erschöpft ist, befestigt eine Truppe dicke Stützbalken an den Wänden. Danach treibt eine Mannschaft von Spezialisten gigantische Bolzen in die Balkendecke, damit die Männer noch tiefer im Berg Kohle fördern können. Die meisten Arbeiter kommen durch Steinschlag um, nicht durch Explosionen. Eine weitere Bedrohung ist ein Wassereinbruch. Ein Mann, den sie den Pumper nennen, ist während der ganzen Schicht in der Grube unterwegs und pumpt Wasser raus, denn es gibt keine Möglichkeit, unterirdische Quellen zu orten.

Ich erinnere mich an das Erstickungsgefühl, als der Wagen auf unserer Besichtigungsfahrt immer tiefer in den Berg fuhr, und als der Tunnel hinter uns zu einem schwarzen Fluß ohne Ende wurde, bekam ich noch mehr Angst. Auch die Dimensionen der Grube veränderten sich. Manchmal erschien sie beinahe groß, wie eine Höhle, dann wieder schob sich der Wagen durch einen so engen Spalt, daß ich mit den Armen die Wände zu beiden Seiten berühren konnte.

Ständig wurde man an die drohende Gefahr erinnert: durch Gasmelder, die eine Sirene auslösen, wenn giftige Gase aus der Erde kommen, durch Maschinen, die auf automatischen Betrieb programmiert sind und schwere Verletzungen hervorrufen können, wenn sie ohne Vorwarnung losgehen, und natürlich durch den Staub. Man kann ihn schmecken, und wenn man ihn durch die Nase einatmet, ist es, als rauche man eine Zigarette. Am Anfang ist es ungewohnt, und man kämpft dagegen an. Aber irgendwann vergißt man es. Kohlenstaub dringt durch die Haut, füllt die Lunge und verursacht alle möglichen Krankheiten – Krebs ist das kleinste Übel, das schlimmste ist die Staublunge. Doch alle Krankheiten sind schmerzhaft, langwierig und führen schleichend zum Tod. Ich fragte mich, wie die Männer das jeden Tag aushielten. Ich könnte es nicht.

Ich lerne Bergleute immer erst kennen, nachdem sie schon lange aufgehört haben, in der Grube zu arbeiten, und wegen ihrer Staublunge Invalidenrente beziehen. Dann brauchen sie ihre Medikamente, und glauben Sie mir, sie brauchen eine Menge. Wenn es nicht die Lunge ist, sind es die Gelenke, die durch Verletzungen beim Verladen der Kohle, das ständige Bücken und Heben kaputtgehen. So wie die Berge ausgebeutet werden, bis die Kohlevorkommen erschöpft sind, werden die Männer verschlissen, die den Bergen ihre Schätze entreißen.

Es ist hier Tradition, daß die Männer in den Bergbau gehen; normalerweise folgen die Söhne ihren Vätern in den Berg, und deren Söhne werden ihnen folgen. Es gibt erstaunliche Geschichten über die Tapferkeit der Bergleute, und daran denke ich, während ich auf Anweisungen warte. In den dreißiger Jahren war Wesley Abingdon in unserer Gegend ein Held, weil er bei einem Unglück andere rettete – er fuhr mit dem Förderwagen in die Grube, warf die Männer hinein, brachte sie nach oben, warf sie aus dem Wagen und fuhr wieder ein. An jenem Tag rettete er ungefähr dreißig Männer, und diese dreißig Männer erzählten es ihren dreißig Familien und so weiter. Wesley war ein Heiliger für uns.

Vor ein paar Jahren gab es einen Zwischenfall, der, je öfter man ihn erzählt, um so mehr wie ein Volksmärchen klingt. Doch ich war dabei und kann bestätigen, daß die Geschichte wahr ist. Es war Spätfrühling, und die Berge wurden gerade grün. Die Sirene ertönte, und wir sammelten uns, so wie heute, um bei der Rettung zu helfen. Der Steiger meinte, daß alle Männer draußen seien, doch einer wurde immer noch vermißt: Basil Tate, ein junger Bergarbeiter. Das Helferteam beriet gerade darüber, wie man weiter vorgehen sollte, als tief im Berg ein Rumoren zu hören war. Das Geräusch war anfangs ganz leise, doch es hörte sich so an, als bewege es sich auf den Ausgang zu. Ich werde nie vergessen, was dann geschah. Aus dem Rumoren wurde ein Wirbelsturm. Schmutz und schwarzer Rauch quollen aus dem Eingang, und dann hörten wir einen Knall. Wir blickten auf, und da flog Basil Tate wie eine menschliche Kanonenkugel durch die Luft. Durch die Explosion war ein Vakuum entstanden, in dem Basil gefangen war. Dann hatte das Feuer den Rauch (samt Basil) aus dem Schacht geschleudert. Die Menge beobachtete das Spektakel voller Ehrfurcht. Lebte er noch? War er tot? Wir waren nicht sicher, deshalb liefen wir dem Körper über den Hügel und den Abhang hinunter nach. Basil landete neben dem Bach im weichen Matsch. Wir waren überzeugt, daß er tot war. Als wir bei ihm ankamen, war er bewußtlos, sein Körper s-förmig verkrümmt. Wir erkannten an der Lage, daß er sich Wirbel und die Beine gebrochen hatte. Aber sein Puls war noch zu tasten. Also legten wir ihn vorsichtig auf eine Trage und riefen einen Hubschrauber von der University of Virginia, der ihn in die Notaufnahme flog. Basil hatte beinahe zwei Jahre lang einen Ganzkörpergips. Heute arbeitet er an der Kasse in unserem Theater. Wir nennen ihn den Wundermann.

Soweit man das von einer Explosion überhaupt behaupten kann, scheint diese nicht so schlimm gewesen zu sein. Es ist noch kein Feuer ausgebrochen; ein Kurzschluß am Eingang der Mine verursacht den Rauch. Die schwerste Aufgabe ist es, die Bergleute sicher und ohne Rauchvergiftung aus der Mine zu holen. Im dritten Schacht sind noch zwei Männer, und Rick Harmon wird ebenfalls noch vermißt. Der Steiger versucht gerade, dem Mann von der Gesellschaft eine Lagebeschreibung der dritten Sohle zu geben, da sehe ich, wie Jack Mac mit einem anderen Bergmann aus dem Luftschacht kriecht. Ich höre einen Schrei, als eine der Frauen auf ihren Mann zurennt. Sie wird zurückgehalten, während sich das Helferteam aus Coeburn um ihn kümmert. Ich laufe zu Jack Mac, und sage: »Rick ist noch drin.« Zwei Ingenieure von der Minengesellschaft versuchen, ihn zurückzuhalten, doch Jack Mac schüttelt ihre Hände ab, und dann geht er wieder in die Grube. Der Vormann schimpft mit mir, weil ich die Information weitergegeben habe, und befiehlt mir, hinter der Linie auf Verletzte zu warten.

Das Schlimmste an diesen Unfällen ist das bange Warten darauf, daß auch die Retter, die in die Grube eingefahren sind, wieder herauskommen. Während des Wartens herrscht Stille, nur unterbrochen von tiefem Seufzen. Die wenigsten Leute weinen; Unfälle sind Berufsrisiko, und es hat keinen Sinn, sich Sorgen zu machen, bevor wirklich etwas geschehen ist.

Spec ist sauer auf mich, weil meine große Klappe ihn zur Untätigkeit verdammt hat. Spec steht gern im Mittelpunkt des Geschehens, und nun gehört er zu den Zuschauern. Zwanzig Minuten vergehen. Die beiden Bergleute aus der dritten Sohle sind herausgezogen worden, aber von Jack Mac ist immer noch nichts zu sehen. Ich habe deswegen schreckliche Schuldgefühle. Warum mußte ich ihm von Rick erzählen? Hätte ich es nicht den Männern von der Minengesellschaft überlassen können, eine Lösung zu seiner Rettung zu finden? Wußte ich nicht, daß Jack Mac niemals stillsitzen und abwarten würde, bis sie etwas unternehmen? Eine Hand legt sich auf meine Schulter. Ich drehe mich um, und vor mir steht Sweet Sue, blankes Entsetzen im Gesicht.

»Ist er da drin, Ave?«

»Ja. Er holt Rick raus. Mach dir keine Sorgen.« Ich tröste Sweet Sue so gut ich kann, und sie geht schließlich zu den anderen Frauen zurück. Ich schaue zu ihnen hinüber. Ihre Gesichter spiegeln Gefühle von tiefster Verzweiflung bis zu reiner Wut. Sie haben das hier satt, und es ist ihr Recht, wütend zu sein.

Spec ruft mir zu, ihm zu folgen, denn die meisten Helferteams sind bereits mit Verletzten abgefahren. Der Steiger ist immer noch wütend auf mich, weil ich Jack Mac gesagt habe, daß Rick noch drin ist. Seine Aufgabe ist es, so viele Männer wie möglich zu retten, und jetzt sieht es so aus, als würde er zwei verlieren. Spec versucht gerade, unseren Streit zu schlichten, als wir eine Frau schreien hören. »Helft ihnen! Helft ihnen!«

Die Menge wird mucksmäuschenstill, als Rauch aus dem Eingang quillt. Dann, fast wie in einem Traum, entsteigt Jack

MacChesney der Mine, einen Mann auf den Armen. Ich höre jemanden rufen: »Jack Mac hat Rick! Er hat Rick!« Rick Harmons Körper ist leblos.

Spec ist ein Meister im Wiederbeleben und Beatmen, deshalb übernimmt er, und ich assistiere ihm. Jack Mac bricht zusammen, und sofort kümmert sich ein Arzt um ihn. Ich schaue zu ihm hinüber und sehe, daß er bewußtlos ist. Ricks Frau rennt mit ihren Kindern auf uns zu. Als sie Rick sehen, wollen sie ihn berühren, in dem Glauben, ihn mit Streicheln und Liebe und Küssen wieder zum Leben erwecken zu können. Doch der Steiger zieht sie weg, und wir pumpen weiter. Pumpen und pumpen. Spec sieht zu mir auf. »Ich glaube, er kommt zu sich.«

Der Arzt kommt dazu und übernimmt. Er schreit uns an, daß wir Rick aus dem verrauchten Gebiet bringen sollen, also heben wir ihn vorsichtig hoch, betten ihn auf eine Trage und bringen ihn ein paar Meter weiter auf eine Lichtung. Rick öffnet die Augen und sagt: »Mein Fuß. Mein gottverdammter Fuß.« Ich lächle Rick an, und mein Blick sagt: *Ich finde, jetzt ist nicht der richtige Zeitpunkt, Gott zu verfluchen,* und er erwidert meinen Blick, wie um sich zu entschuldigen.

»Laß mal sehen.« Ich hatte bis jetzt nicht bemerkt, daß etwas mit seinem Fuß nicht in Ordnung war. Er ist gequetscht und blutet. Ich lächle wieder und sage Rick, er soll sich keine Sorgen machen. Aber ich mache mir Sorgen; über seinen Spann verläuft ein tiefer Schnitt, und ich kann die Zehen nicht erkennen. Ich habe Angst, daß der Fuß vielleicht amputiert werden muß. »Wie sieht's aus, Ave?« fragt er und erwartet das Schlimmste. »Nicht allzu schlimm.« Rick scheint erleichtert und schließt die Augen. Dann verliert er das Bewußtsein. Ich verbinde den Fuß und kühle ihn mit Eis.

Das Team aus Norton gibt ihm Sauerstoff und schiebt ihn in den Krankenwagen. Die Türen werden zugeschlagen, und sie rasen davon. Ich blicke mich suchend nach Jack Mac um, doch er ist verschwunden. Die Leute aus Appalachia haben ihn ins Krankenhaus gebracht.

Rick Harmons Frau kommt auf mich zu und umarmt mich. Alles, was ich denken kann, ist, wie sehr sie ihn lieben muß und wie glücklich sie und Rick waren, als sie neulich in Carter's Scheune zusammen tanzten.

Spec setzt mich an der Apotheke ab, und ich sage Pearl und Fleeta, daß ich schnell zum Krankenhaus fahre, um herauszufinden, wie es den Männern geht. Die beiden fragen nicht nach Details; der Polizeifunk hat sie auf dem laufenden gehalten. Fleeta hält mich fest, als ich gehen will, und wischt mir mit einem Taschentuch Dreck aus dem Gesicht.

Das Saint Agnes Hospital wurde von irischen Nonnen gegründet, die 1930 eingewandert sind. Die Leute hier in der Gegend sagen: »Geh zu den Schwestern. Die kümmern sich um dich.« Auch wenn die Einheimischen sonst nicht viel für die Katholiken übrig haben, sobald es um die Gesundheit geht, machen sie eine Ausnahme. Die Nonnen haben ihr Krankenhaus in Norton gebaut, weil die Stadt für alle Bergarbeitersiedlungen gut zu erreichen ist. Ich liebe das Krankenhaus, weil in jeder Ecke Statuen von Heiligen und Engeln stehen. Als Yeola Clarkston einmal wegen einer Thrombose hier lag, schwor sie, die Jungfrau Maria habe ihr zugewinkt. Schwester Catherine erzählte mir, sosehr sie sich auch eine Erscheinung der Heiligen in Norton wünschten, sei sie sich ziemlich sicher, daß Yeola die Jungfrau Maria nicht gesehen hatte. Yeola nahm damals alle möglichen Tabletten und sah so manches.

Die meisten Bergleute sind bereits wieder entlassen worden. Ich frage eine Schwester, ob sie etwas über Rick Harmon weiß, und sie sagt mir, daß er im Krankenhaus in Charlottesville operiert wird. Sie will mir Bescheid geben, sobald sie mehr weiß. Ich treffe Spec auf dem Flur und beglückwünsche ihn zu seiner gelungenen Reanimation; er dankt mir für meine Hilfe. Als ich auf dem Weg nach draußen um die Ecke biege, laufe ich Jack MacChesney in die Arme. Als ich ihn kurz an mich drücke, ist er ziemlich verblüfft.

»Geht es dir gut?«

»Jawohl, Ma'm.«

Jack Mac sieht mich komisch an, wahrscheinlich hat Fleeta nicht allen Ruß wegbekommen. Ich wische mir mit dem Ärmel durch das Gesicht. Dann sagt er ruhig. »Danke, daß du mir das mit Rick gesagt hast ...«

Ich schneide ihm das Wort ab. »Der Mann von der Minengesellschaft war richtig sauer auf mich. Der Typ ist ein echter Idiot.« Warum rede ich so laut? Ich bin unausstehlich. Dann platze ich heraus: »Soll ich dich nach Hause fahren?«

Jack Mac sieht so aus, als würde er liebend gerne ja sagen. Er will gerade antworten, da hören wir eine vertraute Stimme.

»Jack! Laß dich anschauen!« ruft seine Mutter.

Ich drehe mich um, und da ist Mrs. Mac am Arm von Sweet Sue. Jack sieht mich einen Moment lang verwirrt an. Dann rennt Sue auf ihn zu und bedeckt ihn mit Küssen. Schließlich kommt Mrs. Mac an die Reihe und hört nicht auf, sein Gesicht zu streicheln, als wäre er fünf Jahre alt. Plötzlich kommen all die traurigen Gefühle wieder hoch, die ich als kleines Mädchen hatte: Ich bin eine Außenseiterin, ein Unglück, unerwünscht. Sweet Sue und Mrs. Mac machen ein Riesentamtam um Jack, und mit Recht, denn er ist der Held des Tages. Er hat zwar keine dreißig Männer gerettet, aber einen. In den Augen der Leute hier ist das mindestens genauso wichtig.

Ich freue mich, daß Sweet Sue und Mrs. Mac soviel Aufhebens um ihn machen. Er hat es verdient, so geliebt zu werden! Jemanden zu haben, der sich so um einen sorgt. Eine Mutter, die dein Gesicht in ihren Händen hält, als wäre es kostbares Porzellan! Ich werde Zeuge von etwas sehr Schönem, und ich gehöre nicht dazu. Ich verlasse das Krankenhaus und gehe hinaus auf den Parkplatz.

Ich will nur noch ein heißes Bad, ein Glas Wein und ein langes Telefongespräch mit Theodore, aber als ich vor meinem Hintereingang parke, sehe ich, daß ich Besuch habe. Der alte Cutless Supreme von Tante Alice und Onkel Wayne steht vor meiner hinteren Veranda. Die beiden wandern im Garten umher und inspizieren die Bäume.

»Du mußt den Bezirksförster holen und die Pappel untersuchen lassen. Die Wurzeln sind faul.«

Am liebsten würde ich sagen: *Und was ist mit dir, Tante Alice?*, doch ich zucke nur mit den Schultern.

»Wir möchten mit dir reden, Ave«, sagt mein Onkel.

Ich bitte sie herein und biete ihnen Eistee an, den sie ablehnen. Wir gehen ins Wohnzimmer. Auf dem Weg vom Eßzimmer ins Wohnzimmer nimmt Tante Alice jedes Möbelstück, jedes Glas, jeden Teller unter die Lupe. Sie sieht aus wie eine Marionette, so wie sie sich hierhin und dorthin verdreht, damit ihr auch ja nichts entgeht.

Ich habe keine Ahnung, warum sie da sind. Sie besuchen mich nie, rufen nicht an und laden mich nicht ein. Nachdem Dad gestorben war, haben Mama und ich sie immer an Feiertagen angerufen, aber sie waren jedesmal so kurz angebunden, daß wir es schließlich gelassen haben. Tante Alice ist ziemlich gealtert. Sie ist jetzt ungefähr sechzig, sieht aber viel älter aus. Ihr kurzes Haar ist zu festen, trockenen, bläulichen Locken dauergewellt. Ihr kleines Gesicht, durch lebenslanges Grimassieren, Stirnrunzeln und Augenzusammenkneifen faltig, hat einen durch und durch sauertöpfischen Ausdruck. Sie könnte ein bißchen Creme Queen Helene gebrauchen. Die Brille ist für ihr Gesicht viel zu groß, und sie trägt inzwischen ein Gebiß – ich kann die Luft zischen hören, wenn sie spricht. Das Leben hat seine Spuren an ihr hinterlassen, und das Resultat ist nicht besonders hübsch.

»Was kann ich für euch tun?« frage ich und setze mich hin. Tante Alice setzt sich ebenfalls, aber Onkel Wayne bleibt stehen. Er wirkt unbeholfen, so als fühle er sich in der Gesellschaft seiner eigenen Frau nicht wohl. Er ist groß und schlank und hat das Gesicht einer geschrumpften Puppe. Die Falten in seinem Gesicht sind so tief wie die Kompromisse, die er in seinem Leben eingegangen ist.

Tante Alice antwortet: »Wir sind gekommen, weil ich keine Lust habe, ewig hinter dir her zu rennen, um ein paar geschäftliche Angelegenheiten zu besprechen. Bleib also einfach sitzen und hör mir gut zu, denn ich habe dir etwas zu sagen. Zufällig weiß ich, daß deine Mutter dir nie reinen Wein eingeschenkt hat.« Sie benutzt das Wort rein, als wäre alles, was vorher war, schmutzig gewesen.

»Inez Eisenberg sollte mal im Lexikon nachschauen, was Schweigepflicht bedeutet.«

»Komm schon, Ave, hör zu. Wir wollen keinen Ärger«, wagt Onkel Wayne sich vor.

»Was für Ärger?« Dann sehe ich sie an. »Und was für geschäftliche Angelegenheiten?«

Da explodiert Tante Alice. »Paß mal auf, Kleine, ich habe mein ganzes Leben lang zugesehen, wie mein Bruder, den ich sehr geliebt habe, alles, was er hatte, dir und deiner undankbaren Mutter gegeben hat. Ich habe geschwiegen, weil er es so wünschte, aber jetzt, jetzt, wo die Wahrheit heraus ist, sollst du wissen, daß ich Wiedergutmachung verlange. Weil ich nämlich die einzige lebende Verwandte meines Bruders bin. Blutsverwandte. Du weißt, was ich meine.«

Ich nicke.

»Du bist nicht sein Blut. Du bist es nie gewesen. Und du wirst es nie sein. Es hat meine Mama fast umgebracht, als Fred mit einer Spaghettifresserin ankam. Noch dazu mit einer schwangeren! Gott steh uns bei! Plötzlich steht er da, hier auf dieser Veranda, mit einer verdammten Ausländerin! Und diese eingebildete Gans zieht hier ein, rümpft die Nase über uns und nutzt ihn nach Strich und Faden aus. Er hat deine Ausbildung bezahlt, deine Kleider gekauft. Du hast gut gegessen und wie ein Prinzessin gelebt, hast Reisen hierhin und dahin gemacht, nach Monti-sello und wer weiß wohin, und ich bin noch nicht mal bis nach Roanoke gekommen. Du hast mir lange genug alles weggenommen. Damit ist jetzt Schluß. Und ich meine es ernst, Miss.«

Ich bleibe ganz ruhig und schaue auf meine Hände. An meinem rechten Zeigefinger sind drei kleine Schnitte. Ich erinnere mich nicht daran, woher ich sie habe, aber jetzt pulsieren sie ein bißchen und tun weh. Das muß passiert sein, als die Leute aus Norton Rick in den Krankenwagen gehoben haben und ich ihm seine Ausrüstung abgenommen habe. Um den ersten Schnitt ist ein bißchen getrocknetes Blut. Ich reibe es an meinem Hosenbein ab. Tante Alice fährt fort:

»Schließlich hat sein Geschäft dich reich gemacht. Die Apotheke gehörte meinem Vater, und dieses Haus hier gehörte der Familie Mulligan, und ich habe nichts davon abbekommen. Kannst du dir vorstellen, wie das für mich ist, nicht in dem Haus leben zu können, in dem ich groß geworden bin? Daß irgendeine Fremde in meinem Elternhaus wohnt? Behandelt man so eine echte Verwandte?«

»Blutsverwandte«, sage ich ruhig.

»Verdammt richtig! Und jetzt stehen wir da! Kämpfen ums Überleben! Leben von der Sozialhilfe, aber das reicht nicht. Und du sitzt hier, wie die Made im Speck, und hast noch nie einen Finger gekrümmt, um uns zu helfen.« Tante Alice dreht sich um und sieht Onkel Wayne an. Seine Lippen bewegen sich, doch es kommt kein Wort heraus, er sieht aus wie der mechanische Weihnachtsmann, den ich jedes Jahr an Weihnachten ins Schaufenster der Apotheke stelle. Mit ihrem stechenden Blick will sie ihn zum Sprechen zwingen, aber er kann nicht. Die Vene an ihrem Hals ist ein starrer, blauer Strang. Ihr Kopf wackelt vor Wut hin und her. Sie sieht mich direkt an. Das hat sie noch nie getan. Ich schaue ihr in die Augen. Hellbraun, von Weiß umgeben, quellen sie hinter der Halbbrille hervor. Die Chinesen sagen, daß Augen, deren Iris nicht zentriert ist, auf eine pathologische Neigung zur Kriminalität schließen lassen. Ich würde sagen, sie ist so wütend, daß sie mich auf der Stelle umbringen könnte.

»Ich wünschte, irgend jemand hätte auch nur einmal an mich gedacht. Sich um mich gekümmert. Niemand hat sich je um mich gekümmert!«

Das stimmt. Bis auf die wenigen Male nach Fred Mulligans Tod habe ich sie nie besucht oder ihnen ein Geschenk gebracht. Aber nur deshalb, weil sie die unsympathischsten Menschen sind, die ich kenne. Kleinbürgerlich und voller Vorurteile. Geschwätzig und gemein, wie sie waren, haben sie keine liebevolle Nichte verdient. Außerdem haben sie die in meinen Augen größte Sünde begangen: Sie haben meine Mutter schlecht behandelt. Tante Alice hat mir nie Zuneigung gezeigt. Mir fällt auch nicht ein einziges Geburtstagsgeschenk oder Osterei ein, das von ihr gekommen wäre. Kein einziges. Wirklich, ich habe keinerlei Berührungspunkte mit ihnen. Deshalb fällt es mir so leicht zu sagen:

»Wieviel wollt ihr?«

Meine Frage erwischt sie völlig unvorbereitet. Sie sehen einander an. Onkel Wayne fängt richtig an zu sabbern, als würde ich ihnen jetzt gleich einen Scheck ausstellen. Tante Alice ist ganz benommen vor lauter Habgier. Sie schaut sich um, will alles in diesem einfachen Haus für sich, und das Haus gleich dazu.

Onkel Wayne richtet sich auf.

»Deine Tante und ich haben uns die genauen Bedingungen noch nicht überlegt.«

»Nun, das solltet ihr aber tun.«

Tante Alice sieht mich an. Sie traut mir nicht. Ihre Augen verengen sich.

»Wir haben mit einem Rechtsanwalt drüben in Pennington geredet. Er berät uns.«

»Er soll mich anrufen.«

Sie starren mich verständnislos an. Sie haben nicht erwartet, daß ich so auf ihr Ansinnen reagieren würde.

»Ich will nicht unhöflich sein, aber ich komme gerade von einem Notfalleinsatz in der Mine und bin schrecklich müde. Vielleicht habt ihr davon gehört. Oben in Wence gab es eine furchtbare Explosion. Wenn ich euch bitten darf.« Ich stehe auf und begleite sie zur Tür. Tante Alice geht zuerst hindurch und sieht sich nicht noch einmal um. Onkel Wayne, jetzt gnädig gestimmt, weil er Bargeld wittert, lächelt mich mit dünnen Lippen schwach an.

»Wir wollen nur, was uns zusteht.«

»Ich hoffe, ihr bekommt, was euch zusteht.« Ich verriegele die Tür hinter ihnen.

Sobald die Tür fest verschlossen ist, gehe ich ins Badezimmer. Ich übergebe mich. Ich erschrecke selbst darüber, wieviel aus mir rauskommt, und zwischendurch weine ich. Mit der linken Hand spüle ich, während ich mit der rechten kaltes Wasser laufenlasse. Kaum habe ich einen Schluck Wasser getrunken, wird mir wieder schlecht. Es passiert immer wieder, bis nur noch klare Flüssigkeit aus mir rauskommt. Ich putze mir die Zähne. Als ich die Zahnbürste zurück in ihren Halter stecken will, kann ich sie kaum heben. Es ist, als wäre die Zahnbürste aus Beton. Ich fange an zu weinen. Ich will zu meiner Mutter. Ich halte mich am Waschbecken fest. Ich schaue zu, wie meine Tränen auf das weiße Porzellan tropfen und im Abfluß verschwinden. »Ich hätte ihr den Hals umdrehen sollen, für das, was sie über dich gesagt hat, Mama.« Aber tief drinnen weiß ich, daß es einen besseren Weg gibt, es Tante Alice heimzuzahlen. Ich muß ihn nur finden.

KAPITEL

5

Es ist eine alte Weisheit, daß jeder Mensch einen guten Anwalt braucht. Ich habe Lew. Er ist gründlich und kompetent. Ich wünschte nur, Inez würde nicht alles weitererzählen, was sie in seiner Kanzlei aufschnappt. Ich mag es nicht, wenn meine Privatangelegenheiten in der Schlange im Supermarkt diskutiert werden. Fleeta wäre neulich beinahe handgreiflich geworden, als ein paar Frauen neben ihr über mich herzogen. Aber viele finden es eher faszinierend als empörend, daß ich mich als Bastard entpuppt habe. Sie sind ganz begeistert, daß so etwas Spannendes direkt vor ihrer Nase passiert und daß ein so normaler Mensch wie ich der Mittelpunkt einer solchen Geschichte sein kann. Die meisten Leute hier sind vorsichtig und konservativ und nehmen die Bibel ernst. Ich ernte erstaunte und mitleidige Blicke von praktisch jedem, dem ich über den Weg laufe. Ich merke genau, welche meiner Kunden Geschichten über mich erzählen, weil sie mir nicht in die Augen schauen können. Ich wundere mich über mich selbst, denn eigentlich sollte man doch erwarten, daß so etwas bei mir ein gewisses Schamgefühl erzeugt. Doch ich bin eher erleichtert als beschämt. Die Erleichterung hat meiner Seele zwar noch keinen Frieden gebracht, aber das wird schon noch kommen.

Ich muß mit Lew sprechen, und ich will nicht, daß Inez hört, was ich zu sagen habe, deshalb warte ich, bis er sein Büro verläßt, um seine Post aus dem Schließfach zu holen. Ich schnappe mir meinen Mantel und folge ihm.

Lew klappert mit seinen Schlüsseln und öffnet sein Schließfach. Es ist vollgestopft mit Briefen. Als er sie herauszieht, fällt eine Zeitschrift herunter, und ich hebe sie für ihn auf. Ich berichte ihm von Tante Alice' und Onkel Waynes Besuch. Dann erzähle ich ihm, was ich vorhabe. Ich habe die ganze Nacht über meinen Plänen gebrütet und literweise Kaffee getrunken, deshalb sehe ich aus wie ein Gespenst, aber mein Kopf ist klar.

»Du denkst wie ein Anwalt, das ist ja richtig beängstigend«, sagt Lew, während er seine Post zusammenrollt und ein Gummiband darüber streift.

Ich warte, bis Lew die Post verlassen hat. Dann kaufe ich ein paar Briefmarken und zögere noch etwas, ehe ich rausgehe. Auf dem Weg zurück zur Apotheke sehe ich Inez, die auf den Stufen zur Kanzlei eine Zigarette raucht. Ich winke ihr zu und lächle. Jedes Zeichen von Freundlichkeit haut sie um. Sie schaut mich an, als wäre ich der Dorftrottel, winkt zurück und lächelt schwach.

In der Apotheke stelle ich die am Vortag bestellten Medikamente zusammen, überprüfe meine Vorräte und fülle Überweisungen aus. Das Mittagessen lasse ich ausfallen. Ich rufe niemanden an. Ich rede kaum mit Fleeta und Pearl. Ich tue meine Arbeit. Und ich warte. Ein paar Stunden vergehen, dann ruft Pearl mich nach vorn.

»Lew Eisenberg möchte, daß Sie rüberkommen.«

Ich umarme Pearl, und sie sieht mich seltsam an.

»Das müssen aber gute Neuigkeiten sein.«

»Oh, keine Neuigkeiten. Jedenfalls noch nicht.«

Pearl zuckt mit den Schultern und geht wieder an die Arbeit. Sie säubert die Spitzen der Lippenstiftmuster auf der Auslage. Fleeta sitzt auf einer Kiste mit neuen Shampoos und raucht eine Zigarette, so daß sie nicht merkt, daß ich gehe. Als ich um die Ecke biege, spüre ich den ersten kalten Hauch des Herbstes. Es ist, als hätte die Jahreszeit im Verlauf dieses einen Tages gewechselt. Die Kälte spornt mich an.

»Ist dein Göttergatte da drin?« frage ich Inez.

Sie findet das urkomisch und lacht. »Geh nur rein«, sagt sie.

Lew sitzt hinter seinem Schreibtisch. Er bedeutet mir, mich zu setzen, und dreht das Radio lauter, damit Inez uns nicht hören kann. Dann geht er die Punkte meines Plans durch. Er sagt etwas, das mich irritiert: Wayne Lamberts Vetter, Buddy Lambert, ist der zuständige Bezirksrichter, und er ist als »Richter Bakschisch« bekannt. Er ist käuflich, und Lew glaubt, daß Wayne möglicherweise bereits einen Handel mit ihm abgeschlossen hat. Einerseits gebe ich Tante Alice völlig recht: Fred Mulligans Vermögen und Besitz stehen mir eigentlich nicht zu. Vielleicht habe ich das alles heraufbeschworen. Vielleicht rühren meine Probleme von der Ambivalenz meinem Vater, der Apotheke, dem Geld und dem Haus gegenüber her. Vielleicht spürt Tante Alice meine Schwäche und weiß, wo sie mich am besten verletzen kann. Ihr Bruder wußte es jedenfalls; liegt so etwas nicht in der Familie? Ich glaube nicht, daß sie aufgeben wird, ehe sie mich leiden sieht.

Fred Mulligan war der halsstarrigste Mensch, den ich je gekannt habe. Es war sein Starrsinn, nicht die Liebe zu meiner Mutter, der die Ehe halten ließ. Als ich in der High-School war, beharrte er darauf, daß in Big Stone Gap ein Zitronenbaum wachsen konnte. Egal, was wir dagegen ins Feld führten, er konnte einfach nicht akzeptieren, daß Zitronen Wärme und Sonne brauchen, um zu gedeihen, genau das Gegenteil von unserem wolkenreichen, kalten Wetter in den Bergen. Als der Baum keine Früchte trug, machte er die Versandfirma dafür verantwortlich. Der Zitronenbaum steht immer noch hinter dem Haus. Die Zweige sind grau und knorrig und schlingen sich um das Regenrohr an der hinteren Veranda. Ich werde ihn nie herausreißen; er mahnt mich, nicht zu verbittern.

Lew bemerkt meine Unsicherheit. »Du tust das Richtige, Ave Maria«, versichert er mir.

Ich muß für mich selbst einstehen. Sonst tut es niemand. Zum ersten Mal in meinem Leben begreife ich, was das Wort *allein* bedeutet. Meine Mutter ist nicht mehr da. Ich habe keine Geschwister, an die ich mich wenden kann, keinen Ehemann, nur meine Intuition.

Die Lamberts sollen nicht einen Heller bekommen. Ich denke daran, wie schlecht Tante Alice über meine Mutter geredet hat, und mehr Antrieb brauche ich nicht. Lew gibt mir die Papiere, und ich unterschreibe sie. Er nimmt sie wieder an sich und verstaut sie in einer Aktentasche, um sie zu Gericht zu bringen. Dann schüttelt Lew mir die Hand. Er nimmt meine Hand in seine beiden Hände, um seine Unterstützung auszudrücken und mir Mut zu machen. Ich will ihn umarmen, doch ich kann es nicht.

Ich gehe an Inez vorbei, die jetzt wieder an ihrem Schreibtisch sitzt, und drehe mich noch einmal zu Lew um. Mir ist noch etwas eingefallen.

»Lew, danke für deine Hilfe. Tante Alice und Onkel Wayne verdienen wirklich alles, was sie bekommen werden. Fred Mulligan hätte es auch so gewollt.«

Lew steht an der Tür. »Wir freuen uns, daß wir dir helfen konnten.« Lew winkt mir zum Abschied zu.

Kaum bin ich auf der Straße, höre ich Inez bereits am Telefon tratschen.

Insko ist ein Streifen freies Land zwischen Big Stone Gap und Appalachia, ein ehemaliges Grubengebiet, in dem die Kohlevorkommen erschöpft sind. Statt das Land wieder urbar zu machen, hat die Regierung dort billige Einfamilienhäuser hochgezogen. Wenn das Tal unter Wasser steht, siedeln sie die Menschen in die Berge um, bis ihre Häuser im Tal wieder bewohnbar gemacht werden können. Manchmal dauert das so lange, daß die Leute aufgeben und bleiben, wohin man sie verpflanzt hat.

Die Leute hier in der Gegend hassen die Regierung und sind gleichzeitig von ihr abhängig. Als ich zur Schule ging, profitierten wir von vielen staatlichen Programmen. Alle Impfungen waren umsonst. Unsere Lunchtabletts waren angefüllt mit kostenlosen Kleinigkeiten: kleine Tüten mit Erdnüssen, Schokoladenriegel oder – mein Lieblingsteil – Käseecken mit dem Aufdruck »REGIERUNGSKÄSE«. Von Zeit zu Zeit spendierten sie uns sogar ein Unterhaltungsprogramm. Während meiner High-School-Zeit gastierte einmal eine New Yorker Theatertruppe mit dem Stück *Mein Freund Harvey* bei uns. Ich war nicht die einzige, die merkte, daß der Hauptdarsteller ein Alkoholproblem hatte und während des zweiten Aktes tatsächlich auf der Bühne eingeschlafen war. Aber es war uns egal. Uns war alles recht, was uns das Gefühl gab, dazuzugehören. Wir wollten sehen, wie diese Leute aussahen, wie sie redeten und wie sie sich kleideten. Für fünfzehn Cent konnte man eine Show sehen und sich das aufregende Leben dieser Schauspieler ausmalen. Wir wurden nie enttäuscht.

Pearl und ihre Mutter wohnen in einem der älteren Häuser am anderen Ende der Insko-Siedlung. Ich habe Pearl schon ein paar Mal nach Hause gebracht und parke vor ihrem Zwei-Zimmer Häuschen. Ich habe nicht vorher angerufen, weil das nicht möglich ist. Sie haben immer noch kein Telefon, und sie haben auch nicht vor, sich eins anzuschaffen, denn Pearl spart fürs College. Die Aluminiumverkleidung muß dringend erneuert werden, und die Veranda ist baufällig und praktisch nicht mehr mit dem Haus verbunden. Die Regierung ist nicht sehr umsichtig, was die Erhaltung dieser Häuschen betrifft. Die Schiebefenster haben dünne Scheiben und keinerlei Isolierung. Ich kann Licht im Haus sehen. In der Nähe spielen ein paar Kinder, die mich neugierig ansehen. Ich gebe ihnen Kaugummi. Sie bedanken sich und rennen davon.

Nachdem ich mehrere Male geklopft habe, geht schließlich die Fliegengittertür einen Fingerbreit auf.

»Mrs. Grimes?«

»Ja, Ma'm.«

»Ich bin Ave Maria Mulligan.«

Leah mustert mich verstohlen.

»Pearl holt gerade Blätter oder so was für ihr Biologiereferat.«

»Darf ich hereinkommen und auf sie warten?«

»Warum nicht.«

Leah Grimes öffnet die Tür zu einem blitzsauberen, aber spärlich möblierten Zimmer. Es gibt eine alte Bank, einen kleinen Tisch und eine Lampe. In dem zweiten Zimmer sehe ich zwei schmale, ordentlich gemachte Betten mit alten Quilts. Die kleine Küche ist sauber. Auf einer der beiden Herdplatten köchelt Suppe. Pearl kommt atemlos zur Tür herein.

»Ist alles in Ordnung, Miss Ave?«

»Bestens.«

»Mama, das ist meine Chefin, Miss Ave.«

»Das weiß ich.« Leah steht aufrecht, doch sie sieht mich seltsam an.

»Pearl ist eine gute Mitarbeiterin. Ich weiß nicht, was ich ohne sie tun würde.«

»Ich weiß. Sie ist ein gutes Mädchen.«

»Hat sie Ihnen schon unsere wunderbare Queen-Helene-Creme mitgebracht?«

»Hat sie, Ma'm.« Leah lächelt und hält sich die Hand vor den Mund.

»Ich entschuldige mich dafür, daß wir Sie als Versuchskaninchen für unsere neuen Produkte benutzt haben, aber wir brauchten eine Frau mit natürlicher Schönheit, um sie zu testen.«

»Bevor ich meine Zähne verloren habe, war ich vielleicht mal hübsch.«

»Sie könnten sich in der Stadt neue Zähne machen lassen.«

»Eines Tages. Nicht wahr, Mama?« sagt Pearl und drückt kurz die Hand ihrer Mutter.

»Möchten Sie Tee?« fragt Leah. Sie taut allmählich auf.

»Wenn Sie nichts dagegen haben, möchte ich gerne mit Pearl etwas Geschäftliches besprechen.« Pearl richtet sich auf und benimmt sich schrecklich erwachsen, als ich das Geschäft erwähne.

Pearl führt mich auf Entdeckungsreise durch die Siedlung. Ungefähr eine viertel Meile die Straße hinunter befindet sich eines unserer örtlichen Naturwunder: die Wasserfälle von Roaring Branch. Es ist ein verzauberter Ort, mit natürlichen Steinstufen, über die das Wasser rauscht. Die Leute kommen hierher, um in Ruhe nachzudenken und die Schönheit der Natur zu genießen.

»Sie wußten nicht, daß wir so arm sind, nicht wahr?«

»Ich bekomme viel zu sehen in dieser Gegend.«

Pearl und ich setzen uns und schauen lange Zeit auf das Wasser.

»Sind Sie hergekommen, um mich zu besuchen? Oder wollen Sie mich rauswerfen?«

»Nein. Du arbeitest großartig.«

»Danke. Manchmal gehe ich Fleeta auf die Nerven«, entschuldigt sich Pearl. Sie sieht mich erwartungsvoll an und fragt sich, warum ich wohl den weiten Weg hierher gefahren bin.

»Pearl, hast du einen Dollar?«

»Sie haben mich gerade bezahlt. Ich habe sechsundvierzig Dollar.«

»Ich brauche nur einen.«

Pearl holt ihre perlenverzierte Geldbörse heraus und streicht ordentlich die Geldscheine glatt. Sie gibt mir einen Dollar. »Brauchen Sie mehr? Hier. Nehmen Sie, soviel Sie wollen.«

»Nein danke. Einer reicht. Jetzt laß es uns besiegeln.«

Pearl ist verwirrt, aber sie nimmt meine Hand.

»Gratuliere, Pearl! Du hast soeben die Apotheke gekauft.«

»Wirklich? Aber warum?«

Als wir zurück zum Haus gehen, erkläre ich Pearl, daß ich das Geschäft schnell verkaufen muß, um es vor den raffgierigen Lamberts zu schützen. Ich muß mein Geschäft verkaufen, damit man es mir nicht wegnehmen kann.

Beim Haus angekommen, dreht Pearl sich zu mir um.

»Darf ich es Mama erzählen?«

»Selbstverständlich. Sag ihr nur, daß es unter uns bleiben soll, bis ich grünes Licht gebe.«

»Miss Ave, sind Sie sich ganz sicher?«

»Jawohl, Ma'm. Übrigens, du bist nicht verpflichtet, Apothekerin zu werden, bloß weil der Laden jetzt dir gehört. Du gehst aufs College und studierst, was du willst, und wirst, was du werden willst. Fleeta und ich können die Stellung halten, solange du weg bist. Fleeta wird dich möglicherweise sofort um eine Gehaltserhöhung bitten. Ich bin nicht so direkt. Aber ich habe viel Erfahrung, falls du dich entschließen solltest, mich zu behalten. Ich kann ganz gut mit den Leuten umgehen.«

»Aber warum haben Sie ausgerechnet mich ausgesucht? Warum mich?«

»Nun, sagen wir es einmal so, Pearl Grimes. Du bist so ziemlich der beste Mensch, den ich kenne.«

Pearl lächelt. Im blaugrauen Zwielicht ist ihr Gesicht rein, makellos und leuchtet vor Freude. Endlich ist Pearl etwas Gutes zugestoßen. Endlich glaubt jemand an sie. Heute abend hat sie das Rüstzeug erhalten, mit dem sie ihr Selbstbewußtsein aufbauen kann; sie ist auserwählt worden, und sie hat Sicherheit. Vielleicht ist das alles, was ein Mensch braucht, um Erfolg zu haben. Pearl wird geliebt, und darüber wird sie sich definieren.

Ich habe Iva Lou versprochen, mich mit ihr in der Sandwich-Bar auf einen Happen zu treffen. Eigentlich hängen dort nur Teenies herum, aber wir gehen gerne hin, weil das Essen gut ist. Der Laden ist hübsch eingerichtet; die Tiffanylampen aus Plastik und die orangefarbenen Kunststofftische in den Nischen sind gemütlich.

Ich erzähle Iva Lou von Tante Alice und daß ich das Geschäft an Pearl verkauft habe.

»*Cara*, du solltest dem Herrn dankbar sein, daß dir so ein Plan eingefallen ist. Wenn deine gemeine alte Tante Alice die Apotheke in ihre schmierigen Finger bekäme, würde keine Seele mehr dort einkaufen. Sie könnte den Laden gleich dichtmachen. Mit der alten Hexe macht kein Mensch Geschäfte.«

»Ich hatte Angst, sie könnte mir das Haus wegnehmen, aber das geht nicht. Lew sagt, es gibt in Virginia ein Gesetz, das das Wohnrecht schützt. Sie würde das Haus nie kriegen.

»Du weißt ja, was ich immer sage: Es ist schwerer, einen guten Anwalt zu finden als einen guten Ehemann. Mit Lew hast du einen Glücksgriff getan. Ich werde wohl mal bei dem guten alten Lew vorbeischauen müssen und ihm auf meine Weise danken.« Iva Lou zwinkert mir zu.

»Bitte! Ich hab schon genug Schwierigkeiten.«

»War nur ein Scherz. Aber was geschieht mit dir? Was hast du vor?« fragt Iva Lou, und natürlich habe ich auch schon darüber nachgedacht. Ich habe noch nie in meinem Leben eine unbedachte Entscheidung getroffen.

»Ich habe eine Menge Geld gespart, Iva Lou.«

»Schön für dich.«

»Ich werde eine Weile für Pearl arbeiten, dann werden wir weitersehen.«

Dickie und Arlan Baker, zwei Mormonen, gesellen sich zu uns. Iva Lou stellt uns vor, denn sie hat das Treffen vereinbart. Die Baker-Brüder sind Mitte Zwanzig. Sie sind gepflegt, ihr Haar ist kurz geschnitten, ihre Haut weich und rosa. (Mama hat immer gesagt, ich soll nicht soviel Limo und Cola trinken, weil das schlecht für die Haut ist. Mormonen dürfen weder Limo noch Cola trinken; ihre Haut ist der Beweis.) Sie tragen die vorschriftsmäßigen schwarzen Hosen und weiße Baumwollhemden. Seit es Mormonen gibt, gehen die jungen Männer in dieser Aufmachung von Tür zu Tür, verteilen die gleichen Schriften und erfüllen ihre Aufgabe als gute Missionare. Die Brüder sind schon ein paar Mal in der Apotheke gewesen, aber ich hatte immer zuviel zu tun, um mit ihnen zu reden.

»Jungs, wir brauchen Hilfe aus Salt Lake City. Wir müssen Ave Marias Stammbaum erklimmen.« Iva Lou schlägt ein Spiralheft auf und zieht die Kappe von ihrem Füller. »Da drüben in Italien gibt es einen Mann, den wir finden müssen. Und zwar *pronto*. Das heißt ›schnell‹ und ist Italienisch.«

Ich lache, denn das ist eines der ersten Wörter, die ich Iva Lou beigebracht habe.

»Wie können wir Ihnen helfen?« fragt Dickie (oder ist es Arlan?).

»Das hier ist im Augenblick so ziemlich alles, was wir über Mario Barbari wissen.« Iva Lou gibt ihnen das Buch mit dem Bild von Mario als Bürgermeister von Schilpario. »Verliert es nicht. Sonst ziehen sie mir in der Universitätsbibliothek das Fell über die Ohren.« Dickie betrachtet das Bild von Mario.

»Ich glaube, wir können Ihnen helfen. Die meisten Leute haben keine Fotos.«

Iva Lou hört genau zu, als die Baker-Brüder erklären, warum die Mormonen Experten in Ahnenforschung sind. Gott sei gedankt für ihre Geduld. Sie ist wirklich eine liebe Freundin, aber ich mache mir Sorgen. Wir sind so sehr damit beschäftigt, Mario aufzuspüren, daß ich noch gar nicht dazu gekommen bin, mir zu überlegen, was geschehen wird, wenn wir ihn finden. Was ist, wenn er mich ablehnt? Wie werde ich damit umgehen? Ich schäle mich aus meinem alten Leben wie aus nassen Kleidern. Es ist nicht leicht, aber ich muß es tun. Wie wird mein neues Leben sein? Die Apotheke wegzugeben, etwas, das ich mir nie vorstellen konnte, war nicht traurig. Es war belebend. Ich werde leichter. Wird es mich glücklich machen, Mario aus Schilpario zu finden? Werde ich von meiner Mulligan-Vergangenheit befreit sein, wenn Alice Lambert endlich ihre wohlverdiente Strafe erhält?

Iva Lou reißt die Blätter aus ihrem Spiralblock. »Macht euch auf die Socken. Und da steht meine Nummer, für den Fall, daß ihr was rausbekommt.«

Dickie und Arlan danken Iva Lou für das Essen. Sie nehmen ihre schwarzen Handkoffer und gehen.

»Iva Lou, was würde ich nur ohne dich machen?«

»Tja, *cara*, irgend jemand muß dir ja Feuer unterm Hintern machen. Ich sehe doch, wie das bei dir läuft. Du läßt dich immer auf die Tragödien der anderen ein statt auf deine eigene. Du mußt deine eigene Rettungsmannschaft sein, *cara*. Hör auf, dich zu vernachlässigen.«

»Das tue ich nicht.«

»Natürlich tust du das. Du kriegst keinen mehr ab, Ave, und das ist das große Problem.«

»Woher weißt du, daß ich keinen abkriege?«

»Ich weiß es einfach.«

Iva Lou saugt den letzten Rest Limonade durch den Strohhalm. Sie schiebt die Eiswürfel im Glas hin und her, dann nimmt sie einen in den Mund und sagt: »Ein Leben ohne Sex ist ungesund.« Ich scheine ein völlig entsetztes Gesicht zu machen, denn sie hebt den Zeigefinger, um ihre Worte zu unterstreichen. »Du weißt, daß ich viele Männer kennengelernt habe. Und eins habe ich dabei herausgefunden: Jeder ist anders. Mit jeder neuen Erfahrung lerne ich etwas dazu, das ich für mein weiteres Leben mitnehme. Sex ist das Wichtigste, was es auf der Welt gibt.«

»Was?« Ich flüstere. Da wiederholt Iva Lou, was sie gerade gesagt hat, diesmal lauter, und klopft zum Nachdruck mit der Faust auf den Tisch.

»Warum?«

»Weil es das einzige Geheimnis ist.«

Ich weiß nicht, ob es Weisheit oder pure Dummheit ist, die aus Iva Lou spricht. Oder ob sie die Höhen und Tiefen all ihrer Liebschaften auf eine Bedeutung hin untersucht hat. Sex ein Geheimnis? Für wen? Nicht für sie. Ich verstehe nicht, warum sie mir das erzählt.

»Das Leben ist ein Geheimnis, das man leben muß, nicht ein Problem, das gelöst werden muß. Eine Freundin hat mir vor einer Weile einen Becher geschenkt, auf dem das steht, und ich habe es zu meiner persönlichen Lebensphilosophie gemacht. Und du mußt deinen Vater finden, ehe du einen Mann lieben kannst.«

»Ich glaube kein Wort davon.« Ich wische Iva Lous Einwand vom Tisch.

»Solltest du aber. Es ist wahr. Was glaubst du, warum ich dir helfe, ihn zu finden? Ich weiß, was dein Problem ist und wie man es lösen kann. Dein ganzes Leben lang hat man dir eine Lüge aufgetischt. Zufällig glaube ich, du wußtest die ganze Zeit, daß es eine Lüge war. Aber das ist etwas, was du selbst herausfinden mußt, wenn das alles vorbei ist. Wenn die Menschen eine Lüge leben, hören sie auf, Verbindungen einzugehen. Wenn sie damit aufhören, stirbt das Vertrauen. *Cara*, du bist mit keinem Mann zusammen, weil du keinem traust. Du kannst dich nicht nackt ausziehen, und das meine ich nicht wörtlich, sondern im übertragenen Sinn. Verstehst du mich? Wenn du mich fragst, wird es eine Offenbarung für dich sein, wenn du deinen Vater findest. Dann wirst du deinen Platz in der Welt finden. Endlich wirst du wissen, wo du hingehörst.

Du bist keine von uns, Ave Maria. Aber nicht, weil deine Mutter Italienerin war. Du hast dich von den Leuten hier abgesondert. Und ich meine das nicht böse. Du hast dein ganzes Leben hier verbracht, aber niemand kennt dich wirklich. An dem Abend, als wir bei dir zu Hause die Bücher durchgesehen haben, habe ich das erste Mal eine Ahnung davon bekommen, wie du tickst. Du hast dir die Bücher angeschaut wie der alte Kent Vanhook meinen Hintern. In deinem Blick lag eine richtige Gier – endlich ist das Verlangen in dir erwacht.«

Ein paar Schuljungen spielen zum dritten Mal »Paradise by the Dashboard Light«. Iva Lou ruft ihnen zu, sie sollen mal was anderes aussuchen, zum Beispiel die neueste von Conway Twitty oder ›One Helluva Woman‹ von Mac Davis (ihr absoluter Lieblingssong).

Dann bimmeln die Glocken über dem Eingang. Es sind genau dieselben, die ich in der Apotheke habe. Jedes Geschäft der Stadt hat die gleichen Glocken aus Zackie's Kaufhaus, und überall in Big Stone Gap klingelt die gleiche zarte Melodie. Sweet Sue und Jack Mac kommen herein. Er sieht uns und kommt zu uns herüber. Sweet Sue winkt uns zu und geht an den Tresen.

»Sind Sues Kinder dieses Wochenende bei ihrem Vater?« fragt Iva Lou.

»Jawohl, Ma'm«, antworte Jack Mac.

»Wie geht es deiner Mutter?« frage ich. Warum frage ich ihn immer nach seiner Mutter?

»Gut, danke.«

»Bestell ihr schöne Grüße von mir.« Wer bin ich? Eine alte Dame aus dem Nähkränzchen der Methodisten? Iva Lou funkelt mich an.

»Werde ich tun, Ma'm.« Jack Mac schaut auf den Tisch und sieht Iva Lous offenes Spiralheft.

»Arbeitet ihr?« fragt er.

Iva Lou sieht mich an. Ich soll antworten.

»Ach, das ist eine lange Geschichte.« Jack Mac wirft einen Blick zum Tresen hinüber. Sweet Sue unterhält sich mit Delphine Moses, der Besitzerin der Sandwich-Bar.

»Ich hab ein bißchen Zeit.« Jack Mac setzt sich mir gegenüber neben Iva Lou.

»Ich versuche, meinen Vater zu finden.« Warum erzähle ich ihm das? Hätte ich nicht irgendwas Belangloses erfinden können? Zum Beispiel, daß ich mit Iva Lou eine Bücherliste für mich zusammenstelle? Warum muß ich über meine persönlichen Angelegenheiten quasseln?

»Hast du etwas von der Geschichte über unsere Ave Maria gehört?« fragt Iva Lou, als wäre ich gar nicht da.

»Ein bißchen«, antwortet Jack Mac.

»Wir versuchen, einen italienischen Herrn zu finden, der Ave Marias leiblicher Vater ist.«

»Ja, ich bin ein Bastard«, witzele ich.

»Nein, das bist du nicht. Das ist ein Stempel, den Erwachsene Babys aufdrücken. Ich glaube, jeder Mensch, der geboren wird, ist dazu bestimmt, auf der Welt zu sein.« Jack Mac sagt das so, als wäre es das Einfachste auf der Welt.

Iva Lou und ich schauen uns an.

»Wie weit seid ihr denn mit eurer Suche?« fragt Jack Mac, greift nach Iva Lous Notizheft und überfliegt es.

»Iva Lou hat die Mormonen eingeschaltet. Sie wissen anscheinend, wie man Leute findet.«

»Normalerweise klingeln sie einfach an deiner Tür.« Iva Lou und ich lachen über Jack Macs Scherz. Er selber lacht nicht, was mir gefällt.

Sweet Sue bleibt mit ihrer Essenstüte an unserem Tisch stehen. »Jack, gehen wir.«

Jack steht auf, doch einen Augenblick lang habe ich das Gefühl, daß er nicht gehen will. Ich glaube, er will lieber sitzen bleiben und mit Iva Lou und mir reden.

»Paßt auf euch auf«, sagt Jack und folgt Sweet Sue zur Tür.

Iva Lou erhebt sich ungefähr eine Handbreit, um einen Blick auf Jack Macs Rückansicht zu erhaschen, als er hinausgeht. »Wirklich ein hübscher Hintern! Sehr hübsch. Es gibt doch nichts Besseres als einen Arbeiter.«

»Was meinst du damit?« frage ich.

»Ich liebe Schreiner, Klempner, Maurer und Bergleute. Typen wie Jack Mac eben.«

»Wie gut, daß du die Kategorien so schön abgesteckt hast.«

»Mußte das Ganze ein wenig eingrenzen. Wenn du so viele Männer wie ich kennengelernt hast, fängst du an, Buch zu führen. Weißt du, ein Arbeiter ist solide. Er kann Dinge reparieren, die kaputt sind. Er ist praktisch veranlagt. Das gefällt mir. Und dir?«

»Ich habe noch nie darüber nachgedacht.« Ich will wirklich nicht darüber reden.

»Darauf wette ich«, sagt Iva Lou und schaut mich kopfschüttelnd an. »Ich will dir mal was sagen. Halt dich von diesen Männern fern, die den ganzen Tag hinter einem Schreibtisch sitzen. Diesen Bürohengsten. Sie sind die Perversen dieser Welt. Sie kommen nie an die frische Luft, sind unsportlich, das Blut bewegt sich nur in ihrem Kopf, und sie haben äußerst seltsame Vorstellungen von Sex, glaub mir. Pervers eben.«

Ich versuche, Iva Lou abzulenken und auf die Notizen der Mormonen zurückzukommen. Aber sie ist bei ihrem Lieblingsthema, und läßt sich nicht beirren.

»Ich habe einmal versucht, ihn zu verführen«, verkündet Iva Lou.

»Wen?«

»Jack Mac.«

»Wirklich?«

»Ich konnte nicht bei ihm landen. Absolut nicht.«

»Warum? Du bist so hübsch und lustig. Was war los?« Warum frage ich sie das, wenn ich es doch gar nicht wissen will? Das mache ich immer. Wenn ich mich unwohl in einer Situation fühle, versuche ich, es den Menschen recht zu machen, anstatt mich zurückzuziehen.

»Na ja, eines Abends, ehe er anfing, mit Sweet Sue zu gehen, war er oben in Carter's Scheune, wir haben ein paar Bier getrunken und ein bißchen getanzt, ich war aufgedreht, er war aufgedreht, also schlug ich ein Rendezvous oben beim Huff Rock vor. Ich finde, da oben ist die Stimmung so inspirierend. Der Berggipfel, der Himmel, die riesigen alten Felsen, auf denen man liegt. Du verstehst, was ich meine.« Ich nicke. »Nun, wir haben uns ein paar Mal geküßt. Guter Küsser. Mhmm. Wirklich gut. Und dann wurde es Zeit, die Sache in irgendeine Richtung zu lenken, und da hat er aufgehört.«

»Aufgehört?«

»Ich hab ihn natürlich gefragt, warum er nicht weitermacht. Ich will nicht angeben, aber so was ist mir noch nie passiert. Ich sagte: ›Jack MacChesney, warum um alles in der Welt hörst du jetzt auf? Macht es dir keinen Spaß?‹«

»Und was hat er gesagt?«

»Na ja, er hat mich mit diesen Augen angeschaut und ganz ernst gesagt: ›Iva Lou, du bist süß. Aber ich liebe dich nicht. Und ich gehöre zu den Männern, die verliebt sein müssen, um so was zu machen.‹«

»Nein!« kreische ich.

»Doch. Genau das hat er gesagt. Und ich war überhaupt nicht gekränkt; es war nicht peinlich oder so etwas. Aber ich will dir was sagen: Ich konnte einfach nicht glauben, daß so ein Mann auf dieser Welt herumläuft. Ich hab's noch ein bißchen versucht, aber er, ganz Gentleman, ist standhaft geblieben, also hab ich meine BH-Träger wieder hochgezogen und es gelassen. Ich weiß nicht, ich glaube, ich habe ihn wegen seiner Prinzipien bewundert. Ich wollte ihm da nicht reinpfuschen. Ich habe ihn respektiert.«

Iva Lou zuckt die Achseln und pickt die letzten Kuchenkrümel mit der Gabel auf. »Ist das nicht unschlagbar? Ich meine, ist dir je so etwas passiert?«

»Nein, eine unglaubliche Geschichte.« Was erwartet sie von mir?

Ein paar Minuten lang sitzen wir schweigend da. Ich sehe Iva Lou an. Als sie ihre Notizen studiert, sieht sie aus wie ein kleines Mädchen. Ich kann mir genau vorstellen, wie sie als kleines Mädchen war. Neugierig und mit großem Appetit. Was ist mit dem kleinen Mädchen geschehen, das ich einmal war? Wo ist es hingegangen?

Als ich sieben war, machte Mrs. White, unsere Lehrerin in der zweiten Klasse, mit uns einen Ausflug nach Clinch Haven.

Das liegt hoch oben in den Bergen. Ich weiß noch, daß ich während der Busfahrt Angst hatte. Doch als wir dort waren, war es sehr schön. Es gab saftige, grüne Wiesen, die sich wie Zuckerguß vor uns ausbreiteten, von Blumen übersät und mit Kühen gesprenkelt, genau wie auf dem Etikett einer Milchflasche. Das erste, was Mrs. White uns zeigte, war ein kleiner Bach, der sich durch die Felsen schlängelte und in einem Weiher endete. Mrs. White versammelte uns am Ufer und erklärte, wie das alles funktionierte – wie das Regenwasser den Berg hinunterkommt, sich in Bächen sammelt, die zu Flüssen zusammenfließen. Wir durften das Wasser aus dem Bach trinken. Sie zeigte uns, wie wir uns hinknien sollten und wie man das Wasser mit den Händen von der Oberfläche abschöpfen kann, ohne den Grund aufzuwühlen. Als ich dort kniete, betrachtete ich die Steine durch das klare Wasser. Es gab glänzende braune und schwarze Steine, die aussahen wie die alten Knöpfe, die meine Mutter in einer Keksdose in ihrem Nähtisch aufbewahrte. Dann liefen wir an dem Fluß entlang zur Busker's Farm, und sie erzählte uns, daß Abenteurer immer den Wasserläufen folgten. Selbst heute noch denke ich daran, wenn ich Medikamente in die Bergdörfer liefern muß und immer wieder in die Stadt zurückfinde. Irgendwie hat mich diese einfache Regel all die Jahre begleitet und ist mir schon oft sehr nützlich gewesen.

Die Busker's Farm war gigantisch. Es gab ein offenes Feld, eine Scheune, ein Haupthaus und ein Klohäuschen. Wir machten alle Witze darüber, obwohl einige meiner Klassenkameraden heute noch Außentoiletten haben.

Ich war mit Nina Kaye Coughlin zusammen, meiner besten Freundin. Sie hatte glatte, glänzende rote Haare und eine Stupsnase, die mit Sommersprossen übersät war. Wenn sie lächelte, sah man ihre Schneidezähne, die sich zu einem V neigten, doch es sah nicht schlecht aus. Eng zusammenstehende Zähne sind ein Zeichen dafür, daß man viel zu sagen hat. Irgendwann flüsterte ich Nina Kaye zu, wir sollten uns die Scheune anschauen. Also schlichen wir uns von der Gruppe weg und gingen zur Rückseite der Scheune, um die Tür zu suchen. Da sahen wir vor uns auf einer Lichtung ein Schwein, mit dem Kopf nach oben an drei langen Pfählen aufgehängt. Sein Bauch war von oben bis unten aufgeschlitzt. Zwei Männer wühlten in dem offenen Bauch herum. Ihre Hände waren voller schleimiger blauer und roter Gedärme. Sie gingen sehr vorsichtig damit um und legten die Eingeweide auf eine kleine, saubere Plane, die auf einem Faß festgezurrt war. Die Augen des Schweins standen weit offen und starrten in den Himmel, als würde es beten. Unter dem Schwein war eine leuchtend rote Lache; das Blut füllte eine kleine Grube, so viel war es. Wir erstarrten. Nina Kaye grub ihre Fingernägel so fest in meine Hand, daß sie tiefe Spuren in meiner Handfläche hinterließen. Irgendwann entdeckten die Männer uns. Einen Augenblick lang wirkten sie ärgerlich, aber als sie sahen, wie verängstigt wir waren, wurden sie freundlicher.

»Mädchen, wir haben ein Schwein geschlachtet«, erklärte einer der Männer.

Nina Kaye sah aus, als würde sie gleich in Ohnmacht fallen. Wir lebten beide in der Stadt; wir bekamen nur Tiere zu Gesicht, wenn wir einen Ausflug aufs Land machten. Wir machten, daß wir wegkamen, und rannten hinter die Scheune. Nina Kaye weinte, und ich tröstete sie. »Hast du keine Angst?« sagte sie zu mir. »Wir können nicht beide Angst haben«, erklärte ich ihr.

»Typisch. Du bist mal wieder völlig abwesend.«

»Tut mir leid, Iva.«

»Woran hast du gedacht?«

»Daran, wie tapfer ich früher war.«

Bullitt Park, das Footballstadion unserer High-School und unser Stadtpark, liegt in dichtem Nebel. An manchen Abenden füllt er sich mit einer grauen Suppe, besonders im Frühherbst, wenn Mutter Natur ihre Temperatur sinken läßt. Es ist ein bißchen unheimlich, doch heute abend geht es nur ums Geschäft. Nach zwei Monaten intensiven Probens findet die Generalprobe der Powell Valley High School Marching Band für die Elizabeth Taylor Show statt. In voller Länge und ohne

Unterbrechungen. Theodore steht an der Mittellinie und gibt den Mädchen letzte Anweisungen. In ihren kurzen Hosen aus Goldlamé sehen sie aus, als kämen sie aus Kleopatras Harem. Man würde nie darauf kommen, daß sie in die zweite Klasse der High-School gehen.

Die Tambourmajorin bläst in ihre Trillerpfeife, und die Band formiert sich am Ende des Platzes in einer Linie, die von Zaun zu Zaun reicht. Die Musikantinnen sehen großartig aus in ihren blauen und dunkelroten Uniformen. Auf der gegnerischen Seite läuft die Pyramidentruppe auf das Spielfeld und plaziert die Pyramiden. Die Tambourmajorin kommandiert: »Drei, vier!« Die Band beginnt zu spielen.

Die Show ist ein wahres Wunderwerk, aber über dem Ganzen liegt ein Schleier der Anstrengung. Wir sind zu gut vorbereitet und stehen unter Hochspannung, doch wir wissen nicht, wohin mit der nervösen Energie, die uns alle gepackt hat. Wir sind es nicht gewohnt, daß so berühmte Menschen uns beehren, obwohl der große Baseballspieler Willie Horton von den Detroit Tigers drüben in Stonega geboren ist. Der einzige Star, der je hier durchgekommen ist, war Peggy Castle aus *Ich ritt für Jesse James*, und offen gestanden sah sie ohne Make-up ihrem Fernsehbild nicht besonders ähnlich. Und George C. Scott (General Patton) ist natürlich in der Hauptstadt des County geboren: in Wise, Virginia. Mehr Berühmtheiten waren es bis jetzt nicht. Aber mit dem größten Star aller Zeiten stehen wir kurz davor, alles zu übertreffen. Jeder Bürger von Big Stone Gap hat den Ehrgeiz, Elizabeth Taylors Besuch zu einem Erfolg zu machen. Mr. Honeycutt hat in seinem Kino ein Liz-Taylor-Filmfestival eingeläutet, und das hat die fieberhafte Aufregung nur noch verstärkt. Nellie Goodloe erinnert uns immer wieder daran, daß wir uns im Wahljahr befinden und der Besuch eigentlich reine Politik ist. Aber das scheint niemanden zu interessieren. John Warner ist Republikaner, und bei uns sind die meisten Leute Demokraten, deshalb glaube ich kaum, daß sein Auftritt seiner Sache dienlich sein wird. Diese Gegend ist fest in der Hand von Jimmy Carter. Wenn überhaupt jemand ein paar Stimmen für Mr. Warner gewinnt, dann seine berühmte Frau.

Sogar Tayloe Slagle ist ein Nervenbündel. Vor ihrem großen Soloauftritt hat sie sich hinter der nicht überdachten Zuschauertribüne übergeben und der ganzen Band einen Schrecken eingejagt. Zum Glück habe ich ein Beruhigungsmittel in der Tasche – seit der ersten Panikattacke habe ich es immer dabei –, das ich ihr gebe. Sie schämt sich, weil sie sich übergeben mußte, und ist dankbar für die Tabletten. Wie sie da auf dem Boden sitzt, in den Armen ihrer Mutter, sieht Tayloe aus wie ein kleines Mädchen. Sie ist ein kleines Mädchen. Wir vergessen das immer, weil die Jugendlichen hier in der Gegend so früh heiraten. Aus meiner Perspektive als Mittdreißigerin wirkt sie auf einmal ganz klein.

Nachdem Theodore sich um Tayloe gekümmert hat, läuft er auf das Spielfeld, sammelt die Mädchen um sich und ermahnt sie, sich auf den Ablauf zu konzentrieren. Doch man sieht die Furcht in ihren Gesichtern. Wenn das perfekteste Mädchen der Stadt ein Nervenbündel ist, dann fehlt nicht viel, und die gesamte Band gerät in eine Massenpanik und fällt um wie Dominosteine. Gott sei Dank erholt sich Tayloe schnell und kehrt auf den Platz zurück. Jetzt hat sich die lange Liste ihrer guten Eigenschaften um die Attribute verletzlich und unbezwingbar erweitert.

Ich geselle mich zu Spec auf der Zuschauertribüne. Er ist gerade von einem Rettungseinsatz in Wallens Ridge zurück, und ich bin neugierig auf Einzelheiten.

»Was war los?« frage ich Spec, als ich mich neben ihn setze.

»Larry Baumgartner hat auf seine Schwester geschossen.«

»Nein! Ist sie verletzt?«

»Es geht ihr gut. Er hat nicht getroffen. Ein Loch im Ärmel ihrer Bluse, mehr nicht.« Spec zündet sich eine Zigarette an.

»Warum ... warum hat er auf sie geschossen?«

»Sie hat zu lange telefoniert. Er wollte ein Mädchen anrufen, vielleicht kennst du sie, sie ist eine Majorette, Bree Clendenin.«

Ich nicke.

»Na ja, Larry war ganz versessen darauf, Bree zum Homecoming-Ball einzuladen, und seine Schwester hat dauernd die

Leitung blockiert. Irgendwann hatte er die Schnauze voll, marschierte ins Schlafzimmer, schnappte sich das Gewehr seines Vaters und bedrohte sie damit. Dabei ist es angeblich aus Versehen losgegangen.« Spec bläst den Rauch aus.

Ich schaue auf die Berge, die von einem grauen Nebelschleier bedeckt sind, und beschließe, ein für allemal mit dem Rettungsdienst aufzuhören.

Spec scheint meine Gedanken zu lesen. »Ich hätte dich da oben brauchen können. Du bist gut in solchen Situationen. Du hast diese ruhige, feste Stimme.« Spec denkt, ein Kompliment wird mich bei der Stange halten. Ich lasse ihn in dem Glauben. »Und weißt du, eins mußte ich ihn einfach fragen, den Jungen, Larry. Ich mußte wissen, was in Gottes Namen an Bree Clendenin so besonders ist, daß er seine Schwester vom Telefon wegschießen muß. Und weißt du, was er gesagt hat?«

»Keine Ahnung.«

»Er sagte: ›Ihre Haare.‹ Er liebt ihre Haare. Ist das nicht unschlagbar?«

Ich mustere Spec ausgiebig. Ich verbringe viel Zeit mit ihm, aber ich habe mir sein Gesicht noch nie genau angeschaut. Sein Profil vor der Betonmauer, die die Zuschauersitze begrenzt, ist scharf wie ein Stück Weißblech. Specs Gesicht ist voller Widersprüche. Er hat die hohe Stirn eines Anführers, die kurze, nach oben gebogene Nase eines Zauderers und kein Kinn. Siang Mien zur Folge hat er große Ideen, aber kein Durchhaltevermögen.

»Spec? Bist du glücklich?«

Spec bläst eine Rauchwolke in die Luft. Die Frage bringt ihn zum Lachen, und dann bekommt er einen Hustenanfall. Der Anfall dauert ein paar Sekunden. Spec spuckt und räuspert sich.

»Was ist daran so lustig?«

»Was ist denn das für eine Frage?«

»Bist du glücklich? Das ist die Frage.«

»Darüber denke ich nicht nach.«

»Wirklich nicht?« Ich kann nicht glauben, daß Spec nicht darüber nachdenkt.

»Zum Teufel, nein.« Spec schnippt die Zigarette weg. »Glück ist ein Mythos.«

»Warum?«

»Ich habe mit fünfzehn geheiratet. Ich habe fünf Kinder. Eins eine größere Enttäuschung als das andere. Das liegt nicht an ihrer Erziehung. Das liegt an der Welt. Sie geht den Bach runter, und nichts und niemand kann das aufhalten. Schau dir den kleinen Baumgartner an. Ist das normal? Auf sein eigen Fleisch und Blut zu schießen? So was sollte er nicht einmal denken. Es ist eine Schande. Alles. Eine Schande.«

»Wenn du dein Leben noch mal von vorne anfangen könntest, würdest du irgendwas anders machen?«

Spec räuspert sich wieder. Der entschlossene Zug um seinen Mund verrät mir, daß dies eine Frage ist, über die er in seinem Leben schon oft nachgedacht hat.

»Ich würde Twyla Johnson und nicht meine Frau heiraten. Twyla ist meine große, unglückliche Liebe. So was hat jeder, weißt du? Einen Menschen, mit dem man eigentlich zusammensein müßte, aber die Umstände wollen es anders. Man steckt in der Falle und wird seßhaft. Ich glaube, es ist schwer für einen Mann, wenn er erst mal eine feste Freundin hat, mit der er schläft, vor allen Dingen, wenn er so jung ist, wie ich es war. Es ist schwer, sich wieder zu trennen. Man gewöhnt sich daran, es ist bequem, und man kennt nichts anderes, deshalb kann man es nicht aufgeben. Verdammt, man will es nicht aufgeben. Ich war fünfzehn. Seien wir doch mal ehrlich. Ich hatte Honig geleckt und wollte den ganzen Bienenstock. Meine Frau wußte es auch nicht besser. Sie wollte heiraten und Babys haben. Klar mußte ich sie heiraten. Das hat vielleicht auch was damit zu tun, daß man Entscheidungen treffen muß. Ich habe einen großen Fehler gemacht, als ich sehr jung war, und von da an gab es kein vor oder zurück mehr. Ich habe mich selbst reingeritten. Schlicht und einfach. Ich sage meinen Kindern immer, sie sollen sich nicht zu früh binden, aber die haben nicht mal genug Verstand, um ihren Hintern vom Sofa hochzukriegen. Sie sind geborene Stubenhocker, wie ihre Mama. Ich kann nichts dagegen tun. Das Leben gibt dir, was du verdient hast, und damit muß man leben.«

»Wo ist Twyla jetzt?«

»Sie arbeitet in einer Bank unten in Pennington.«

Ein vielsagendes Lächeln huscht über Specs Gesicht, und einen Augenblick lang hat er ein Kinn.

»Triffst du dich mit ihr?«

»Ab und zu zum Mittagessen.«

»Nur zum Essen?«

»Jetzt wirst du aber sehr persönlich.« Spec lächelt mich an, um mir zu sagen, daß er nichts gegen meine Fragen hatte, es jetzt aber genug sei. So sind die Männer. Wenn sie beschließen, daß eine Unterhaltung zu Ende ist, gibt es nichts mehr dazu zu sagen.

Spec bietet mir an, mich nach Hause mitzunehmen. Theodore ist noch mit den Vorbereitungen für die Show beschäftigt, und ich bin müde, also nehme ich das Angebot an. Spec läßt mich bei meinem Haus raus und fährt weiter Richtung Süden, nach Pennington Gap. Ich sehe meine Post durch – nichts Aufregendes, nur Werbung. Inzwischen fürchte ich mich vor meiner Post, obwohl ich auch erleichtert bin, wenn kein Schreiben von den Mormonen dabei ist. Schlechte Nachrichten kann ich nicht gebrauchen. Theodore ruft mich an und will wissen, was ich von der Show halte. Er fragt nach jeder Einzelheit der Probe – Gott, ist der Mann ein Perfektionist! Es klopft an der Tür. Wahrscheinlich ist es Spec. Garantiert hat er unterwegs über Funk einen Notruf erhalten und ist gleich umgedreht, um mich zu holen. Ich muß wirklich mit ihm darüber reden, daß ich aufhören will. Ich bin es leid, Tag und Nacht auf Abruf zu sein. Ich linse aus dem Fenster. Kein Spec. Es ist Jack MacChesney mit zwei Marmeladegläsern in den Händen. Das Telefon in der Hand, öffne ich die Tür.

»Mama hat die erste Ladung Apfelgelee dieser Saison fertig und wollte, daß du was davon bekommst.«

»Danke. Möchtest du reinkommen?«

Jack Mac nickt. »Du telefonierst«, sagt er.

»Ja. Ich bin gleich fertig. Möchtest du einen Kaffee oder Tee?«

»Hast du ein Bier?«

Ich nicke und gehe in die Küche, um eine Dose zu holen. Ich nehme das Telefon mit in die Küche.

»Wer ist gekommen?« fragt Theodore.

»Jack MacChesney.«

»Was will er denn?«

»Er bringt mir Apfelgelee von seiner Mutter.«

»Ist das alles?« fragt Theodore mit gerade so viel Eifersucht, daß ich lächeln muß.

»Nein. Ich glaube, er ist unsterblich in mich verliebt, und heute abend werden wir ein Baby machen.«

Theodore fängt an zu lachen und ich ebenfalls.

»Hör mal, es ist nicht sehr nett von mir zu telefonieren, während ich Besuch habe. Ich rufe dich später wieder an.«

»Mach das.«

Theodore legt auf. Theodore ist noch nie eifersüchtig gewesen. Das ist interessant. Ein kleiner Adrenalinstoß durchzuckt mich; das sind wahrscheinlich die Hormone, aber ich fühle mich so selbstbewußt wie eine Katze auf der Jagd.

Ich stecke den Kopf durch die Küchentür und rufe Jack Mac zu, daß ich gleich komme. Er steht am Kamin und schaut sich die kleine Statue der Jungfrau Maria auf dem Sims an. Als meine Mutter noch lebte, hat sie immer frische Blumen danebengestellt. Seit ihrem Tod zünde ich beinahe jeden Abend eine Kerze neben der Statue an. Ich weiß nicht, warum. Ich tue es einfach.

»Das ist die Mutter Gottes. Ich bin nach ihr benannt«, rufe ich aus der Küche.

»Wirklich?«

»Ave Maria bedeutet: ›Gegrüßt seist du, Maria.‹«

»Das wußte ich nicht.«

»Ich hoffe, du magst Budweiser. Was Bier anbelangt, habe ich nur, was Theodore mitbringt.«

Ich beobachte, wie Jack Mac seine Jacke auszieht und sie ordentlich zusammengefaltet über den Schaukelstuhl legt. Er setzt sich nicht hin. Im Stehen sieht er sich prüfend im Zimmer um. Ich gieße mir ein Glas Wasser ein und stelle sein Bier auf ein Tablett. Aus dem Küchenschrank nehme ich Mamas Dose mit *biscotti* und lege einige auf einen Teller.

»Die Jungfrau Maria ist meine Schutzheilige«, rufe ich.

»Baptisten haben keine Heiligen. Wir haben nur Jesus.«

»Es ist was dran, die Dinge möglichst einfach zu halten«, sage ich, als ich ins Wohnzimmer zurückkomme. Jack Mac sitzt jetzt auf dem Sofa, ein wenig vorgebeugt. Er plaziert das Bier, das Glas und die Serviette ordentlich auf den Kaffeetisch. Ich setze mich in Fred Mulligans Sessel, ein Stückchen von Jack entfernt, und schaue ihn genau an. Er ist piekfein rausgeputzt. Seine marineblaue Kordhose ist gebügelt, das frische, salbeigrüne Hemd scheint neu zu sein, und er trägt Cowboystiefel. Es sieht aus, als hätte er sich zum Ausgehen angezogen.

»Du hast dich feingemacht.«

»Nein. Ich habe nach der Arbeit nur etwas Frisches angezogen.«

Ich schlage meine Füße unter. Soviel ich weiß, ist in dem Strumpf an meinem linken Fuß ein großes Loch. Mein Kapuzenpulli vom St. Mary's College ist fünfzehn Jahre alt, und in der Tasche der Latzhose, die ich schnell darüber gezogen habe, sind immer noch Nägel von der Dachreparatur. Meine Haare sehen aus wie ein Rattennest von Locken, das von tausend Haarnadeln gehalten wird. Grauenhaft. »Ich habe keinen Besuch erwartet«, sage ich, um mich für meine Aufmachung zu entschuldigen.

»Du siehst wie immer gut aus«, versichert er mir. Jack Mac zeigt auf einen Rosenkranz aus weißen Perlen, der in einer Kristallschale auf dem Kaffeetisch liegt. »Ist das deiner?«

Ich nicke.

»Benutzt du ihn?«

»Nicht so oft, wie ich sollte.«

»Wie funktioniert das?«

»Also, der Rosenkranz ist eine Huldigung an unsere Jungfrau Maria.«

»Nach der du benannt bist.«

»Genau. Und jede dieser Perlen symbolisiert ein ›Gegrüßt seist du, Maria‹. Ist das nicht langweilig für dich?«

»Überhaupt nicht.«

»Jede Perle steht für einen Abschnitt im Leben Jesu. Es gibt den freudenreichen und den schmerzensreichen Rosenkranz.«

»Die Cherokee haben Meditationsperlen. Die sehen so ähnlich aus. Mama hat solche. Sie ist halb Cherokee, und sie hat sie noch von ganz früher. Als sie jung war, hatte sie pechschwarzes Haar.«

»Daran kann ich mich gar nicht mehr erinnern.«

»Weil ihr Haar schon grau wurde, als ich noch ganz klein war.«

Ein langes Schweigen entsteht. Ich betrachte die Statue der Jungfrau Maria auf dem Kaminsims. In ihrem blauen Gewand und mit der Sternenkrone erinnert sie mich an die Dame aus dem Brief meiner Mutter, an die Ave Maria, von der ich meinen Namen habe. Ich muß an das Gebet denken, das wir als junge Mädchen gesprochen haben, wenn wir abnehmen wollten: *Schlanke Dame, ganz in Blau, mach, daß ich wie du ausschau*. Ich beiße in einen Keks. Krachend zerbricht er in zwei Hälften, und ein Krümelregen ergießt sich über meine Latzhose. Zum Glück landet das meiste in der Brusttasche. Ich klopfe den Rest ab.

Jack bricht das Schweigen. »Rick Harmon hat in der Mine aufgehört.«

»Wirklich?«

»Na ja, er hat die beiden kleinen Zehen an seinem Fuß verloren, und der Arzt hat ihm gesagt, er muß sich einen neuen Job suchen. Er arbeitet jetzt in Legg's Auto World. »

»Das ist gut. Es war eine ziemlich schlimme Verletzung. Wie ist das eigentlich passiert?«

»Als ich zurück in die Mine ging, habe ich ziemlich lange gebraucht, um an ihn ranzukommen. Alles war voller Rauch. Er konnte nichts sehen, deshalb hat er versucht rauszukriechen. Dabei hat er sich den Fuß unter einem Felsen eingeklemmt. Als er ihn befreien wollte, ist es dann richtig schlimm geworden.«

»Ich ... wir hatten alle schreckliche Angst, als du in die Grube zurückgegangen bist, um ihn zu holen«, sage ich. Jetzt spreche ich schon für die ganze Gemeinde.

»Du … oder alle?« fragt Jack und verkneift sich ein Lächeln.

»Alle. Ich auch.« Ich glaube, ich spreche nicht die Sprache dieses Mannes. Es gibt so viele merkwürdige Pausen.

Einen Augenblick lang sitzen wir schweigend da. Schließlich sagt er: »Mein Dad und ich haben einmal hier die Heizung repariert.«

»Wirklich?«

»In dem Sommer, als du im Ferienlager warst. Weißt du noch?«

Wie könnte ich das Ferienlager der FFA, der zukünftigen Farmer Amerikas, vergessen. Eine Horde verdrießlicher Mädchen in einer Hütte auf einer Farm in East Tennessee, umgeben von Tieren, die wir füttern, pflegen und melken mußten. Fred Mulligan fand, das wäre gut für mich. Es war grauenhaft. »Das war, als wir in der sechsten Klasse waren, stimmt's?«

»Ja. Nachdem wir die Heizung repariert hatten, hat deine Mutter uns so eine Art kleine Sandwiches gemacht. Mein Dad war mächtig beeindruckt. Ich nehme an, es war eine italienische Spezialität oder so was.«

»Das waren wahrscheinlich *crostini* mit rotem Paprika. Sie nahm dafür immer rote Paprikaschoten, die sie im Backofen geröstet hat, bis die Haut schwarz wurde. Dann hat sie die verbrannte Haut abgeschält und das Weiche in Olivenöl eingelegt. Mama konnte sie so dünn wie Papier schneiden – ich kann das heute noch nicht so gut wie sie –, dann kamen sie auf das Brot, und sie hat nur noch ein bißchen Salz und Pfeffer darüber gestreut.«

»Es waren die besten Sandwiches, die ich je gegessen habe.«

Ich will ihm dafür danken, daß er meiner Mutter ein Kompliment macht, aber ich bringe kein Wort heraus. Auf einmal habe ich einen dicken Frosch im Hals. Deshalb nicke ich nur und lächle. Ich habe nicht viel geweint, seit Mama tot ist, aber wenn ich jetzt an ihre *crostini* denke, daran, wie sie in der Küche hantiert hat, und daß sie jetzt für immer gegangen ist, kommen mir die Tränen.

»Das tut mir leid, ich wollte dir nicht weh tun«, sagt Jack Mac und stellt sein Bier ab.

»Nein, nein, ist schon gut. Ich spreche nur nicht so oft über sie.«

»Der Schmerz ist noch zu frisch.«

Einen Moment lang verstehe ich nicht, was er meint. Sie ist erst seit ein paar Monaten tot, aber ich habe angefangen, mich von ihr zu verabschieden, als sie ernsthaft krank wurde, und das war vor fast vier Jahren. Der Verlust erscheint mir nicht neu; ich habe ihn gespürt, lange bevor sie tatsächlich gestorben ist.

»Sie fehlt mir. Niemand hat mir gesagt, wie sehr sie mir fehlen würde.«

»Sie war eine gute Frau.«

»An dem Morgen, als sie starb, bin ich in ihr Zimmer gegangen. Ich mußte hineingehen und ein Kleid aussuchen, in dem sie aufgebahrt werden sollte. Ich ging an ihren Schrank. Und da habe ich ...« Ich bin so verlegen. Meine Stimme bricht, und das tut sie sonst nie. Warum weine ich vor diesem Mann? Ich reiße mich zusammen und höre auf. »... jedenfalls habe ich acht neue Blusen gefunden. Sie waren wunderschön, perfekt gebügelt, auf Kleiderbügeln aufgehängt. Vier weiße Baumwollblusen und vier bunte: rot, blau, gelb und schwarzweiß kariert. Sie hatte sie für mich genäht. Sie hat alle meine Kleider genäht. Aber ich habe nie gesehen, daß sie an den Blusen gearbeitet hat. Ich dachte, sie hätte ganz mit der Näherei aufgehört, als sie krank wurde. Es war ein Zettel daran geheftet. Darauf stand: ›Frische Blusen, in Liebe, Mama.‹ Ich lache, und Jack lächelt.

»Sie hat sogar meine Mäntel genäht. Ich mußte nie etwas kaufen. Nur die Jeans. Und jetzt, wo ich die Blusen habe, brauche ich mir vorerst auch nichts zu kaufen.«

»Eine gute Mutter ist etwas sehr Wertvolles. Du hattest großes Glück.«

Ja, das glaube ich auch. Aber ich weiß, daß ich es nie so gesehen habe. Ich habe mein Leben als eine Reihe von kleinen Kämpfen mit zwischenzeitlichen friedlichen Hochs betrachtet. Meine Mutter hat mich gelehrt, freundlich zu sein. Durch ihr Beispiel hat sie meine guten Seiten zum Vorschein gebracht.

Ihr verdanke ich die Liebe zu Büchern. Aber all die Orte, zu denen die Bücher mich geführt haben, all die Abenteuer, die ich beim Lesen erlebt habe, sind in den Büchern geblieben. Ich habe eigentlich nie selbst etwas erlebt. Nie habe ich mich wirklich hinausgewagt. Nie habe ich mich auf die Probe gestellt oder etwas Neues versucht. Ich hatte keine Angst, aber ich war auch nicht besonders mutig. Es ist faszinierend, daß es jemanden gibt, der findet, ich hätte Glück gehabt. Ich habe keine besonderen Begabungen. Ich bin so langsam! Ich muß alles genau studieren, immer wieder durchkauen und bewußt Entscheidungen treffen. Ich habe keine großen Ideen, die irgendwas verändern könnten. Ich bin intelligent genug, und es ist das »genug«, das mich definiert. Ich bin gut genug. Fleißig. Ich habe Sinn für Humor, aber das liegt daran, wie ich die Dinge sehe, und nicht einmal das ist mein Verdienst. Oft verstehen die Leute meine Scherze gar nicht. Ich weiß nicht, was Jack sieht, wenn er mich anschaut. Ich bin nichts Besonderes, für mich ist Glück etwas Besonderes. Es gibt einem Leichtigkeit, Schwung. Das habe ich nicht. Ich bin handfest und bodenständig. Keine leichtfüßige Elfe.

»Hast du Lust spazierenzugehen?« frage ich.

Jack Mac sieht mich merkwürdig an, so als hätte er nicht vor spazierenzugehen.

»Es muß nicht sein.«

»Nein, nein. Gehen wir.« Er wartet, bis ich aufgestanden bin. Suchend schaue ich mich nach meinen Schuhen um und entdecke sie unter dem Eßzimmertisch. Ich blicke auf meine Füße. Zum Glück ist das Loch in meinem linken Strumpf an der Fußsohle. Ich flitze ins Eßzimmer und schlüpfe in meine Schuhe.

»Ich hole mir nur schnell eine Jacke«, sage ich.

»Nein. Hier. Nimm meine.«

»Wird dir dann nicht kalt?«

»Nein, bestimmt nicht.«

Jack Mac hilft mir in seine Jacke. Sie ist weich, und die Schultern fallen viel zu groß über meine Arme. Ich dachte, ich wäre ungefähr so groß wie er, aber das bin ich nicht; ich bin kleiner.

»Hübsches Futter.« Ich betrachte den Stoff, ein olivgrüner, gesteppter Satin. Die Steppnähte sind perfekt, lauter Rauten.

»Deine Mutter hat das Futter eingenäht.«

»Wirklich?«

»Letzten Herbst.« Jack Mac öffnet die Tür und läßt mir den Vortritt. Es ist kälter, als ich dachte. Ich schlage den Kragen hoch. Er riecht nach Sandelholz und Zitrone.

Als ich mit Jack die Straße hinunterlaufe, schaue ich mich um, und zum ersten Mal sehe ich nicht das Haus meines Vaters. Dieses Haus gehört wirklich mir.

»Wie geht es Sweet Sue?«

»Na ja, ich habe mich von ihr getrennt.«

Ich bleibe mitten auf der Straße stehen. Das schockiert mich, und ich weiß nicht, warum. Vielleicht weil ich mit eigenen Augen gesehen habe, wie sie sich auf unserer Freilichtbühne praktisch das Ja-Wort gegeben haben. Ich erinnere mich an Sweet Sues Angst, als Jack Mac zurück in die Grube ging, und wie sie ihm um den Hals gefallen ist, als es vorbei war. Sweet Sue ist genau die Richtige für Jack Mac! Ihre Kinder. Sie hat Pep. Sie engagiert sich in der Gemeinde. Alles scheint so gut zu der ruhigen Würde zu passen, die die MacChesneys aus Cracker's Neck ausstrahlen.

»Sie ist ein wunderbarer Mensch. Sehr fürsorglich«, sagt er und tritt einen Stein vor sich her.

»Aber ihr wolltet heiraten.«

»Nicht unbedingt, Ma'm.«

Muß er mich immer Ma'm nennen? Er ist genauso alt wie ich, Herrgott noch mal. Auf der Stelle beschließe ich, eine Tube Kastanienbraun aus dem Laden mitzunehmen und meine Haare damit zu färben. Ich dachte, ich hätte nur zwei oder drei graue Haare, aber offensichtlich irre ich mich.

»Was ist passiert?« Ich stelle diese Frage, obwohl ich genau weiß, daß es mich überhaupt nichts angeht. Aber ich habe das Gefühl, ich muß es wissen. Ich bin neugierig, ich glaube nicht, daß ich unhöflich oder aufdringlich bin. Und ich kann in seinem Gesicht lesen; die Falten zwischen Nase und Mund sind ausgeprägter geworden. Und diese Falten entstehen durch Schuldgefühle.

»Ich habe mich in jemand anderen verliebt.«

»Um Gottes willen!« quietsche ich. Ich bin ein verkappter Moralapostel. »In wen denn?« frage ich und weiß wieder ganz genau, daß mich das nichts angeht.

»Also, Ma'm –«

»Jack Mac, bitte nenn mich nicht Ma'm. Ich bin nicht deine alte, unverheiratete Tante.«

»Das bist du weiß Gott nicht. Du hast dich seit der High-School kaum verändert«, sagt Jack Mac, und es klingt, als sei es ernst gemeint.

»Danke. Also, worüber haben wir gerade geredet?«

»Über dich.«

»Nein, wir haben über dich geredet. Dich und?«

»Dich.«

»Mich?« Was redet er? Mich? Mich was?

»Miss Ave?«

»Jack, auch nicht ›Miss‹. Das ist keinen Deut besser als Ma'm.«

»Ave Maria?«

»Super Aussprache.«

Dann fängt er an. »Wir sind beide weit in den Dreißigern. Du bist ganz allein. Du bist eine Waise. Und ich habe einen guten Job. Wenn meine Mama stirbt, wird das Haus mir gehören. Und ich bin ziemlich fit. Ich esse zuviel, und manchmal trinke ich eine Menge Bier, aber mein Herz ist gesund, und ich bin kräftig. Ich habe ein bißchen Geld gespart. Ich habe mir gerade einen neuen Wagen gekauft. Einen '78er Ford Pickup. Mit allem Drum und Dran. Und ich habe darüber nachgedacht, daß ich gerne ein Heim und eine Familie hätte. Eine gute Frau. Und wenn man es richtig betrachtet, sind in unserem Alter nicht mehr viele übrig. Unverheiratete, meine ich. Die Auswahl wird kleiner, und die Quelle trocknet aus, und übrig bleiben ein paar Leute, die schon mal verheiratet waren, und das bedeutet nur Schwierigkeiten. Deshalb habe ich mich gefragt, ob du gerne heiraten würdest.«

»Heiraten?«

»Jawohl, Ma'm. Ich meine, ja.« Er korrigiert sich. Gut. Er lernt schnell.

»Du machst mir einen Heiratsantrag?«

»Ja, das tue ich.«

»Ist mit dir irgendwas nicht in Ordnung?«

»Wie bitte?«

»Weißt du irgend etwas über Frauen?«

»Ich bilde mir ein, daß ich das tue.«

»Erstens kenne ich dich nicht sehr gut. Ich meine, wir sind zusammen zur Schule gegangen. Du hast eine nette Mutter, die einen hohen Blutdruck hat. Du spielst sehr gut Gitarre ...« Warum fühle ich mich genötigt, eine Liste zu machen? Warum muß ich so methodisch sein? Warum muß ich dafür sorgen, daß er sich wohl fühlt? Kann ich nicht einfach wie eine Frau antworten, der es gerade den Boden unter den Füßen weggezogen hat?

»Du hast gesagt, ich bin ein guter Tänzer.«

»Ja, das stimmt.« Ich sage es ruhig und geduldig, so als spräche ich mit einem Kind, das zu viele Sammelbüchsen auf meinem Tresen deponiert hat. Ich wende mich ab, um einen Augenblick nachzudenken. Aber dann merke ich, daß das gar nicht nötig ist. Ich muß nicht nachdenken; urplötzlich verstehe ich alles ganz genau, und die Erkenntnis durchzuckt mich wie ein elektrischer Schlag und läßt mich herumwirbeln.

»Du mußt ja nicht sofort antworten«, sagt Jack Mac leise.

»Ich werde es aber tun, Mr. MacChesney, Sir. Denn es widert mich an, daß du denkst, ich sei alt und verbraucht, hätte keine Möglichkeiten oder Gelegenheiten oder Träume mehr. Kann sein, daß ich eine Apothekerin mit vernünftigen Schuhen bin, kann sein, daß ich Löcher in den Strümpfen habe, aber in mir ist Bewegung. Ich bin nicht einsam. Oder verzweifelt. Oder auch nur ein bißchen traurig. Ich muß nicht gerettet werden!«

»Du verstehst mich nicht«, sagt er genauso aufgebracht.

»Oh doch! Ich verstehe sehr gut! Wenn du diesen seltsamen Antrag ernst meinst, ist meine Antwort nein. Ich liebe dich nicht. Und ich gehöre zu den Verrückten, die denken, daß man den Menschen, den man heiratet, lieben sollte.«

»Moment mal –«

»Und wenn du es nicht ernst meinst, finde ich das gar nicht lustig, und ich finde es auch nicht süß. Ich finde es gemein. Es ist nicht lustig, die Lebenssituation einer Frau auszunutzen. Als hätte sie es sich selbst zuzuschreiben, ob sie verheiratet ist oder allein lebt! Manchmal geschehen die Dinge einfach, die Figuren bewegen sich so, daß das Spiel anders läuft, als man will. Dinge wie Krebs, seelische Grausamkeit oder Angst geschehen einfach. Bild dir bloß nicht ein, daß ich es witzig finde, wenn du mir so ein Heile-Welt-Ding vorgaukelst – als könnte man Glück in Sekundenschnelle herbeizaubern. Das geht nicht! Es gefällt mir, allein zu sein. Ich brauche weder dich noch irgend jemand anderen. Ich passe auf mich selbst auf. Das mag dir vielleicht dumm oder armselig vorkommen, aber was du über mich denkst, ändert mein Leben überhaupt nicht.«

»Du verstehst nicht.«

»Laß es mich so erklären. Ich könnte alles verlieren, was ich habe, und vielleicht passiert das sogar. Aber wenn du glaubst, meine Vorstellung von Sicherheit ist ein Mann mit einem Job und einem Pick-up, dann kennst du mich schlecht. Und wenn ich du wäre, würde ich es mir gut überlegen, ob ich jemandem einen Heiratsantrag mache, den ich nicht besonders gut kenne.«

Ich drehe mich um und gehe mit schnellen Schritten die Straße hinauf. Er folgt mir. Ich schwitze so, daß mir ein Hauch von Sandelholz und Zitrone in die Nase weht, und seine Jacke fällt mir ein. Ich ziehe sie aus und drehe mich um.

»Deine Jacke.«

Er nimmt sie.

»Und noch was. Wenn du in Zukunft eine Frau für dich gewinnen willst, erzähl ihr nicht, daß du einen neuen Pick-up hast. Die meisten Frauen stehen nicht auf Pick-ups. Das kommt nicht gut an. Gute Nacht.«

Ungefähr drei Blocks von meinem Haus entfernt merke ich, daß wir ziemlich weit gegangen sind, und das macht mich noch wütender. Warum bin ich mit ihm spazierengegangen, in seiner Jacke, und habe mich mit ihm unterhalten? Ich mag ihn nicht mal. Er sagt jawohl und Ma'm und ist sowieso viel zu schweigsam. Das geht mir auf die Nerven! Diese langen, stummen Pausen, in die er immer wieder verfällt und mit denen er mich zwingt zu reden, um sie mit persönlichen Geschichten und Ansichten zu füllen, die ich eigentlich mit niemandem teilen wollte. Gott, hat der Typ Nerven. Weit in den Dreißigern! Du bist derjenige, der alt geworden ist. Diese Glatze! In mir funkelt noch Jugend; für dich ist es vorbei, Jack MacChesney! Ich hab keine Lust, mit dir und deiner Mutter in einem Steinhaus in den Bergen zu versauern!

Ich fange an zu rennen, damit ich schneller nach Hause komme, die Nägel vom Dach fallen aus meiner Tasche auf die Straße. Ich weiß, daß ich stehenbleiben müßte, um sie aufzusammeln, weil sie einen Autoreifen aufschlitzen könnten, wenn jemand drüber fährt, aber nicht mal der Gedanke an Reifenpannen und Massenkarambolagen kann mich aufhalten. Ich will nach Hause. Ich will meine Tür verriegeln und mit dem einzigen Menschen, dem ich vertrauen kann, allein sein: mit mir. Als ich um die Ecke biege, sehe ich Theodores Auto vor meinem Haus stehen. Theodore sitzt auf den Verandastufen. Der wunderbare Theodore, der mich versteht! Ich renne den Weg hinauf und werfe mich in seine Arme. Er drückt mich fest an sich.

»Was ist passiert?«

»Ich hasse ihn, Theodore. Ich hasse ihn!«

Ich klinge wie eine Zwölfjährige. Ich reiße mich zusammen und richte mich auf.

»Hat er dir etwas getan?« Theodore hört sich an, als würde er jeden umbringen, der mir ein Leid antut. Er streift seine Jacke ab und wickelt sie um mich. Er sieht mir in die Augen. Im Licht der Veranda hat Theodores Haut einen goldenen Glanz; Sepia und Stein. Seine Züge drücken Stärke aus! Wie ich dieses Gesicht liebe! Dieses irische Gesicht. Die Krähenfüße, die kräftige Nase, die ganz leicht nach unten gebogen ist. Der gemeißelte Kiefer, eine einzige Reklame für seine Entschlossenheit in allen Dingen. Kein Mann könnte in diesem Augenblick stärker sein als mein einziger Theodore Tipton. Zu ihm kann ich ehrlich sein. Immer.

»Er hat mir einen Heiratsantrag gemacht.«

Ein Augenblick verstreicht. Theodore zieht mich an sich. »Und was war deine Antwort?« Sein Ton verrät mir, daß er hofft, sie sei nein gewesen.

»Ich hab nein gesagt! Natürlich. Bist du verrückt? Warum sollte ich etwas anderes sagen?«

»Ich weiß nicht.«

»Ich will ihn nicht.«

»Es ist komisch –«

»Da ist nichts Komisches dran!«

»Ungefähr vor einem Monat hat Jack Mac mich an der Tankstelle angesprochen...«, setzt Theodore an.

»Weshalb?«

»Er wollte wissen, ob wir beide ineinander verliebt sind.«

»Warum hast du mir das nicht erzählt?«

»Ich habe gar nicht weiter darüber nachgedacht. Ich werde dauernd deinetwegen aufgezogen, deshalb habe ich mir nichts dabei gedacht.«

Aufgezogen? Bin ich der Witz der Stadt? Ich bin viel zu wütend, um peinlich berührt zu sein, und doch bin ich es.

»Was für ein Heuchler Jack MacChesney ist! Mr. Respektvoll. Der Mann mit den perfekten Manieren, immer ruhig und gelassen. Wen will er damit hinters Licht führen? Das ist doch alles aufgesetzt. Er läuft rum wie eine Bombe, nur darauf aus, Leute in die Luft gehen zu lassen.«

»Du meinst dich. Er hat dich geärgert.«

»Ja, ich meine mich!« Mich. Mach dir Sorgen um mich. Ich bin stinkwütend, aber ich kann nicht weinen, deshalb spucke ich Befehle aus wie ein Feldwebel.

»Theodore Tipton. Du schläfst heute nacht hier.« Es ist mir egal, ob er will oder nicht. Ich brauche ihn. Ich will in den Armen gehalten werden. Ich brauche Trost, die Art Trost, die man nur in den Armen eines starken Mannes finden kann.

»Ich denke, das sollte ich tun.«

»Du mußt«, beschließe ich und lasse keine Sekunde von meiner Wut ab.

»Ich muß?«

»Ja, ich liebe dich. Und sonst niemanden. Ich habe es satt. Du brauchst mich so, wie ich dich brauche. Ich brauche meinen Freund.«

Ich kann Theodores Gesicht nicht sehen, deshalb kann ich nicht darin lesen. Er seufzt nur tief, und dann gehen wir ins Haus.

Theodore setzt sich in Fred Mulligans Sessel, während ich Ordnung mache. Die Scheinwerfer eines Wagens tanzen über die Wände. »Er ist weg«, sagt Theodore, ohne von der Zeitung aufzuschauen. Abwaschen, Aufräumen und Fegen sind die Dinge, die ich am liebsten tue, wenn ich sauer bin. Wie eine Flipperkugel flitze ich zwischen Wohnzimmer und Küche hin und her. Ich habe eine Menge nervöser Energie.

Theodore möchte Kaffee, also koche ich eine Kanne – wir werden heute nacht viel reden. Als ich im Schrank nach der Packung suche, stelle ich fest, daß sie fast leer ist. Also ziehe ich die Trittleiter hervor, um oben im Schrank nachzusehen. Ganz hinten, auf dem obersten Brett, steht eine Kaffeedose, die aussieht, als wäre sie mal in einem Geschenkkorb zu Weihnachten gekommen. Ich bin erleichtert, denn ich brauche jetzt sofort eine Tasse Kaffee. Während ich die Dose hervorziehe, kommt Theodore zu mir in die Küche und setzt sich an den Tisch.

Die Dose ist mit Klebeband verschlossen, und ich schnappe mir ein Fleischmesser, um das Klebeband zu lösen. Ich nehme den Deckel ab. In der Dose ist kein Kaffee. Nur ein Bündel Briefe. Im ersten Augenblick denke ich mir nichts dabei. Mama hat alles mögliche gesammelt. Natürlich hat sie Briefe in Blechdosen aufgehoben. Aber von wem?

Als mir diese Frage durch den Kopf geht, lasse ich vor Schreck die Dose fallen. Die Briefe verteilen sich überall auf dem Küchenboden.

»Was ist das?« fragt Theodore.

»Keine Ahnung.« Er erkennt an meinem Tonfall, daß ich beunruhigt bin, also hilft er mir von der Leiter und setzt mich auf einen Stuhl. Er kniet sich hin und sammelt die Briefe auf. Meine Brust bewegt sich auf und ab, auf und ab. Das Herzrasen ist wieder da! Ich atme tief durch.

Theodore setzt sich zu mir und gibt mir einen der Briefe. Er ist an meine Mutter adressiert, Postfach 233, Big Stone Gap, Virginia 24219. Darunter steht, mit der Hand geschrieben, »USA«. Die Briefmarke ist aus Italien. Der Brief ist am 23. April 1952 abgestempelt, kurz vor meinem neunten Geburtstag.

Der Absender lautet: Via Davide, Bergamo BG, Italia.

»Soll ich ihn vorlesen?« fragt Theodore

»Nur zu.«

Theodore zieht den Brief aus dem Umschlag. Er überfliegt ihn kurz. »Ave, Süße, er ist auf italienisch.«

Theodore gibt mir den Brief, und ich fange an zu lesen. Er beginnt mit: »Meine liebe Schwester«, und endet mit: »Deine dich liebende Schwester Meoli.« Tante Meoli berichtet von ihrer Zwillingsschwester Antonetta, die wohlauf und glücklich ist. Dann folgen Einzelheiten über die Cousinen Andrea, Federica und Mafalda. Bemerkungen über die Eltern meiner Mutter! Meine Großeltern! Ein Onkel ist gestorben. Und dann schreibt sie, daß sie Mario nicht gesehen hat. Mehr schreibt sie nicht über ihn.

Sie erkundigt sich nach mir. Ob meine Mutter Fotos schikken könnte? Habe ich nicht bald Geburtstag?

»Was steht drin? Süße? Was steht drin?«

»Meine Mutter hat zwei Schwestern. Zwillinge.« Ich setze mich auf den Boden. Die Briefe sind um mich herum verstreut, angefüllt mit weiteren Schocks und Überraschungen. Ich frage mich, wieviel ich noch aushalten kann.

KAPITEL

6

Die Zeitung hat eine Sonderbeilage herausgebracht mit einem genauen Zeitplan zu allen Ereignissen, die den Besuch der Leinwandlegende Elizabeth Taylor betreffen. Sie wird am Freitag, den 23. Oktober 1978, gegen drei Uhr nachmittags eintreffen und in der Luxussuite des Trail Motels (na, die wird sich wundern!)absteigen. Um 18 Uhr werden sie und ihr Mann zur Kreuzung Railroad Avenue und Shawnee Avenue (Main Street) gebracht, wo ein offenes Cabriolet für sie bereitsteht, das die Supermarktkette Cas Walker zur Verfügung stellt. Gegen 18.15 Uhr wird der Wagen der Marching Band in den Stadtpark folgen. Das Cabriolet wird zwei Runden um den Sportplatz drehen, damit Elizabeth und ihr Mann der Menge winken können. Um 19 Uhr beginnt das Spiel: Powell Valley gegen Rye Cove. Elizabeth wird dem Spiel auf einer speziell konstruierten Tribüne in der Nähe des Fanblocks beiwohnen, die der Dollar General Store sponsert. Die Tribüne wird als Schiedsrichtertribüne bei Wettbewerben der Marching Bands benutzt; Nellie wird sie für diesen Abend besonders dekorieren. Und dann: die Show. Sie ist der Höhepunkt des Freitagabends.

Am Samstag morgen gibt es bei den Republikanern ein Pfannkuchenfrühstück – das lassen wir aus. Dann, um 17.30 Uhr, beginnt das Festessen mit den Hors d'œuvres. Iva Lou hat dafür gesorgt, daß wir einen Tisch direkt neben Elizabeth bekommen!

* * *

Das Wunderbare an Nellie Goodloe ist, daß sie alles richtig machen will. Die Organisation des Festessens mit Elizabeth Taylor als Ehrengast liegt in ihren fähigen Händen, und sie plant es wie eine königliche Hochzeit. Sie hat die Farben für die Dekoration ausgewählt: Violett, zu Ehren von Miss Taylors Augen, und Weiß, weil es ein guter Kontrast ist. Der Dogwood Garden Club stiftet die Blumengestecke für die Tische, der Green Thumb Garden Club gestaltet den Raum drum herum mit Blumen. Das Beerdigungsinstitut stellt Kunstrasenläufer für den Eingang zur Verfügung, dazu den Beerdigungsbaldachin, für den Fall, daß es schlechtes Wetter gibt. Ich spende die Kerzen; Zackie Wakin Servietten, auf denen »E. T.« und das Datum in Gold aufgedruckt ist, und das Coach House Inn kocht Elizabeth Taylors Lieblingsessen, eine Spezialität des Hauses: Huhn mit Kartoffelpüree und Kohl.

Bezüglich des Dinners gab es eine kleine Mißstimmung zwischen Iva Lou und Nellie. Iva Lou sieht sich bereits als Chefbibliothekarin der neuen Bücherei. Sie will von Anfang an klarstellen, wer das Sagen hat. Natürlich könnte Iva Lou einen dreiarmigen Kerzenleuchter nicht von einem fünfarmigen unterscheiden und hat keine Ahnung, auf welche Seite der kleine Löffel bei einem Gedeck gehört. Nellie dagegen ist die Königin der Etikette. Sie war auf dem Sweet Briar College, einer Finishing School für junge Damen, und will Big Stone Gap an ihrem breitgefächerten Wissen über die feine Lebensart teilhaben lassen. Iva Lou wollte einen Grillabend im Freien. Als sie das vorschlug, hat Nellie beinahe der Schlag getroffen; man kann doch von der Königin von Hollywood nicht verlangen, sich im Stadtpark ein Lätzchen umzubinden. Nellie mußte sich etwas ausdenken, um Iva Lou zu beschäftigen, und kam auf die glorreiche Idee, ihr die Verantwortung für den Kartenverkauf zu geben. Innerhalb weniger Stunden waren die Karten für das Essen ausverkauft.

Kandidat Warner und Miss Taylor werden als Teil der Parade vor dem Spiel in dem Cabriolet durch die Stadt fahren. Da Theodore der Dirigent der Marching Band ist, müssen alle Details mit ihm abgesprochen werden. Er ist für jede

Kleinigkeit verantwortlich, angefangen bei den Kiwanianern, die die Parade anführen, bis zu den Trommlern der Marching Band, die das Schlußlicht bilden. Traditionsgemäß fahren die Cheerleader auf dem städtischen Feuerwehrwagen. Manchmal werfen sie Süßigkeiten für die Kinder in die Menge. Um allen Problemen vorzubeugen, vergewissert sich Theodore, daß Spec den Feuerwehrwagen auf Hochglanz poliert hat und für den Notfall ein Ersatzwagen bereit steht. Spec hat nur einen einzigen Feuerwehrwagen zur Verfügung. Wenn es zwischen 18 und 18.30 Uhr irgendwo in der Stadt brennt, ist die Parade ruiniert. Vor ein paar Jahren brach während unserer Parade in einem Wohnhaus Feuer aus. Die Cheerleader wurden wie Steckrüben vom Wagen geworfen, und die Feuerwehr raste zum Löscheinsatz davon.

Bis zum Elizabeth-Abend – wie das Ereignis hier inzwischen heißt – sind es nur noch wenige Tage, und ich mache Überstunden in der Apotheke, um liegengebliebene Arbeiten zu erledigen. Pearl ist im Laden, saugt und wischt Staub. Ich mache mir Sorgen, doch ich versuche, es nicht zu zeigen. Ich schätze, ich werde erst dazu kommen, mich um meine eigenen Probleme zu kümmern, wenn das große Ereignis vorbei ist.

Pearl wickelt die Schnur des Staubsaugers auf. Dann wischt sie den Staubsauger mit einem Lappen ab. »Mit wem gehen Sie denn zu dem Miss Taylor Dinner, Miss Ave?« fragt sie.

»Mit Mr. Tipton.«

»Seine Show wird sie alle umhauen, da bin ich mir sicher. Er wird der Star des Abends sein.«

Ich nicke und arbeite weiter. Pearl bleibt stehen und sieht mich an.

»Brauchst du etwas, Pearl?«

»Miss Ave, sind Sie sicher, daß Sie mir die Apotheke geben wollen?«

»Ja. Absolut. Wir warten nur noch auf den letzten Papierkram, dann gehört sie dir. Warum? Sind dir Zweifel gekommen?«

»Möchten Sie sie nicht selbst behalten? Was ist, wenn Sie eines Tages heiraten? Die Apotheke ist bestimmt viel wert.«

Ich lächle Pearl an. Ich habe ihr nicht erklärt, was es genau bedeutet, wenn ihr die Apotheke gehört. Sie wird schockiert sein, wenn sie erfährt, daß das Geschäft zu einer Kette gehört. Sie wird nicht einfach Besitzerin von einem Haus und dessen Inhalt, sondern gleichzeitig Teilhaberin einer Franchising-Kette, als deren Mitglied sie ein wertvolles Objekt besitzt, das sie behalten oder verkaufen kann, ganz wie sie es wünscht. Pearl ahnt gar nicht, daß sie zu viel Geld kommen wird. Ihre Naivität ist süß.

»Pearl, ich werde nie heiraten.«

»Entschuldigen Sie, Ma'm, aber woher wollen Sie das wissen?«

»Ich weiß es einfach.«

»Man sollte nie aufgeben.«

Ich antworte ihr darauf nicht, weil sie erst fünfzehn ist und noch nicht die Reife hat, zu verstehen, was zwischen Erwachsenen vorgeht. Sie würde die Tiefe, die meine Beziehung zu Theodore für mich hat, nie begreifen. Hochzeitsglocken, ein goldener Ring und ein weißes Kleid bedeuten mir nichts. Ich muß nicht heiraten, um mich als Ganzes zu fühlen.

»Wollten Sie wirklich nie heiraten?«

»Nein, Ma'm, wollte ich nicht.« Allmählich geht mir ihre Beharrlichkeit auf die Nerven. Bestimmt hat sie das Gerücht gehört, daß Theodores Auto letztes Wochenende die ganze Nacht vor meinem Haus stand. Sie klopft auf den Busch. Mein Privatleben ist kein Geheimnis mehr, und jetzt will mich die Gerüchteküche auf die nächste Stufe schubsen: die Ehe. Eine Liebesbeziehung zwischen zwei erwachsenen Menschen ist in dieser Stadt ohne Trauschein nicht möglich.

»Ich dachte, jede Frau will heiraten.« Pearl sagt dies mit einer Entschlossenheit, als wüßte sie es genau.

»Wie kommst du darauf, daß ich das auch will?«

»Sie haben sich von Ihrem ganzen alten Krempel getrennt.«

»Wovon redest du überhaupt?«

»Na ja, Sie haben das Hinterzimmer aufgeräumt. Als ich hier angefangen habe, war es bis oben hin vollgestopft mit Zeitschriften und ich weiß nicht was. Jetzt ist es leer. Sie haben alles mögliche reparieren lassen. Otto und Worley haben Ihr Dach geflickt. Jetzt bessern die beiden die Steine an diesem Haus aus. Sie arbeiten weniger, Ma'm, und Sie haben mich eingestellt, obwohl Fleeta es auch allein schaffen würde.«

»Und was soll das heißen?«

»... Sie haben mir sogar die Apotheke geschenkt. Verstehen Sie denn nicht? Die Menschen werfen Lasten ab, wenn sie ihr Leben verändern wollen.«

»Vielleicht habe ich den alten Krempel einfach satt.«

»Das glaube ich nicht. Ich glaube, Sie schaffen Platz in Ihrem Leben, damit ein Mann hineinpaßt.«

Pearl schaut mich an. Ich reagiere nicht, was sie als Aufforderung auffaßt, den Mund zu halten. Sie rollt den Staubsauger in Richtung Abstellkammer.

»Wir brauchen übrigens einen neuen Besen«, sagt sie.

Manchmal denke ich, Pearl Grimes ist wirklich ein seltsames Mädchen.

Der Tag, von dem wir alle träumen, ist endlich da. Das Wetter ist perfekt. Es sind ungefähr achtzehn Grad, und die Sonne scheint. Die Berge glühen im letzten Stadium des Herbstes, die Blätter leuchten in einem matten Gold – der perfekte Hintergrund für eine Frau, die die Königin von Ägypten gespielt hat. Wie ich mir wünsche, daß meine Mutter das noch erleben könnte. Einen echten Filmstar! Meine Mutter bewunderte Elizabeth Taylor. Sie konnte nicht aufhören, über ihre perfekten Züge zu sprechen: diese Augen, die gerade Nase, die genau richtigen vollen Lippen, das kräftige Kinn. Elizabeth Taylor ist wie feinstes weißes Porzellan, das durch das lackschwarze Haar noch betont wird.

Alle sind aufgeregt, und die Nervosität bringt bei einigen unserer Mitbürger seltsame Verhaltensweisen zum Vorschein, besonders bei den Männern. Ballard Littrell, unser stadtbekannter Säufer, ist nüchtern. Er hat nur ein Ohr – kein Mensch weiß, wie er das andere verloren hat –, deshalb läßt er sich auf der linken Seite nie die Haare kurz schneiden. Aber nun hat man ihn beim Friseur gesehen, wo er sich für heute abend die Haare an beiden Seiten gleich schneiden ließ. Otto und Worley wurden in Daves Laden beim Hemdenkauf beobachtet. Sie kaufen sich nie etwas Neues, also muß das ein wichtiges Ereignis für sie sein. Die Frauen in der Stadt, die in Elizabeth Taylors Alter sind, etwa ab fünfundvierzig aufwärts, nahmen diesen einmaligen Besuch als Anlaß, sich um Jahre verjüngen zu lassen. Pearl ist aufgefallen, daß schwarze Haartönungen und blauer Lidschatten komplett ausverkauft sind.

Ich habe daran gedacht, die Apotheke heute zu schließen, aber ich konnte es nicht. Ich muß mich beschäftigen, weil ich genausoviel Lampenfieber habe wie Theodore. Ich wünsche ihm so sehr, daß der heutige Abend ein Erfolg wird. Er hat so hart dafür gearbeitet. Ich hoffe, die Mädchen brechen unter dem Druck nicht zusammen. Es gibt nichts Schlimmeres, als wenn ein brennender Stab in die Luft geworfen wird und auf den Zuschauerbänken landet anstatt in Tayloe Slagles Händen. Ich kann mir nicht vorstellen, daß sie versagt, aber man weiß ja nie.

Ich beschließe, früh Feierabend zu machen. Pearl baut darauf; sie hat heute nachmittag ihr neues Kostüm mit zur Arbeit gebracht und will sich in unserem Waschraum umziehen, um gleich in den Park zu flitzen und die Pyramiden aufzubauen. Alles muß vor dem Spiel fertig sein, damit die Show pünktlich beginnen kann. Ich habe sie als Helferin für Theodore eingeteilt. Wenn es einen Menschen gibt, der mit großem Druck umgehen kann, dann ist das Pearl. Allein sie um sich zu haben, ist beruhigend.

Die Ladenglocke bimmelt fröhlich. Ich schaue aus dem Fenster und sehe ein paar Leute, die die Main Street entlang schlendern und sich ein Fleckchen für die Parade suchen. Zwei kleine Jungen stehen vor der Kasse. Sie diskutieren darüber, ob sie ihr Taschengeld lieber für Bonbons oder für Kaugummi ausgeben sollen. Ein Blick auf ihre blonden Schöpfe sagt mir, daß es nur Sweet Sues Kinder sein können.

»Seid ihr die Tinsleys?« frage ich.

»Ich bin Jared, und das ist Chris«, sagt der ältere der beiden.

»Wieviel Geld habt ihr denn?«

»Sechsundzwanzig Cent und einen Penny.«

»Da habt ihr aber Glück! Heute gibt es zwei für eins. Für genau sechsundzwanzig Cent bekommt ihr zwei Tüten Bonbons oder zwei Päckchen Kaugummi.« Die Jungen hüpfen vor Freude, als die Ladenglocke wieder klingelt. Ich sehe auf, und Jack MacChesney steht vor mir.

»Jungs, warum braucht ihr so lange?«

»Jared konnte sich nicht entscheiden.« Chris schiebt seinem Bruder die Schuld zu.

»Nun macht schon. Geht ins Auto.«

»Wir werden auch nicht deine Sitze verschmieren, Onkel Jack«, verspricht Jared.

»Hey, wie kommt ihr denn zu zwei Tüten?«

»Die Lady hat sie uns gegeben.« Jared zeigt auf mich.

»Habt ihr euch bedankt?«

»Danke, Ma'm«, singen sie im Chor und rennen nach draußen. Jetzt reicht's mir wirklich. Ich sage mir, daß es kleine Jungen sind; für sie ist jeder alt, selbst ihre fünfunddreißigjährige Mutter.

Pearl kommt in ihrem neuen karierten Wollkostüm aus dem Waschraum. Sie hat bestimmt an die zwanzig Pfund abgenommen. Sie bleibt am Schminktisch stehen, um ihr Make-up zu überprüfen, besinnt sich jedoch eines Besseren, als sie Jack MacChesney am Tresen sieht. »Das war riesig nett von dir, Ave Maria«, sagt Jack Mac.

»Es sind süße Jungs.«

»Jawohl, Ma'm, das sind sie.«

Ich rücke die Rezepte auf meinem Klemmbrett gerade und kann Jack Mac nicht anschauen. Nicht weil es mir peinlich wäre, sondern weil ich nichts zu sagen habe. Was soll ich einem Mann sagen, dessen Heiratsantrag ich abgelehnt habe? Ich zermartere mir mein Gehirn, aber Small talk erscheint mir zu banal. Jack Mac steht einfach da, die Hände in den Hosentaschen, und klimpert mit Münzen und Schlüsseln. Er holt ein paar Münzen aus der Tasche und fängt an, sie zu sortieren.

»Oh nein, der Kaugummi geht auf mich. Sie konnten sich nicht zwischen Kaugummi und Bonbons entscheiden.« Jack Mac sieht mich verwirrt an.

»Die Kinder, sie hatten nur –« Halt die Klappe, Ave Maria. Dem Typ ist es doch egal, welches ihre Lieblingssüßigkeit ist, er ist nicht ihr Vater, verdammt noch mal. Er ist Onkel Jack, der nette Mann, der sie in seinem Pick-up spazierenfährt und Fangen mit ihnen spielt. Onkel Jack, der eines Tages ihr Stiefvater sein wird.

»Gehst du morgen abend zu dem Dinner?«

»Ja.« Ist er blöd oder was? Mich zu fragen, ob ich zu dem Dinner gehe. Er müßte mich hassen. Ich habe ihn so schlecht behandelt. Und jetzt steht er hier und schmeißt in jede einzelne Sammelbüchse auf meinem Tresen etwas Kleingeld. Die Münzen fallen in die Büchsen, eins – kling, zwei – kling, drei – kling, sie füllen die Stille.

»Also, ich gehe dann mal«, sagt er, dreht sich um und marschiert hinaus.

»Er mag Sie«, verkündet Pearl, während sie Bonne Bell Erdbeergloss auf ihre Lippen aufträgt.

Wenn sie wüßte. Aber ich kann es ihr nicht erzählen.

»Er schaut Sie an, als wären Sie die schönste Frau, die er je gesehen hat. Für Sie würde er Sweet Sue auf der Stelle fallenlassen.«

»Er wäre ein Idiot, wenn er das täte.«

»Nein, wäre er nicht.« Pearl kann richtig stur sein. »Wissen Sie was, Miss Ave? Wenn ich er wäre und mich zwischen Sweet Sue, jeder anderen Frau in der Stadt und Ihnen entscheiden müßte, würde ich Sie nehmen.«

»Das ist sehr nett, daß du das sagst.« Ich wünschte, sie würde endlich den Mund halten.

»Ich würde Sie nehmen, weil Sie etwas Besonderes haben. Sie haben Pep. Ja. Das ist es. Pep.« Pearl schnappt ihre Handtasche und geht zur Tür. »Bis später.«

Ich trage meinen allerbesten roten Samtmantel, damit Theodore mich von der Sprechertribüne aus sehen kann. Als ich meinen Blick über die Menge schweifen lasse, merke ich, daß so ziemlich jeder in der Stadt dieselbe Idee hatte. Wir sehen aus wie eine Jagdgesellschaft, rote und orangefarbene Flecken sprenkeln die Reihen. Alle tragen ihre buntesten Kleider; vielleicht hofft jeder einzelne unbewußt, daß Elizabeth Taylor ihn in der Menge entdeckt und ihm ein Lächeln oder ein Augenzwinkern schenkt. Fleeta winkt mir aus der obersten Reihe mit einem roten Leuchtstab zu, den sie bei einem Footballspiel der University of Tennessee erstanden hat. Sie stößt Portly mit dem Ellbogen an, damit er ebenfalls winkt, was er tut.

Die gegnerische Tribüne ist überfüllt mit unseren Leuten. Rye Cove ist eine kleine Stadt, viel kleiner als Big Stone Gap. Wenn wir gegen sie spielen, trauen wir uns kaum, unsere Mannschaft anzufeuern, weil sie so eine kleine Fangemeinde haben, und was die Anzahl der Spieler angeht, sind sie auch nicht gerade gut bestückt. Wir werden sie heute abend haushoch schlagen, und das mit Recht, schließlich haben wir den berühmten Filmstar auf unserer Seite.

Die Mannschaften sind noch nicht auf dem Feld. Sie stehen an der Seite aufgereiht, um Elizabeth Taylor zuzuwinken. Ich schaue mich um. Alle stehen. Ein Summen ist zu hören, aber es ist kein Ausdruck von Mißfallen, sondern Ehrfurcht. Die Marching Band marschiert vom Parkplatz her auf die Bahn, eine lange Schlange in Blau, akkurat und geschmeidig. Und dann ist sie da! Das Cabriolet! Mit ihr! Der Wagen schlingert über den Parkplatz und holpert auf die Laufbahn. Einen Augenblick lang habe ich regelrecht Angst, Elizabeth Taylor und ihr Mann könnten aus dem Cabriolet fallen, so wie sie auf der Lehne des Rücksitzes hocken. Aber sie halten sich aneinander fest und lachen. Ich habe den perfekten Standort, um einen richtig guten Blick auf sie zu erhaschen.

Seit wir 1972 die Meisterschaft gewonnen haben, habe ich nicht mehr so einen Jubel gehört. Die Menge steht auf. Das Stadion füllt sich mit lauten Rufen, die von den schwarzen Bergen hinter uns widerhallen. »Liz! Liz! Liz!« skandiert die

Menge. Gelegentlich ertönt der Aufschrei: »Ich liebe dich« durch den Lärm. Wir alle rufen, pfeifen, applaudieren! Die Begeisterung kennt keine Grenzen! Siehst du uns! Hier! Sieh mich, Elizabeth! Wir haben jeden einzelnen deiner Filme gesehen! Schau uns an!

Langsam rollt das Cabriolet um den Platz. Auf dem Kühlergrill prangt ein Schild mit dem Werbeslogan von Nabisco: »DREH DEINE RUNDEN NICHT HUNGRIG. NIMM EIN NAB« Hier in der Gegend ist das die Abkürzung für Nabisco Cracker. Cas Walker muß einen Handel mit der Firma abgeschlossen haben. Ich hoffe, irgend jemand hat Elizabeth erklärt, was Nabs sind.

Das Cabriolet nähert sich vorsichtig der Mittellinie, wo ich stehe. Spec sitzt am Steuer. Er sieht mich, und er weiß, wie sehr ich alte Filme liebe, deshalb fährt er so langsam, daß er fast zum Stehen kommt, damit ich mir Elizabeth ausgiebig ansehen kann.

Elizabeth Taylor ist wunderbar. Sie trägt eine fließende smaragdgrüne Tunika und eine passende Hose. Die Tunika hat einen asymmetrischen V-Ausschnitt, was ihrer Figur schmeichelt. Ihr Haar ist im Nacken zu einem tiefsitzenden Knoten geschlungen. Über einem Ohr sitzt eine große gelbe Blume. Ich stehe nah genug, um in das Auto zu sehen. Sie hat ein paar sehr hübsche grüne Pumps von den Füßen gestreift. Ihre Füße sind nackt und ihre Zehennägel grellrosa lackiert. Aber was mich fasziniert, ist ihr Gesichtsausdruck, das süße Lächeln – nicht aufgesetzt, sondern echt. Sie freut sich, uns zu sehen! Ihre Augen sind tatsächlich violett! Ich schaue zu Nellie Goodloe hinüber, die erleichtert wirkt. Ihre Farbwahl ist eine echte Hommage. Irgend etwas ist anders an Nellie, und jetzt sehe ich, was es ist. Sie hat ihre Haare kohlrabenschwarz gefärbt. Arme alte Nellie, sei eine Anführerin, keine Nachahmerin.

Elizabeth ist winzig. Sie hat ganz zierliche Hände und Füße, wie ein Kind. Sie ist ein bißchen mollig; aber nicht zu dick – es macht sie weich, sie wirkt fließend, ohne Ecken und Kanten. Drei Damen vom Nähkränzchen der Methodisten stehen hinter mir. Ihre Kommentare fallen nicht so großzügig aus.

Joella Reasor, die von jeher gegen ihre Pfunde ankämpft, sagt zu ihren Freundinnen: »Mein ganzes Leben lang wollte ich so wie sie aussehen, und heute ist es soweit.«

Ich sehe Theodore hoch oben in der Sprecherkabine, die über unseren Reihen liegt. Er steht am Fenster und schaut von oben über das Spielfeld. Ich strecke ihm beide Hände mit hochgereckten Daumen entgegen. Er winkt mir zu. Dann schaue ich wieder zum Cabriolet. Kandidat Warner hält mir seinen hochgereckten Daumen entgegen. Wahrscheinlich glaubt er, meine Geste hätte ihm gegolten. Ich fühle mich ein wenig schuldbewußt. Ich würde ihn nie wählen, ich bin Demokratin. Aber wissen Sie was? Es schadet kein bißchen, ihn in dem Glauben zu lassen. Er lächelt sein breites, strahlendes, Wähl-mich-Lächeln, und ich strecke ihm ebenfalls den Daumen entgegen.

Eine paar Leute helfen Elizabeth und dem Kandidaten auf ihre Plätze. Die Footballspieler übernehmen das Feld, doch kein Mensch kümmert sich um das Spiel. Luster Camp, eine Seele von Mensch und ein bißchen zurückgeblieben, ist unser inoffizielles High-School-Maskottchen. Er nimmt seinen gewohnten Platz vor der Fantribüne ein – heute abend kann er Elizabeth Taylor direkt ins Gesicht sehen. Luster liebt unser Team, und er hat wirklich amüsante Sprüche parat, aber wir sind nicht gerade scharf drauf, ihn einem berühmten Filmstar zu präsentieren. Doch Luster ist unerschütterlich. Für ihn ist es ein ganz normales Spiel, und er tut seine Pflicht. Die Menge schaut auf ihn hinab, wie eine Mutter, deren Kind dabei ist, sie in der Öffentlichkeit in große Verlegenheit zu bringen. *Bitte nicht*, scheinen sie ihn mit Blicken anzuflehen.

»Alle mal herhören, alle mal herhören! Wird Zeit, daß wir unsere Mannschaft anfeuern«, ruft Luster.

Normalerweise stimmen die Kids im Fanblock lautstark in sein Rufen ein, aber heute abend übermittelt ihr Schweigen ihm eine ernste Botschaft: Luster, bitte setz dich hin. Bitte bring uns nicht vor Virginia Woolf in Verlegenheit.

»Bohnen und Mais bekämpfen sich heiß! Bohnen haun dem Mais eins rein. Powell Valley den Ryes, wie könnt's anders sein!«

Elizabeth Taylor lacht und klatscht, als wäre das der lustigste Spruch, den sie je gehört hat.

»Einer noch!« ruft Luster. »Bum, bum bum, Powell Valley haut sie um.«

Wieder klatscht Elizabeth. Das ist das Stichwort für die Zuschauer, sie stehen auf und fallen in den Ruf ein. Luster verneigt sich tief vor den Rängen, dann verschwindet er mit seinem zerlumpten Regenmantel und dem flachen Filzhut in der Menge. Wahrscheinlich hatte er keine Ahnung, daß Elizabeth Taylor unter den Zuschauern war.

Zitternd verfolge ich das zweite Viertel des Spiels. Ich sehne die Pause herbei, und gleichzeitig fürchte ich mich davor. Wie um alles in der Welt hält Theodore diesen Druck bloß aus? Seine Show muß unbedingt ein Erfolg werden. Wir dürfen einfach keinen Fehler machen. Während die letzten Sekunden des Viertels verstreichen, reihen sich die Musiker lautlos am Spielfeldrand auf. Die Mannschaften laufen vom Feld. Die Marching Band marschiert am Fanblock vorbei, und ein Musikant nach dem anderen passiert die Torlinie.

Der Stadionsprecher, der das Spiel für unseren Radiosender kommentiert, pustet ins Mikrophon. Wir schauen alle zu seiner Kabine hoch.

»Ladies und Gentlemen. Heute abend haben wir eine Show für Sie. Wir haben die schönste Frau aus Hollywood bei uns, und jetzt erwartet Sie eine Show mit allen Höhepunkten aus ihren Filmen. Machen Sie es sich bequem, entspannen Sie sich, spucken Sie den Tabak aus, und genießen Sie's! Los geht's, Leute. Die Marching Band der Powell Valley High-School!«

Johlend und klatschend springt die Menge auf. Die Pyramiden sind bereit. Ich sehe Tayloes Kleopatra-Kostüm unter der Besuchertribüne hervorblitzen. Sie steht genau am richtigen Fleck. Dann geschieht etwas sehr Seltsames. Die Tambourmajorin bläst in ihre Pfeife. Nicht einmal, nicht zweimal, nein, viermal. Und dann wartet sie und bläst noch einmal hinein. Sie pfeift nicht für die Band; alle stehen wie erstarrt auf ihren Positionen und warten darauf anzufangen. Ihre Augen sind vor Entsetzen weit aufgerissen. Auf der Zwanzig-Yard-

Linie, nur ein paar Meter von der Stelle entfernt, wo sich die Kapelle zu ihrer ersten Formation aufstellen soll, sind King und Cora, zwei stadtbekannte große streunende Hunde, die von allen gefüttert werden und niemandem gehören. King hat Cora bestiegen. Cora scheint zu spüren, daß alle zuschauen oder sie ist sauer auf King, jedenfalls will sie das hier und jetzt nicht. Es kommt mir so vor, als hätten die beiden Hunde die nervöse Energie der vergangenen Tage in sich aufgenommen, die sie jetzt loswerden müssen. Das rhythmische Stoßen hat eine Intensität, die beinahe schreit: *Bitte, laß es vorbei sein. Laß die Show vorbei sein. Jetzt.*

Schweigen senkt sich über die Zuschauermenge, und alle schauen erwartungsvoll zur Königin hinüber. Elizabeth Taylor beachtet die Hunde gar nicht und schwatzt mit ihrem Berater. Theodore ist in der Sprecherkabine in sich zusammengesunken. Ich schaue zu Pearl hinüber, die mit den Schultern zuckt und stumm fragt: Was sollen wir tun? Einer der Schiedsrichter erträgt es nicht mehr und trabt aufs Spielfeld, um die Hunde zu trennen. Spec rennt hinterher und schreit laut genug, daß es jeder hören kann: »Man kann sie nicht trennen, sie beißen, Sie hirnverbrannter Idiot.« Also tun wir das einzige, was wir in dieser schrecklichen Situation tun können. Wir lassen sie weitermachen und warten, bis sie fertig sind. Das muß der längste sexuelle Akt der Geschichte sein. Schließlich läßt King von Cora ab und rennt in rekordverdächtigem Tempo an den Spielfeldrand. Cora verdrückt sich in den Schatten. Die Tambourmajorin bläst in ihre Pfeife. Endlich. Die Show.

Von der ersten Feuerrad-Formation an läuft alles perfekt. Die Musiker spielen grandios, und was für ein Arrangement! Ein wunderbares Medley, das jede Filmmusik aus den wichtigen Filmen von Elizabeth Taylor aufgreift. Sie erhebt sich und legt die Hände auf das Geländer der Ehrentribüne. Sie beugt sich vor, als wolle sie dieser großartigen, liebevollen Ehrenbezeugung näher sein. Dann tänzeln die Fahnenschwenkerinnen in einer geschlossenen Reihe über die Mittellinie und verschwinden wie durch ein Wunder unter den Pyramiden. Die drei Pyramiden setzen sich in Bewegung, und dann PENG! Die Lichter im Stadion gehen aus, die Menge johlt und pfeift; und da, mitten auf dem Spielfeld, umringt von brennenden Stäben, steht Tayloe Slagle in einem Kleopatra-Kostüm, mit schwarzer Perücke, wie eine ägyptische Statue. Sie hat eine unglaubliche Figur; kurvenreich und doch schlank, genau wie Elizabeth Taylor, als sie Kleopatra spielte. Tayloe nimmt zwei brennende Stäbe und beginnt, sie wie ein Profi durch die Luft zu wirbeln. Sie biegt sich und dreht sich, wirft und fängt die Stäbe lächelnd und mühelos und ist dabei keß und selbstbewußt. Der Effekt in diesem dunklen Stadion ist umwerfend. Pearl, die den ganzen Weg von der anderen Seite herübergerannt ist, steht atemlos hinter mir. Ehrfürchtig verfolgen wir die Show. Obwohl wir bei den Vorbereitungen geholfen haben, können wir nicht fassen, wie überwältigend alles ist.

»Sie ist wirklich begabt«, sagt Pearl, während sie Tayloe beobachtet.

»Ja, das ist sie. Aber Stäbe wirbeln ist keine Kunst, die sie für ihr späteres Leben braucht.« Ich weiß nicht, warum ich glaube, Pearl dauernd belehren zu müssen. Ich bin schließlich nicht das Orakel von Big Stone Gap.

Die Scheinwerfer gehen wieder an; die Menge tobt. Die Marching Band verläßt musizierend das Spielfeld. Die Musiker passieren die Ehrentribüne; Elizabeth Taylor weint und wirft ihnen Kußhände zu. Dann geschieht etwas Erstaunliches: Sie wendet sich zur Sprecherkabine um und wirft Theodore eine Kußhand zu. Und dann verbeugt sie sich vor ihm! Eine richtige Verbeugung! Solange ich lebe, werde ich diesen Augenblick nicht vergessen.

Das Coach House Inn ist das einzige richtige Restaurant in Big Stone Gap. Es gibt natürlich noch das Café am Busbahnhof und die Sandwich-Bar, aber das sind eher Imbißlokale. Dann gibt es Jackson's Fish & Fry, doch sie bieten nur sonntags einen Brunch an. Große Hochzeitsempfänge finden in den Gemeinderäumen im Keller der Kirche statt. Alle anderen wichtigen Ereignisse im Leben – Treffen des Lion's Club, der Kiwanianer, Familienfeiern – werden hier im Coach House ausgerichtet.

Das Gebäude ist ein einfaches Backsteinhaus im Kolonialstil mit schwarzen Fensterläden und einem weißen Giebeldach. Am Eingang hängt ein Schild: die schwarze Silhouette einer prächtigen Kutsche aus dem neunzehnten Jahrhundert mit einem Kutscher, der mit der Peitsche die Pferde antreibt. Es ist von demselben Künstler, der meine rasende Krankenschwester gemalt hat.

Das Essen im Coach House ist hervorragend. Alles ist frisch und köstlich: salziges, knuspriges, scharf gewürztes gegrilltes Huhn (sonntags heißt es gegrilltes Gospelhuhn), mit so leichten und luftigen Brötchen, daß man ein ganzes Dutzend davon essen könnte! Nellie hat den Eingang phantasievoll geschmückt. Sie hat die großen Birkenfeigen in den Messingkübeln von der Bank ausgeliehen, und wenn man das Coach House betritt, ist man umgeben von Grün. Edna und Ledna Tackett, die mittlerweile über sechzigjährigen Zwillinge der Stadt, stehen in identischen blaßblauen Wollkostümen am Eingang und verteilen Programme für den Abend.

Die Programme sind hübsch; Nellie hat wirklich ein Händchen für so was. Sie ist die Doyenne der Maisbrot-Aristokratie. Das Deckblatt ist aus lavendelfarbenem Fotokarton, auf dem ein winziges violettes Usambaraveilchen aus Seide klebt, das von einem schmalen, gerippten Seidenband eingerahmt wird. Im Innern steht in einer verschnörkelten Schrift das Programm für den Abend:

Festessen für Mr. und Mrs. John Warner
am
24. Oktober 1978 um 18.30Uhr
Im Coach House Inn
Tischgebet: Reverend Elmo Gaspar
Speisenfolge zu Ehren der großen Filmschauspielerin
Elizabeth Taylor

Vorspeise: Krabbencocktail »Geschenk des Himmels«
und Punsch
Salat »Symphonie des Herzens«
Hauptgang: Gegrilltes Huhn »Cleopatra«
mit Brötchen »Giganten«
Dessert: Weinschaumcreme »Die süße Falle«
Kaffee & Tee

Begrüßung: Mrs. Nellie Goodloe, Vorsitzende
Ansprache: Kandidat John Warner

Auf der Rückseite steht: »Mit freundlicher Unterstützung des *Dollar General Store*«, darunter der Text ihres Werbesongs mit Noten:

»Für einen Dollar bekommt man nichts mehr –
wer sagt das?
Jeder Tag ist ein Dollar-Tag!
Im Dollar General Store, da gibt's was.«

(Ich vermute mal, sie haben die Programme bezahlt.)

Theodore sieht gut aus in seiner grauen Hose, dem marineblauen Jackett und der hellblauen Krawatte, die seine Augenfarbe unterstreicht. (Klassisch.) Ich trage ein schwarzes Cocktailkleid mit einer Pfauenbrosche aus Bergkristall. Meine Haare habe ich mir kunstvoll hochgesteckt. Durch das Erkerfenster am Eingang des Coach House kann ich ein paar hundert herausgeputzte Menschen herumspazieren sehen. Alkohol ist verboten (theoretisch), da dies ein trockener Bezirk ist (nicht per Gesetz), aber Nellie Goodloe hat dafür gesorgt, daß es jetzt ein Zitronensorbet mit Champagner gibt. Die Nerven haben sich einigermaßen beruhigt, das bißchen Alkohol wird die Leute noch mehr besänftigen.

Liz und ihr Mann sind noch nicht da. Theodore wird sofort umringt, und man gratuliert ihm bereits am Eingang zu seiner spektakulären Show. Ich freue mich sehr für ihn. Er strahlt wie jeder Künstler, der von den Massen so umschwärmt wird. Die Frauen im Saal tragen ihre hübschesten Kleider, und witzigerweise haben die meisten eine bunte Blume hinter dem Ohr. Um nicht herauszustechen, nehme ich mir eine weiße Nelke von einem Tischgesteck und stecke sie mir ebenfalls hinters Ohr.

Iva Lou entdeckt mich und kommt sofort zu mir herüber. Ihr Kleid ist ein Meisterwerk. Bodenlang, aus pfirsichfarbener Kunstseide. Der Rock ist weit und fließend, mit einer kleinen Schärpe auf dem Rücken. Das Mieder sitzt wie eine zweite Haut. Es sieht sehr traditionell aus, wenn man davon absieht, daß der Ausschnitt sehr tief und das Mieder hauteng ist. Auf der Brust prangt als kleiner moderner Touch eine Applikation. Eine Stickerei, die drei aufrecht in einem Regal stehende Bücher darstellt. Sie ist von kleinen Perlen umgeben und mit Pailletten verziert.

»Ave! Hast du gehört? Wir haben heute abend zweitausendsiebenhundertfünfzig Dollar an Spenden eingenommen. Ist das nicht toll?«

»Gratuliere!« Ich bin genauso aufgeregt wie Iva Lou. Zu guter Letzt haben sich ihre Beziehungen ausgezahlt.

»Na, wie gefalle ich dir, *cara*?« Iva Lou dreht sich in ihrem Kleid.

»Du siehst umwerfend aus.«

Iva Lou verzieht ihr Gesicht zu einem breiten Grinsen, dann reckt sie die Brust und deutet auf die Applikation. »Lyle hat gesagt, er will meine Bücher ganz langsam lesen. Damit er alles über mich herausfinden kann. Er kriegt einen Schnellkurs bei mir zu Hause gleich nach dieser Party. Was hältst du davon?«

»Ich finde, Lyle ist der größte Glückspilz in Wise County.«

»Da könntest du recht haben. Und wenn er es jetzt noch nicht ist, wird er es mit Sicherheit heute nacht sein.« Iva Lou stolziert auf Lyle zu, dem vor lauter Vorfreude schon das Wasser im Mund zusammenläuft.

Lew und Inez Eisenberg sitzen bereits an ihrem Tisch. Inez sieht hübsch aus in ihrem türkisfarbenen exotischen Hängerchen. Um den Effekt zu verstärken, hat sie sich Eßstäbchen in die Haare gesteckt. Sie wirken fröhlich, doch sie reden nicht miteinander und schauen in entgegengesetzte Richtungen. Sie tun mir leid. Spec nimmt zwei Krabbencocktails von einem Tablett, das an ihm vorbeigetragen wird, und reicht einen seiner Frau, die neben Inez sitzt. (Die beiden haben sich auch nicht viel zu sagen.)

Ich arbeite mich durch den Saal. Alle sind gut gelaunt und aufgekratzt, was teils am Alkohol, teils an dem Kamerateam von WCYB liegt, das aus Kingsport, Tennessee, angereist ist. Sie haben Johnny Wood, ihren besten Moderator, Reporter und Wetterpropheten, geschickt, um das Ereignis zu kommentieren. Im Fernsehen wirkt er kleiner und untersetzter als in Wirklichkeit. Aber er schwitzt genauso wie im Fernsehen. Er gibt sich herzlich, doch er ist hier, um zu arbeiten, deshalb hat er keine Zeit für Small talk. Die Leute akzeptieren das und lassen ihn im großen und ganzen in Ruhe. Wir waren noch nie im Fernsehen und zeigen uns von unserer besten Seite.

»Neues Kleid?« fragt Tante Alice hinter mir.

»Dieses alte Ding?«

»Mir kommt es überhaupt nicht alt vor.«

»Du siehst heute abend sehr hübsch aus, Tante Alice.« Sie ist verblüfft, und ihre Augen verengen sich argwöhnisch.

»Genug damit. Was ist mit unserer geschäftlichen Vereinbarung?«

»Mr. Eisenberg kümmert sich darum. Du weißt doch, Anwälte brauchen Zeit.«

»Ich will nur, daß es erledigt wird.« Ehe Tante Alice richtig loslegt und mir noch mehr auf die Nerven geht, lasse ich sie einfach stehen. Theodore ist von einer Gruppe Bewunderer umringt. Ich beschließe, meine Abendtasche an meinen Platz zu bringen. Iva Lou hat es tatsächlich ernst gemeint, wir sitzen direkt neben dem Tisch von Elizabeth Taylor.

»Du siehst sehr gut aus«, flüstert eine Stimme. Ich schaue auf, und Jack Mac sieht mich an, als wäre ich ein nagelneuer 1978er Ford Pick-up, mit allem Drum und Dran.

»Danke.« Ich mustere ihn. Mein überraschter Gesichtsausdruck verrät mich. Er sieht nett aus, in einem klassischen marineblauen, dezent gestreiften Anzug. Sein Hemd ist schneeweiß, allerdings wirkt der Kragen ein wenig eng. Er trägt eine leuchtend rote Krawatte aus chinesischer Seide.

»Nagelneu«, sagt er und zeigt auf den Anzug.

»Er ist apart.« Apart? Dieses Wort habe ich in meinem ganzen Leben noch nicht benutzt. Das ist ein Oma-Wort. Ein Wort für alte Damen in ihren Nähkränzchen. Und außerdem sieht er nicht apart aus, sondern verdammt gut.

»Die Krawatte ist von meinem Vater.«

»Das ist sehr gute Seide, weißt du das?« Ich kann nicht widerstehen und berühre sie; ich liebe feine Seide. Meine Mutter hat mir immer einen Klaps auf die Finger gegeben, wenn ich den Stoff angefaßt habe, während sie nähte.

»Mein Vater hat sie irgendwo in Frankreich erstanden. Im Zweiten Weltkrieg.«

»Paß gut darauf auf.« Also, warum sage ich so was? Geht es mich irgend etwas an, ob er auf seine Garderobe aufpaßt? Es kann mir doch egal sein, wenn er sie zusammenknüllt und als Öllappen benutzt.

»Ich wollte mit dir über neulich abend reden.« Einen Augenblick lang weiß ich nicht, was er meint; der Apfelgelee-Abend ist eine Weile her, und ich hatte keine Zeit darüber nachzudenken. Er spürt das und läßt das Thema beinahe wieder fallen, doch das geht nicht, weil er damit angefangen hat. Jetzt weiß er nicht mehr weiter. Und meine vage Haltung hilft ihm nicht.

»Ich wollte dich nicht beleidigen oder verletzen. Es tut mir sehr leid.« Ich weiß nicht, was ich sagen soll. Er hat schließlich nicht auf mich geschossen. Er hat mir einen Heiratsantrag gemacht. Sein besorgter Blick macht mich verlegen.

»Ende gut, alles gut. Wie ich sehe, bist du wieder mit Sweet Sue zusammen.« Sweet Sue schreitet durch die Menge wie eine Kneipensängerin. Sie trägt ein silbernes rückenfreies Kleid, die Haare fallen golden auf ihre Schultern. Ihre Lider sind mit lavendelfarbenem Lidschatten bestäubt. Ihre Zähne sind so weiß, daß sie leuchten. Sie sieht aus, als wäre sie direkt aus den Modeseiten des *Knoxville News Sentinel* gefallen.

»Nicht direkt«, sagt Jack Mac mit einem Lächeln, sieht ihr nach und schaut wieder mich an. Dieses gönnerhafte Grinsen ärgert mich richtig. Glaubt er etwa, er könnte die Stadtschönheit gegen die alte Jungfer der Stadt ausspielen? Sieht er mich als die Bemitleidenswerte, die einen Mann braucht, und Sweet Sue als diejenige, die ihn sich aussucht? Den Bruchteil einer Sekunde lang ist Jack MacChesney der Feind. Aber ich nehme mich zusammen; ich habe mit diesem Mann nichts zu tun. Sein doppeldeutiger Quatsch ist nicht mein Problem. Ich bin nicht die andere Frau. Er wollte es so aussehen lassen, aber ich habe nicht mitgespielt.

»Weißt du was, Jack, ich bin nur eine Pillendreherin. Und ich weiß nicht viel, das kannst du mir glauben. Aber eins weiß ich genau: Mit Frauen darf man nicht spielen. Du hast eine wunderschöne Frau da drüben. Du solltest dich auf sie konzentrieren. Auf sie allein.«

Jack Mac schaut mich ein wenig verwirrt an. »Du glaubst, daß wir zusammen sind?« fragt er.

»Du hast sie zu diesem Essen eingeladen.«

»Na ja, ich habe die Karten tatsächlich gekauft, als wir zusammen waren, aber dann haben sich die Umstände –«

»Du kümmerst dich um ihre Kinder.« Hält er mich für blöd?

»Ich kann doch die Jungen nicht einfach im Stich lassen. Ich bin über ein Jahr mit ihr zusammengewesen. Sie haben mich kennengelernt und vertrauen mir. Ich werde nicht einfach aus ihrem Leben verschwinden. Das kann ich nicht. Das würde ich nie tun. Ich muß mich langsam aus der Situation lösen.

»Okay. Meinetwegen.« Ich verdrehe die Augen und schaue weg, in der Hoffnung, daß er den Wink versteht und sich verzieht. Aber er bleibt.

»Du bist mit Theodore hier. Erklär mir den Unterschied.«

»Moment mal. Ich kann ausgehen, mit wem ich will. Okay? Ich laufe nicht so mir nichts, dir nichts durch die Stadt und mache Heiratsanträge, nur um gleich wieder mit meiner Exgeliebten ins Bett zu hüpfen.«

»Du bist wirklich 'ne Marke«, knurrt Jack Mac ohne eine Spur von Freundlichkeit.

»Ja, das bin ich. Ich habe Prinzipien!« Ich habe die Hände in die Hüften gestemmt und recke meinen Hals, um Jack Mac ins Gesicht zu schauen. Er weicht nicht zurück. Ich auch nicht. Wir stehen uns Auge in Auge, Nase an Nase gegenüber. Sein Atem ist süß, und seine Augen funkeln.

»Du bist verbittert, und du bist einsam. Und du bist entschlossen, es zu bleiben. Bitte sehr. Ich muß mich von dir nicht anblaffen lassen. Das lasse ich mir nicht bieten. Ma'm.« Er dreht sich um und geht.

Theodore taucht hinter mir auf. »Was war das denn?«

»So ein Idiot.« Theodore und ich sehen zu, wie Jack Mac sich den Weg zu seinem Tisch bahnt.

»Aber einen schicken Anzug hat er an.« Theodore zuckt die Achseln.

Gerade ist Elizabeth Taylor vorgefahren. Wir wissen es sofort, denn die Scheinwerfer des Streifenwagens sind hell und direkt auf das Restaurant gerichtet. Das ganze Lokal ist von Licht durchflutet, und die Spannung wächst. Es war eine Sache, sie gestern abend in einem Cabriolet zu sehen; da war sie immer noch weit weg und ein Traum, wie auf der Leinwand. Aber heute abend wird sie mit uns in einem Raum sitzen und zu Abend essen! Wir werden ihr nah sein, ganz nah. Es ist schrecklich aufregend.

Während das aufgeregte Geplapper um uns herum immer lauter wird, gibt Johnny Wood dem Fernsehteam Anweisungen.

Mehrere Begleiter kommen vor ihr durch den Eingang und machen Platz für sie und den Kandidaten. Elizabeth tritt ein, heute abend in einem bodenlangen purpurroten Kaftan. Er hat dreiviertellange Fledermausärmel und einen Bateau-Kragen. Ihr Haar fällt offen auf die Schultern. Mehrere Reihen großer indianischer Perlen in Gold-, Braun- und Rottönen schmücken ihren Hals wie königliches Geschmeide. Auch heute abend sieht sie atemberaubend aus. Nellie Goodloe begrüßt sie am Eingang und umarmt sie kurz. Elizabeth zeigt auf die Rose über Nellies Ohr; Nellie errötet.

John Warner sieht ganz wie ein zukünftiger Präsident aus, in seinem dunkelblauen Anzug, dem weißen Hemd und der rot-weiß-blau gestreiften Krawatte. Er ist ein gutaussehender Mann, groß und stattlich, der typische Großgrundbesitzer aus dem Norden Virginias. Er wirkt selbstsicher, aber ungeduldig. Er streicht sich zu oft das dicke graue Haar aus der Stirn – es erinnert mich an Präsident Kennedy. Die Leute sagen, er kann sich glücklich schätzen, daß er überhaupt für den Senat kandidieren darf. Vor neun Monaten kam der erste republikanische Kandidat, Dick Obenshain, bei einem Flugzeugabsturz ums Leben. Die Republikaner hatten Mühe, einen Nachfolger zu finden. Da haben wir zum ersten Mal von John Warner gehört. Seine Kandidatur hat er allein der Tatsache zu verdanken, daß er zur richtigen Zeit am richtigen Ort war. Wenn man den Zeitungen glaubt, ist Mr. Warner altmodisch und ein politischer Notstopfen. Man sieht, daß er sich ein bißchen ärgert, weil seine Frau soviel Aufmerksamkeit bekommt, aber er kann sie ja wohl schlecht im Auto warten lassen. Sie begeistert die Wähler, und das ist genau das, was dieser Außenseiter braucht, wenn er gewinnen will. Ich frage mich, wie er sich als ewiger Zweiter fühlt, erst nach Obenshain und jetzt nach seiner Frau. Vielleicht ist es ihm egal, solange er überhaupt im Rennen ist. Er wirkt erstaunlich ruhig und zufrieden, dafür daß in zehn Tagen gewählt wird. Das verdankt er wahrscheinlich alles seiner guten Erziehung. Unter Druck Würde zu bewahren ist die Visitenkarte eines Gentleman aus Virginia.

Zackie Wakin schlendert auf Elizabeth Taylor zu. Er streckt ihr die Hand entgegen. Sie ergreift sie, und er küßt ihr die Hand wie ein Prinz. Ein Raunen geht durch die Menge. Zackie, der Ausländer, bezaubert den Filmstar. Zackie ist klein, aber das ist sie auch. Während sie sich Auge in Auge gegenüberstehen, kommt dieser Filmglanz über sie, wie in einer Liebesszene, in der der Mann auf die Frau schaut, nicht auf sie herab, sondern tief in ihr Herz. Elizabeth, einem Flirt nie abgeneigt, wirft den Kopf in den Nacken und lacht laut auf. Wir können Bruchstücke ihrer Unterhaltung hören. Sie weiß viel über libanesische Kultur. Sie hat Richard Burton in den Nahen Osten begleitet, als er in den sechziger Jahren einen Film dort drehte. Als die Begleiter Elizabeth von einem früheren Ehemann sprechen hören, schieben sie sie, ihrem derzeitigen Ehemann hinterher, in die Küche, um die Angestellten zu begrüßen. Elizabeth wirft Zackie über die Schulter hinweg noch einen Blick zu, zuckt die Achseln, als wollte sie sagen: *Tut mir leid, daß man uns unterbrochen hat*, und winkt ihm zu.

Die Tür zur Küche schwingt auf, und wir hören den Kandidaten sagen: »Ich bin John Warner, Ihr Kandidat für den amerikanischen Senat. Ich hoffe, ich kann am 4. November auf Ihre Stimmen zählen.« Ich habe in der Zeitung gelesen, daß John Warner das gerne macht. Sosehr er die hohen Tiere in den vordersten Reihen schätzt, weiß er doch, daß die Leute, die im Hintergrund das Essen kochen, die Stimmen bringen.

Theodore und ich stehen direkt neben der Schwingtür, die in die Küche führt, und spähen durch die runden Fenster in die Küche, wo Elizabeth und Warner ihren Rundgang machen. Die großen silbernen Servierplatten sind voll beladen mit golden gebratenen Hähnchenschenkeln. Auf einer liegen gebratene Flügelchen, sie sehen so saftig aus, daß ich am liebsten in die Küche gehen würde, um mir ein paar zu stibitzen. Elizabeth Taylor hat den gleichen Gedanken, und während Warner mit dem Koch plaudert, beugt sie sich vor und nimmt sich einen Flügel. Vorsichtig, um ihren perfekten pfirsichfarbenen Lippenstift nicht zu verschmieren, beißt sie hinein. Warner sagt etwas zu ihr, und sie nickt kauend. Er scheint verärgert, weil sie genascht hat, und wirft ihr einen tadelnden Blick zu. Schnell beißt sie ein großes Stück ab, damit sie ihn wieder im Wahlkampf unterstützen kann. Sie schluckt, aber irgend etwas stimmt ganz und gar nicht. Sie würgt. Ich kenne das aus meinem Lehrgang für das Erste-Hilfe-Team und renne in die Küche. Hilflos hält sie eine Hand an ihren Hals. Sie kann nicht sprechen. An ihrem weißen Hals entdecke ich eine Narbe, die von einer alten Operation herrührt. Sie leuchtet immer noch rot.

»Miss Taylor, ich werde Hilfe holen.«

Ich höre ihre Begleiter murmeln: »Wer ist das?«, und das Personal erklärt ihnen, daß ich zur Rettungsmannschaft gehöre. Theodore ruft nach Spec, der wie John Wayne durch die Schwingtür poltert, seinen Blick prüfend durch die Küche schweifen läßt, Elizabeth sieht und zu ihr eilt.

»Es ist ein Hühnerknochen, Spec. Er steckt in der Luftröhre.«

»Um Gottes willen. Hol den Krankenwagen, aber schnell!« Spec wirft mir seinen Schlüsselbund zu, und ich fange ihn auf. Theodore und ich rennen durch die Menge und springen in den Wagen. Wir rasen zum Hintereingang, öffnen die Hecktür und rollen die Tragbahre heraus. Wir schieben sie in die Küche. Warner schreit Spec und seine Begleiter an, aber am meisten scheint er sich darüber zu ärgern, daß Elizabeth den Knochen verschluckt hat.

Spec arbeitet wie ein Profi und hebt Elizabeth auf die Trage. Vorsichtig schnallt er sie fest und überprüft die Bremsen an den Rädern. Viele Leute beschweren sich darüber, daß Spec privat mit dem Krankenwagen in der Stadt herumfährt, aber ich wette, sie sind heilfroh, daß er heute abend damit hier ist. Es könnte Elizabeth das Leben retten.

Spec und ich verfrachten Elizabeth in den Krankenwagen. John Warner ist jetzt völlig außer sich, hält die Hand seiner Frau und streichelt ihr Gesicht. Zum Glück ist auch Dr. Pahas Wanfurtas, der indische Arzt aus dem Lonesome Pine Hospital, heute abend hier. Ich höre, wie er zu Spec sagt, daß er operieren muß.

Selbst in dieser dramatischen Situation könnte sie nicht schöner sein. Wie eine lavendelfarbene Lilie liegt sie auf der Trage. Sie erträgt den Schmerz wie ein Indianer, und glauben Sie mir, ich habe schon alles mögliche erlebt, und manchmal spielen die Menschen ganz schön verrückt. Doch sie ist wie entrückt, als wüßte sie, daß so ein Unglück nun mal passieren kann; man wird damit fertig, und es wird einen schon nicht umbringen. Ihr Blick sagt: *Ich sterbe schon nicht, holt einfach nur den verdammten Knochen aus meinem Hals!*

Theodore und ich springen in sein Auto und folgen dem Krankenwagen in die Klinik. Als wir ankommen, wird Miss Taylor direkt in die Notaufnahme geschoben. Es ist die Hölle.

Spec läuft nervös vor der Notaufnahme auf und ab. Wir beten, daß alles gutgeht.

Ungefähr eine Stunde vergeht. Theodore und ich haben Mordshunger und ziehen uns Süßigkeiten aus den Automaten, die wir mit Nescafé herunterspülen. Kandidat Warner hält sich in einem Nebenzimmer direkt neben dem OP auf, so daß wir ihn nicht zu Gesicht bekommen. Ein paar seiner Begleiter lungern herum, einer besorgter als der andere.

Schließlich kommt eine Schwester heraus, um mit uns zu reden. Dr. Wanfurtas hat einen Beatmungsschlauch eingeführt und den steckengebliebenen Knochen gelöst. Zum Glück war die Speiseröhre nur leicht verletzt. Miss Taylor wird sich schnell wieder erholen. Johnny Wood und sein Team betreten das Krankenhaus und laufen schnurstracks auf die Schwester zu; er will ein Exklusivinterview für die Elf-Uhr-Nachrichten. Sie hebt die Hände und bittet die Männer zu gehen. »Das hier ist ein Krankenhaus, kein Zirkus«, erklärt sie. Johnny Wood zuckt die Achseln und verschwindet mit seinem Team nach draußen. Er macht seinen Bericht auf dem Bürgersteig.

»Was ist mit dir?« fragt Theodore, als er mich ansieht.

»Nichts«, sage ich und stütze den Kopf in die Hände.

»Laß mal sehen.« Theodore hebt mein Gesicht und betrachtet es gründlich.

»Du bist blaß«, sagt er.

»Ich habe zuviel Süßigkeiten gegessen. Mehr nicht.«

»Gehen wir.« Theodore lacht.

Aber ich glaube nicht, daß es die Süßigkeiten waren. Ich mußte immer wieder daran denken, wie Jack Mac mir gesagt hat, ich sei verbittert und einsam. Doch das muß Theodore nicht wissen. Man muß seinem besten Freund nicht alles erzählen.

KAPITEL
7

Wir haben Elizabeth Taylor nie wieder gesehen. Nach der Operation hat sie sich mehrere Stunden lang ausgeruht; dann, im Morgengrauen, wurde sie per Hubschrauber von Big Stone Gap in eine große Klinik nach Richmond am anderen Ende von Virginia gebracht. Während der restlichen Tage des Wahlkampfs blieb sie zur Erholung dort. John Warner gewann die Wahl um Haaresbreite (viele waren der Meinung, eine Menge Wähler hätten aus lauter Mitgefühl für ihn gestimmt, weil seine Frau einen Unfall erlitten hatte, als sie für ihn Wahlkampf machte). Es ist eine Schande, daß man sich an Big Stone Gap nicht als den Ort erinnert, der Elizabeth Taylor einen triumphalen Empfang bereitet hat, sondern als den Ort, wo sie fast an einem Hühnerknochen erstickt wäre. Die Leute hier in der Gegend haben eine Theorie für solcherart Pech: Ein alter schottisch-irischer Fluch liegt auf uns allen. Schließlich hat der Aufschwung der Kohleindustrie uns auch nicht zum Pittsburgh des Südens gemacht; statt dessen hätten wir es beinahe geschafft, einen international berühmten Filmstar umzubringen. Vielleicht ist es uns einfach nicht bestimmt, zur großen Welt zu gehören.

Nachdem die ganze Aufregung sich gelegt hat, die mir Gelegenheit gab, mein eigenes Leben vorübergehend zu vergessen, komme ich endlich wieder dazu, mich mit mir zu beschäftigen. Ich setze mich hin und schreibe einen Brief an meine Tante Meoli. Das Schreiben hat eine läuternde Wirkung. Zia Meoli wird so um die sechzig sein, deswegen beginne ich den Brief mit der Bitte, dafür zu sorgen, daß jemand bei ihr ist, wenn sie ihn liest, für den Fall, daß sie in Ohnmacht fällt oder so was. Es fällt mir sehr schwer, über den Tod meiner Mutter zu schreiben, aber da Meoli die Schwester meiner Mutter ist, schildere ich ihr alles, so gut ich mich erinnere. Mama hat immer die ganze Wahrheit von mir verlangt (welche Ironie), also nehme ich an, daß ihre Schwester das ebenso von mir erwartet. Ich weiß nicht, warum Mama mir nichts von ihrer Familie erzählt hat, vor allem, wo wir so lange Zeit hatten, ohne daß Fred Mulligan uns gestört hätte. Wovor hat sie sich nach seinem Tod noch gefürchtet? Warum hat sie unsere geplante Reise nicht als Gelegenheit gesehen, ihr Gewissen zu erleichtern und mir die Wahrheit anzuvertrauen? Sie hätte so viele Gelegenheiten gehabt, mir ihre Geschichte zu erzählen. Als unsere Pässe kamen, hätte sie mir alles sagen können. Oder im Flugzeug nach Italien. Während der ganzen Jahre, die wir hier allein in diesem Haus lebten, gab es tagtäglich unzählige Augenblicke, in denen uns kein Außenstehender gestört hätte. Sie hätte ihr Gewissen jederzeit erleichtern können. Was für ein Geschenk die Wahrheit gewesen wäre! Wir hätten zusammen nach Italien fliegen und uns mit den Menschen versöhnen können, von denen ich abstamme. Sie hätte mich ihrer Familie vorstellen können. Wir hätten bei ihnen wohnen, sie kennenlernen, alles über all die Jahre erfahren können, die seit Mamas Flucht vergangen waren. Dann hätte ich jetzt Tanten und Onkel und Vettern und Cousinen, die mich liebten. Sehen Sie sich an, was mir durch diese Lüge alles entgangen ist.

Ich werde mir ein schönes Stück von dem Schokoladenkuchen zu Gemüte führen, den die Tacket-Schwestern mir gebracht haben (die andere Hälfte haben sie Theodore geschenkt). Ich bekomme viele solche Geschenke, seit ich zu dem Team gehörte, das Elizabeth Taylors Leben gerettet hat. Ich schlage eine Portion frische Sahne, vor mir eine Tasse mit dampfendem Kaffee. Ich habe es mir gerade in meinem weichsten Flanellschlafanzug bequem gemacht und die Füße hochgelegt, als das Telefon klingelt.

Es ist Spec. (Wer sonst?) Er möchte, daß ich ihn zu einem Einsatz in die Baptistenkirche begleite. Ich bitte ihn, das allein zu erledigen, ich bin müde (und außerdem, Spec, ich hab ganz vergessen, dir zu sagen, daß ich aufhöre). Aber er bettelt so lange, bis ich nachgebe. Fünf Minuten später hupt er vor der Tür. Ich schnappe mir den Erste-Hilfe-Koffer und renne nach draußen.

Während wir zu der Kirche am Flußufer rasen, setzt Spec mich ins Bild. Reverend Gaspar war dabei, in der überfüllten Kirche eine Erweckungspredigt zu halten. Mitten in seiner Predigt hat er zwei Klapperschlangen aus einem Korb genommen, und eine hat ihn gebissen.

»Keine Sorge. Ich habe Reverend Gaspar vor kurzem ein Serum gegeben. Doc Daugherty hat es ihm verschrieben.« Spec reagiert nicht. Ich ärgere mich. Ich habe mich mal wieder zu einem sinnlosen Einsatz überreden lassen, weil ich nicht nein sagen kann. Ein Schlangenbiß ist ein Ein-Mann-Einsatz. Die Wunde reinigen und verbinden, fertig. Ich denke an den saftigen Schokoladenkuchen auf meinem Wohnzimmertisch und ärgere mich erst recht.

Die Baptistenkirche ist ein Sandsteingebäude und besteht aus einem einzigen Raum. Auf das schlichte Dach ist ein Kreuz gemalt. Die Eingangstür der Kirche ist leuchtend rot gestrichen, um den Teufel draußen zu halten. Spec und ich hören lautes Klagen von drinnen, aber das ist normal bei einer Erweckungsversammlung. Die Leute kommen, um sich von ihren Sünden reinzuwaschen und erlöst zu werden. Das kann ziemlich laut werden.

Wir betreten die Kirche durch die Hintertür. Dicie Sturgill, eine kleine, stämmige Frau mit dichtem rotem Haar erwartet uns an der hintersten Kirchenbank. Sie ist schrecklich aufgeregt. Sie führt uns durch den Mittelgang zu Reverend Gaspar, der neben dem Altar auf dem Boden liegt. Jemand hat ihm einen Mantel als Kopfkissen untergeschoben. Etwa zwölf Gläubige haben ihm ihre Hände aufgelegt und sprechen in Zungen. Ich erkenne eins der Gesichter von einem Rettungseinsatz im letzten Jahr: ein aufsässiger fünfzehnjähriger Unruhestifter namens Den-Bob Snodgrass. Eines Morgens, als die Mädchen gerade Sportunterricht hatten, kam er splitternackt aus dem Umkleideraum der Jungen und dribbelte mit einem Basketball zwischen den Mädchen hindurch. Als die Mädchen ihn sahen, rannten sie schreiend aus der Turnhalle. Den-Bob wurde nur vorübergehend von der Schule verwiesen, ist aber nie wieder zurückgegangen, um seinen Abschluß zu machen, sondern hat angefangen, in der Mine zu arbeiten.

Reverend Gaspar stöhnt leise. Sein Handgelenk ist mit Küchenkrepp umwickelt, und Blut sickert durch. Ich kümmere mich um die Wunde, während Spec den Reverend befragt. Spec will wissen, ob er das Serum genommen hat. Der Reverend kann keine klare Antwort geben; aus seinen Reaktionen schließe ich, daß er es nicht genommen hat, aber ich bin mir nicht sicher. Seine Frau jammert laut und fleht Jesus an, ihren Mann zu retten. Ich bitte Spec, sich um die Wunde zu kümmern; vielleicht gelingt es mir ja, zu dem Reverend durchzudringen. Ich fordere die Handaufleger auf, sich auf ihre Plätze zu begeben. Der Patient braucht Luft. Sie gehorchen. Eine der Frauen legt ihren Arm um Mrs. Gaspar und führt sie in die vordere Kirchenbank. Spec bereitet eine Spritze vor. Falls der Reverend das Serum schon genommen hat, kann die Spritze nicht schaden; falls nicht, hoffe ich inständig, daß sie etwas nützt.

»Reverend, können Sie mich hören? Ich bin's, Ave Maria. Sie sind schlimm gebissen worden.« Er lächelt, als würde er mich verstehen.

Dann springt Den-Bob Snodgrass auf, zieht eine Pistole aus der Hosentasche und schießt auf die Schlangen, die sich in dem Korb auf dem Altar winden. Blut und kleine braune und grüne Fetzen Schlangenhaut spritzen überall herum. Die Gläubigen schreien entsetzt auf.

»Verfluchte Biester!« schreit Den-Bob. Zwei Männer packen ihn, nehmen ihm die Pistole ab und schaffen ihn aus der Kirche. Spec und ich bewahren die Ruhe und tun unsere Arbeit, obwohl ich das Gefühl habe, daß ich mich gleich übergeben muß. Keiner ändert sich, schießt es mir kurz durch den Kopf;

Den-Bob Snodgrass war ein Hitzkopf, bevor er zu Gott gefunden hat, und er ist immer noch ein Hitzkopf.

»Reverend, haben Sie das Serum genommen?«

Er schüttelt den Kopf.

»Wir müssen Sie ins Krankenhaus bringen.«

»Nein«, sagt er klar und deutlich.

»Aber es muß sein. Sie sind gebissen worden.«

»Nein!«

»Hören Sie, Reverend. Ich weiß, daß Sie gebissen worden sind. Ich habe gerade die Wunde verbunden.«

»Nein!«

Spec sieht mich an, als wollte er sagen: *Wir bringen ihn trotzdem hin. Laß uns zusehen, daß wir ihn verbinden, und dann nichts wie weg hier.* Das Gesicht des Reverends beginnt anzuschwellen, ein Anzeichen dafür, daß das Gift sich in seinem Körper ausbreitet. Als wir ihn auf die Trage heben, fällt ein kleines Fläschchen aus seiner Jackentasche. Es ist das versiegelte Fläschchen mit dem Serum, das ich ihm verkauft habe. Ich lasse es in meiner Hosentasche verschwinden und hoffe, daß seine Frau es nicht bemerkt.

Spec befiehlt den Leuten, den Mittelgang freizumachen. Wir tragen den Reverend nach draußen und schieben ihn in den Rettungswagen. Spec setzt sich ans Steuer, während ich hinten beim Reverend bleibe.

Ich halte seine Hand. Er hat immer noch genug Kraft, meine Hand fest zu drücken, und ich sage ihm, er soll nicht damit aufhören. Er bittet um Wasser, und ich gebe ihm welches. Er will mir etwas sagen. Vorher trinkt er noch einen Schluck.

»Warum haben Sie das Serum nicht genommen, Reverend?« frage ich.

»Glaube«, sagt er. Sein Griff wird schwächer.

»Beeil dich, Spec.«

Ich schaue auf Reverend Gaspar hinunter. Sein Gesichtsausdruck ist friedlich. Ich verstehe das nicht. Er hat Schmerzen. Warum schreit er nicht?

Männer wirken so klein, wenn sie sterben. Er kommt mir

vor wie ein Kind. Ich halte seine Hand und drücke sie sanft, warte auf eine Reaktion. Es kommt keine. Doch sein Puls ist noch spürbar; er ist unbemerkt ins Koma gesunken.

Spec fährt mich nach Hause. Wir reden kaum auf der Fahrt zurück vom Krankenhaus. Reverend Gaspar ist um 3.33 Uhr gestorben; ein paar Leute merkten an, Jesus sei im Alter von dreiunddreißig Jahren gestorben, und vielleicht gebe es da einen Zusammenhang. Spec und ich haben noch nie einen Patienten verloren, das ist also Neuland für uns. Er läßt mich aussteigen, und ich gehe die Stufen hinauf, betrete mein Haus, aber irgendwie ist es nicht mehr mein Zuhause. Ich habe sämtliche Lichter brennen lassen; der Kuchen und der Kaffee stehen noch auf dem Tisch, die Sahne ist zu einer weißen Pfütze zerlaufen. Ich trage das Geschirr in die Küche, werfe den Kuchen in den Müll und schütte den Kaffee weg. Ich spüle den Teller und die Gabel und die Henkeltasse. Ich weine nicht, aber ich kann das Gesicht von Reverend Gaspar nicht vergessen.

Es ist ein wunderbarer, sonniger Novembertag, perfekt für die Apfelernte oder für ein Begräbnis. Reverend Gaspar liegt, bekleidet mit einem weißen Totenhemd, in einem einfachen Kiefernholzsarg. Mit Schleifen geschmückte Wiesenblumensträuße liegen zu Füßen des Sargs. Die Baptistenkirche ist noch nie so voll gewesen. Fast alle Geistlichen der umliegenden Gemeinden sind um den Altar versammelt, unter ihnen sogar mein katholischer Priester, ein gütiger Ire aus Buffalo, New York.

Die Mormonenbrüder suchen die Menge ab und nicken mir zu, als sie mich erkennen. Ich lächle anerkennend; sie haben mir auf meine Bitte hin einen Familienstammbaum zusammengestellt und zugeschickt. Das Problem ist nur, daß sie Mario Barbaris Namen falsch geschrieben und irrtümlich die Familie Bonboni erforscht haben. Die Bonbonis waren zwar talentierte Olivenölhersteller, aber leider nicht mit mir verwandt. Ich habe es nicht übers Herz gebracht, den Jungs zu sagen, daß sie einen Fehler gemacht haben, und habe mir statt dessen ihren Vortrag angehört und so getan, als sei ich beglückt über ihre Informationen.

Es wird viel gesungen und laut geklagt. Die Leute stehen der Reihe nach auf und sprechen über Reverend Gaspar und darüber, wie er sie zu Jesus geführt hat; wie er mit ihnen und für sie gebetet hat; daß er ein geborener Prediger war, ein echter Apostel, der eine Geschichte so erzählen konnte, daß man daran glauben mußte. Ich muß unwillkürlich daran denken, wie er zu uns gesprochen hat, als ich noch in der Grundschule war. Er hat uns zugleich Furcht und Ehrfurcht eingeflößt. Immer wieder fällt das Wort Glaube, und ich erinnere mich daran, wie er es an dem Abend ausgesprochen hat, an dem er gestorben ist. Bei dem Gedanken läuft es mir kalt den Rücken herunter.

Nachdem die Beerdigung vorbei ist und Pee Wee Poteet »In The Sweet By and By« auf dem Akkordeon gespielt hat, steht Dicie Sturgill auf und liest einen Brief vor, den der Reverend für den Fall seines Todes an seine Gemeinde geschrieben hat. Bei der Erwähnung des Briefs brechen die Frauen in lautes Wehklagen aus. Als sie gar nicht mehr aufhören, sieht Dicie sie an, als wollte sie sagen: *Wollt ihr jetzt ewig weiterjammern, oder wollt ihr, daß ich euch den Brief vorlese?* Das Klagen ebbt ab, und man hört nur noch leises Schniefen und Schneuzen. Dann liest Dicie vor:

Meine lieben Freunde in Jesus, unserem Herrn.

In meinem Leben habe ich Jesus, meinen Herrn und Retter, in allem gefunden, in der Arbeit und im Vergnügen. Ich habe mich nicht nur an Jesus gewandt, wenn ich krank oder traurig war. Ich hatte auch viel Spaß mit Ihm. Er hat mich überallhin begleitet, zum Predigen in die

Schule und auch zum Angeln im Powell-Valley-See an einem Samstagmorgen. Er war immer bei mir, und ich hoffe, daß ich Ihn gut gekannt habe. Statt euch bei Tee und Kuchen im Gemeindesaal zu meinem Gedenken zu treffen, sollt ihr alle zu Shug's Lanes gehen und den Nachmittag auf der Bowlingbahn verbringen. Ich möchte, daß ihr Spaß mit Jesus habt. Hört einander zu und lacht und seht Gottes Herrlichkeit in euren Mitmenschen. Sie ist da, meine Freunde, glaubt mir. Manchmal sind wir nur zu blind, um sie zu sehen. Spielt eine Runde auf mich.

Euer ergebener Diener,
Reverend Elmo Gaspar.

Anweisungen zu befolgen ist etwas, was wir in Big Stone Gap wirklich gut beherrschen. Nachdem wir also den Reverend unter die Erde gebracht haben, macht die Beerdigungsprozession sich auf in Richtung Shawnee Avenue, zu Shug's Bowlingbahn. Midge und Shug Hall haben alles vorbereitet, die Kugeln poliert, die Erfrischungen bereitgestellt und die Anzeigentafeln auf Null gestellt.

Wir strömen in die Bowlinghalle und bilden Mannschaften, um ein oder zwei Spiele zu machen. Keiner drängelt sich vor. Jeder wartet geduldig, bis er an der Reihe ist, rollt seine Kugel und sieht den anderen zu. Selbst die alten Frauen spielen mit. Hier und da fließen Tränen, aber es wird vor allem gelacht, erzählt und gut gegessen.

Iva Lou und ich gehen auf die Damentoilette. Man muß an einer der Außenbahnen entlang gehen, um in den hinteren Teil des Saals zu gelangen, wo sich die Toiletten befinden. Ich erinnere mich noch, wie verunsichert ich zu Beginn meiner Pubertät jedesmal war, wenn ich diesen langen Weg zum Klo zurücklegen mußte. Ein paar Wochen zuvor war ich noch einfach ein Kind gewesen, das mit Kaugummi im Mund in der Bowlinghalle herumsprang; und dann plötzlich war ich ein Teenager, dem es davor graute, auf dem Weg zum Klo gesehen zu werden und die Aufmerksamkeit auf sich zu ziehen. Heute, als ich den langen Weg zusammen mit Iva Lou mache, ist von Verlegenheit keine Spur. Wir hoffen bloß, daß keine Kugel aus der Bahn springt und uns erwischt. Heute wimmelt es bei Shug's von schlechten Spielern; die Kugeln fliegen in alle Richtungen.

Als wir hinten ankommen, bleiben wir einen Moment lang verblüfft stehen, denn statt dem üblichen »Herren« und »Damen« prangen zwei neue Bilder auf den Toilettentüren, zwischen denen man sich entscheiden kann. Das Bild auf der einen Tür zeigt einen »Pointer«, einen Jagdhund, und die andere Tür ziert ein langhaariger, brauner »Setter«, der vor einem Kamin hockt. »Wir sind Setter«, verkündet Iva Lou und drückt die Tür auf.

Am Waschbecken steht June Walker und wäscht sich die Hände. »Ist das nicht eine schreckliche Sache mit Reverend Gaspar?« Wir nicken traurig. »Sie wissen ja, daß es immer drei Tote gibt«, fährt June fort. »Ich schätze also, daß uns noch zwei bevorstehen.«

»Über diesen alten Aberglauben brauchen Sie sich keine Gedanken zu machen. Wir haben bereits drei Tote.«

»Wirklich? Wer ist denn gestorben?« fragt June.

»Reverend Gaspar und die beiden Schlangen. Macht zusammen drei.«

Während wir uns vor dem Spiegel zurechtmachen, hören wir die Kugeln über die Bahnen donnern. Wenn die Kugeln an die Wand krachen und wieder zurückrollen, hört es sich an, als würden sie gleich in der Damentoilette landen. June zuckt jedesmal zusammen, wenn wieder eine Kugel an die Wand schlägt. Iva Lou und ich müssen lachen. Als ich zum letztenmal in diesem Raum war, war ich ein junges Mädchen. Ich hatte ganz vergessen, was die Kugeln für einen höllischen Lärm machen.

Ich weiß nicht, warum ich über Reverend Gaspars Tod nicht traurig bin. Wahrscheinlich liegt es daran, daß er so kurz nach meiner Mutter gestorben ist und ich ihren Tod noch nicht verwunden habe. Alles, was zu diesem Schmerz hinzukommt, scheint mir völlig irreal. Als ich von der Beerdigung zurückkomme, sind Otto und Worley gerade dabei, mein Haus für den Winter mit Doppelfenstern zu versehen. Ich erzähle ihnen von dem Nachmittag auf der Bowlingbahn, und sie lachen. Allmählich habe ich nichts mehr für Otto und Worley zu tun, und das bringt mich dazu, über die Zukunft nachzudenken. Ich weiß gar nicht, wann und wie das passiert ist, aber aus Otto und Worley, den stadtbekannten Trödlern, sind meine persönlichen Handwerker geworden. Otto hat mir einen Stapel Post auf den Küchentisch gelegt. Ich schnappe mir die Briefe und gehe nach oben. Ich ziehe meine Sonntagssachen aus und meine Latzhose über. Dann nehme ich die Post, gehe auf den Speicher und klettere durch das Fenster aufs Dach. Ich bin nicht mehr hier oben gewesen, seit wir vor ein paar Monaten das Dach repariert haben. Wo bleibt die Zeit bloß? Ich habe mir immer wieder vorgenommen, aufs Dach zu steigen und meinen Blick über die Stadt schweifen zu lassen und meine Gedanken zu ordnen. Wahrscheinlich war ich zu sehr beschäftigt. Oder vielleicht hatte ich bis jetzt einfach nicht das Bedürfnis, mir alles aus einer höheren Perspektive anzusehen.

In der Post sind drei Aufforderungen von Verlagen, Zeitschriftenabonnements zu verlängern. Anstatt sie auf den Stapel mit den Rechnungen zu legen, zerreiße ich sie. Ich führe jede Menge Zeitschriften im Geschäft; ich werde sie von jetzt ab dort lesen. Ganz unten in dem Stapel liegt ein Luftpostbrief mit einer geschnörkelten blauen Handschrift; der Absender lautet: Meoli Villaminore Mai! Endlich!

Ich öffne den Umschlag ganz vorsichtig, um das dünne Briefpapier nicht zu zerreißen. Es ist ein drei Seiten langer Brief auf italienisch. Ich muß gestehen, daß ich mir seit dem Tod meiner Mutter immer wieder Sorgen mache, meine Fähigkeit, italienisch zu lesen und zu sprechen, könnte mir verlorengehen; mit jedem Tag, der ohne sie vergeht, rostet mein Italienisch mehr ein. Tante Meoli schreibt mir, wie traurig sie sei, von dem Tod meiner Mutter zu hören. Sie habe gehofft, sie eines Tages wiederzusehen. Sie schreibt auch, wie glücklich

Mama wäre, wenn sie wüßte, daß wir beide zueinandergefunden hätten.

Außerdem schreibt sie mir, wie sehr sie sich freut, daß es mir gutgeht, und bittet mich, ihr ein Foto von mir zu schicken. Die Vorstellung von italienischen *comari*, die mein Foto in der *salumeria* herumgehen lassen und sich darum streiten, welchen von ihren zahnlosen Söhnen ich heiraten könnte, läßt mich erschaudern, und ich beschließe, vorerst kein Foto zu schicken. Zia Meoli erzählt lang und breit, daß ihre beiden Kinder praktisch von ihrer Schwester Antonetta großgezogen wurden, weil Meoli als Lehrerin den ganzen Tag arbeiten mußte. Am Ende des Briefes entdecke ich den Namen Mario Barbari, also übergehe ich den restlichen Familienklatsch und stürze mich auf den wahren Grund für diese Korrespondenz. Zia Meoli schreibt, daß sie meinen Vater nicht besonders gut kennt; er wohnt in Schilpario, oben in den Bergen. Hin und wieder hört sie von ihm, da er immer noch Bürgermeister ist! Sie weiß nicht, ob er verheiratet ist, nimmt aber an, daß er ledig ist; nach allem, was sie von ihm gehört hat, soll er ein ziemlicher Frauenheld sein. Sie verspricht mir, mehr über ihn in Erfahrung zu bringen, meint jedoch, ich könne mich auch selbst an das Bürgermeisteramt von Schilpario wenden, wenn ich Kontakt mit ihm aufnehmen will.

Ich strecke mich auf dem Rücken aus. Es ist still hier oben auf dem Dach, nur das schleifende Geräusch von den Fenstern, die unten eingepaßt werden, ist zu hören. Eigentlich sollte ich glücklich sein, daß mein Vater lebt und es ihm gutgeht. Statt dessen muß ich weinen. Ich weiß nicht mehr, was ich fühlen soll. Also lege ich den Arm über mein Gesicht, damit Otto und Worley mich nicht hören.

Ich muß so viele Bücher zurückgeben, daß ich Iva Lou scherzhaft vorgeschlagen habe, einfach direkt vor meinem Haus zu parken. Ich stecke die Bücher in zwei Stoffbeutel und mache mich auf den Weg in die Stadt. Pearl und Fleeta schmeißen den Laden heute allein – ich habe beschlossen, mir ein paar Tage freizunehmen. Sie werden mich bestimmt nicht sehr vermissen. Fleeta macht es Spaß, den Beutel mit den Tageseinnahmen zur Bank zu bringen und in den Nachtbriefkasten zu werfen. Sie sagt, es gibt ihr das Gefühl, einen langen Arbeitstag erfolgreich abzuschließen.

Die Tür des Büchermobils steht offen, was ungewöhnlich ist. Von drinnen ist Kichern zu hören; ich überlege, ob ich klopfen soll, lasse es aber bleiben. Iva Lou sitzt auf einem der Klappsitze neben Jack MacChesney, der in einer der überregionalen Zeitungen blättert, die sie dabei hat. Die Zeitung, die in einem langen, hölzernen Zeitungshalter steckt, ist sehr unhandlich, und Iva Lou prustet vor Lachen, während Jack Mac versucht, darin zu blättern. Ich habe Jack Mac seit dem Abend, als Elizabeth Taylor beinahe erstickt wäre, nicht mehr getroffen. Er scheint alles andere als erfreut, mich zu sehen.

»Hallo, ihr beiden.« Ich leere meine beiden Stoffbeutel und wende mich zum Gehen.

»Warum so eilig?« fragt Iva Lou mit einem Blick, der sagt: *Bleib noch*. Ich werfe ihr einen Blick zu, der erwidert: *Kommt nicht in Frage*.

»Ich muß nach Pearl und Fleeta sehen. Otto und Worley sind drüben bei mir.« Warum muß ich mich den beiden gegenüber rechtfertigen? Kann ich nicht einfach die Bücher abgeben und gehen?

»Ruf mich an«, sagt Iva Lou mit einem enttäuschten Unterton. Eigentlich hatte ich mich darauf gefreut, im Büchermobil ein bißchen mit Iva Lou zu plaudern. Das hätte mir Spaß gemacht. Aber solange er hier ist, kann ich das vergessen. Jack Macs grimmiges Gesicht spricht Bände; ich mache, daß ich hier wegkomme und zwar *pronto*.

Jetzt, wo ich Iva Lou gegenüber behauptet habe, ich müßte nach Pearl und Fleeta sehen, muß ich wohl oder übel im Laden vorbeigehen; sie können durch die Windschutzscheibe sehen, wohin ich fahre, und ich möchte nicht als Lügnerin dastehen. Also parke ich vor der Post und gehe in die Apotheke. Pearl und Fleeta sind hinten am Kosmetiktisch. Pearl zupft Fleeta die Augenbrauen, und Fleeta raucht dabei.

»Ich bin nicht hier, um euch beide zu kontrollieren. Die Umstände haben mich gezwungen, herzukommen.«

»Wem gehst du aus dem Weg? Spec?«

»Nein.«

»Er sucht dich jedenfalls. Er hat deinen Brief bekommen, in dem du ihm ankündigst, daß du aus dem Rettungsdienst aussteigen willst. Er wollte dich nicht zu Hause belästigen, deswegen kommt er alle Naselang her und geht uns auf die Nerven.«

»Hat der Schlangenbiß Sie so sehr mitgenommen?« fragt Pearl.

»Nein, so kann man das nicht sagen. Es war einfach der Tropfen, der das Faß zum Überlaufen gebracht hat. Versteht ihr, was ich meine?«

»Also, ich weiß nur, daß ich Drückeberger nicht ausstehen kann«, bemerkt Fleeta, während sie den Zigarettenrauch bis an ihr Diaphragma zu inhalieren scheint.

»Ich habe neun Jahre für den Rettungsdienst geopfert! Ich bin kein Drückeberger.«

»Rechtfertige dich nur!«

Ich bin nicht in der Stimmung, mich mit Fleeta anzulegen. Ich gehe zur Post und sehe in meinem Schließfach nach, was sich als reine Zeitverschwendung erweist. Ein paar Flugblätter mit Werbung für Quiltshows und Fahrten nach Knoxville zu den »Ice Capades« und diverse Rechnungen.

Ein Pick-up steht so dicht neben meinem Jeep, daß ich mich zwischen den beiden Fahrzeugen hindurchquetschen muß, um in meinen Wagen zu kommen. Es nervt mich, wenn Leute so rücksichtslos parken. Es ist für alle genug Platz da, wenn man es richtig macht. Ich öffne die Fahrertür, und als ich gerade einsteigen will, fällt mir etwas auf dem Beifahrersitz des Pick-up ins Auge. Das Wort »Schilpario« leuchtet mir entgegen. Die Nachmittagssonne steht tief, und ich muß meine Augen mit der Hand gegen das Licht schützen, um genauer sehen zu können. Seltsam. Auf dem Sitz liegt das Buch, das ich gerade ins Büchermobil zurückgebracht habe: *Schilpario: Ein Leben in den Bergen*. Wer könnte ein Interesse haben, dieses Buch auszuleihen? Und warum? Es mußte sogar extra aus der Universitätsbibliothek bestellt werden. Wer auch immer es ausgeliehen hat, muß Iva Lou dazu überredet haben, die Vorschriften zu umgehen. Als ich aus der Parklücke zurücksetze, schaue ich die Straße hinunter nach dem Büchermobil. Es ist nicht mehr da. Aber der Pick-up kommt mir bekannt vor. Er ist neu. Dann fällt es mir wieder ein: Er gehört Jack Mac. Ich habe kein gutes Gedächtnis für Autos, aber ich erinnere mich, daß er mir vor längerer Zeit seinen neuen Wagen vorgeführt hat, als ich seiner Mutter ihr Medikament geliefert habe.

Anstatt auf Jack Mac zu warten und ihn zu fragen, warum er mein Buch ausgeliehen hat, gebe ich Gas und fahre auf die Ampel zu. Im Rückspiegel sehe ich, wie Jack Mac mit einer braunen Papiertüte aus dem Schuhladen kommt und in seinen Wagen steigt. Als er den Motor anläßt, springt die Ampel auf Grün. Ich blinke links und biege ab.

Theodore und ich gönnen uns hin und wieder etwas ganz Besonderes. Wir nennen es unseren Ausflug. Wir fahren rüber nach Jonesville zu Cudjo's Cavern, einer riesigen Tropfsteinhöhle in den Bergen. Sie ist voller Stalagmiten und Stalagtiten, ein Wunderwerk der Natur – »Gottes Schatztruhe«, so steht es jedenfalls auf dem Schild.

Vor dem Eingang der Höhle befindet sich ein ebener Bereich, wo wir auf den Führer warten, einen alten Mann namens Roy. Er riecht es, wenn Besucher da sind; wir hören ihn kommen. »Ach, Sie sind's. Sie sind ja lange nicht mehr hiergewesen.« Er kichert in sich hinein. Dann führt er uns über einen gewundenen Pfad, der durch lauter von Indianern angelegte Säle und Katakomben in die Höhle führt. Die steinernen Gebilde, die von der Decke hängen, sehen aus wie glitzernde Kerzenwachstropfen in allen Größen und Formen. Manche sind riesig. Die, die vom Boden aufragen, sehen aus wie glänzende Finger.

Anfangs haben Theodore und ich Aufzeichnungen über die unterschiedlichen Formen gemacht. Später ist uns das langweilig geworden, und wir haben wieder damit aufgehört. Trotzdem kommen wir immer noch so oft her, daß Roy uns kennt, und deswegen führt er uns manchmal an ganz besondere Plätze. Unsere Lieblingsstelle ist ein kleiner, kristallklarer See tief im Innern der Höhle. Gewöhnliche Besucher führt Roy nie hierher, weil es sich um eine heilige Stätte der Indianer handelt. Außerdem ist es gefährlich, dorthin zu gehen; das Ufer um den See herum ist nicht einmal einen halben Meter breit, und darüber befindet sich ein Felsvorsprung, der gerade so groß ist, daß zwei Leute daraufklettern und dort sitzen können. Der See ist über hundert Meter tief. Roy fürchtet viel zu sehr, daß jemand hineinfallen könnte. Er gestattet uns, an den See zu gehen, weil er weiß, daß wir vorsichtig sind und nichts berühren.

Die Oberfläche des Sees ist sehr klein, vielleicht drei Meter im Durchmesser. Roy sagt, wir sollen uns einen tiefen, mit Wasser gefüllten steinernen Zylinder vorstellen; wie eine hohe, schlanke Vase. Ich kann verstehen, daß die Indianer hier gebetet haben; es ist so still, daß man nur das leise Plätschern des Wassers hört, das von den Wänden tropft. Der See erinnert mich an das Taufbecken in der Kirche, wo Reverend Gaspar gepredigt hat. Es ist gerade genug Platz, um einen oder zwei Menschen einzutauchen. Ich wünschte, ich hätte ihn einmal mit hierhergenommen, um ihm zu zeigen, wie die Indianer ihre Götter geehrt haben. Theodore richtet seine Taschenlampe auf die gegenüberliegende Wand. Die Stalagtiten spiegeln sich in der Wasseroberfläche und werfen bunt schimmernde Schatten auf die nassen Wände. Es sieht aus wie ein bewegliches Bild aus Blau- und Silbertönen.

Theodores untrügliches Gespür hatte ihm verraten, daß mir etwas Schönes guttun würde. Seit Elizabeth Taylor beinahe an dem Hühnerknochen erstickt wäre und Reverend Gaspar die tödlichen Schlangenbisse abbekommen hat, sei ich nicht mehr ich selbst, findet er. Er hat recht. Ich habe das Gefühl, daß mein Leben seit einem Jahr aus einer Aneinanderreihung von unangenehmen Erlebnissen besteht. Von wegen, ich erlebe etwas Aufregendes in meinem fünfunddreißigsten Jahr! Immerhin bleiben mir noch sechs Monate, bis ich sechsunddreißig werde; vielleicht wendet sich ja alles wieder zum Guten. Wenn nicht, fürchte ich, werde ich meinen Glauben an die alte chinesische Kunst des Gesichterlesens vollends verlieren. Theodore und ich bleiben lange an dem unterirdischen See und können uns an den Farbspielen der Natur gar nicht satt sehen.

Auf dem Heimweg halten wir an der Dip & Corn Barn, einem Schnellrestaurant zwischen Jonesville und Pennington Gap. Theodore bestellt sich eine Riesenportion. Wir setzen uns draußen an einen Picknicktisch, obwohl dieser letzte Novembertag ziemlich kühl ist.

»Ich möchte mit dir reden.«

»Kein Problem.« Ich fange an, die kleinen Ketchup-Tüten aufzureißen. Ich brauche eine große Ketchup-Pfütze auf dem Teller, bevor ich anfange, meine Pommes frites zu essen. Es macht mir keinen Spaß, ein paar Fritten zu essen, ein Tütchen aufzureißen, wieder ein paar Fritten zu essen und das nächste Tütchen aufzureißen. Ich will ein ordentliches Essen auf meinem Teller haben.

»Die letzten Monate waren ziemlich anstrengend«, beginnt Theodore diplomatisch.

»Was du nicht sagst.«

»Und ich glaube, mir ist einiges nicht richtig klar gewesen.«

»Was denn zum Beispiel?«

»Die Sache mit uns.« Ich schaue Theodore an und entdecke eine Ernsthaftigkeit in seinen Augen, die mir, ich muß es gestehen, das Mark in den Knochen gefrieren läßt. Das Wort *uns* hat er noch nie so ausgesprochen. Wir sind immer Kumpel gewesen, außer an dem Abend, als ich mich ihm an den Hals geworfen habe und er mir einen Korb gegeben hat – ein Abend, den ich am liebsten vergessen würde.

»Erinnerst du dich noch an den Abend, als wir die Show für Elizabeth Taylor aufgeführt haben?« Ob ich mich erinnere? Soll das ein Witz sein?

»Ich habe dich von der Kabine des Stadionsprechers aus beobachtet. Als die beiden Köter mitten in meiner Show auf dem Spielfeld rumrammelten, wollte ich alles hinschmeißen.

Aber dann habe ich dich da unten in deinem roten Samtmantel gesehen, und du hast zu mir heraufgelächelt, und dann hast du diese lustige Handbewegung gemacht, als würdest du auf deine Uhr schauen und sagen: *Wie lange können Hunde eigentlich ficken? Das kann ja schließlich nicht ewig dauern.* In diesem Augenblick fiel die ganze Anspannung von mir ab. An dem Abend hast du mich gerettet. Das werde ich dir nie vergessen.«

»War mir ein Vergnügen, Theodore.«

»Ich meine es ernst. Du bist immer für mich da. Ich weiß nicht, was ich ohne dich tun würde.«

Die einzige andere Person, die je zu mir gesagt hat, sie wüßte nicht, was sie ohne mich tun würde, war meine Mutter, und das war, als sie im Sterben lag. Ich merke es mir für den Fall, daß ich später noch einmal darauf zurückkommen muß.

»Ich finde, wir sollten heiraten.«

Es ist, als würde eine Jalousie, so eine Art Springrollo, wie man sie an alten Fenstern findet, langsam vor mir heruntergezogen. Erst verschwindet mein Kopf dahinter, dann Gesicht und Hals und schließlich mein Rumpf, meine Beine und die Füße. Ich möchte für immer hinter diesem Rollo verborgen bleiben.

»Was hältst du davon?«

»Ach, Theodore.«

»Das ist es doch, was du willst, oder?«

Was ich will? Merkt er denn nicht, daß es genau das ist, was mit mir nicht stimmt? Ich weiß einfach nicht, was ich will. Mein ganzes Leben lang habe ich immer versucht, es allen recht zu machen, alle Erwartungen zu befriedigen. Ich beschwere mich nicht. Es gefällt mir, wenn ich anderen etwas Gutes tun kann. Ich finde Erfüllung darin. Und niemand war mehr verwundert als ich selbst, als in meinem Leben plötzlich nichts mehr stimmte. Anscheinend habe ich mich nach und nach völlig verausgabt, und jetzt fühle ich mich wie eine Mutter, die mit ihren sechzehn Kindern in einem Bergdorf hockt, bis sie eines Morgens aufwacht und feststellt, daß sie nichts anderes ist als ein Gefäß, eine Versorgungsstation, an der sich alle bedienen, ohne daß für sie selbst etwas übrigbleibt. Als Reverend Gaspar im Sterben lag, meine Hand hielt und das Wort »Glaube« murmelte, wußte ich nicht, wovon er redete. Gut, er meinte vielleicht die traditionelle Jesusgeschichte, daß man daran glauben soll, aber das bezweifle ich. Ich denke, er sprach von einem tieferen Sinn. Von einem Sinn, den ich nicht erfassen kann. Was hat er gemeint? Ich würde es gern verstehen, aber bisher ist es mir nicht gelungen. Glaube an Gott? Glaube an mich selbst? Glaube an andere? Glaube an das Unbekannte? Ich weiß es nicht. Und was die irdischen Angelegenheiten angeht, bin ich verwirrter denn je! Ich weiß nicht, was mich glücklich macht – okay, vielleicht Ledna und Edna Tacketts Kokosraspeltorte, ein Brief aus Italien und das Futter in meinen Wintermänteln, handgenäht und gesteppt von meiner Mutter. Diese Dinge machen mich glücklich. Aber heiraten? Ist das vielleicht Glück? Oder ist es nur ein Gefäß, in dem man Glück aufbewahrt? Ich weiß es nicht. Theodore sieht mir meine Verwirrung an.

»Ich habe dich zu schnell damit überfallen«, entschuldigt er sich.

»Nein, hast du nicht. Seit dem Tag, an dem ich dich kennengelernt habe, stelle ich mir vor, dich zu heiraten.«

Theodore wirkt erleichtert. Wenn ich eins über Männer weiß, dann, daß sie jede Art von Ablehnung fürchten.

»Weißt du, du und Jack MacChesney, ihr habt mir beide einen Heiratsantrag gemacht, weil ihr wußtet, daß ich nein sagen würde.«

»Das hat nichts mit Jack zu tun.«

»Nein, hat es nicht, aber irgendwie doch. Ich bin die stadtbekannte alte Jungfer, und ich habe in den vergangenen sechs Monaten zwei Heiratsanträge bekommen. Irgendwas ist im Busch.«

Ich esse meine Pommes frites, nippe an meinem Bier und sehe Theodore an.

»Ich möchte dich heiraten.«

»Liebst du mich, Theodore?«

»Ja, natürlich.«

»Ich danke dir.«

»Das heißt also, ja? Du heiratest mich?«

Ich schüttle langsam den Kopf. Ich kann Theodore Augustus Tipton nicht heiraten. Ich habe es mir anders überlegt. Meine Gebete sind erhört worden, aber ich habe um das Falsche gebetet.

»Warum nicht, Ave Maria? Ich dachte, du wolltest mich heiraten.«

»Ich will versuchen, es dir zu erklären. Ich hoffe, daß du mir im voraus vergibst, falls ich nicht die richtigen Worte finde oder mich dumm anstelle.«

Theodore bedeutet mir zu sprechen. Ich liebe es, wenn er das tut; es heißt, daß er wirklich zuhört.

»Vor einiger Zeit hat mir mal jemand gesagt, ich würde nie einem Mann vertrauen können, solange ich meine Beziehung zu meinem Vater nicht geklärt habe. Also: entweder Fred Mulligan oder der geheimnisvolle Mario aus Schilpario. Seitdem mir das gesagt wurde, habe ich mir angewöhnt, Väter und Töchter zu beobachten. Und ich habe einige unglaubliche Dinge beobachtet, wunderbare Dinge. Wie dieses kleine Mädchen, das gar nicht besonders hübsch ist – schiefe Zähne, ganz dünne Haare und eine dicke Brille –, aber ihr Vater hält sie an der Hand und geht mit ihr die Straße entlang, als wäre sie ein kleiner Engel, den niemand berühren darf. Er gibt ihr das größte Geschenk, das eine Frau auf der Welt bekommen kann: Schutz. Und das kleine Mädchen lernt, dem Mann in ihrem Leben zu vertrauen. Alles, was die Welt von einer Frau erwartet – schön zu sein, Trost zu spenden, Kranke zu pflegen, den Sterbenden beizustehen, Geburtstagskarten zu schicken, Kuchen zu backen –, all das tun wir als Gegenleistung für den Schutz, den der Vater uns gegeben hat. Das ist ein faires Tauschgeschäft. Aber ich habe das nie kennengelernt. Deshalb weiß ich auch nicht, wie ich mit dir zusammenleben soll. Ich könnte natürlich so tun als ob, improvisieren und hoffen, daß ich es irgendwann begreife. Aber das wäre dir gegenüber nicht fair. Was ist, wenn ich es nie kapiere? Du hast eine Frau verdient, die dir all das geben kann. Ich finde, darauf solltest du warten.«

Theodore hat die Alufolie, in die sein Hamburger eingewickelt war, zu einem silbernen Quadrat von der Größe eines Hemdenknopfs geglättet und gefaltet. Er starrt es lange schweigend an.

»Laß uns nach Hause fahren«, sagt er. Ich sammle die Reste unseres Essens vom Tisch und werfe alles in den Mülleimer. Theodore steht neben seinem Wagen und schaut ins Leere. Er wird drüber wegkommen. Da bin ich mir ganz sicher.

Pearl hat die Resultate ihres College-Eignungstests bekommen. Sie gehört zu den Besten ihrer Klasse. Sie zeigt mir das Blatt mit den Ergebnissen, aber ich muß es ihr aus der Hand reißen, weil sie es festhält und vor Freude Luftsprünge macht. Fleeta freut sich mit ihr, obwohl sie keine Ahnung hat, was der Test bedeutet; sie freut sich immer, wenn jemand, den sie kennt, Erfolg hat.

»Glückwunsch, Pearl! Du bist ein kluger Kopf!«

»Das hab ich an dem Tag gemerkt, als sie die Analgetika nicht mehr mit den Abführmitteln verwechselt hat«, sagt Fleeta mit einem Augenzwinkern.

»Mr. Gibbs sagt, ich kann auf ein gutes College gehen. Vielleicht an die Virginia Tech oder die University of Virginia, oder vielleicht sogar ans William and Mary College!«

»Gott, ist das aufregend!«

Tayloes Mutter, Betty Slagle, kommt mit einem Rezept. Fleeta und Pearl gehen nach hinten und machen sich wieder an ihre Arbeit.

»Wie geht's, Betty?«

»Ist mir schon besser gegangen.«

»Sind Sie krank?«

Betty sagt nein und reicht mir das Rezept. Ich gehe hinter den Medikamententresen.

»Tayloe war wunderbar als Kleopatra. Wir waren alle stolz auf sie.«

»Manche Leute haben gesagt, sie sah sogar besser aus als Elizabeth Taylor.«

»Da muß ich Ihnen recht geben.«

Ich sehe mir das Rezept von Doc Daugherty an. Es ist ein Vitaminpräparat für Schwangere.

»Glückwunsch, Betty! Noch ein Baby?«

»Das ist nicht für mich. Es ist für Tayloe. Sie hat festgestellt, daß sie schwanger ist.«

»Oh.« Mehr fällt mir dazu nicht ein? Das ist ja schrecklich. Sie ist doch selbst fast noch ein Kind.

»Ist das zu fassen? Sie hat sogar die Pille genommen. Aber es hat keinen Zweck, über verschüttete Milch zu weinen. Passiert ist passiert, da kann man nichts machen. Wir müssen uns damit abfinden, und dann sehen wir weiter.«

»Wie geht es ihr denn?«

»Sie hat den ersten Schock überwunden, aber wissen Sie, mir ist derselbe Schlamassel passiert, als ich sechzehn war, und das Ergebnis ist meine wunderbare Tayloe. Wir versuchen also, es von der guten Seite zu betrachten.«

Ich gebe Betty die Tabletten. Sie nimmt sie und steckt sie in ihre Handtasche.

»Kinder.« Sie wendet sich zum Gehen. »Ave Maria?«

»Ja?«

»Sie bekommt das Baby im April. Können Sie ihr die Rolle in dem Musical reservieren, bis sie wieder auf den Beinen ist? June Tolliver zu spielen bedeutet ihr alles.«

»Sagen Sie Tayloe, sie kann jederzeit wieder einsteigen.«

Bettys Miene hellt sich sichtlich auf.

»Ich danke Ihnen, Miss Ave.«

Betty geht. Sie weiß ebensogut wie ich, daß Tayloes Karriere als Schauspielerin beendet ist. Aber Betty ist noch nicht bereit, alle Träume aufzugeben, die sie für ihre Tochter hatte. Ich kann mir vorstellen, wie es weitergehen wird, denn es ist immer wieder dasselbe. Tayloe wird heiraten, einen Wohnwagen kaufen, Kinder bekommen und die Ehefrau spielen. Sie wird keine Zeit mehr für sechs Vorstellungen pro Woche haben.

Fleeta, die unser Gespräch mitgehört hat, kommt auf mich zu.

»Dieser verdammte Lassiter-Bursche. Quarterback in der Footballmannschaft. Du weißt schon, der mit dem Schlafzimmerblick. Der hat ihr dieses Balg angedreht. Männer.«

Fleeta geht wieder nach hinten. Ich höre, wie Pearl die Klammer an ihrem Klemmbrett schnappen läßt. Ich gehe zu ihr hinüber.

»Ihr Leben ist ruiniert, stimmt's?« sagt sie.

»Natürlich nicht. Sie wird es schwerhaben, aber sie hat einen starken Willen. Und ihre Mutter wird sie unterstützen.«

»Ich will niemals in einem Wohnwagen wohnen«, erklärt Pearl.

»Dann halt dich von den Lassiter-Jungs fern.«

Pearl nickt und wendet sich wieder ihrer Inventur zu. Ich betrachte mein Gesicht im Spiegel. Ich habe dunkle Ränder unter den Augen. Meine Lider sind vor Erschöpfung ganz schwer. Von einem strahlenden Blick kann keine Rede mehr sein.

Das vertraute Bimmeln an der Tür sagt uns, daß wir einen Kunden haben, aber dann bimmelt es noch mal, als wäre die Tür zugeschlagen worden. Jemand ist ziemlich aufgebracht und läßt seine Wut an der Tür aus. Ich spähe den Gang hinunter. Richtig. Es ist Tante Alice.

»Wo bist du, du gehässiges Miststück?«

Ich sehe Pearl an. »Meint sie dich oder mich?«

»Ich glaube, sie meint Sie«, erwidert Pearl ängstlich.

Ich stehe auf und gehe langsam auf meine Tante zu, die aussieht, als würde sie mich am liebsten erschießen.

»Was kann ich für dich tun, Tante Alice?«

Sie fuchtelt mit dem Brief vor meiner Nase herum. »Du meinst wohl, du hast mich richtig aufs Kreuz gelegt, was? Das glaubst du jedenfalls, stimmt's?«

»Ich habe niemanden aufs Kreuz gelegt.« Das ist die Wahrheit, sowohl im wörtlichen wie auch im übertragenen Sinne.

»Glaub ja nicht, daß ich das einfach so hinnehme. Wenn du das annimmst, dann kennst du mich aber schlecht!«

»Tante Alice, wenn du Probleme mit meinen geschäftlichen Entscheidungen hast, wendest du dich am besten an Lew Eisenberg.«

»Mit diesem Ausländer rede ich nicht! Ich rede mit dir!«

»Dann bitte deinen Rechtsanwalt, sich mit Mr. Eisenberg in Verbindung zu setzen.«

»Wenn ich diese Apotheke nicht bekomme, dann will ich mein Haus wiederhaben. Wart's nur ab!«

»Du wirst mein Haus niemals kriegen! Niemals!« Der Tonfall meiner Stimme überrascht mich. Fleeta schiebt Pearl ins Hinterzimmer. Und dann gibt Tante Alice es mir richtig.

»Du bist eine Hure, genau wie deine Mutter. Du bist ein Schmarotzer. Und du bist schlecht. Vielleicht glaubst du, du hast mich um mein Eigentum gebracht, aber ich werde dich bis zum letzten Atemzug bekämpfen.«

»Tante Alice, ich fordere dich auf, Pearl Grimes' Laden zu verlassen. Wenn du es nicht tust, rufe ich die Polizei.«

»Dieser Laden gehört mir! Das hier gehört mir. Alles! Du hast mich beraubt!« kreischt sie. Ich sehe Tante Alice an, und sie sieht aus wie eine Sechsjährige, die die Puppe nicht bekommen hat, die sie sich gewünscht hat. Ihre Augen füllen sich mit Tränen.

»Ich habe in meinem ganzen Leben noch nie bekommen, was ich wollte!« schreit sie.

»Du hast Onkel Wayne.« Ist das alles, was ich ihr sagen kann? Wo ist mein Kampfgeist? Wo ist meine Wut? Wieso schaffe ich es nicht, die Ehre meiner Mutter zu verteidigen? Wo ist die Frau, die diesen Plan geschmiedet hat, um ihren Besitz vor dieser alten Hexe zu schützen? Ich brauche keinen Arzt, der mir das sagt. Irgend etwas stimmt nicht mit mir.

Ich bin in letzter Zeit ziemlich erschöpft, aber das liegt wahrscheinlich an der kalten Jahreszeit und dem Streß im Geschäft. Neuerdings führe ich Weihnachtsschmuck und Lichterketten (auf Wunsch der Kunden), und das Zeug verkauft sich erstaunlich gut. Ich bringe es nicht übers Herz, Fleeta und Pearl so kurz vor Weihnachten Überstunden aufzubrummen, also mache ich die zusätzliche Arbeit selbst. Außerdem gehen um diese Jahreszeit Grippe und Erkältungen um, so daß ich alle

Hände voll damit zu tun habe, Medikamente zusammenzustellen und auszuliefern. Theodore und Iva Lou kommen häufig vorbei, um nach mir zu sehen, aber ich beruhige sie jedesmal und erkläre ihnen, es ist nur der Vorweihnachtsstreß. Vielleicht bin ich deswegen so erschöpft, weil es mein erstes Weihnachtsfest ohne meine Mutter sein wird und ich mich damit noch nicht richtig abgefunden habe. Wenn ich mich wenigstens mal ab und zu ein bißchen ausruhen könnte, würde es mir schon viel besser gehen. Es ist bereits soweit, daß ich Schlafstörungen habe. Ich habe noch niemandem davon erzählt. Vielleicht sollte ich Doc Daugherty mal aufsuchen, aber ich komme einfach nicht dazu.

Ich habe den Leuten vom Dogwood Garden Club versprochen, ihnen ein paar Lichterketten für die Weihnachts-Blumenausstellung im Southwest Virginia Museum zu spenden. Ich hätte sie schon längst abliefern müssen, aber ich hatte ein paar Kunden in der Apotheke, die ich einfach nicht los wurde. Ich fahre bis auf den Rasen vor dem Gebäude und parke direkt vor der Tür, weil ich zu müde bin, um die paar Schritte vom Gehweg aus zu laufen. Am liebsten hätte ich Theodore gebeten, sie abzuliefern, aber er ist über die Feiertage nach Scranton zu seiner Familie gefahren. Er hatte mich eingeladen, mitzukommen, aber die lange Autofahrt und die Aussicht auf den ganzen Familientrubel haben mich so abgeschreckt, daß ich dankend abgelehnt habe. Diesmal ist mir einfach nicht danach, Weihnachten zu feiern.

Die Eingangshalle des Museums ist eigentlich das Foyer der einzigen Villa von Big Stone Gap. Das Haus gehörte der Familie Stemp, bis sie es in den vierziger Jahren der Stadt vermachte. Jetzt ist es ein nettes kleines Museum mit Schaukästen, die von den Bergarbeitern, den Quilterinnen, den Cherokees, den Melungeons und den Familien der Gegend erzählen. Ich muß schon ziemlich lange hier stehen, denn zwei Mitglieder des Garden Club fangen an, sich gegenseitig zuzuflüstern, einer solle Nellie Goodloe holen. Nellie kommt die große Freitreppe herunter und begrüßt mich an der Tür. Sie wirkt besorgt. Sie schaut mir tief in die Augen.

»Ave Maria, Liebes, alles in Ordnung?«

»Ich bringe die Lichterketten.« Ich reiche Nellie die Lichter, aber sie verfehlen ihre Arme und fallen klappernd zu Boden.

Ich wache in meinem eigenen Bett auf, im Schlafanzug. Pearl, ihre Mutter Leah, Fleeta und Theodore stehen am Fußende meines Betts.

»Was ist passiert?« frage ich.

»Du bist in Ohnmacht gefallen.«

»Ich habe die Lichterketten ins Museum gebracht.« Ich versuche aufzustehen, aber meine Beine fühlen sich an, als wären sie mit Sand gefüllt. Die vier treten näher. »Was ist los mit mir?«

Ich bekomme plötzlich Angst. »Theodore, ich dachte, du wärst in Scranton.«

»Ich bin schon seit ein paar Tagen zurück.«

»Seit ein paar Tagen?«

»Heute ist der dreißigste Dezember, Ave. Weihnachten ist vorbei«, verkündet Fleeta und verwirrt mich noch mehr.

»Aber ich war zwei Tage vor Weihnachten im Museum. Was ist mit mir passiert?«

»Doc Daugherty ist sich nicht ganz sicher«, sagt Pearl.

»Was soll das heißen, er ist sich nicht ganz sicher?«

»Sie sind im Museum in Ohnmacht gefallen, und da das nicht weit von Ihrem Haus entfernt war, hat man Sie hergebracht. Und dann ist Nellie Goodloe in die Apotheke gekommen und hat es Fleeta und mir erzählt. Wir haben Doc Daugherty angerufen, und er ist sofort hergekommen. Als er nichts Ernstes feststellen konnte, hat er gesagt, Sie sollen sich einfach gesundschlafen. Und das haben Sie ja getan. Und zwar genau sieben Tage lang.«

»Der Doc hat mir verboten, in deiner Gegenwart zu rauchen, also hab ich's aufgegeben«, sagt Fleeta stolz.

»Schön für dich.« Es freut mich, daß Fleeta etwas Positives aus meiner Krise gewonnen hat.

»Kannst du dich an irgendwas erinnern, Ave?« will Theodore wissen.

Nein, ich erinnere mich an nichts. Ich fühle mich erholt, als hätte ich einen Mittagsschlaf gehalten. Ich schwinge die Beine aus dem Bett und will aufstehen, sinke aber sofort wieder aufs Bett zurück.

»Deine Beine sind das Laufen nicht mehr gewöhnt, das ist alles. Mach dir nichts draus. Mit ein bißchen Bewegung wird das schon wieder«, versichert mir Fleeta.

»Kommt, wir machen ihr was zu essen«, sagt Leah und winkt Fleeta und Pearl, sie in die Küche zu begleiten. Die drei gehen nach unten.

Theodore setzt sich zu mir aufs Bett.

»Sterbe ich, oder was?«

»Nein. Doc Daugherty meint, du hattest einen Nervenzusammenbruch.«

»Was?«

»Er sagt, er hat schon alle Arten von Nervenzusammenbrüchen erlebt. Manche Leute machen einfach mechanisch weiter; manche haben ein Blackout, und manche schlafen sich einfach gesund, wie ein Bär, der Winterschlaf hält. Du hast dich für die Höhlenvariante entschieden.« Theodore nimmt mich in die Arme.

»Hilf mir aufzustehen.« Ich versuche, mich auf die Füße zu stellen. Theodore stützt mich. Wir gehen ganz langsam. Wir schaffen es bis zum Badezimmer. Ich bitte ihn, draußen zu warten.

Mein Badezimmer mit den schwarzweißen Fliesen kommt mir riesig vor. Auf dem Oberlicht liegt Schnee. Es muß eine weiße Weihnacht gewesen sein. Es ist kalt im Badezimmer; die frischen Handtücher, die ich vor einer Woche aufgehängt habe, sind unberührt. Das Stück Seife ist noch genauso groß wie vor meinem großen Schlaf. Das ist alles so seltsam. Ich ziehe an der Schnur des Lichtschalters neben dem Spiegel. Ich betrachte mich.

Mein Gesicht sieht aus wie früher, als ich ein Mädchen war. Wahrscheinlich habe ich im Schlaf abgenommen; meine Nase wirkt länger, und mein Kinn ist ein bißchen spitz. Meine Wimpern sind vom Schlaf verklebt; sie sind krumm und verbogen, aber immer noch dicht. Ich entdeckte keine einzige Falte in meinem Gesicht, und ich schwöre, vor Weihnachten hatte ich noch reichlich davon.

Ich kann mich nicht erinnern, geträumt zu haben. Hat sich mein Gehirn ausgeschaltet und ich bin einfach so in Tiefschlaf gefallen? Warum kann ich mich an nichts erinnern? Wo ist mein Bewußtsein die ganze Zeit gewesen?

»Alles in Ordnung da drinnen?« fragt Theodore leicht besorgt durch die Tür.

»Alles in Ordnung. Ich komme gleich.«

Ich wasche mir das Gesicht und putze mir die Zähne. Ich stütze mich am Waschbecken ab, dann an der Wand, dann an der Tür. Ich öffne sie ganz langsam. Theodore steht auf der anderen Seite, bereit, mich zu stützen.

»Hast du Hunger?«

»Ich hab im Leben noch nicht so einen Hunger gehabt.« Theodore trägt mich die Treppe hinunter in die Küche.

KAPITEL

8

Wer immer es war, der gesagt hat: »Man soll nie eine wichtige Entscheidung treffen, wenn man müde ist«, war ein sehr kluger Mensch. Ich lasse den Januar und den Februar 1979 vergehen, ohne etwas Großartiges zu unternehmen. Ich tue nur das Nötigste. Jeder im Ort fragt mich nach meinem Großen Schlaf aus, denn es hat sich mittlerweile herumgesprochen, aber ich kann ihnen nicht viel erzählen. Ich kann mich immer noch an nichts erinnern. Doc Daugherty untersucht mich jede Woche, aber er kann keinen körperlichen Schaden feststellen; er ist sich ziemlich sicher, daß auch mein Gehirn keinen Schaden erlitten hat. Pearl und Fleeta haben den Laden geschmissen, während ich im Tiefschlaf war, und Clayton Phipps, ein Apotheker aus Norton, ist jeden Montag und Dienstag hergekommen, um sich um die rezeptpflichtigen Medikamente zu kümmern.

Als ich im März schließlich meine Arbeit wiederaufnehme, benutzt Pearl mein verjüngtes Gesicht als Beispiel für die Bedeutung des Schlafs für die Schönheit einer Frau. Nichts ist so gut geeignet wie Schlaf, um dem Gesicht jugendlichen Glanz zu verleihen. Ich fürchte, ihre Werbung ist etwas irreführend. Ich glaube, ich sehe so gut aus, weil ich nicht gestorben bin. Ich habe überlebt, und die Erleichterung darüber hat mein Gesicht gestrafft. Wie dem auch sei, die Queen-Helene-Serie geht weg wie warme Semmeln, denn Pearl erzählt den Frauen, sie hätte während meines Großen Schlafs zweimal täglich mein Gesicht damit behandelt.

Pearl hat aufgeschrieben, wer mich alles besucht hat. Die Idee kam von Nellie Goodloe, die ihr erklärt hat, alle vornehmen Familien würden ein Gästebuch führen. Ich komme endlich dazu, einen Blick in das Buch zu werfen. Alle Leute, die sich eingetragen haben, haben sich etwas Lustiges ausgedacht: Iva Lou hat lächelnde Gesichter gezeichnet, die Tackett-Zwillinge haben einen Bibelvers hineingeschrieben, Doc Daugherty einen lateinischen Spruch. Das Buch ist voll mit kleinen, witzigen Botschaften, und ich muß darüber lachen. Nan MacChesney war zweimal da. Das Buch ist ziemlich dick, und ich blättere es schnell durch, um zu sehen, ob Jack MacChesneys Name auch drinsteht. Er hat mich nicht besucht.

Otto und Worley hatten es sich zur Aufgabe gemacht, während meines Großen Schlafs die Dachrinnen an der Apotheke und an meinem Haus zu reinigen. Pearl erzählt mir, sie hätten solche Angst gehabt, ich könnte ins Gras beißen, daß Otto geweint habe. Ich gebe ihnen eine Extraprämie für ihre Arbeit und ihre Loyalität.

Nach dem Großen Schlaf habe ich drei Dinge über mich gelernt. Ich habe erfahren, wer meine wahren Freunde sind; ich habe gelernt, daß ich meine Probleme so lange verdränge, bis sie auf einmal über mich hereinstürzen, und vor allem habe ich gelernt, daß ich nicht glücklich war. Es ist schrecklich, sich eingestehen zu müssen, daß man nicht glücklich ist. Es läßt alle um einen herum erstarren, weil jeder glaubt, er sei irgendwie für diesen traurigen Zustand verantwortlich und könnte ihn beheben. Das können sie natürlich nicht. Ich weiß, daß das Glück irgendwo existiert; wenn ich wüßte, wo, würde ich hingehen und es einfordern. Mir ist bewußt geworden, daß ich mein Leben lang immer nur auf Dinge reagiert habe, anstatt selbst zu handeln. Irgendwann unterwegs habe ich den Kontakt zu mir selbst verloren. Ich habe mich nicht vermißt. (Klingt das nicht verrückt?) Manchmal frage ich mich, ob während des Großen Schlafs etwas in meinem Herzen gewachsen ist. Ich möchte, daß alles anders wird.

Der März bringt den schönsten Frühling, den ich je in Big Stone Gap erlebt habe. Überall sprießen violette und gelbe Krokusse aus dem Boden, Geißblattsträucher blühen und erfüllen die Luft mit ihrem Duft, und die Berge, die den ganzen Winter über grau und öde gewesen sind, färben sich grün.

Endlich fühle ich mich wieder wie ich selbst. Iva Lou kriegt einen Schock, als ich das Büchermobil betrete. Es ist lange her, seit ich das letztemal hier war, und es ist wie Nach-Hause-Kommen.

»Hey, Mädel!« Iva Lou fällt mir um den Hals, so glücklich ist sie, mich wieder auf dem dritten Klappsitz hocken zu sehen.

»Ich hab mich noch gar nicht bei dir dafür bedankt, daß du mich so oft besucht hast, als ich im Tiefschlaf lag.«

»Keine Ursache. Die ganze Stadt war in Sorge um dich.« Dann strahlt Iva Lou mich an. »Ich wollte sowieso bei dir vorbeikommen, weil ich dich was fragen wollte. – Lyle Makin hat mir einen Heiratsantrag gemacht, und ich hab ja gesagt!«

Iva Lou und ich kreischen wie Teenager.

»Wir wollen drüben in der Methodistenkirche heiraten. Reverend Manning hat gesagt, er würde sich freuen, uns zu trauen. Und ich dachte, vielleicht würdest du mir die Ehre erweisen, meine Ehren-Brautjungfer zu sein. Würdest du das tun?«

»Na klar! Ich platze vor Stolz. Aber statt Ehren-Brautjungfer sollten wir mich vielleicht lieber ehrlose alte Jungfer nennen.«

»Nichts da, das ist mein Titel. Aber es wird mir ein Vergnügen sein, ihn an dich abzutreten, wenn ich erst eine dicke, zänkische Ehefrau bin.«

Iva Lou und Lyle haben keine Lust, lange zu warten, und deswegen wird das Hochzeitsdatum auf den elften März festgelegt. Ich habe mir ein pinkfarbenes Kleid gekauft und dazu einen passenden Florentinerhut mit Halbschleier und einer winzigen Hummel obendrauf. Iva Lou hat mich gebeten, etwas Farbenfrohes zu tragen, weil Lyle darauf steht.

Es ist ein perfekter Tag für eine Hochzeit. Es ist warm, um die zwanzig Grad, und sonnig. Ich bin froh, daß mein Kleid eine Stola hat, die ich abnehmen kann, falls es mir später im Gemeindesaal zu warm wird.

Die Post kommt, und da ich schon fix und fertig angezogen bin, nehme ich mir die Zeit, sie durchzusehen. Es ist eine Menge Müll dabei. Der Werbeprospekt vom Dollar General Store wirkt ungewöhnlich dick und schwer. Ich schüttle ihn. Ein Brief fällt heraus und landet auf dem Boden. Ohne mich zu bücken, kann ich erkennen, daß er aus Italien kommt. Zia Meoli schuldet mir eine Antwort auf meinen Brief. Aber das ist nicht die Handschrift meiner Tante. Es steht kein Absender auf dem Umschlag. Ich nehme eine meiner Hutnadeln zu Hilfe und reiße langsam den Umschlag auf.

Der Brief ist überschrieben mit: »Meine liebe Tochter«. Ich setzte mich ziemlich verblüfft auf einen Stuhl. Ich habe es mir noch nicht offiziell eingestanden, aber ich hatte es eigentlich schon aufgegeben, jemals etwas von meinem Vater zu hören. Vielleicht hat das etwas mit dem Großen Schlaf zu tun; ich mußte erst die Hoffnung aufgeben, um weitermachen zu können. Aber ich freue mich riesig.

Der Brief ist kurz, aber gut formuliert, in sehr einfachem Englisch. Mein Vater erzählt mir, daß Meolis Mann ihn in Schilpario aufgesucht hat. Mein Onkel hat meinem Vater alles über mich berichtet, oder zumindest das, was er aus den Briefen wußte. Er teilt mir mit, daß er keine weiteren Kinder hat und keine Frau. Er lebt zusammen mit seiner Mutter im Zentrum der Stadt. (Mit seiner Mutter? Ich habe eine Großmutter! Ich kann mein Glück kaum fassen.) Mario ist seit 1958 Bürgermeister von Schilpario. Er bittet mich, ihm zu schreiben. Ich stecke den Brief in meine Handtasche. Es ist ein netter, freundlicher Brief. Keine Offenbarungen. Warum hat mein Vater nie versucht, Kontakt mit meiner Mutter aufzunehmen, nachdem sie sich getrennt hatten? Hat sie ihm so wenig bedeutet, daß er sie so schnell und endgültig vergessen konnte?

Es hupt vor meinem Haus. Theodore springt aus seinem

Wagen und öffnet die Beifahrertür für mich. »Du siehst gut aus«, sagt er und pfeift anerkennend.

»Applaus dem Erdbeerdaiquiri von Big Stone Gap.«

Theodore lacht, und ich steige ein. »Was gibt's Neues?«

»Mario aus Schilpario hat mir geschrieben.«

Theodore macht fast eine Vollbremsung.

Ich öffne mein mit Perlen besticktes Abendtäschchen – mein Brautjungferngeschenk von Iva Lou – und nehme den Brief heraus. »Ein netter Brief.« Während Theodore uns zur Methodistenkirche chauffiert, lese ich ihm den Brief vor.

Vor der Kirche hat sich eine große Menschenmenge versammelt. Iva Lou hat keine persönlichen Einladungen verschickt, aber sie hat ihr Verlobungsfoto in die *Post* gesetzt und darunter das Datum und die Uhrzeit der Hochzeit. So etwas nennt man eine offene Hochzeit, was bedeutet, daß jeder Gast willkommen ist. Alle mögen Iva Lou, sie hat also ein volles Haus.

Ich bin seit Fred Mulligans Beerdigung nicht mehr in der Methodistenkirche gewesen. Aber ich kenne jeden Raum in dieser Kirche, einschließlich der Sakristei, wo die Braut wartet, bis es Zeit ist, vor den Altar zu treten.

Iva Lou sieht umwerfend aus in ihrem pfauenblauen Kleid. Sie hat sich entschieden, kein weißes Kleid zu tragen, weil es sie zu blaß macht. Auch sie trägt einen Florentinerhut. Sie trinkt Wodka aus einer kleinen Flasche, wie es sie im Flugzeug gibt. Sie reicht mir das Fläschchen. Ich trinke einen Schluck – nicht weil ich es nicht abwarten könnte, Iva Lou zum Altar zu begleiten, sondern weil der Brief von Mario Barbari mich so aus dem Häuschen gebracht hat – und gebe es ihr zurück. Sie trinkt es aus und wirft das leere Fläschchen in ihre Schminktasche.

»Du siehst wundervoll aus, Iva Lou.«

»Findest du?« Iva Lou späht mit zusammengekniffenen Augen in den Spiegel.

»Du bist ein kleines Stück blauer Himmel.«

»Danke, *cara*.«

»Und wie hält sich Lyle?«

»Er hat sich gestern abend oben in Esserville vollaufen lassen. Zum Glück haben seine Kumpels ihn nach Hause geschafft, damit er seinen Rausch ausschlafen konnte.«

»Die Nerven.«

»Mhmm«, bestätigt Iva, während sie ein bißchen frisches Rouge aufträgt. Ihre Hand zittert.

»Keine Angst. Du tust das Richtige.«

»Das weiß ich. Aber so viele Leute machen mich nervös. Und wenn ich einen Pfaffen sehe, läuft's mir jedes Mal kalt den Rücken runter.«

»Reverend Manning ist aber sehr nett.«

»Weiß ich. Ich darf das alles nur nicht allzu ernst nehmen. Das ist einfach zuviel für eine wie mich.«

Eine wie Iva Lou. Was ist sie für eine Frau? Sie hat immer ihre eigenen Regeln gemacht. Da steht sie hier mit Anfang Vierzig und heiratet zum ersten Mal, nachdem sie überall reichlich genascht hat. Gut für sie. Sie wußte, was sie brauchte, und hat es sich genommen. Sie fährt das Büchermobil, obwohl man ihr gesagt hat, eine Frau sei dazu nicht in der Lage. Sie verkauft Modeschmuck von Sarah Coventry, um einen kleinen Nebenverdienst zu haben und um den Frauen etwas Kleines, Glitzerndes zu geben, das ihrem Selbstbewußtsein schmeichelt. Sie hat immer ihr eigenes Einkommen gehabt, und sie besitzt ein kleines Haus. Sie ist sehr stark und zugleich sehr weiblich. Iva Lou muß Lyle sehr lieben, denn von allen Frauen, die ich kenne, hat sie am meisten zu verlieren.

Durch den Türspalt zur Sakristei höre ich die Orgel dröhnen. Fred Mulligan hat diese Orgel gespendet, und sie klingt als wäre sie einigermaßen in Schuß.

»Iva Lou, ich glaube, es ist soweit.«

»O Gott, o Gott! Ich hab deinen Strauß vergessen. Er ist da drüben in dem Karton.«

Ich öffne den Karton und nehme einen wundervollen Strauß Teerosen in allen Schattierungen von Rosa heraus. Iva Lou nimmt ihren Brautstrauß, der aus lauter weißen Rosen besteht.

»Nellie Goodloe. Die versteht was von Blumen.« Iva Lou ordnet ihren Strauß. »Wenn du irgendwann heiratest, mußt du dir unbedingt von ihr die Blumen zusammenstellen lassen.«

»Gehen wir.«

Iva Lou und ich warten im Vorraum der Kirche. Nellie organisiert die Hochtzeitszeremonie, sie wird uns Bescheid geben, wann wir auf den Altar zuzuschreiten haben. Ich muß überlegen, wie so was im Kino abläuft; wir haben nicht geprobt. Lyle hat gesagt, er würde sich nur dreimal in seinem Leben in eine Kirche zerren lassen, und zwar zu seiner Taufe, zu seiner Hochzeit und zu seiner Beerdigung. Daraufhin hat Iva Lou auf eine Generalprobe verzichtet.

Zum Takt einer schlechten Aufnahme von »Say Forever You'll Be Mine« von Dolly Parton und Porter Wagoner schreite ich zusammen mit Iva Lou den Mittelgang hinunter. Alle Bänke sind besetzt, und viele Leute schenken mir bewundernde Blicke und zwinkern mir zu. Joella Reasor lehnt sich sogar vor und flüstert mir zu: »Schön, daß Sie wieder da sind!« Jetzt weiß ich, wie die Leute aus den Bergdörfern sich fühlen, wenn sie nach einem langen Winter wieder in der Stadt auftauchen.

Am Altar angekommen, lächle ich Lyle an, der sehr glücklich und unglaublich nervös wirkt. Er dreht sich kaum merklich um, um zu sehen, wie Iva Lou auf den Altar zuschreitet. Ich zucke zusammen, als ich Lyles Trauzeugen sehe: Jack MacChesney, geputzt wie Mamas Silber, zwinkert mir zu.

Ich werde mir Iva Lou später noch vorknöpfen. Warum hat sie mir nicht gesagt, daß ausgerechnet Jack Mac Trauzeuge ist? Vielleicht ist ihr aufgefallen, daß er mich nicht besucht hat, als ich krank war. Vielleicht dachte sie, ich würde einen Rückzieher machen, wenn ich erfahre, daß er dabei ist. Komisch. Ich verabscheue ihn nicht, jetzt, wo ich ihn sehe. Ich bin nur froh, daß ich in diesem Kleid gut aussehe.

Bei den Methodisten ist eine Hochzeit eine kurze, vergnügliche Angelegenheit. Diese Hochzeit ist vorbei, bevor sie richtig angefangen hat. Das waren garantiert die längsten acht Minuten in Lyles Leben; sein Gesicht hat die Farbe einer Kirschtomate angenommen. Als Reverend Manning Lyle und Iva Lou der Gemeinde zum erstenmal als Mr. und Mrs. Lyle Makin vorstellt, fängt Iva Lou an zu weinen. Auch ihre Eltern leben nicht mehr, und ich weiß, sie wünschte, sie könnten hier sein und sehen, wie glücklich sie ist. Dann setzt die Musik wieder ein, und obwohl wir das alles nicht geprobt haben, weiß ich, daß ich jetzt Jack Macs Arm nehmen und mit ihm zusammen dem Brautpaar aus der Kirche hinaus folgen muß. Ich wende mich der Gemeinde zu und warte darauf, daß Jack Mac an meine Seite tritt.

»Schöner Hut«, sagt er und lächelt. Dann reicht er mir seinen Arm, ich nehme ihn, und wir gehen los.

Nellie hat den Gemeindesaal in viktorianischem Stil dekoriert. Hübsche handbemalte Fächer zieren die Wände; die Decke ist mit einem Baldachin aus Spitze geschmückt. Die Tische sind mit weißen Tischtüchern gedeckt. Auf der dreistöckigen Hochzeitstorte prangt eine offene Kutsche mit einem Brautpaar. Auf silbernen, mit weißen Tortenspitzen belegten Tabletts sind ganze Berge von Nellie Goodloes selbstgebackenen, mit blauem und rosa Zucker bestäubten Hochzeitsglocken angerichtet.

Lyle ist inzwischen völlig entspannt. Iva Lou ist wieder ganz die alte und heißt alle willkommen. Theodore plaudert mit ein paar Lehrern von der High-School. Ich fülle mein Glas mit Sektbowle.

»Pink steht dir«, sagt Jack MacChesney.

»Danke. Lyles Lieblingsfarbe ist Pfauenblau, also habe ich mich für den Kontrast entschieden.«

»Wie geht's dir?«

»Immer besser. Danke der Nachfrage. Und dir?«

»Gut.« Jack Mac wendet seinen Blick ab. Ich folge seinem Blick, um zu sehen, was seine Aufmerksamkeit erregt hat. Es ist Sweet Sue Tinsley in Begleitung ihres Exmannes Mike.

»Sind die beiden wieder zusammen?« frage ich ganz direkt.

»Jawohl, Ma'm«, sagt Jack Mac ruhig.

»Weißt du was, Jack? Ich kaufe dir ein neues Jagdgewehr, wenn du mir versprichst, mich nicht mehr Ma'm zu nennen.«

»Tut mir leid. Das liegt an meiner Erziehung.«

Theodore kommt mit der Bowle zu uns an den Tisch. »Wir treffen uns nachher alle zu einem Imbiß bei Iva Lou. Du kommst doch hoffentlich auch, Jack?«

»Klar.«

»Ich hole den Wagen«, sagt Theodore zu mir und stellt sein Glas ab.

Theodore geht. Ich trinke meine Bowle aus und knabbere an einer Hochzeitsglocke.

»Du kommst nachher auch zu Iva Lou?«

Ich nicke.

»In dem pinkfarbenen Kleid?«

Ich sehe Jack Mac mit einem schiefen Lächeln an, das sagen soll: *Aber sicher. Ich werde den ganzen Tag in dieser pinkfarbenen Pelle rumlaufen.* Er ahnt nicht, daß ich es kaum erwarten kann, hier wegzukommen, um mich aus dem engen Ding zu befreien.

»Wir sehen uns bei Iva.« Ich schnappe mir meinen Hut und gehe raus zu Theodore.

Ich war noch nie bei Iva Lou in Danberry Heights. Es ist wunderschön. Von außen ist das Haus mit hellem naturfarbenem Holz verkleidet, von dem sich schwarze Fensterläden abheben. Vor dem Eingang hat Iva eine kleine Veranda aus Redwood angebracht. An der Zufahrt steht eine altmodische Straßenlaterne, die hübsches goldenes Licht verbreitet. Ich komme allein an. Theodore nimmt seinen eigenen Wagen; er hat morgen früh eine Sitzung in der Schule und muß vielleicht früher weg.

Die Einrichtung ist cremefarben und modern (der perfekte Hintergrund für eine kühle Blondine wie Iva Lou). Der Boden ist mit flauschigem, beige-braun meliertem Teppichboden ausgelegt. Sehr gemütlich. Der Raum ist brechend voll mit Iva Lous engsten Freunden. Sie hat Makkaroni mit Käsesoße gemacht, dazu grünen Salat und Krautsalat. Außerdem ist noch Kuchen und Gebäck vom Nachmittag übrig – es gibt also reichlich zu essen. Auf Papptellern und Servietten ist ein Brautpaar abgebildet. Lyle prostet ein paar Freunden mit einer Flasche Bier zu. Er ist jetzt ganz Hausherr; die Rolle bekommt ihm gut. Iva Lou füttert ihn mit einem Plätzchen, dann küßt sie ihm die Krümel von den Lippen. Ich habe einen Mordshunger und mache mich über die heißen Makkaroni her. Meine Mutter hat dieses Gericht nie gekocht, aber ich esse es gern. Die weichen, gekrümmten Nudeln mit Butter und Cheddar schmelzen in meinem Mund. Die knusprigen Kartoffeln runden den Genuß ab. Ich werde mir wohl noch einen Nachschlag genehmigen. Sweet Sue kommt mit einem Teller voll Kuchen auf mich zu.

»Wie geht's, wie steht's, Ave Maria?«

»Großartig. Und bei dir?«

»Ich bin wieder mit Mike zusammen.« Mike Tinsley lacht herzhaft über einen von Lyles Witzen. Er scheint froh zu sein, daß er wieder dazugehört. »Die Jungs haben ihn schwer vermißt.« Sweet Sue runzelt die Stirn. »Und ich natürlich auch.« Ich lächle und esse meine Makkaroni; solange ich den Mund voll habe, brauche ich nicht zu reden. Ich betrachte Sweet Sues Gesicht. Sie ist wirklich sehr hübsch. Ihre Augen sind so blau wie das Meer. Drum herum haben sich kleine Fältchen gebildet, aber sie verleihen ihr die Ausstrahlung einer klugen, erfahrenen Frau, was ihr gut steht. Ob Jack Mac ihr je erzählt hat, daß er mir einen Heiratsantrag gemacht hat? Wahrscheinlich nicht, denn sie ist mir gegenüber kein bißchen verlegen. Offenbar bin ich für sie keine Konkurrentin.

»Also, wir sehen uns später noch.« Sweet Sue lächelt und kämpft sich durch die Menge zu Mike hinüber.

»Was ist mit dem pinkfarbenen Kleid passiert?« höre ich jemanden von der Tür zum Wohnzimmer fragen. Jetzt weiß ich, warum Sweet Sue die Flucht ergriffen hat wie ein aufgescheuchtes Opossum: Es ist Jack Mac. Er steht mit verschränkten Armen im Türrahmen.

»Es hat mich zu sehr eingeschnürt. Ich konnte es keine Minute länger ertragen.«

»Und wo ist der Hut geblieben?«

Jack Mac lächelt mich an, und ich muß gestehen, daß mir alles, was dieser Kerl sagt, wie Anmache vorkommt. Irgend etwas an dieser langsamen Sprechweise und an den genüßlichen Pausen bewirkt, daß man sich splitternackt vorkommt. Ich ziehe meine Strickjacke enger und knöpfe sie zu.

»Ist dir kalt?«

»Seit meinem Dornröschenschlaf friere ich leicht.« Ich hoffe, daß er mir die Lüge abkauft, aber es sieht nicht so aus.

»Mache ich dir angst?«

Ich muß laut lachen. »Nein, Sir, Sie machen mir keine Angst.«

»Ich weiß nicht. Du wirst jedesmal ganz nervös, wenn ich in deiner Nähe bin.«

»Wirklich?« Das ist mir noch gar nicht aufgefallen, aber selbst wenn es stimmt, widerstrebt es mir, mich von diesem Mann auf meine kleinen Unsicherheiten aufmerksam machen zu lassen.

»Wovon hast du geträumt, als du so lange geschlafen hast?«

Okay, jetzt kapier ich's. Er ist betrunken. Er ist betrunken, und er baggert mich an. Wahrscheinlich hat er sich im Wohnzimmer an die Tackett-Schwestern rangemacht, und nachdem er bei ihnen nicht gelandet ist, hat er sich in die Küche verzogen. Jetzt bin ich dran, bevor er sein Glück bei Iva Lous Cousinen aus Knoxville versucht, und dann geht er bestimmt auf Mike Tinsley los, verpaßt ihm einen Kinnhaken, dann fängt Sweet Sue an zu kreischen, bis die Männer die beiden Kampfhähne auseinanderzerren. Mike wird eine blutige Nase haben und Jack Mac anschreien, er soll gefälligst die Finger von seiner Frau lassen. Jack wird Mike erklären, daß er ein lausiger Ehemann ist, und dann wird er Sweet Sue vor die Wahl stellen. Wir werden alle entsetzt zusehen und inständig hoffen, daß keiner von den beiden eine Knarre bei sich hat.

»Hast du während deines langen Schlafs irgendwas geträumt, Ave Maria?« fragt Jack Mac noch einmal.

Ich zucke die Achseln, als würde ich mich nicht erinnern, und esse meine Makkaroni mit Käse.

»Wo bist du mit deinen Gedanken, wenn du so ins Leere starrst?« Er hat mich erwischt. Was soll ich ihm jetzt sagen? Am besten, ich sage ihm einfach die Wahrheit.

»Ich habe mir gerade vorgestellt, wie du mit jeder Frau hier auf dieser Party anbändelst, bis du dich zu Sweet Sue vorgearbeitet hast, weil du sie wiederhaben willst, und wie du dich dann mit Mike Tinsley prügelst, bis ihr beide eine blutige Nase habt.« Jack MacChesney wirft den Kopf zurück und lacht.

»Jetzt weißt du, daß es besser ist, mich nie zu fragen, was ich gerade denke.« Ich will gehen, aber er hält mich am Arm fest.

»Ich habe was für dich in meinem Wagen.«

»Das glaub ich dir aufs Wort.« Manchmal schlägt meine robuste Natur durch. Ich kann's jederzeit mit den Jungs aufnehmen.

Er lacht wieder, diesmal noch lauter.

»Bist du betrunken, Jack?«

»Ich habe seit dem Hochzeitsempfang keinen Tropfen mehr getrunken. Und du weißt ja, wie geizig Nellie mit der Bowle ist.« Okay. Jetzt wird's gefährlich. Er ist nicht betrunken. Das heißt also, daß er alles ernst meint, was er sagt. Was mach ich jetzt bloß?

»Komm mit.«

Jack Mac faßt mich am Ellbogen und läßt mich nicht mehr los. Er führt mich durch die Menge nach draußen auf den Parkplatz. Er geht schnell, und ich muß fast laufen, um mit ihm Schritt zu halten. Es ist dunkel, aber ich habe keine Angst.

An seinem Pick-up angekommen, langt Jack auf den Vordersitz. Er reicht mir eine braune Papiertüte. Ich gehe näher an die Straßenlaterne, damit ich besser sehen kann, und öffne die Tüte. Es ist ein Buch. Es ist eine glänzende, nagelneue Ausgabe von *Schilpario: Ein Leben in den Bergen*, genau das Buch, das ich vor ein paar Monaten auf seinem Beifahrersitz habe liegen sehen.

»Ist das für mich?«

»Na, für wen sonst? Ich kann das noch nicht mal aussprechen.« Jack Mac lächelt mich an, während ich in dem Buch blättere. »Ich mußte es extra in Charlottesville bestellen. Es ist nicht mehr lieferbar, und sie mußten ziemlich lange danach suchen. Ich dachte, es könnte dir vielleicht nützlich sein, da du doch versuchst, deinen Vater zu finden.«

Ein ganz seltsames Gefühl breitet sich in meinem Körper aus. Am liebsten würde ich ihm um den Hals fallen, um mich für die nette Geste zu bedanken. Aber es gibt so viele Fragen. Ich habe ihm ganz beiläufig erzählt, daß ich meinen Vater suchen will, als ich ihn einmal zufällig mit Sweet Sue in der Sandwich-Bar getroffen habe. Wir haben nur kurz darüber gesprochen, und außerdem, warum interessiert ihn das überhaupt so sehr? Warum macht er sich Gedanken darüber? Ich sehe ihn an. Er macht sich Gedanken. Ich habe das Gefühl, daß er mehr über mich weiß, als ich ihm erzählt habe. Ich drücke das Buch an meine Brust; das Papier duftet so gut; der Umschlag ist kühl und glänzend. Und dann zieht Jack Mac mich an sich und hält mich in den Armen. Der Duft nach Sandelholz und Limone ist so vertraut, so angenehm, daß ich tief Luft hole, um ihn zu genießen, aber auch, um mein klopfendes Herz zu beruhigen, das gerade unter akutem Sauerstoffmangel leidet. Mein Herz flattert nicht; dieses Problem scheint sich während meines Großen Schlafs gelegt zu haben. Das ist eine andere Art Pochen, eine Art, die mir völlig neu ist.

Ich vergrabe mein Gesicht an seiner Brust; es ist, als wäre dort ein Platz für mich ausgespart. Ich höre die Musik der Steve Miller Band, die aus Iva Lous Haus in die Dunkelheit hinausgetragen wird, untermalt von Gelächter und aufgeregtem Schwatzen. Jetzt in diesem Augenblick fühle ich mich sehr wohl.

Ein paar Minuten vergehen, dann hebt Jack Mac mein Gesicht an. Ich bin regelrecht schläfrig; alle meine Muskeln sind entspannt.

»Darf ich dich küssen?«

Ich suche krampfhaft nach einer geistreichen Antwort, aber mir fällt keine ein. Er spürt, was in mir vorgeht, und ist fest entschlossen, es im Keim zu ersticken. Es gibt Momente, in denen Humor unangebracht ist, und dies ist einer davon. Er läßt seine Lippen über meine Stirn wandern, über meine Nase, bis er meinen Mund findet. Und dann küßt er mich.

Der Boden unter meinen Füßen ist weich, und ich sinke immer tiefer ein. Wie ein Stock in einem sandigen Bachbett sinke ich immer tiefer in den Boden, ohne auf Widerstand zu stoßen, bis mein Verstand sich einschaltet.

»Laß uns zurück auf die Party gehen!«

»Warum?« Er küßt mich noch einmal. Ich löse mich von ihm, denn ich muß an Iva Lou denken, an die Party, an meine Verantwortung.

»Danke für das Buch.«

Jack Mac sieht mich an, er wirkt leicht verwirrt.

»Laß uns gehen«, sage ich leise. Schweigend gehen wir zurück.

Misty Dawn Slagle Lassiter, fünfeinhalb Pfund schwer, wurde am 15. März 1979 um 12.03 im Saint-Agnes-Krankenhaus in Norton, Virginia, geboren. Ihre Mutter, Tayloe, ist wohlauf. Es war eine leichte Geburt, und jetzt kann Tayloe ihre Hochzeit planen. Betty ist mit Fotos von der Kleinen in die Apotheke gekommen, und sie scheint eine Schönheit zu sein, genau wie ihre Mutter. Fleeta macht sich Sorgen, daß Misty den Überbiß der Lassiters geerbt haben könnte, aber auf den Fotos ist davon noch keine Spur zu erkennen.

Seit ich die Apotheke an Pearl verkauft habe, hat meine Einstellung zu dem Laden sich völlig verändert. Ich nehme die geschäftlichen Probleme nicht mehr so ernst, Preiserhöhungen für Medikamente ärgern mich kaum noch, und ob die Regale verstaubt sind, ist mir egal. Fleeta und Pearl haben alles gut im Griff, und in meinem Innern hat sich irgend etwas gewandelt.

Ich bin gerade dabei, Pearl zu zeigen wie man Medikamente registriert, als Nan MacChesney die Apotheke betritt. Sie benutzt einen Spazierstock. Ihr weißes Haar hat sie zu einem strengen Zopf geflochten. Sie hält nach mir Ausschau.

»Ich weiß, Sie sind hier irgendwo, Ave Maria. Ich habe Ihren Wagen draußen stehen sehen.«

»Ich bin hier hinten, Mrs. Mac. Hinter dem Medikamententresen.«

»Aha.« Sie kommt zu uns herüber. Sie ist so klein, daß sie kaum über den Tresen schauen kann.

»Wie geht's Ihnen, Mrs. Mac?«

»Mir geht's gut. Könnten Sie bitte da rauskommen, damit ich mit Ihnen reden kann?«

»Selbstverständlich.« Ich gehe um den Tresen herum.

»Können wir irgendwo ungestört sprechen?« fragt Mrs. Mac.

»Im Hinterzimmer«, schlägt Fleeta vor. Muß Fleeta jedes einzelne Gespräch im Laden belauschen? Ich werfe Fleeta einen strafenden Blick zu und führe Mrs. Mac ins Hinterzimmer. Ich biete ihr einen Stuhl an, aber sie lehnt ab, also nehme ich darauf Platz. Sonst würde ich sie zu sehr überragen.

»Also, ich weiß, daß mich das eigentlich nichts angeht, aber ich habe einen Sohn, um den ich mir Sorgen mache. Ich wollte Ihnen nur sagen, daß er ein anständiger Mann und ein treuer Sohn ist. Was Besseres als meinen Jungen gibt es nicht. Also, ich weiß, daß er Sie mag. Er hält große Stücke auf Sie. Und ich habe ihn in seinen Gefühlen bestärkt, denn ich glaube, daß Sie bisher die richtigen Entscheidungen in Ihrem Leben getroffen haben. Sie sind zuverlässig, und Sie sind anständig, und dafür sollten Sie belohnt werden. Ich weiß, daß Sie sich selbst nicht als Ehefrau und Mutter sehen, denn das haben Sie mir gegenüber hin und wieder erwähnt. Ich bin nicht gekommen, um Klatsch zu verbreiten, ich verlasse mich nur auf das, was direkt aus Ihrem Mund an meine Ohren gedrungen ist. Aber ich glaube, es wird Zeit, daß Sie mal anfangen, über sich selbst nachzudenken. Ich sage Ihnen nicht, was Sie tun sollen, aber wenn Sie sich meinen Sohn durch die Lappen gehen lassen, dann wird Ihnen das bis an Ihr Lebensende leid tun. Ich weiß, aus welchem Holz er geschnitzt ist, und zwar aus dem besten. Er ist ein guter Mann. Also, tun Sie, was Sie für richtig halten, aber ich fand es an der Zeit, daß Ihnen mal jemand die Wahrheit über meinen Sohn sagt. Einen Besseren als ihn finden Sie nicht.«

Mrs. Mac klopft mit ihrem Stock auf den Boden. Sie sieht mich an.

»Ich danke Ihnen. Ich weiß, Sie meinen es gut, und ich werde mir Ihre Worte zu Herzen nehmen. Sie haben einen wunderbaren Sohn, aber ich habe andere Pläne. Ich will reisen, neue

Dinge sehen, Neues ausprobieren. Allein. Können Sie das verstehen?« Mrs. Mac zuckt zweifelnd die Schultern. »Ich mußte Ihnen das einfach sagen«, erwidert sie, während ich sie zurück in den Laden führe. Sie geht hinaus, und die Glöckchen an der Eingangstür bimmeln.

»Was zum Teufel wollte die denn?« fragt Fleeta.

»Als ob du das nicht wüßtest.«

»Ich weiß es nicht. Sag's mir.«

»Fleeta. Tu nicht so unschuldig! Ihr seid beide Mitglied bei den *Daughters of the American Revolution*, und das ist der Hauptumschlagplatz für allen Klatsch und Tratsch in Big Stone Gap.«

»Na ja, ich hab gehört, daß jemand gesehen hat, wie du vor Iva Lous Haus mit jemandem rumgeknutscht hast, und das hat sich rumgesprochen.« Fleeta zuckt die Achseln.

»Ich hasse diese Stadt!«

»Was erwartest du von mir? Ich kann nichts dafür, daß ich davon gehört habe.« Fleeta macht eine wegwerfende Geste mit ihrem Staubwedel und begibt sich wieder an die Arbeit.

»Finden Sie nicht, daß Jack MacChesney ein netter Mann ist?« fragt Pearl, die immer noch hinter dem Medikamententresen steht.

»Pearl. Es reicht.« Der Himmel weiß, was sie mich als nächstes fragt. Es geht sie nichts an, ob er gut küssen kann. Was ist nur los mit diesen Leuten? Erwarten sie, daß ich mich nach einem Kuß auf wundersame Weise verwandle? Soll ich für Jack Mac alles sausenlassen? Was ist mit meinen Plänen, mit meinen Wünschen?

Pearl lächelt und konzentriert sich auf ihre Arbeit. Ich überlege, welches Gebäude in Big Stone Gap das höchste ist, damit ich weiß, von welchem Dach ich springen muß.

Iva Lou kehrt erfrischt und munter von ihrer Hochzeitsreise zurück. Auf dem Armaturenbrett des Büchermobils klemmt eine Hochzeits-Glückwunschkarte von der Belegschaft der Wise-County-Bibliothek, das einzige Anzeichen von Veränderung, seit Iva Lou geheiratet hat. Ich lasse mir von der überwältigenden Schönheit von Gatlinburg und Ruby Falls (einem der drei Naturwunder von Tennessee) erzählen, und dann bitte ich sie um die *New York Times*.

»Wozu brauchst du die denn?« will Iva Lou wissen.

»Ich möchte den Reiseteil lesen.«

»Also, der ist nur sonntags drin. Ich habe die Ausgabe von letzter Woche. Reicht dir das?«

»Ich nehme, was du hast.« Ich wünschte, Iva Lou würde mir einfach die Zeitung raussuchen. Sie macht doch sonst nie so ein Theater, wenn ich einen besonderen Wunsch habe. Wieso ausgerechnet jetzt?

»Willst du verreisen?« Sie klingt besorgt.

»Ich weiß es noch nicht.«

»Also, komm mir nicht mit irgendwelchen Überraschungen! Ich bin jetzt eine alte Ehefrau, ich verkrafte nicht mehr soviel.«

»Du wirst die erste sein, die davon erfährt, falls ich mich zu irgendwas entschließe.« Iva Lou wirkt erleichtert.

»Ich hab sie unten, im Stauraum. Ich geh sie holen.«

Was Iva Lou nicht weiß, ist, daß ich Big Stone Gap verlassen werde. Ich habe mein ganzes Leben hier verbracht, und es ist Zeit für eine Veränderung. Ich will eine neue Herausforderung. Ich möchte herausfinden, was für Menschen in anderen Orten leben, und ich möchte sie kennenlernen. Ich will Abenteuer. Ja, ich würde mich sogar gern verlieben. Am besten, ich fange ganz am Anfang an, an dem Ort, aus dem meine Familie stammt. Ich fahre nach Italien. Vielleicht gefällt es mir da so gut, daß ich für immer dort bleibe. Ich erlebe gerade die letzten Minuten meiner Jugend; ich will nicht länger darauf warten, endlich jung zu sein.

Ausgiebig betrachte ich das Büchermobil. Vielleicht ist das mein letzter Besuch, und ich möchte jede Einzelheit im Gedächtnis behalten. Jetzt, wo ich mich entschlossen habe, von hier fortzugehen, kann es mir gar nicht schnell genug gehen. Ich möchte mich an die Regale aus pinkfarbenem Resopal mit grünen Kanten erinnern; die Gummibänder, die die Bücher während der Fahrt halten; die drei Klappsitze, die vor den Regalen hochgeklappt sind, wenn sie nicht benutzt werden; die Styroporbecher; die Päckchen mit Sanka-Kaffee; den Ausleihstempel; den Rückspiegel, den Iva Lou als Schminkspiegel benutzt; und vor allem, ganz besonders, an den Geruch.

»Hier, bitte, Ave.« Iva Lou reicht mir den Reiseteil, der in jungfräulichem Zustand ist. Iva Lou ist wirklich die beste Bibliothekarin, die es gibt. Sie geht mit allem, was der Bücherei gehört, äußerst sorgfältig um.

»Ave, ich muß mich bei dir entschuldigen.«

»Wofür?«

»Na ja, ich hab dich damals auf meiner Hochzeit mit dem guten alten Jack Mac ziemlich überrumpelt. Schon als Baby konnte ich es nicht ausstehen, wenn mir was gegen meinen Willen eingeflößt wurde, und heute würde ich es mir erst recht verbitten. Ich hätte dich warnen sollen. Aber ich war einfach so in Anspruch genommen von dem ganzen Zirkus, und da hab ich's schlicht vergessen.«

»Ist schon in Ordnung. Mach dir keine Gedanken darüber.« Was haben die Leute plötzlich alle? Ich gehe doch nicht mit Jack Mac. Ich bin an seinem Arm aus der Kirche gegangen. Na und? Er hat mich einmal geküßt. Zweimal. Auf einer Party. Na wenn schon! Frauen werden dauernd auf Partys geküßt. Ich habe seitdem kaum einen Gedanken daran verschwendet.

Ich mache es mir auf meinem Klappsitz bequem und fange an zu lesen.

»Und wo geht's hin?« fragt Iva Lou.

»Italien.«

»Italien? So weit?« Iva Lous Augen weiten sich. »Wann denn?«

»Sobald ich buchen kann.«

Iva Lou macht mich auf Angebote aufmerksam, die sie für interessant hält. Eine Anzeige springt mir gleich ins Auge. Die Überschrift lautet: New Jerseys erste Adresse: »GALA NUCCIO TOURS: VERPASSEN SIE DIE CHANCE NICHT! Vertrauen Sie sich Gala an, sie macht aus jeder Reise eine Party!« Daneben ist ein Foto von Gala abgedruckt, die etwa in meinem Alter zu sein scheint. Sie wirkt wie eine typische Italienerin, mit einer kunstvollen Frisur, lauter Zöpfe, die sich wie Schlangen um ihren Kopf winden, mit großen, braunen Sophia-Loren-Augen und Wespentaille. Auf dem Foto steht sie auf einer Gondel mitten auf einem venezianischen Kanal und wirft die Arme in die Luft. Auf einer an der Gondel befestigten Fahne sind die Preise für die verschiedenen Reiseangebote aufgelistet. Die Preise sind nicht überzogen. Gleich beim ersten Versuch habe ich sowohl mein Reisebüro als auch meine Reiseleiterin gefunden! Iva Lou ist begeistert. Am liebsten würde sie mitkommen, aber sie wird ihre Träume von Europa vorerst auf Eis legen; sie muß sich auf ihren neuen Ehemann konzentrieren.

Ich fahre nach Hause, mache es mir in Fred Mulligans Sessel gemütlich und rufe Gala Nuccio an. Ich lasse es zweimal klingeln. Dann:

»Frank, du mieses Arschloch, hör endlich auf, mich dauernd anzurufen! Mir reicht's! Ich hab die Schnauze voll von dir! Es ist aus! Vorbei! Endgültig!«

»Ich muß mich wohl verwählt haben«, flüstere ich.

»Wer sind Sie? ... Nein, nein. Verdammt. Ich dachte, das wäre mein privates Telefon. Ich habe zwei Telefone, und ich bring sie ab und zu durcheinander.«

»Sind Sie Gala Nuccio?«

»Ja. Ich muß mich bei Ihnen entschuldigen. Normalerweise ist es nicht meine Art, so zu fluchen. Aber wenn Sie von einem Mafioso so gemein verarscht worden wären, dann würden Sie auch vor Wut platzen, wenn das Telefon schon wieder klingelt.« Gala seufzt. Ich höre, wie sie einen tiefen Zug an einer Zigarette macht. Ihr Akzent erinnert mich an all die hartgesottenen New Yorker Blondinen in den Krimis aus den dreißiger Jahren.

»Alles in Ordnung?« frage ich besorgt.

Darüber muß Gala laut lachen. »Männer. Sie sind eine Frau, stimmt's?«

»Ja, Ma'm.«

»Dann wissen Sie ja, wovon ich rede.«

»Sie brauchen nichts weiter zu sagen«, erwidere ich freundlich. Eigentlich möchte ich über eine Reise reden. Ich erkundige mich nach den verschiedenen Pauschalreise-Angeboten, aber Gala muß sich noch über Frank auslassen.

»Ich bin seit ungefähr fünf Jahren mit Frank zusammen. Er ist geschieden, er hat drei Kinder – natürlich lauter verzogene Bälger. Er hat nicht genug Zeit für mich. Er behauptet, es liegt daran, daß er zuviel Arbeit hat und daß die Kinder ihn brauchen, aber diesen Scheiß kann er sich sparen, ich kaufe ihm das sowieso nicht ab. Ich höre da was ganz anderes läuten, nämlich ›Lipstick on His Collar‹. Kennen Sie den Song?« Gala zieht an ihrer Zigarette. Dann atmet sie aus, als wollte sie den Rauch von New Jersey bis hierher blasen.

»Ich kenne den Song. Das ist ein Oldie.«

»Ja, ja. Aber er ist immer noch aktuell. Was kann ich für Sie tun?«

»Ich möchte nach Italien reisen. Ich spreche Italienisch.« Ich klinge wie die letzte Hinterwäldlerin. Was interessiert es sie, ob ich Italienisch spreche? Muß man eine Prüfung bestehen, um bei ihr eine Reise buchen zu dürfen?

»Ich habe verschiedene Pauschalangebote. Möchten Sie auch die griechischen Inseln bereisen?«

»Nein, nur Italien. Norditalien.«

»Aha. Venedig, Mailand und so weiter. Hab ich im Programm. Mit einem Ausflug nach Santa Margarita an der Küste. Das dürfen Sie sich nicht entgehen lassen. Sehr reizvoll.«

»Großartig. Vielleicht könnten Sie mir ein paar Prospekte schicken.«

»Aber gern.« Gala pafft weiter, während ich ihr meine Adresse durchgebe und ein paar Angaben zu meiner Person mache. Sie wundert sich, daß ich halbe Italienerin bin und in den Bergen von Virginia lebe. So etwas hat sie noch nie gehört. Ich verspreche ihr, ihr meine ganze Geschichte auf dem langen Flug nach Italien zu erzählen. Sie scheint sich wirklich dafür zu interessieren.

»Hey, Ave Maria, das könnte Ihr Glückstag sein.« Gala raucht.

»Wieso?«

»Ich habe noch einen Platz frei auf meiner Norditalientour, die in drei Wochen losgeht. Glauben Sie, Sie können das schaffen?«

Ich gerate in Panik. Ich habe noch so viel zu tun. Das ist schließlich nicht einfach irgendein Urlaub, das ist eine Reise, die mein Leben verändern wird. Ich muß hier noch einiges regeln, das Haus, das Geschäft und alles andere. Aber möglicherweise ist das ein Zeichen, das mir sagt, ich soll es kurz und schmerzlos machen. Wenn ich keine Zeit zum Nachdenken habe, werde ich auch keine Zeit haben, mir über Einzelheiten den Kopf zu zerbrechen. Vielleicht sollte ich mich einmal im Leben einfach kopfüber in ein Abenteuer stürzen und sehen, was dabei herauskommt.

»Klar, das schaffe ich.«

»Wunderbar. Dann ist die Buchung hiermit perfekt.«

Ich habe meine Angelegenheiten in aller Stille geregelt und festgestellt, daß ich eine Menge erledigen kann, wenn ich früh aufstehe. Ich habe es geschafft, alle meine Sachen im Haus zusammenzupacken, alles Notwendige für die Reise zu kaufen und in der Apotheke nach dem Rechten zu sehen, ohne Verdacht zu erregen. Ich möchte nicht, daß mir irgend jemand seine Meinung zu dieser Sache unterbreitet; das soll ganz allein meine Entscheidung bleiben. Ich habe an Mario Barbari geschrieben und ihn gefragt, ob er sich mit mir treffen möchte. Wenn ja, soll er mir mitteilen, wann es am besten paßt. Bisher habe ich noch nichts von ihm gehört. Auch an die Familie meiner Mutter habe ich einen Brief geschrieben, und sie sind alle begeistert, daß ich komme. Ich habe ihnen immer noch kein Foto geschickt. Auf den Fotos von Iva Lous Hochzeit sehe ich einfach grauenhaft aus. Ich werde sie niemandem zeigen. Der Hut und das Kleid waren eine Katastrophe, und ich werde beides nie wieder tragen.

Ich habe niemandem erzählt, daß ich fortgehe. Vielleicht werde ich es Theodore sagen, aber nur, wenn es sich ergibt. Mein Plan ist so: Ich werde die Reise machen, meine Familie kennenlernen und mir dann überlegen, wie es weitergehen soll. Das einzige, was ich ganz genau weiß, ist, daß ich nie wieder nach Big Stone Gap zurückkehren werde. Das ist nicht mehr meine Welt. Meine Mutter ist tot. Die Apotheke und jetzt auch mein Haus befinden sich bei Pearl in guten Händen. Spec hat einen neuen Partner für den Rettungsdienst gefunden. Die Regie für das Musical kann jeder übernehmen. Es gibt nichts, was mich hier noch hält. Es ist Zeit, erwachsen zu werden.

Auf der Titelseite der *Post* prangt eine dicke Schlagzeile: »FILMSTAR GIBT GROSSE SPENDE AN LPH«. Offenbar war Elizabeth Taylor den Leuten vom Lonesome Pine Hospital so dankbar für die Entfernung des Hühnerknochens aus ihrem Hals, daß sie dem Krankenhaus fünftausend Dollar gespendet hat. Ich blättere die Zeitung durch bis zu den Kleinanzeigen. Ich habe diese Woche eine Anzeige aufgegeben; ich verkaufe den Oldsmobile Cutlass meiner Mutter. Es ist erstaunlich, wieviel ich erledigt bekomme, seit ich mich voll darauf konzentriere. Ich habe eine Liste von allem, was ich besitze, zusammengestellt, und ich habe vor, alles zu verkaufen, was ich nicht mehr brauche. Jetzt muß ich nur noch mit Pearl reden.

Ich habe Iva Lou, Nellie und Pearl zu einer Besprechung in Lews Büro gebeten. Auf dem Weg dorthin kaufe ich in der Sandwich-Bar ein paar Sandwiches und Cola – das wird ein Arbeitsessen. Delphine Moses legt noch eine Tüte Chips dazu (das macht sie immer) und erklärt mir, wie sehr sie von Elizabeth Taylors Großzügigkeit beeindruckt ist. »Von einem Filmstar erwartet man einfach nicht soviel Anteilnahme«, sagt sie.

Inez ist schlanker geworden. Pearl hat sie überredet, zu den Weight Watchers zu gehen, und das Ergebnis ist beeindruckend.

»Inez, du siehst phantastisch aus.«

»Danke, Ave. Weißt du, so gut habe ich mich seit Jahren nicht mehr gefühlt. Und ich mag all die kleinen Broschüren und Rezepte und hilfreichen Tips, die sie einem bei den Weight Watchers geben. Pam Sumpter, unsere Gruppenleiterin, kommt aus Norton, und sie hat selbst fünfzig Kilo abgenommen, und deswegen weiß sie, wie schwer das ist. Jede Woche zeigt sie uns ihr »vorher«-Foto. Sie hat es vergrößern lassen und stellt es zu Beginn jedes Treffens auf eine Staffelei. Ich sehe es immer vor mir, und es hilft mir, weiterzumachen. Seit ich angefangen habe abzunehmen, geht es mir viel besser. Und ich glaube, ihm fällt es auch auf.« Inez deutet auf das geheiligte Büro ihres Mannes.

»Freut mich für dich!« Während ich in Lews Büro gehe, fällt mir auf, daß mein Gespräch mit Inez wahrscheinlich das längste war, das ich je mit ihr geführt habe. Sie wirkt wie ausgewechselt. Und Lew lächelt. Warum auch nicht? Sein kleiner, flotter Sportwagen ist wieder in Schuß.

»Wie geht's?«

»Besser.« Lew strahlt wie ein Mann, der die Aufmerksamkeit seiner Frau genießt. »Und dir?«

»Phantastisch.«

»Man sieht's.«

Pearl kommt herein. Sie hat vergessen, ihren Kittel abzulegen. Wir hören den Knall einer Fehlzündung, gefolgt vom Nachbrummen des Kühlers, dann Stille. Iva Lou und ihr Büchermobil sind da. Schließlich füllt das Büro sich mit dem Duft von Gardenien, und wir wissen, daß Nellie Goodloe im Wartezimmer eingetroffen ist. Lew ruft Nellie zu, sie soll reinkommen, während ich das Essen auftische.

Iva Lou rauscht herein und gibt allen einen Kuß, aber ich merke, daß sie nervös ist. Die Mädels haben keine Ahnung, warum ich sie herbestellt habe, und seien wir ehrlich, wer freut sich schon, wenn er in ein Anwaltsbüro zitiert wird? Ich bemühe mich, die Situation so freundlich und locker wie möglich zu gestalten, aber auch die besten Sandwiches sind nur ein schwacher Trost.

»Wahrscheinlich fragt ihr euch alle, warum ich euch heute hier versammelt habe.«

Nellie und Iva Lou nicken; Pearl versteht den Wink und nickt ebenfalls. Ich finde es rührend, daß sie sich so erwachsen gibt.

»Mädels, ich verlasse euch.«

»Bist du krank oder was?« fragt Iva Lou besorgt.

»Nein, nein. Ich sterbe nicht.« Sie wirken erleichtert.

»Ihr wißt ja alle, daß ich an die chinesische Kunst des Gesichterlesens glaube. Na ja, du hast vielleicht noch nicht davon gehört, Nellie.« Sie schüttelt kaum merklich den Kopf; sie fragt sich wahrscheinlich, was plötzlich in mich gefahren ist.

»Jedes Gesicht ist wie eine Landkarte. Meins erzählt die Geschichte einer Frau, die ihr Leben in dem Jahr, in dem sie fünfunddreißig wird, radikal ändert. Ihr wißt ja alle, daß ich in den letzten Monaten einiges durchgemacht habe. Ich würde sagen, da war das Schicksal am Werk. Nach gründlichen Überlegungen bin ich zu dem Schluß gekommen, daß es an der Zeit ist, mein Schicksal selbst in die Hand zu nehmen und herauszufinden, wozu ich auf der Welt bin. Ich möchte mich nicht länger durchs Leben treiben lassen; ich möchte meine Zukunft selbst gestalten.«

»Genauso ging's mir auch, als ich fünfunddreißig war«, wirft Iva Lou ein. »Da hab ich meine Ausbildung als Bibliothekarin gemacht und angefangen, das Büchermobil zu fahren!«

»Super. Ganz genau. Seht ihr? Iva Lou weiß, wovon ich rede. Früher oder später muß sich jeder seinem Leben stellen. Manche Leute verschließen sich vor der Wahrheit, andere kehren ihr Innerstes nach außen und machen einen ganz neuen Lebensentwurf. Ich habe mich für letzteres entschieden.«

»Das ist gut«, sagt Nellie, weil sie meint, etwas sagen zu müssen.

»Danke. Also, vor ein paar Monaten habe ich Pearl Grimes die Apotheke überschrieben.« Ich schaue Pearl an. »Ich habe sie dir überschrieben. Aber ich habe dir noch nicht gesagt, daß ich dir auch mein Haus überschrieben habe.«

»Sie haben mir Ihr Haus vermacht?«

»Ja, Pearl. Es gehört dir.« Pearl sieht Lew an, der bestätigend nickt und lächelt.

»Aber ... warum?«

»Ich verlasse die Stadt, und ich dachte, du würdest dich darüber freuen.«

Pearl ist überwältigt. Ich weiß, was es ihr bedeutet, in der Stadt zu wohnen. In der Nähe der Schule. Die Möglichkeit zu haben, Freunde einzuladen. Das ist das Beste, was ihr passieren konnte, noch besser, als die Apotheke zu besitzen. Ich sehe Nellie und Iva Lou an, die nicht weniger verblüfft sind.

»Pearl ist gerade sechzehn geworden, und bis sie achtzehn ist, ist sie nicht voll geschäftsfähig. Deswegen seid ihr beide hier. Ich möchte, daß ihr Pearls Rechte vertretet, bis sie volljährig ist. Lew hat ein Modell ausgearbeitet, das mir gefällt. Ihr werdet der Kleinen zur Seite stehen und sie in ihren geschäftlichen Entscheidungen beraten. Und ihr werdet für eure Dienste bezahlt.«

»Ich habe noch nie ein Geschäft geführt«, sagt Iva Lou.

»Du bist Bibliothekarin. Du mußt deine Arbeit organisieren. Du arbeitest innerhalb eines Systems. Pearl braucht ein System. Du kannst sie gut anleiten.«

»Und was ist mit mir? Ich bin doch nur Hausfrau«, sagt Nellie.

»Nellie, ich habe dich ausgesucht, weil du einen guten Geschmack hast. Und Pearl muß an die schönen Dinge des Lebens herangeführt werden. Du wirst ihr beibringen, wie man ein Schaufenster dekoriert, wie man sich bei einem offiziellen Geschäftsessen benimmt, wie man mit Menschen umgeht.«

Nellie Goodloes Rücken strafft sich. Sie hat nie gewußt, daß ihre Fähigkeiten geschätzt werden. Jetzt weiß sie es.

»Was ist mit meiner Mutter?« fragt Pearl.

»Sie ist eine gute Mutter. Sie liebt dich, und sie kümmert sich bestens um dich, und das wird sie immer tun. Ich habe das alles mit ihr besprochen, und sie hat nichts dagegen, daß Iva Lou und Nellie sich um deine geschäftlichen Belange kümmern. Als ich bei ihr war, hat sie immer wieder gesagt, sie will nichts anderes, als daß du glücklich bist.« Pearls Augen füllen sich mit Tränen.

»Ja, Ma'm. Das ist alles, was eine gute Mutter sich wünscht«, pflichtet Nellie mir bei.

»Sie freut sich sehr darauf, mit dir in die Stadt zu ziehen. Du wirst in der Nähe von all den Dingen sein, die dir dabei helfen werden, dich zu einer selbständigen Frau zu entwickeln. Sie ist ganz begeistert von meinem ...« Ich sehe Lew an. »... unserem Plan.«

»Du gehst von hier fort, Ave Maria?« fragt Iva Lou traurig.

»Mädels, das ist kein Grund zum Weinen. Ich habe mein ganzes bisheriges Leben hier verbracht, und es war wunderbar. Aber es wird Zeit, daß ich mir mal ansehe, was es sonst noch alles auf der Welt gibt, daß ich mich selbst auf die Probe stelle und rausfinde, aus welchem Holz ich geschnitzt bin. Das versteht ihr bestimmt.«

»Wann fangen wir an?« fragt Nellie.

»Montag.«

»Montag? Gott o Gott, ich krieg gleich einen Herzinfarkt!« Iva Lou sinkt auf ihrem Stuhl in sich zusammen.

»Kommen Sie denn nie wieder zurück?« fragt Pearl.

»Ich komme euch bestimmt besuchen. Ich werde nicht verschwinden wie ein Gespenst, wie die gute alte Liz Taylor. Ich werde mich schon ab und zu blicken lassen.«

Ich deute auf das Essen auf Lews Schreibtisch.

»Laßt uns was essen. Die Papiere können wir später unterschreiben«, sagt Lew und steht auf.

Wir rücken näher an den Tisch. Es wird kaum geredet. Die Sandwiches sind frisch und schmecken köstlich. Delphine Moses macht gute Sandwiches, da gibt's nichts. Nellie Goodloe entfaltet eine Papierserviette und breitet sie behutsam auf ihren Knien aus. Sie wendet sich an Pearl, die gerade dabei ist, das Putenfleisch aus ihrem Sandwich zu pflücken, und reicht ihr eine Serviette. Pearl entfaltet die Serviette und breitet sie behutsam auf ihren Knien aus, genau wie Nellie.

Ich bin immer noch damit beschäftigt, meinen Haushalt aufzulösen, und jetzt kommt der schwerste Teil: die Entscheidung, was ich mit den Nähutensilien meiner Mutter tun soll. Das einzige, was ich mit Sicherheit behalten werde, ist ihre Knopfkiste. Als ich klein war, habe ich immer mit den Knöpfen gespielt; wenn ich Forscherin war, tat ich so, als wären sie

Steine, wenn ich Prinzessin war, waren sie die Kronjuwelen. Die meisten Plastikknöpfe habe ich aussortiert und nur die alten Perlmutt- und Stoffknöpfe aufgehoben. Knöpfe sind leicht; sie passen immer in eine Ecke meines Koffers, und außerdem haben sie für mich etwas Symbolisches. Wenn Mama etwas nähte, kamen immer als allerletztes die Knöpfe dran. Sie gaben ihren wunderbaren Kreationen den letzten Schliff. Ich kann sie einfach nicht wegwerfen.

Eigentlich müßte das alles ganz leicht gehen. Warum sollte irgendein normaler Mensch an Stoffetzen hängen: Reste, Schnipsel, Ballen? Aber ich hänge daran. Jedes Stück Stoff erinnert mich an irgend etwas, das sie genäht hat. Hier ist ein Meter violetter Satin, aus dem sie mir mein Hirtenkostüm für das Krippenspiel im Kindergarten geschneidert hat. Ein Rest lindgrüner, gepunkteter Musselin, aus dem sie mir ein Kleid genäht hat, als ich in der siebten Klasse war. Ein Ballen blauer Wollstoff für Cheerleader-Röcke und ein Ballen rubinroter Wollstoff, um die Kellerfalten an diesen Röcken zu unterlegen. Rote Kordel und Schnurverschlüsse, die sie gebraucht hat, als sie Bobby Necessarys Uniform für die Marching Band genäht hat. Damals, 1969, kam Bobbys Mutter ganz verlegen zu uns und bat Mama, Bobby eine Uniform zu nähen. Er war so dick, daß sie keine in seiner Größe bestellen konnten. Diese Uniform hat Mama eine Menge Schweiß gekostet. Aber als Bobby während der Halbzeit mit seiner Klarinette auf das Spielfeld marschierte, hat keiner gemerkt, daß sie selbstgenäht war. Sie war von den anderen Uniformen überhaupt nicht zu unterscheiden.

Mama liebte Samt; sie sagte immer, er sei strapazierfähig und elegant und würde sich auf interessante Weise »tragen«. Sie hat ihn immer zusammengeknüllt und dann fallen lassen, um vorzuführen, wie das Licht in den Falten spielte und dem Stoff Glanz und Volumen verlieh. Sie hat mir so viele Sachen aus Samt genäht! Röcke, Hosen, Mäntel, sogar eine Bettdecke. Ich hatte immer ein Federbett und wunderschönes Bettzeug. Mama ist damit in Italien aufgewachsen, und sie wollte, daß ich auch so ein Bett hatte. Später, wenn wir zusammen losgingen, um Bettzeug zu kaufen, hat sie darüber nur die Nase gerümpft. Allein am Geruch konnte sie den Baumwollanteil und die Fadenstärke erkennen. Sie hat immer gesagt, sie habe lieber nur ein einziges Laken mit Vierhunderter- als zehn mit Zweihunderter-Fadenstärke. Ich habe als Studentin am College in dem billigen Zeug geschlafen, und glauben Sie mir, man spürt den Unterschied.

Sogar meine liebste Gutenachtgeschichte handelte von Stoff! Mama erzählte mir die Geschichte von dem Venezianer Mariano Fortuny. Die Familie Fortuny stellte Anfang des Jahrhunderts kostbare Stoffe her, mit denen sie weltberühmt wurde. Sie erzählte mir, wie sie doppelseitigen Samt erfanden (Mamas Lieblingsmaterial) und wie sie mit Mustern experimentierten, wie sie den Samt bestickten, mit Wasser behandelten und sogar Brenntechniken verwandten! Ich habe immer versucht, mir die Fabrik der Familie Fortuny vorzustellen und die Leute, die darin arbeiteten. Ich stellte mir vor, wie die Männer und Frauen um die Cocons herumstanden, während die Seide gesponnen wurde; die Rohseide, die auf dem Schneidetisch ausgebreitet lag; wie die Stoffe eingeweicht, gestreckt, gebügelt und zugeschnitten wurden. Meine Mutter hat mir erzählt, wenn man Stoff richtig herstellt und mit Sorgfalt behandelt, ist er ewig haltbar. Wahrscheinlich hatte sie recht. Denken Sie bloß an all die mittelalterlichen Wandteppiche oder erst das berühmte Turiner Grabtuch. Guter Stoff, gute Pflege – Ewigkeit.

Ich kenne ein paar Quilterinnen oben in den Bergen, aber ich würde diese Stoffe gern einer Frau vermachen, die eine Expertin im Quilten ist und das Material zu schätzen weiß. Ich entscheide mich für Nan Bluebell Gilliam MacChesney. Sie ist eine der besten Quilterinnen in der ganzen Gegend. Ich stopfe die Stoffe in Jutesäcke. Mama hat nie Plastiktüten benutzt, weil der Stoff darin nicht atmen kann. Sie wäre stolz auf mich, wenn sie wüßte, daß ich daran gedacht habe. Dann packe ich die Säcke in den Jeep. Am Ende ist kaum noch Platz für mich übrig.

Es ist ungefähr Abendessenszeit. Ich weiß gar nicht, wo die Zeit geblieben ist; ich habe nach dem Frühstück angefangen, die Sachen zu sortieren und einzupacken, und es kommt mir vor, als wäre das erst ein paar Minuten her. Die Fahrt nach Cracker's Neck hinauf ist angenehm; alles ist grün. Im Dämmerlicht wirkt das Haus der MacChesneys viel größer; es ist eine warme Herberge in den Bergen, nicht nur ein einfaches, aus Steinen gemauertes Haus mit vier Kaminen, wie man es bei Tag wahrnimmt. Licht dringt aus allen Fenstern, und aus allen vier Schornsteinen quillt Rauch. Es wirkt richtig einladend.

Ich parke vor dem Haus. Es sind keine streunenden Hunde zu sehen; allerdings ist Frühling, und es hat viel geregnet, so daß die Bäche in den Bergen viel Wasser führen. Ich packe mir einen Ballen Samt auf jede Schulter. Jack Macs Pick-up ist weg. Gut. Ich werde den Kram abliefern und zusehen, daß ich wegkomme.

Durch die Fliegengittertür kann ich ins Haus sehen. Die Haustür dahinter steht offen. Ich höre Stimmen und Gelächter. Mrs. Mac scheint Besuch zu haben. Ich bin drauf und dran, die Stoffballen wieder in den Jeep zu werfen und ein andermal wiederzukommen, aber es ist zu spät. Ein Hund steht in der Küchentür und bellt wie verrückt. Mrs. Mac streckt den Kopf aus der Tür.

»Wer ist da? Geben Sie sich zu erkennen, oder ich schieße!« Aus der Küche kommt lautes, herzhaftes Lachen.

»Nicht schießen, Ma'm. Ich bin's, Ave Maria.« Plötzlich herrscht tödliches Schweigen. Ich meine tödliches Schweigen.

»... Äh, ich kann auch ein andermal wiederkommen. Bis später dann.« Das Gewicht der dicken Stoffballen fängt an, mich wie einen Nagel in den Boden zu drücken. Als ich mich schwankend umdrehe, falle ich um ein Haar durch die Fliegengittertür.

»Hey, immer langsam. Warte einen Moment«, sagt Jack Mac. Verdammt, er ist da. Er muß hinter dem Haus geparkt haben.

»Ich wollte ein paar Stoffreste für deine Mutter vorbeibringen. Die sind noch von meiner Mutter, und ich wollte sie nicht einfach wegwerfen, da hab ich mir gedacht, ich bring sie einfach her, weil deine Mutter doch so eine gute Quilterin ist.«

Meine Stimme schnappt über. Grauenhaft. Warum erkläre ich das alles doppelt und dreifach? Ich will einfach nur wieder nach Hause. Inzwischen ist Jack Mac auf den Verandastufen, nimmt die Stoffballen von meinen Schultern und setzt sie vorsichtig auf der Veranda ab.

»In meinem Wagen ist noch mehr.«

»Ich kann auch helfen«, sagt eine vertraute Stimme im Haus. Es ist Theodore. Was in aller Welt hat er hier zu suchen? Am liebsten würde ich ihn natürlich fragen, er ist immerhin mein allerbester Freund. Aber das geht nicht, weil ich beschlossen habe, mich Jack Mac gegenüber lässig und beiläufig zu geben, und während der Vorstellung den Kurs zu wechseln wäre fatal.

»Hallo, Theodore«, sage ich, als wäre es das Selbstverständlichste auf der Welt, ihn hier in Cracker's Neck bei den MacChesneys anzutreffen.

»Im Jeep ist noch jede Menge«, sagt Jack Mac zu Theodore. Sie folgen mir zu meinem Wagen.

»Hast du das alles allein eingeladen? Warum hast du mich nicht angerufen?« will Theodore wissen. Ich finde das ziemlich dreist. Ich bin diejenige, die hier die Fragen stellen müßte. Zum Beispiel: *Was tust du hier*?

»Braucht ihr da draußen Hilfe?« Es ist eine Frauenstimme, aber sie gehört nicht Mrs. Mac. Ich werde nicht nachfragen, wer es ist, also warte ich ab.

»Wir schaffen das schon, Sarah«, ruft Jack Mac. Wer ist Sarah? Was geht hier vor?

»Mir ist kalt«, sagt eine andere Stimme. Ich schaue zur Veranda hinauf; dort, im Licht, steht noch eine Frau. Werden bei den MacChesneys neuerdings hübsche, schlanke Frauen gezüchtet? Oder ist das ein Double-date? Ich fühle mich gekränkt. Theodore hat eine Freundin, und Jack Mac ebenfalls, und Mrs. Mac macht Rippchen und Kartoffeln. Sie hocken alle in der Küche und lachen und machen Pläne für Ausflüge zu den Cudjo Caverns oder zum Biltmore-Park in North Carolina. Theodore studiert den Reiseführer, und Jack Mac kümmert sich um die Parkmöglichkeiten. Die Frauen, in schulterfreien Tops und superkurzen Shorts, brauchen sich um gar nichts zu kümmern. Sie brauchen nur zu genießen. Gott, sind diese Mädels nett und unterhaltsam! Wie umgänglich die sind! Anspruchslos! Und außerdem geistreich und ansehnlich! Und soweit ich sehen kann, haben sie beide eine gute Figur und langes, in der Mitte gescheiteltes Haar, das ihnen seidig und glänzend über die Schultern fällt. Das sind Frauen, die sich die Haare waschen und einfach so trocknen lassen können, ohne daß sie sich in alle Richtungen kräuseln. Sie sind spontan. Sie brauchen keine großen Vorbereitungen; nein, die können zu jeder Tages- und Nachtzeit frisch und ausgeruht einfach ins Auto hüpfen, losdüsen und sich amüsieren. Sie sind flott und unkompliziert und lebhaft und sexy und gut gelaunt, und wahrscheinlich sind sie noch nie depressiv gewesen, und sie haben noch nie so etwas Peinliches erlebt wie einen tagelangen Tiefschlaf, und sie sind auch noch nie bei einem Erweckungsgottesdienst von oben bis unten mit Klapperschlangenblut besudelt worden. Nein, diese Mädels sind der Eisbecher nach dem Steak. Süß und leicht, die Krönung des Abends.

»Das ist aber wirklich eine ganze Menge«, sagt Jack Mac, als er zum drittenmal schwer bepackt auf das Haus zustapft. Ich nehme den letzten schweren Ballen aus dem Wagen, hieve ihn wie ein Joch, gleich den Sklaven in *Ben Hur*, quer über meine Schultern und pfeife darauf, ob er tausend Kilo wiegt; ich will das Zeug ins Haus schaffen, damit ich von hier verschwinden kann. Aber Jack Mac und Theodore haben sich das anders vorgestellt. Sie kommen auf mich zugelaufen, um mir mit dem letzten Ballen zu helfen.

»Gib mir das«, befiehlt Jack Mac.

»Aber bitte.« Ich übergebe den Ballen an Jack Mac und Theodore. Sie müssen ihn zu zweit tragen; so schwer ist das Ding. Ich wette, Sarah und ihre schlanke Freundin können nicht mal ein Wollknäuel heben.

Mrs. Mac steht auf der Veranda. Die Schmeißfliegenzwillinge helfen ihr, die Säcke mit den Stoffresten ins Haus zu tragen. Ich winke ihr von weitem zu.

»Vielen Dank für die Hilfe. Bis bald!« rufe ich heiter. Ich gehe auf meinen Jeep zu. Zum Glück ist es dunkel, denn ich fange garantiert an zu heulen, sobald ich den Zündschlüssel umdrehe.

»Nein, nein, bleiben Sie doch«, intoniert der griechische Chor in Hot pants.

»Ich kann nicht. Tut mir leid. Ich muß los.«

Theodore kommt auf mich zu. Energisch raunt er mir zu: »Sei nicht unhöflich.«

Das ist das Kreuz aller netten Mädchen: Wir wollen niemals unhöflich sein. Und auch wenn ich dabei bin, meine Zelte in der Stadt abzubrechen, möchte ich als die nette Person in Erinnerung bleiben, die ich all die Jahre gewesen bin, und nicht als ungehobelte Schnepfe, die sich noch nicht mal anständig verabschiedet. Außerdem ist der Jeep leer, und es gibt nicht mehr viel zu tun; diese demütigende Situation kann sich schließlich nicht ewig hinziehen. Ich gehe mit Theodore zum Haus zurück.

»Ave Maria, ich möchte dir Sarah vorstellen.« Sarah reicht mir die Hand. Ihre Hand ist weich, und ihre Nägel sind leuchtend rosa lackiert. Das sind Hände, die noch nie einen hundertachtzig-Kilo-Mann auf eine Krankentrage gehievt oder ein Dach repariert haben. Ich verstecke meine rissigen Nägel in den Jackentaschen.

»Hallo Sarah.«

»Und das ist Gail.« Gail sagt hallo. Sie ist noch zierlicher als Sarah – wenn das überhaupt geht. Ich komme mir riesig vor, als wäre ich um drei Köpfe größer und einen halben Meter breiter als die beiden.

»Ave Maria ist ein sehr interessanter Name«, bemerkt Sarah.

»Es bedeutet ›Gegrüßet seist du, Maria‹«, sagen Theodore, Jack Mac und ich im Chor.

»Das ist doch ein katholisches Gebet, nicht wahr?« fragt Gail in der Hoffnung, daß es sich um eine intelligente Frage handelt.

»Jawohl, Ma'm«, erwidere ich in der Hoffnung, daß sie sich damit zufriedengibt und sich alt vorkommt.

»Möchten Sie nicht zum Abendessen bleiben?« fragt Mrs. Mac.

»Das geht leider nicht. Pearl Grimes hat heute Elternabend, und ich muß ihre Mutter vertreten, die war nämlich heute beim Zahnarzt und hat eine neue Krone gekriegt.« Wunderbar, Ave Maria. Könntest du die Wahrheit nicht noch ein bißchen mehr strapazieren? Elternabend, Zahnarzt – warum erfindest du nicht gleich einen Liebhaber, der zu Hause mit Bier und Chips auf dich wartet?

Theodore und Sarah sehen einander verblüfft an. O Gott, nein! Theodore ist Lehrer. Er weiß, daß heute kein Elternabend stattfindet.

»Ich bin die neue Englischlehrerin an der High-School. Ich wußte gar nicht, daß heute ein Elternabend stattfindet«, sagt Sarah.

Sarah, die neue Englischlehrerin. Wie sinnig. Ob sie auch im Unterricht Hot pants trägt?

»Wahrscheinlich hat Ave einen persönlichen Termin mit Mr. Gibbs«, sagt Theodore und hilft mir aus der Patsche. Wie in alten Zeiten.

»Ganz genau«, bestätige ich. Ich sehe die arme Gail an, die vor Kälte zittert. »Und was machen Sie, Gail?«

»Ich bin Sarahs Schwester. Ich bin übers Wochenende hergekommen, um ihr beim Einrichten ihrer neuen Wohnung zu helfen.«

»Wie schön.« Absolut schön. Zwei gefräßige Piranha-Schwestern fallen in die Stadt ein, schnappen sich sofort die beiden einzigen Junggesellen, bei denen noch ein Puls feststellbar ist, und machen sich über sie her. Hätten diese Kerle, die mit den Händen in den Hosentaschen dastehen und mich anglotzen wie zwei kranke Fische, nicht warten können, bis ich aus der Stadt verschwunden bin, bevor sie mit diesen Weibern anbändeln? Was bilde ich mir überhaupt ein? Ich habe diese beiden Männer abgewiesen; im Moment kann ich mich dazu nur beglückwünschen.

»Ich muß jetzt wirklich los.« Ich schaue auf meine Armbanduhr. Großartig. Ich habe heute morgen vergessen, sie anzulegen. Vielleicht hat's ja keiner gemerkt.

»Vielen Dank für die Stoffreste«, sagt Mrs. Mac aufrichtig.

»Viel Spaß damit.« Dann wende ich mich an die Damen. »Sie sollten besser reingehen. Es wird langsam ziemlich frisch.« Wir wollen doch nicht, daß ihr beiden Zuckerpüppchen euch eine Lungenentzündung holt und einen langen, qualvollen Tod an einem Sauerstoffgerät sterbt, oder?

Sarah und Gail lächeln mir zu und folgen Mrs. Mac ins Haus. Jack Mac und Theodore bieten mir an, mich zu meinem Wagen zu begleiten. Ich lehne dankend ab, ich kann allein zu meinem Jeep gehen.

Ich brauche niemanden. Ich bin Maureen O'Hara in *Buffalo Bill, der weiße Indianer*. Ich werde mit allem allein fertig.

Ich steige ein, stecke den Schlüssel ins Zündschloß und lasse den Motor an. Ich fahre aus der Einfahrt und von diesem Berg weg, und ich werfe noch nicht mal einen Blick in den Rückspiegel. Ich weine nicht. Kein bißchen. Die scharfen Schwestern haben mir gerade noch gefehlt. Jetzt können sie mich alle mal. Das Leben in Big Stone Gap wird wunderbar ohne mich weitergehen.

KAPITEL

9

Ein fast leeres Haus hat etwas Aufregendes. Wenn man Trost in Dingen sucht, wie ich es fast mein ganzes Leben lang getan habe, ist es ein befreiendes Erlebnis, sich von ihnen zu trennen. Ich bin immer so vorsichtig mit Fred Mulligans Sessel umgegangen, habe immer aufgepaßt, daß ich nichts darauf verschütte, habe mich nicht auf die Armlehnen gesetzt und darauf geachtet, daß ich die Fußstütze nicht zu oft hoch- und runterklappe. Ich wollte, daß er lange hält. Und, als er jetzt aus meinem Haus getragen wird, bin ich regelrecht erleichtert. Über diesen Sessel brauche ich mir keine Sorgen mehr zu machen. Lyle Makin kann ihn meinetwegen nach Herzenslust in Bier und Zwiebelsoße tränken. Freu dich an dem Sessel. Benutz ihn. Und wenn du keine Verwendung mehr dafür hast, kannst du ihn an die Straße stellen, damit Otto und Worley ihn abholen. Pearl und Leah werden sich lauter neue Sachen für das Haus – ihr neues Zuhause – kaufen, wenn ich weg bin. Es wäre nicht besonders schön für sie, meinen ganzen alten Kram noch vorzufinden, wenn sie hier einziehen. Sie brauchen einen Neuanfang; schließlich sollen sie sich in ihrem eigenen Haus nicht wie Mieter vorkommen.

Ich sehe die bauliche Struktur des Hauses mit ganz neuen Augen. Die Dielen sind schön und schlicht. Die Türbögen mit ihren kitschigen Rundungen in den Ecken sind witzig. Die Fenster sind groß und in Augenhöhe. Es ist ein romantisches Haus; seltsam, daß ich es nie so empfunden habe! Nachdem ich die schweren Stores abgenommen habe, sind nur noch die Springrollos übrig; mir fällt jetzt auf, wie wichtig es ist, Tageslicht in den Räumen spielen zu lassen. Das werde ich mir für die Zukunft merken.

Ich liege im leeren Wohnzimmer auf dem Rücken und schaue an die Decke, eine riesige weiße Fläche – sie kommt mir vor wie ein Gemälde. Während ich sie anstarre, wird mein Kopf ganz frei. Ich bin zutiefst zufrieden; so ähnlich müssen Nonnen und Mönche sich beim Beten fühlen. Still zu sein ist eine angenehme Erfahrung.

Ich höre ein trockenes Husten vor der Tür; einen Moment lang denke ich, es könnte Fleeta sein, die noch eine Frage zur Buchhaltung hat, aber es ist ein zu tiefes Rasseln. Es muß ein Mann sein. Ohne mich aufzusetzen, drehe ich mich um und verrenke den Kopf gerade soweit, daß ich die Verandastufen durch den Briefschlitz sehen kann. Es ist Spec. Er klopft an die Tür.

»Es ist offen.«

Spec macht einen Schritt ins Haus und bleibt dort stehen. Er ist verblüfft, das Haus leer vorzufinden, und er ist ebenso verblüfft zu sehen, daß ich mich auf dem Boden räkle wie eine alte Katze.

»Alles in Ordnung?« fragt Spec.

»Könnte nicht besser sein.«

»Du mußt mit mir ins Krankenhaus kommen.«

»Wieso?«

»Otto hat einen Herzinfarkt.«

Ich bin schon viele Male zusammen mit Spec im Rettungswagen gefahren. Er hält ihn tipptopp in Schuß. Aber mir fällt auf, daß das Innenleben sich leicht verändert hat. Mein Nachfolger hat das Klemmbrett an einer anderen Stelle angebracht. Sein Notfallkoffer steht auf der Konsole, nicht unter dem Sitz, wo ich ihn immer aufbewahrt habe. Am Armaturenbrett kleben Notizzettel – das habe ich nie gemacht.

Otto hat Worley gebeten, ihn ins Saint-Agnes-Krankenhaus zu bringen anstatt ins Lonesome-Pine-Hospital. Abergläubisch, wie er ist, zieht er die katholischen Nonnen vor. Als Spec und ich ankommen, sagt man uns, daß Otto auf der Intensivstation liegt. Der Ton, in dem die Nonne uns das sagt, läßt darauf schließen, daß die Situation ernst ist. Schwestern haben viele Fähigkeiten, aber sie sind keine guten Schauspielerinnen.

Worley kniet neben dem Bett seines Bruders und hält dessen linke Hand, in der keine Infusionsnadel steckt, umfaßt. Es erinnert mich an einen Film von Buster Keaton, wo Buster an einem hohen Gebäude schaukelt, sich mit beiden Händen an die Hand seines Retters klammert und verzweifelt in der Luft strampelt. Spec tritt an die andere Seite des Betts. Zärtlich lege ich meine Hände auf Worleys Schultern. Er weint.

»Worley, was ist passiert?«

»Mein Bruder war gerade mit dem Mittagessen fertig. Dann ist er rausgegangen und hat sich übergeben. Und dann ist er umgekippt. Er ist gar nicht mehr zu sich gekommen, also hab ich ihn in den Wagen gepackt und bin hergefahren.«

»Das haben Sie gut gemacht.«

»Bitte, lassen Sie ihn nicht sterben. Bitte!«

Ich wünschte, ich könnte Worley versprechen, daß Otto nie sterben wird. Aber ich kann ihn nicht anlügen, und es ist nicht fair, falsche Hoffnungen zu wecken.

»Worley, gehen Sie mit dem guten alten Spec in die Kantine und trinken Sie eine Tasse Kaffee.«

»Ich will ihn nicht allein lassen!« Worley sieht seinen Bruder liebevoll an.

»Wenn Sie uns ein paar Minuten allein lassen, kann ich mit den Ärzten reden und etwas Näheres über Ottos Zustand in Erfahrung bringen. Tun Sie einfach, was ich sage, okay?« Spec führt Worley aus dem Zimmer. Schwester Ann Christina, die Oberschwester der Intensivstation, tritt auf mich zu.

»Wie geht es ihm, Schwester?« Sie senkt den Kopf, woraus ich schließe, daß es schlimm um ihn steht.

»Kann ich mit ihm reden? Kann er mich hören?« Die Schwester nickt, und ich beuge mich über Ottos Ohr.

»Otto, was zum Teufel machen Sie im Krankenhaus?«

Er lächelt schwach. Aber seine Augen sind lebhaft. Er schielt nach der Sauerstoffmaske. Er will, daß ich sie entferne. Ich hebe sie ganz leicht an, damit er Luft zum Sprechen bekommt.

»Sie müssen Worley etwas sagen.«

»Klar.«

Otto beginnt zu sprechen, und nach jedem Satz drücke ich ihm die Atemmaske wieder auf, damit er für den nächsten Satz Luft holen kann.

»Ich bin nicht Worleys Bruder.« Ich sehe ihn verblüfft an. Manchmal geraten Leute in geistige Verwirrung, wenn ihr Körper sie im Stich läßt. Aber Halluzinationen und Erinnerungsverlust gehören gewöhnlich nicht zu den Symptomen eines Herzinfarkts.

»Wer sind Sie dann?«

»Ich bin sein Daddy.«

Ich halte mich am Gitter des Krankenhausbetts fest. Es fühlt sich kalt an.

»Erinnern Sie sich an Destry?« Ich nicke. »Destry war seine Mama. Sie ist bei der Geburt gestorben. Meine Mutter hat Worley aufgenommen. Erst sollte er in ein staatliches Kinderheim, aber meine Mutter hat gesagt, er ist ihr Sohn, und da konnten sie ihn ihr nicht wegnehmen.«

»Er weiß es nicht?«

Otto schüttelt den Kopf.

»Sie müssen es ihm sagen, Otto. Sie müssen es tun.« Ich sage das ganz langsam und bestimmt und betone das *Sie*.

»Ich kann nicht.«

»Doch, das können Sie. Sie haben es mir doch auch gesagt. Sie können das. Sie müssen.«

Otto holt tief Luft, seine Augen füllen sich mit Tränen. »Ich kann nicht.«

»Warum nicht?« Otto schließt die Augen ganz fest in der Hoffnung, daß ich es mir anders überlegt habe, wenn er sie wieder aufmacht. Dann öffnet er die Augen und starrt an die Decke. Kaum hörbar flüstert er: »Er wird sich für mich schämen.«

Das ist es. Genau das ist es. Das Geheimnis, das ich nie ergründen konnte. Meine Mutter konnte den Gedanken nicht ertragen, daß ich mich für sie schämen würde, deswegen hat sie mich angelogen. Eine Lüge ist immer noch besser, als von seinem eigenen Fleisch und Blut abgelehnt zu werden, wenn es herausfindet, daß man nicht vollkommen ist.

»Otto, jetzt hören Sie mir mal zu. Worley muß es von Ihnen erfahren.« Otto wirkt zutiefst niedergeschlagen. Er hat gerade einen Herzinfarkt gehabt, er hat Schmerzen, er ringt mit dem Tod – und ich verweigere ihm seinen letzten Wunsch. Er ist völlig verwirrt. Ich muß es ihm begreiflich machen.

»Verdammt, Otto, ich bin ein Bastard. Nicht wegen der Umstände meiner Geburt, sondern weil ich belogen wurde. Die Lüge hat es zu einem Unrecht gemacht. Sie hatten etwas, wovon die meisten Menschen nur träumen können: eine wirkliche und wahre Liebe. Und Sie wurden mit einem Kind beschenkt! Ein Kind, das von Ihnen und Destry stammt. Haben Sie nicht Ihr ganzes Leben lang daran gedacht? Haben Sie nicht immer an Destry gedacht? Hätten Sie nicht alles dafür gegeben, sie wieder in den Armen halten zu können? Was ist daran nicht in Ordnung? Sie haben sie geliebt. Das ist etwas Heiliges!«

»Ich wollte sie heiraten«, flüstert er.

»Sagen Sie ihm das. Erzählen Sie ihm von Ihren gemeinsamen Plänen. Erzählen Sie ihm, was Destry sich für ihn gewünscht hat. Alles, woran Sie sich erinnern. Sagen Sie ihm alles. Es ist das Beste, was Sie für ihn tun können.«

Otto atmet stoßweise. Eine Schwester kommt und verdreht die Augen, als wollte sie mir sagen: *Was fällt Ihnen ein, die Leute hier verrückt zu machen?* Aber Otto läßt seine Hand fest auf meiner liegen, und sie versteht, daß er will, daß ich bleibe.

»Bitte holen Sie Worley«, sage ich zu der Schwester. Sie geht.

»Also, Otto. Nicht weinen. Reißen Sie sich zusammen! Er muß es von Ihnen hören. Okay?«

Otto nickt. Worley kommt herein und eilt an Ottos Bett. Ich klopfe Worley auf den Rücken und sehe Otto ermunternd an. Otto beginnt, seine Geschichte zu erzählen. Ich ziehe die Vorhänge um das Bett herum zu, damit die beiden ungestört sind. Ich gehe hinaus ins Wartezimmer und warte dort zusammen mit Spec.

»Wenn ich mich mit Benzin übergieße und anzünde, würdest du dann bleiben?« fragt Iva Lou mich bei einem Bier im Coach House Inn.

»Lyle würde mich erschießen.« Lyle Makin erzählt überall in der Stadt herum, was für eine großartige Frau Iva Lou ist; das weiß sie genausogut wie ich. Sie hat sich für Lebenslänglich entschieden, und sie genießt es.

»Ja, das stimmt. Es gefällt ihm, verheiratet zu sein.«

Ballard Littrell stolpert an uns vorbei und steuert auf einen Tisch in der Nähe der Küche zu.

»Schon wieder betrunken?« fragt Iva Lou.

»Allerdings!« Er lächelt und setzt sich.

»Siehst du, was du verpaßt? Gott, was seine Frau mitmacht. Am Grunde des Kummers einer Frau liegt eine Flasche.« Iva Lou kippt ihr Bier.

»Was ist eigentlich mit seinem Ohr passiert?«

»Es kursiert eine Geschichte, nach der ihm ein eifersüchtiger Mann das Ohr im Streit abgeschnitten hat. Aber ich glaube, diese Geschichte hat Ballard selbst in Umlauf gesetzt. Lyle hat mir erzählt, er sei in der Grube in eine Kohlefräse geraten, die ihm das Ohr glatt abgeschnitten hat. Warum fragst du?«

»Das war die letzte offene Frage, die ich noch über Big Stone Gap hatte.«

»Weißt du eigentlich, daß eine Menge Leute aus dem Theaterprojekt aussteigen, weil du in diesem Jahr nicht mehr Regie führst?«

»Ach, komm schon. Ich bin doch gar keine richtige Regisseurin. Ich halte mich bloß an das, was Mazie Dinsmore in ihrem Regiebuch aufgeschrieben hat. Ich bin leicht zu ersetzen.«

»Da bin ich mir nicht so sicher. Theodore Tipton hat heute morgen gekündigt.«

»Unmöglich. Mit ihm steht und fällt die ganze Show!«

»Ich weiß. Das wird ein langer Sommer werden, jetzt, wo er gekündigt hat und Tayloe Slagle Schwierigkeiten hat, ihre Pfunde wieder loszuwerden. Theodore hat einen tollen Job angeboten bekommen.«

»Wirklich?«

»Die University of Tennessee will ihn als Leiter für ihre Band.«

»Das ist ja phantastisch!« Aber ich fühle mich gekränkt. Ich hätte gern als erste davon erfahren. Das war doch früher immer so. Nach dem Abend mit Sarah und Gail war er bei mir, aber ich habe nicht aufgemacht.

Vielleicht wollte er mir von der Neuigkeit berichten.

»Das Komische ist, sie wollen ihn nicht etwa wegen seines Theatertalents anheuern, sondern weil sie seine Arrangements von all den Filmmelodien aus Elizabeth-Taylor-Filmen so genial fanden. Stell dir das mal vor.«

»Die waren wirklich genial.«

»Und dann ist da natürlich noch der gute alte Jack Mac, der beste Küsser von Big Stone Gap.«

»Was ist mit ihm?«

Iva Lou zuckt die Achseln.

»Was hast du denn gehört?«

»Er geht mit dieser neuen Lehrerin. Fleeta hat sie zusammen gesehen.«

»Die ist genau die Richtige für ihn. Eine Lehrerin. Bergarbeiter und Lehrer passen gut zusammen.«

»Hört euch diese Miss Alles-wird-wieder-gut an. Mein lieber Schwan!«

»Na, stimmt das denn etwa nicht?«

»Du magst den alten Jack Mac. Gib's zu.«

Ich zucke lässig die Achseln und trinke mein Bier aus.

»Nein, ich meine, du magst ihn, so wie ich die Hälfte der Männer von Wise County gemocht habe. Und lüg mich ja nicht an!«

»Sagen wir mal, es wäre so. Warum soll ich das zugeben? Was hätte ich davon?«

»Jemanden zu mögen ist das einzige Gute, was man für einen anderen Menschen tun kann. Und du weißt, was ich von Sex halte. Ich muß allerdings sagen, Sex in der Ehe ist was ganz anderes. Aber er ist immer noch tierisch gut, Gott sei Dank.«

»Hast du dich jemals gefragt, warum wir so sind?«

»Wer?«

»Wir Frauen.«

»*Cara*, ich weiß nicht. Ich glaube, ich verstehe Männer besser als Frauen. Ein Mann bleibt zeitlebens ein Tier. Er will essen, wenn er Hunger hat. Er will schlafen, wenn er müde ist. Und ab und zu, wenn er geil ist, will er ein bißchen Sex. Ganz einfach.« Iva Lou sieht mich an.

»So einfach ist das?« denke ich laut.

»Tiere. Mhmm. Simple Geschöpfe, die Männer. Und wir haben den wissenschaftlichen Beweis direkt hier in Big Stone Gap. Wer behauptet, Männer würden nicht vom Affen abstammen, ist noch nie mit Mad Dog Mabe zusammengewesen. Sein ganzer Körper ist eine Hommage an einen Flokati. Der Mann ist sogar an den Ellbogen behaart.«

Ich sitze lange vor Theodores Haus, bevor ich mich entschließe, an die Tür zu gehen. Ein Weg wird doppelt so lang, wenn man sich blöd vorkommt. Ich werde wohl vor ihm auf die Knie fallen und ihn um Vergebung bitten müssen für den Abend mit Sarah und Gail. Ich habe seitdem nicht mehr mit ihm gesprochen, und ich weiß, daß er richtig sauer auf mich ist. Die ganze Zeit habe ich mich vor diesem Augenblick gefürchtet. Aber er fehlt mir sehr; früher haben wir jeden Tag miteinander geredet. Ohne ihn ist das Leben ganz anders, und es gefällt mir nicht.

»Wer ist da?«

»Ave Maria Mulligan. Apothekerin.«

Theodore erscheint in der Tür. »Ehemalige Apothekerin.«

»Erst ab übernächsten Freitag.«

»Komm rein.«

Theodore hält mir die Tür auf. Ich habe sein Haus noch nie durch die Vordertür betreten. Ich bin immer hinten reingegangen, durch die Küche. Warum bin ich nicht hintenrum gegangen, wie ich es die letzten neun Jahre getan habe? Warum habe ich an die Vordertür geklopft, als wäre ich eine Vertreterin oder eine Missionarin? Warum habe ich das getan? Warum habe ich zwischen mir und meinem besten Freund eine Mauer errichtet?

»Hast du schon gehört, daß ich ein Angebot von der University of Tennessee bekommen habe?«

»Das ist wunderbar. Deine Arbeit wird im Fernsehen übertragen und überall bekannt werden. Du hast allen Ruhm dieser Welt verdient.«

»Danke.«

»Bist du mir böse?« frage ich kokett.

»Das bin ich allerdings«, erwidert er in einem sehr erwachsenen Ton.

»Ich hab's mir fast gedacht. Aber darf ich nicht auch ein ganz kleines bißchen sauer sein, weil du hinter meinem Rücken neue Freundschaften geschlossen hast und weil du, ohne mir was davon zu sagen, mit zwei heißen Miezen zu den MacChesneys gegangen bist?« jammere ich.

»Nein.« Theodore kann Gejammere nicht ausstehen. Wieso spiele ich dieses alberne Spiel mit dem Mann, der mich am besten kennt?

»Du bist eine sehr interessante Frau«, beginnt Theodore. Ich habe die Erfahrung gemacht, daß jedesmal, wenn jemand das Wort *interessant* benutzt, um mich zu beschreiben, etwas Unangenehmes dahintersteckt. »... Du willst dich mit niemandem einlassen, aber du willst auch nicht, daß die Leute, mit denen du dich nicht einläßt, sich mit jemand anderem anfreunden. Was glaubst du, warum das so ist?«

»Erstens ist es nicht so. Jeder hat das Recht, zu tun und zu lassen, was er will.«

»Jeder? Bin ich das für dich? Irgend jemand?«

»Nein, natürlich nicht.«

»Okay, fangen wir da an. Was bedeute ich dir?«

Ich möchte ihm sagen, daß er mein bester Freund ist. Daß, wenn die ganze Welt auseinanderfiele und ich nur einen Menschen retten könnte, er dieser eine sein würde. Daß mich der Gedanke, er könnte weggehen und irgendwo anders in diesem Universum einen Job annehmen, schlicht und einfach umbringt! Warum ist es anders, wenn ich diejenige bin, die weggeht? Erwarte ich etwa von Theodore, daß er hier hocken bleibt und auf mich wartet, während ich auf Abenteuersuche gehe? Als wäre er eine Art Talisman, zu dem ich zurückkommen und den ich berühren kann, um mich zu vergewissern, daß sich eigentlich nichts geändert hat? Aber ich sehe nur die spindeldürren Schwestern zitternd im Mondlicht auf Jack Macs Veranda stehen, und das macht mich wütend. Warum bin ich nie die Auserwählte? »Hör zu. Du bist mir nichts schuldig. Ich kann auf mich selbst aufpassen.«

»Du brauchst niemanden.«

»Genau. Ich komme wunderbar allein zurecht. Ich brauche niemanden.«

»Bist du sicher, daß du nicht Fred Mulligans Tochter bist?« Diese Bemerkung trifft mich unvorbereitet, und ich finde sie gemein. Ich habe Theodore alles anvertraut, was Fred Mulligan mir und meiner Mutter angetan hat, und jetzt schleudert er mir das alles ins Gesicht. Aber ich werde ihm niemals die Genugtuung geben, ihn spüren zu lassen, daß er mich verletzt hat. Könnten Sie mein Gesicht jetzt sehen, dann hätten Sie den Eindruck, das alles würde mich nicht im geringsten tangieren. Das ist meine größte Stärke; auf diesem Gebiet laufe ich zu Hochform auf. Ich kann die Schotten dicht machen, mich vollständig abkapseln und jedes Gefühl abschalten. Und genau das tue ich.

»Du wärst der erste Mensch auf der Welt, der niemanden braucht, Ave Maria. Glaubst du, daß du dieser Mensch bist? Die eine Frau auf der Welt, die niemals jemanden braucht? Gehörst du vielleicht einer besonderen Spezies an?« fragt Theodore.

»Warum tust du mir das an?«

»Siehst du, es geht schon wieder los. Merkst du, wie du funktionierst? Ich tue dir etwas an, weil ich dich frage, wie du empfindest. Was du empfindest. Das geht mich etwas an. Ich liebe dich.«

»Klar, du liebst mich.« Ich verdrehe die Augen wie eine Fünfjährige.

»Weißt du, mit jemandem zu schlafen ist nicht die einzige Möglichkeit, Zuneigung zu zeigen.«

»Es wäre aber nett gewesen!« Warum schreie ich diesen Mann an? Ist er nicht auf meiner Seite? Versucht er nicht gerade mir zu sagen, daß ich es wie jeder andere Mensch verdient habe, geliebt zu werden? Daß es in Ordnung ist, Liebe zu brauchen? Daß es mir gestattet ist, Angst zu haben? Aber es ist zu spät. Ich weiß, daß Theodore wirklich sauer auf mich ist, denn er kann mir nicht in die Augen schauen.

Während er auf und ab geht, sagt er ruhig: »Du hast große Probleme, stimmt's? Und zwar Probleme, über die du nachdenken mußt.«

»Ich habe große Probleme? Und was ist mit dir? Du glaubst, ich kann keine Beziehung aufbauen?« Jetzt schreie ich wirklich, und ich bin sicher, daß ich ihn einschüchtere. Gut. Meine Stimme wird noch lauter. »Hör auf, mich zu analysieren! Hör auf damit! Ich wollte dich neun Jahre lang heiraten, aber du wolltest mich nicht. Endlich, endlich hast du mir einen Heiratsantrag gemacht – und was hätte ich tun sollen? Alles fallen lassen und dich inmitten tiefer Depressionen heiraten? Und dann? Glücklich sein? Vielleicht habe ich dich während meiner Depressionen geliebt, und vielleicht habe ich dich so geliebt, daß ich dir ersparen wollte, dich mit einer Geisteskranken zu belasten! Du hättest mich vor neun Jahren heiraten sollen, als ich noch jung und ahnungslos war! Dann hätte ich jemanden gehabt, der mich liebte, als ich die schlimmste Zeit meines Lebens durchgemacht habe. Ich habe die schlimmste Zeit meines Lebens überstanden, und zwar allein. Ja, das hab ich. Dafür erwarte ich kein Lob, aber du mußt verstehen, daß ich von Liebe nichts verstehe. Ich wüßte gar nicht, was ich mit einem Mann tun sollte! Ihn anmachen? Ihn bedienen? Und dann beten, daß er mich niemals verläßt? Wie macht man das, ohne zu sterben? Wie?«

Theodore geht in die Küche. In der Tür dreht er sich um. »Wie wär's mit einer Tasse Kaffee?«

Ich setze mich auf Theodores Futon, während er eine Kanne Kaffee aufbrüht. Ich betrachte die Knöpfe an meiner Bluse. Sie bewegen sich nicht auf und ab. Kein Herzrasen. Nichts als regelmäßige Atemzüge. Ich habe eine Last abgeschüttelt, mich von Gefühlen befreit, die ich neun Jahre lang unterdrückt habe. Es fühlt sich gut an. Ich rolle mich auf Theodores Sofa ein.

»Du bist meine beste Freundin, Ave Maria«, sagt Theodore beiläufig aus der Küche. »Ich werde dich nie verlassen.«

Ich möchte etwas sagen, reagieren, ihn wissen lassen, daß ich dasselbe empfinde. Aber ich kann nicht. Statt dessen fange ich an zu weinen. Hier kann ich weinen. Hier bin ich in Sicherheit.

Ich bekomme einen Anruf von der Post; sie haben ein Einschreiben für mich. Ich bitte den Mann, den Umschlag zu öffnen. Er enthält meine Tickets von Gala Nuccio. Ich bin ziemlich aufgeregt wegen meiner Reise. Fast jeden Tag rufe ich Gala an, um mein Italienisch zu üben und über die Reise zu diskutieren. Sie freut sich, daß ich in ihrer Reisegruppe bin, weil ich italienisch spreche. Außerdem sind wir gute Telefonfreundinnen geworden. Sie hat mir viel von ihrem Leben erzählt. Ihr Freund Frank hat ihr endlich einen Heiratsantrag gemacht, aber sie kann sich nicht vorstellen, eine zweite Maria von Trapp zu werden, die mit ihren Stiefkindern spielt, als wären sie Puppen. Außerdem glaubt Gala, daß Frank immer noch andere Frauen hat. Sie kann es nicht beweisen, aber er hat so seltsame Arbeitszeiten und ruft sie stets nur aus Telefonzellen an. Gala versichert mir, daß das ein sicheres Indiz für einen untreuen Mann ist, und wahrscheinlich hat sie recht. Ich habe noch nie eine Freundin gehabt, die genau wie ich Italienerin ist, und es macht mir eine Menge Spaß. Wir sind uns in vielen Dingen ähnlich. Ich erzähle ihr, daß Theodore und ich bis nach Kingsport, Tennessee, gefahren sind, um uns *Saturday Night Fever* anzusehen. Es läuft schon zwei Jahre, aber in Kingsport erfreut es sich immer noch höchster Popularität. Ich wußte gar nicht, daß es solche Leute gibt wie in diesem Film. Gala versichert mir, daß der Film absolut der Realität entspricht; sie ist in so einer Gegend aufgewachsen. Gala findet es charmant, daß ich einen Südstaatenakzent habe. »So einen Akzent erwartet man einfach nicht von einer Italienerin.« Ich habe ihr alles über das vergangene Jahr erzählt. Sie hat geduldig zugehört und findet, daß Theodore nicht der Richtige für mich ist. Jack MacChesney gefällt ihr schon besser. Ich habe ihr gesagt, daß es für all das zu spät ist; Jack Mac und Sarah sind schwer verliebt. Gala hat sich kein bißchen gewundert, daß Jack Mac sich so schnell eine andere Freundin gesucht hat. »Männer müssen immer irgendeine Frau um sich haben. So sind die Scheißkerle nun mal.« Ihre Worte klingen noch lange nach dem Gespräch in meinen Ohren nach. Ich glaube, sie hat recht.

Ich wasche mir das Gesicht, lege ein bißchen Lippenstift auf und schnappe mir meinen Schlüsselbund, um in die Stadt zu fahren. Meine Post habe ich bereits zu einem Postfach umgeleitet, so daß die täglichen Verrichtungen in meinem Haus sich aufs Essen und Packen reduzieren.

Ich brauche fast einen Spachtel, um mein prallvolles Schließfach zu leeren. Hastig gehe ich die Post durch. Eine Postkarte mit einer Zeile von Zia Meoli, in der sie mir versichert, daß die ganze Familie es kaum erwarten kann, mich kennenzulernen. Seit ich ihr zum erstenmal geschrieben habe, bekomme ich mindestens einmal pro Woche eine Karte oder einen Brief von ihr. Ich habe ihr berichtet, daß ich seit seinem ersten und einzigen Brief nichts mehr von Mario Barbari gehört habe, obwohl ich ihm dreimal geschrieben und ihm meine genauen Reisedaten mitgeteilt habe. Mittlerweile habe ich es aufgegeben. Ich würde ihn gern kennenlernen, aber wenn es nicht sein soll, wenn er mich nicht sehen will, werde ich nicht in sein Haus stürmen und ihn überfallen. Ob er wohl seiner Mutter von mir erzählt hat? Meiner Großmutter. Wie gern würde ich sie kennenlernen. Es ist lächerlich, ich weiß, aber es war immer mein größter Wunsch, eine Großmutter zu haben, mit der ich reden kann. Tja, je eher wir lernen, daß wir nicht alles im Leben haben können, um so besser. Auf jeden Fall freue ich mich riesig darauf, meine Tanten, Onkel, Vettern und Cousinen kennenzulernen. Das ist mehr als genug; ich sollte vielleicht nicht zuviel erwarten.

Die Schaufenster der Apotheke waren noch nie so hübsch dekoriert. Nellie hat den Hintergrund leuchtend grün angemalt, auf die ausgestellten Produkte hat sie Schmetterlinge aus Papier gesetzt, so daß das ganze Fenster wie ein lustiges Terrarium aussieht. Das kaputte Neonschild, das einen Mörser mit Stößel darstellte, ist durch ein nagelneues ersetzt worden; und es ist ein richtiger Blickfang. Otto und Worley haben die Außenwand wieder instand gesetzt. Alles ist also wieder picobello in Ordnung, und das freut mich sehr.

Fleeta kümmert sich um das Geschäft, bis Pearl aus der Schule kommt, und der nette Mann aus Norton hat sich bereit erklärt, montags und dienstags die Apotheke zu übernehmen, bis die beiden einen lizenzierten Apotheker gefunden haben. Ein Mann aus Coeburn hat sich neulich vorgestellt, und er könnte vielleicht schon im Frühsommer anfangen. Nellie und Iva Lou haben Pearl bereits unter ihre Fittiche genommen, allerdings hat Pearl sich beschwert, daß Nellie sie ein bißchen zu sehr herumkommandiert. Ich habe Pearl geraten, es am besten mit Nellie selbst zu besprechen; sie ist sich dessen bestimmt nicht bewußt.

Fleeta steht hinter dem Tresen. Ich höre, wie sie gerade einem Jungen, der offenbar ein ebenso großer Fan von Profi-Wrestling ist wie sie, den Unterschied zwischen zwei Wrestlinggriffen mit den blumigen Namen »chicken wing overcross« und »sleeper hold« erklärt. Auf Fleetas inständige Bitten hin haben wir angefangen, Zeitschriften der World Wrestling Federation zu führen. Das zieht die jungen männlichen Kunden an; außerdem kaufen sie eine Menge Süßigkeiten. Für Fleeta ist das Wrestling die reinste Religion. Sie hat wieder angefangen zu rauchen, weil in den Hallen, in denen Wrestling-Turniere stattfinden, alle rauchen. Außerdem strapaziert es ihre Nerven, wenn der Kämpfer, auf dessen Seite sie ist, ins Hintertreffen gerät. Sie braucht ihre Zigaretten, um die Ruhe zu bewahren.

»Was machst du denn hier?« fragt Fleeta.

»Ich wollte nur mal hallo sagen.«

»Müßtest du nicht zu Hause sein?« Fleeta sieht sich nervös um.

»Ich war zu Hause, aber ich mußte meine Post abholen.«

»Ach so.«

»Stimmt irgendwas nicht?« frage ich.

»Nein, nein, alles in Ordnung.« Fleeta pafft ihre Marlboro, als würde sie einen Ballon aufblasen.

»Irgendwas beunruhigt dich doch.«

»Ich hab dir doch gesagt, es ist alles in Ordnung.«

Also, ich kenne Fleeta verdammt gut. Irgend etwas stimmt nicht. Es könnte natürlich auch eine Lappalie sein, vielleicht hat sie auf Haystack Calhoun gewettet oder auf Pile Driver, und irgend jemand ist wegen zwanzig Dollar hinter ihr her; oder es könnte etwas Schlimmes sein, zum Beispiel, daß Portly krank ist. Eins ist sicher bei Fleeta: Sie reagiert auf jedes Problem gleich; bei ihr gibt es keine Abstufungen.

»Sieh mich doch nicht so an! Meinst du nicht, du müßtest allmählich nach Hause gehen?«

»Fleeta, was ist hier los?«

»Himmelherrgott. Kannst du mal damit aufhören?«

So hat Fleeta noch nie mit mir gesprochen.

»Weißt du was, Fleeta? Dein Ton gefällt mir nicht.«

»Tut mir leid, Ave Maria. Wirklich. Aber diesmal mußt du mir einfach vertrauen. Du mußt unbedingt nach Hause gehen.«

»Ist irgendwas mit Otto?«

»Himmel, nein. Diese Umleitung in seinem Herzen funktioniert wie ein Gartenschlauch.«

Fleeta kneift ihre schmalen Lippen zusammen und macht sich ans Staubwischen. Ich warte noch einen Augenblick, aber sie ist nicht bereit, mit weiteren Informationen herauszurücken. Irgendwas ist im Busch.

Als ich zu Hause ankomme, sind Otto und Worley dabei, meinen Gartenzaun zu reparieren. Sie lachen, reichen sich gegenseitig das Werkzeug und beraten darüber, wie man ein altes Scharnier ersetzt. Ich unterbreche sie und frage, ob alles in Ordnung ist, und als ich ihnen von Fleeta erzähle, zucken sie bloß die Achseln. Ich frage Otto nach seinem Bypass. Er öffnet sein Hemd und führt mir die gezackte rote Narbe auf seiner Brust vor. (Die wollte ich nicht unbedingt sehen.) Der Arzt ist mit den Ergebnissen zufrieden, und Otto ist wieder ganz der alte. Der Arzt hält Ottos Genesung für ein Wunder. Ich glaube, die Wahrheit hat sein Herz geheilt. Nachdem Otto sich die schreckliche Bürde vom Herzen geredet hat, die all die Jahre auf ihm gelastet hatte, war der Druck von seiner Brust genommen, und er konnte wieder atmen. Otto keucht und stöhnt nicht mehr, wenn er auf eine Leiter steigt oder schwere Gewichte hebt, und er hat aufgehört, Tabak zu kauen. Für ihn hat ein ganz neues Leben angefangen. Wahrscheinlich sucht er sich als nächstes eine Freundin. Er hat nämlich schon ein Auge auf eine Frau in Lee County geworfen.

Ich habe schließlich herausgefunden, wie alt die Jungs sind. Otto ist neunundfünfzig, und Worley ist fünfundvierzig. Die ganze Stadt ist schockiert darüber; wir hatten sie für viel jünger und ihren Altersunterschied für geringer gehalten. Worley kann sich nicht daran gewöhnen, Otto »Daddy« zu nennen, also nennt er ihn weiterhin einfach »Otto«. Daß sie jetzt keine Brüder mehr sind, sondern Vater und Sohn, macht keinen großen Unterschied für die beiden. Otto ist sowieso immer der Tonangebende gewesen; die Offenbarung hat ihren Alltag also nicht sehr erschüttert. Worley wirkt sehr glücklich und läßt keine Gelegenheit aus, die Leute in den Bergen zu fragen, ob sie sich an die kleine Destry erinnern. Einige erinnern sich tatsächlich, und das ist ihm ein großer Trost.

Ich sage ihnen, daß ich nach oben gehen und weiter packen werde. Das Haus wirkt so freundlich; Otto und Worley haben die Wände eierschalenweiß gestrichen, und zwar tadellos. Alle meine Kleider liegen auf dem Bett. In Italien ist es im April kühl, also packe ich warme Sachen in Marineblau und Weiß ein: eine einfache Hose mit Hosenträgern, die meine Mutter mir genäht hat; ein paar Blusen, einen Rock für die Kirche; und meinen roten Samtmantel. Pearl hat alle möglichen Kosmetik- und Parfümpröbchen für mich gesammelt und sie mir in einem Täschchen, auf das sie meine Initialen gestickt hat, als Abschiedsgeschenk überreicht.

Ich gehe ins Badezimmer. Es ist ganz leer, bis auf meine sauberen weißen Handtücher. Ich lasse Badewasser einlaufen. Ich werde ein schönes, heißes Bad nehmen, ein bißchen Make-up auflegen, meinen lässigen marineblauen Hosenanzug anprobieren, Theodore einen Überraschungsbesuch abstatten und ihn nach Kingsport ins Kino einladen.

Ich tauche in das heiße Wasser ein und schaue zum Oberlicht hinauf, seit Jahren mein Lieblingsblick aus diesem Haus. Durch dieses Fenster konnte ich immer ein Stück Himmel sehen. Es war mir egal, ob es bewölkt war oder regnete; durch dieses kleine Viereck betrachtet, hatte jedes Wetter seinen besonderen Reiz. Ich konnte Vögel vorbeifliegen sehen und beobachten, wie die Wolken sich veränderten, mal waren sie weiß und bauschig, mal grau und im Winter schneebeladen. Dieses Fenster war meine ganz private Uhr. Ich werde bald sechsunddreißig. Sechsunddreißig! Ich kann's nicht fassen. Manchmal fühle ich mich wie neunzehn und manchmal wie fünfundachtzig.

Ich bin rundum zufrieden. Es gibt bestimmt Dinge, über die ich mich aufregen könnte, zum Beispiel, daß Mario Barbari mich als potentielle Brieffreundin ablehnt. Aber ich sehe jetzt das Gesamtbild auf eine Weise, wie ich es bisher nicht konnte. Ich habe nicht mehr so hochfliegende Erwartungen, und das ist gut so. Ich suche das Glück nicht mehr außerhalb von mir, und ob ein Brief kommt oder nicht, kann mich nicht mehr erschüttern. Ich bin reif für Veränderungen. Ich weiß einfach, daß diese Reise nach Italien mein Leben verändern wird. Und ich werde mich nicht dagegen wehren.

Seit meine Mutter gestorben ist, bete ich zu ihr. Ich habe nicht das Gefühl, daß sie bei mir ist, aber ich glaube, daß sie im Himmel ist. Iva Lou hat mir erzählt, daß nach dem Tod ihrer Mutter über ein halbes Jahr hinweg bei ihr jedesmal eine Glühbirne durchgebrannt ist, wenn sie das Licht eingeschaltet hat, egal, ob sie neu war oder nicht. Iva Lou glaubt, daß Seelen reine Energie sind. Sie klinken sich in unsere Energiequellen ein, um Kontakt mit uns aufzunehmen. Eine Glühbirne ist das perfekte Kommunikationsmittel für die Seelen, weil sie über Energieströme funktioniert, und diese Ströme eine ähnliche Frequenz haben wie die Energie, die im Jenseits herrscht. Ich weiß nur, daß ich seit Mamas Tod in diesem Haus keine einzige Glühbirne ausgewechselt habe.

Ich spreche allerdings jeden Tag meine Gebete. Meine Mutter hat mir beigebracht, immer zu beten, auch wenn es nur ein gedankenloses Herunterleiern ist. »Vielleicht brauchst du deine Gebete heute nicht, aber glaub mir, irgendwann braucht jeder seine Gebete.« Ich muß an das Gesicht von Reverend Gaspar denken, als er im Sterben lag. »Glaube«, sagte er. Ich hoffe, daß ich eines Tages meinen Glauben finden werde.

Ich wickle mir ein Handtuch um den Kopf und lege Make-up auf. Ich ziehe das volle Programm durch: Feuchtigkeitscreme, Abdeckstift, Grundierung, mit einem Schwämmchen aufgetragen. Pearl hat mir das beigebracht, und ich muß sagen, meine Haut sieht aus wie Alabaster. Sie hat mir gezeigt, wie man die Lippen mit einem Konturenstift nachzieht und sie dann mit einem Pinsel ausfüllt, anstatt sie direkt mit dem Lippenstift zu schminken. Ich lege keinen großen Wert auf Augen-Make-up, lasse also den Lidschatten weg und nehme nur Wimperntusche. Pearl hat mir gesagt, meine langen Wimpern seien das Beste an meinem Gesicht. Vielleicht hat sie ja recht.

Ich nehme das Handtuch vom Kopf, und meine Haare glänzen im Sonnenlicht. Ich föne sie trocken, und sieh an, sie kräuseln sich nicht. So früh im Jahr ist die Luft noch nicht so feucht. Es gibt drei Wochen im Jahr, in denen mein Haar sich anständig benimmt. Das ist die erste. Die restlichen Wochen werde ich verpassen, aber das macht nichts – auf einer venezianischen Gondel kann mein Haar meinetwegen machen, was es will.

Mama hatte ein Fläschchen Chanel No. 5 in ihrer Frisierkommode; ich verteile ein klein wenig davon hinter meinen Ohren. Ich weiß, daß ich mir jederzeit neues kaufen kann, aber das war ihre letzte Flasche, und jeder Tropfen ist kostbar. Ich möchte sie nicht aufbrauchen. Es kommt mir so vor, als wäre Mama endgültig weg, sobald sie leer ist. Ich schraube den Verschluß fest zu.

Als ich die Treppe herunterkomme, sitzen Otto und Worley in der Küche und machen Mittagspause. Sie pfeifen anerkennend. Ich werfe ihnen einen kessen Blick zu. Wir müssen alle lachen.

»So schick haben wir Sie ja noch nie gesehen, Miss Ave«, sagt Otto.

Sie haben recht. Das haben sie wirklich nicht.

»Pearl hat gesagt, sie will heute nachmittag ein paar von ihren Sachen vorbeibringen«, sagt Worley.

»Kein Problem.«

»Was haben Sie vor?« fragt Otto.

»Ich werde nach Kingsport fahren und mir im Kino einen Film ansehen. Wenn ich hier herumsitze und darauf warte, daß es endlich Freitag wird, werde ich noch ganz nervös. Ich muß mich ablenken.«

Otto und Worley sehen einander an und lächeln.

»Hab ich was Komisches gesagt?«

»Nee«, sagt Otto. »Sie sind einfach immer so emsig gewesen, immer am Rumrennen, daß man sich gar nicht vorstellen kann, daß Sie nichts zu tun haben.«

»Alles fertig gepackt?«

Ich nicke.

Es klingelt an der Tür. Das wird Pearl sein. Andererseits hat sie einen Schlüssel. Warum sollte sie also klingeln?

Ich öffne die Tür. Einen Moment lang kommt es mir so vor, als würde ich träumen. Durch die Fliegengittertür sehe ich ein vertrautes Gesicht. Es ist dasselbe Gesicht, das jeden Sonntag auf den Reiseseiten der *New York Times* erscheint. Die Frisur ist ein bißchen anders, und die Arme sind nicht zur Begrüßung hochgereckt, aber dasselbe Gesicht, dieselben großen Augen, dasselbe strahlende Lächeln, begrüßen mich so herzlich wie auf dem Foto. Außer daß sie nicht aus Papier ist; sie steht da draußen auf meiner Veranda. Es ist Gala Nuccio.

»Sind Sie Ave Maria.«

»Ja.«

»O mein Gott! Ich bin's! Gala!« Gala schiebt mich ins Haus und fällt mir um den Hals.

Wir umarmen uns wie Schwestern, und es ist so seltsam – sie könnte tatsächlich meine Schwester sein. Sie hat die gleiche Figur wie ich, sie ist zwar etwas kleiner, aber auch ihre Haare kräuseln sich garantiert bei feuchtem Wetter. »Was machen Sie denn hier?« frage ich, ohne sie loszulassen.

»Bevor ich es Ihnen sage, müssen Sie mir eins glauben, ich wollte anrufen und Ihnen alles erklären, aber sie haben mich nicht gelassen.« Wer sind »sie«, und warum reist Gala mehr als tausend Kilometer weit, wo sie mich doch in zwei Tagen am Gepäckschalter C am Flughafen Newark in New Jersey gesehen hätte? Die Nervenenden in meinem Körper fühlen sich an, als wären sie kleine Nadeln, die von innen nach außen dringen. Panik überfällt mich. Gala, meine Schwester, merkt das.

»Keine Angst«, sagt sie und klingt wie Moses, wenn er in New Jersey aufgewachsen wäre.

Gala legt mir ihren Arm um die Schultern. Otto und Worley stehen in der Küchentür und mustern uns schweigend. Gala reckt den Kopf aus der Haustür und bedeutet jemandem, näher zu kommen.

Dort, vor meiner Tür, steht der Mann von dem Foto: mein Vater, Mario. Ich greife mir mit einer Hand ans Herz und lege die andere an meinen Mund, wie um mich zu vergewissern, daß ich mich immer noch in meinem Körper befinde und hier stehe. Er lächelt mich an. Genau wie auf dem Foto. Er ist ungefähr so groß wie ich, sein schwarzes Haar ist dicht und lockig, von ein paar weißen Strähnen durchzogen. Seine Augen sind groß und braun und mandelförmig, wie meine. Er hat einen leichten Überbiß, wie ich, aber er hat ein Grübchen im Kinn, das habe ich nicht. Man sieht ihm sein Alter an, doch er wirkt nicht alt. Er ist tadellos gekleidet, mit einem langärmeligen beigefarbenen Kaschmirpullover, den er über die Schultern gebunden hat wie Jean Paul Belmondo in all den französischen Filmen. Es schockiert mich, daß mein Vater so elegant ist. Dann sagt er, in einstudiertem Englisch: »Ich bin Mario Barbari. Ich freue mich, dich kennenzulernen.« Er nimmt meine Hände und küßt sie. Dann umarmt er mich. Und es ist keine gespielte Umarmung, keine mitleidige »Tut mir leid, daß ich in all den Jahren nie für dich da war«-Umarmung; sie drückt echte Freude aus. Er freut sich tatsächlich, mich zu sehen.

Endlich bin ich in den Armen meines leiblichen Vaters. Und warum sehe ich das Gesicht von Fred Mulligan vor mir? Fred, der mir beigebracht hat, wie man einen Apfel schält, wie man Rommé spielt und wie man ein Bankkonto eröffnet? Fred Mulligan, von dem ich glaubte, daß er mich nie geliebt hat, weil ich zu oft »warum« gefragt habe. Fred Mulligan, der gestorben ist und meiner Mutter alles vermacht hat, was er besaß, in der Gewißheit, daß ich das alles eines Tages erben würde. Fred Mulligan, der nicht anders konnte, als mich zu verletzen, weil auch er gezwungen war, eine Lüge zu leben.

Als ich anfange zu weinen, bricht auch Gala in Tränen aus. Mein Vater weint ebenfalls, aber es sind keine Tränen der Scham, sondern Tränen des Mitgefühls, als wüßte er, was mir dieser Augenblick bedeutet.

Mario sieht mich genauso staunend an wie ich ihn. Ich habe zwar ein Foto von ihm, aber in Wirklichkeit ist er viel eindrucksvoller als auf dem Papier. Ich nehme mir einen Augenblick Zeit, die Einzelheiten seines Gesichts zu betrachten, die ich so oft auf dem Foto studiert habe. Er hat ein ausgeprägtes Kinn (willensstark), dichte Augenbrauen (eine gesunde Libido; wer hätte das gedacht?), die die Augen perfekt einrahmen (jede Frau würde für so wundervoll geschwungene Augenbrauen sterben!), und eine gerade Nase. Aber was einen in seinen Bann zieht, ist sein Lächeln, die vollen Lippen, die makellose Zähne entblößen. Nach den Regeln des Gesichterlesens hat er das Gesicht eines Königs. Er ist nicht sehr groß für einen Mann, aber seine Haltung und seine Ausstrahlung sind so majestätisch, daß das gar nicht auffällt.

Gala legt mir eine Hand auf die Schulter, und ich schaue sie an als wäre sie ein Engel. Ich bin sehr dankbar, aber ich kann ihr nicht danken. Wie soll man jemandem für so etwas Unglaubliches danken? Dann sagt sie: »Würden Sie gern Ihre Großmutter kennenlernen?«

Durch die Tür tritt meine Großmutter. Sie mustert mich von oben bis unten, als würde sie eine Aubergine begutachten. Obwohl sie winzig ist, hat sie breite Schultern. Sie trägt ein marineblaues Kleid mit weißen Tupfen. Ihr weißes Haar hat sie zu einem Zopf geflochten und im Nacken zu einem Knoten zusammengefaßt. Sie hat eine lange Nase und leuchtende blaue Augen. Sie schiebt ihren Sohn zur Seite und sagt: »Ave Maria!« Und dann drückt sie mich fest an sich; ich habe das Gefühl, als würde sie mir gleich das Steißbein brechen. Nonna spricht in einem schwerverständlichen Dialekt. Aber sie versteht mein Italienisch. Ich spreche auch zu schnell, wenn ich aufgeregt bin. Für mich ist es ein Wunder, daß es sie gibt. Mein ganzes Leben lang habe ich davon geträumt – und jetzt ist es Wirklichkeit geworden. Nonna hört gar nicht mehr auf zu reden. Sie erzählt mir, daß ich ihre einzige Enkelin bin und daß sie ihr Leben lang für ein Enkelkind gebetet hat. Sie bedauert, daß sie mich nie als Baby im Arm gehalten hat. (Erzählen Italiener einem immer alles so frei von der Leber weg? Scheint so.) Dann sagt sie: »*Dov'è la cucina?*« Ich deute in Richtung Küche, und sie zieht ab. Und dann passiert das Unglaublichste.

Zia Meoli und Zia Antonetta kommen gemeinsam durch die Tür. Sie sind eineiige Zwillinge, und sie sehen genauso aus wie meine Mutter! Die gleiche hohe Stirn, die gleiche goldbraune Haut, das gleiche Lächeln! Sie sind zehn Jahre älter als meine Mutter, aber ihr Haar ist immer noch schwarz; sie tragen es beide zu einem dicken Zopf geflochten. Ich umarme beide gleichzeitig, und es ist, als wäre ich wieder in den Armen meiner Mutter. Sie duften nach Chanel No. 5, genau wie Mama. Nach ihnen kommt ein großer, eleganter Mann herein, mein Onkel Pietro, Meolis Ehemann. Sie stellt ihn auf italienisch vor und erinnert mich an die Briefe, in denen sie mir von ihm erzählt hat. Ich schaue in die Küche hinüber und sehe, wie mein Vater versucht, sich in einer Art Zeichensprache mit Otto und Worley zu unterhalten. Es sieht so lustig aus, daß ich lachen muß. Das Lachen ist befreiend, und plötzlich kann ich wieder denken. Ich wende mich an Gala. »Wie sind die alle hergekommen?« Sie erklärt mir, daß sie die Reise organisiert hat. Sie liest meine Gedanken – *Wer hat das alles bezahlt?* Gala sagt mir, jemand hat der Familie die Tickets geschickt. Wer? Sie zuckt die Achseln und schaut auf die Veranda hinaus.

Theodore, Fleeta, Pearl, Iva Lou und Lyle warten draußen auf mich. Sie weinen alle, außer Lyle, der sich auf die Lippen beißt. Ich gehe hinaus, um jeden einzeln zu umarmen, aber sie können es nicht abwarten, also fallen wir uns alle gleichzeitig um den Hals und brechen vollends in Tränen aus. Pearl, die große Make-up-Expertin wischt mir mit einem Kleenex die Wimperntusche aus dem Gesicht.

»Vielen Dank für alles! Ich danke euch so sehr.« Meine lieben Freunde müssen all ihr Geld zusammengelegt haben, um meine Familie zu mir zu bringen. Wie kann ich das je wieder gutmachen? Dieses Geschenk ist unbezahlbar.

»Uns mußt du nicht danken«, sagt Iva Lou.

»Wie meinst du das?«

»Bedank dich bei ihm.« Iva Lou deutet in Richtung Straße. Am Straßenrand steht ein Mann mit dem Rücken zu uns, die Hände in den Hosentaschen. Er dreht sich halb um und tritt nach einem Kieselstein. Es ist Jack MacChesney.

»Er hat das für mich getan?« Meine Freunde nicken ernst und sehen einander an.

»Aber warum?«

»Ich schätze, das wirst du ihn selbst fragen müssen, *cara*«, sagt Iva Lou sanft.

Ich gehe langsam die Verandastufen hinunter, die auf den Weg zur Straße führen. Dann halte ich inne. Ich hole tief Luft, doch ich rühre mich nicht vom Fleck. Ich sehe ihn dort stehen, aber er sieht mich noch nicht. Hinter ihm erheben sich leuchtend grün die Berge so weit das Auge reicht. Wie klein er am Fuß dieser Berge wirkt. Wie einsam. Ich weiß, ich muß zu ihm gehen. Ich schaue zu meinen Freunden auf der Veranda hinüber, und sie wissen es auch. Was kann ich ihm sagen? Mir wird etwas einfallen. Hoffentlich.

Jack Mac ist tief in Gedanken, als ich bei ihm ankomme. Ich berühre seinen Arm, und er sieht mich an.

»Du hast das für mich getan?«

Er nickt.

»Ich danke dir.« Ich trete auf ihn zu, um ihn zu umarmen. Ich bin voller Dankbarkeit; er soll wissen, daß niemand auf der ganzen Welt jemals so etwas für mich getan hat.

Er tritt einen Schritt zurück und schaut in die Ferne. Es verblüfft mich, daß er vor mir zurückweicht. Aber ich bedränge ihn nicht; er ist kein Mann, den man in die Ecke drängt.

»Warum hast du das für mich getan?« frage ich leise.

Jack Mac sieht mich verwirrt an, als könnte er nicht verstehen, wie ich ihm eine solche Frage stellen kann.

»Ich habe das schon vor Monaten geplant ...« Vor Monaten? An dem Abend, als er mir das Apfelgelee gebracht hat? Ganz fein angezogen wie ein kleiner Junge, der zum erstenmal zur Sonntagsschule geht? An dem Abend? An dem Abend, als er mir aus heiterem Himmel einen Heiratsantrag gemacht hat? Meint er das?

»... Offenbar hat sich einiges geändert. Ich wünsche dir immer noch alles Gute. Ich freue mich, daß alles für dich so gut ausgegangen ist.« Gut ausgegangen? Er hat nicht etwa meinen Ofen repariert oder meinen Gartenzaun gestrichen, Herrgott noch mal. Er hat mir meine Familie gebracht. Warum ist er so distanziert, und wovon redet er?

»Paß auf dich auf.« Er tätschelt mir die Hand und wendet sich zum Gehen. Er geht die Straße entlang Richtung Stadt. Fast hätte ich hinter ihm hergerufen, aber er geht so schnell. Was soll ich ihm auch sagen? Das ist alles so seltsam. Wo geht er hin? Warum benimmt er sich so komisch? Sieht er denn nicht, wie dankbar ich ihm bin? Wie glücklich er mich gemacht hat? Warum bleibt er nicht?

»Ave Maria! *Andiamo*!« Meine Großmutter, meine *nonna*, ruft mich von der Veranda her. Sie winkt mir mit einem Taschentuch zu, ich soll zurück ins Haus kommen. Theodore wartet am Gartenzaun auf mich.

»Wieso benimmt er sich so komisch?« frage ich ihn.

»Gott, hast du ein Brett vor dem Kopf.«

»Würdest du mir das bitte erklären? Ich verstehe überhaupt nichts.«

»Ave. Der Mann hat seinen neuen Pick-up verkauft, um deine Familie hierherzuholen. Er liebt dich.«

»Tut er nicht!«

»Wer tut so was für jemanden, den er nicht liebt?«

»Theodore, du weißt nichts über Jack Mac.«

»Was gibt's da zu wissen? Er ist großzügig. Er ist ein guter Mann.«

»Ich habe es satt, mir dauernd anzuhören, was er für ein Heiliger ist. Glaub mir, er ist nicht perfekt.«

»Aha, du willst also einen, der perfekt ist.« Theodore wirft die Hände in die Luft.

»Hör auf! Wenn er mich je geliebt hat, dann tut er es jetzt jedenfalls nicht mehr. Ich war der Übergang von Sweet Sue Tinsley zu Sarah Dunleavy. Aber das macht nichts. Er ist sehr höflich gewesen. Und jetzt werde ich diejenige mit den guten Manieren sein. Ich werde mich erkenntlich zeigen. Er hat etwas Gutes für mich getan, und ich werde mich revanchieren. Ja, das werde ich.«

»Okay, okay«, sagt Theodore und schaut zum Haus hinüber.

»Komm schon«, knurre ich. »Ich hab Besuch. Mach ein nettes Gesicht.«

Ich werde meiner Familie diesen Tag nicht mit meinen eigenen Problemen verderben. Jack Mac hat sich offenbar von mir abgewendet. Ich kann es nicht ändern. Er und Sarah Dunleavy sind jetzt glücklich miteinander. Die Sache mit dem Pick-up kann ich später mit ihm regeln. *Ich habe eine Familie*, denke ich, als ich mit Theodore die Stufen zu meiner Veranda hinaufgehe. Sie brauchen mich. Und ich habe so viele Fragen.

KAPITEL

10

Nonna hat ein köstliches Risotto zum Mittagessen gekocht, und dazu gibt es Brot und Wein. Iva Lou hat noch nie Risotto gegessen; sie ist total überrascht, sie dachte, zu jedem italienischen Essen gäbe es rote Sauce. Nonna erklärt mit Galas Hilfe als Dolmetscherin die norditalienische Küche. Ich frage Nonna, wie sie die Zutaten durch den Zoll geschmuggelt hat. Nonna wirft Gala einen Blick zu. »Mein Frank arbeitet beim Zoll«, sagt sie achselzuckend.

Iva Lou schnappt sich meinen Vater und erzählt ihm, daß sie immer eine heiße internationale Romanze mit einem italienischen Gentleman haben wollte, doch es sollte nicht sein, weil sich durch Lyle Makin alles geändert hat. (Ciao Matterhorn!) Mein Vater hört aufmerksam zu, nickt viel und gibt Iva Lou das Gefühl, wichtig zu sein. Ich höre meinen Vater sagen, daß nur sehr wenige italienische Männer ihrem amourösen Ruf gerecht werden. Er überzeugt Iva Lou, daß sie überhaupt nichts verpaßt hat, als sie ein sicheres Verhältnis mit einem guten amerikanischen Bergmann einging.

Mario schlägt vor, Karten zu spielen, und die Männer und Zia Antonetta sind sofort begeistert dabei. Es überrascht mich, daß die beiden Familien so gut miteinander auskommen. Es scheint überhaupt keine Mißtöne zu geben, was die Vergangenheit betrifft. Keinen Zorn. Und keine Schuldgefühle. Das macht es mir leicht. Soviel Zeit ist schon vergeudet worden. Es wäre dumm, mit Trauer und Bedauern noch mehr zu vergeuden.

Während ich meiner Nonna helfe, den Tisch abzuräumen und den Nachtisch zu servieren, höre ich, wie Gala Iva Lou lang und breit von ihrem Freund Frank DeCaesar erzählt. Iva Lou ist von den Höhen und Tiefen in Galas sprunghaftem Liebesleben fasziniert. Wenn es einen Menschen auf der Welt gibt, der Gala mit gesundem Menschenverstand durch den Dschungel der Liebe lenken kann, dann ist es Iva Lou.

Zackie Wakin, der König des Krimskrams, bringt Bettwäsche, Kissen und Matratzen aus seinem Laden. Schnell richten er und Spec alles her. (Zackie war schon mal in Italien, er weiß, wie wichtig eine *siesta* ist.) Die Familie wird ein paar Tage bleiben; wie wunderbar, daß die Jungs dieses alte, leere Haus sofort in ein Hotel verwandeln können.

Vom vielen Erzählen sind die Verwandten müde und brauchen einen Mittagsschlaf. Alle, außer Mario, der lieber spazierengehen will. Ich habe den ganzen Nachmittag darauf gewartet, mit ihm allein zu sein. Immer wieder habe ich ihn während des Essens angeschaut. Ich kann nicht glauben, daß er hier ist. Es ist etwas Wunderbares zu erleben, daß man bekommt, was man sich wünscht.

Mario will die Gegend erkunden. Wir gehen los, doch eigentlich kann man es kaum gehen nennen. Keine fünf Schritte vom Haus entfernt bleibt er stehen. Er schaut sich genau um. Vor jedem Haus verweilt er und studiert die Bauweise. Er stellt mir Fragen über die Bäume, erkundigt sich, was wir in unseren Gärten anpflanzen und wie das Wetter in den verschiedenen Jahreszeiten ist. Es ist, als wolle er sich ein Bild von meinem Leben machen. Wohin hat es seine Tochter verschlagen? Und was ist das für ein Ort, in dem sie aufgewachsen ist? So schön unser Viertel ist – und das ist es wirklich, alles ist frisch und grün und rot, der Hartriegel steht in voller Blüte –, ich kenne eine schönere Stelle, die ich ihm zeigen will. Ich frage ihn, ob er Lust auf einen Ausflug hat. Sein Gesicht leuchtet auf, und er sagt, das sei eine wunderbare Idee. »Bist du auch bestimmt nicht müde?« frage ich ihn auf italienisch. Er schüttelt heftig den Kopf. Italiener sind wirklich theatralisch. Marios Gesten sind so heftig; er ist so lebendig. Ich bin das nicht gewohnt.

Doch ich entdecke Ähnlichkeiten. Er ist genauso stur wie ich. Als seine Mutter versuchte, ihm Käse auf sein Risotto zu streuen, machte er eine Handbewegung über dem Essen, als würde er eine Axt schwingen. Ich mache das auch, und die Leute hier gucken jedesmal ganz überrascht. Meine Familie wird mir noch mehr solcher Entdeckungen bescheren, und ich finde es richtig spannend.

Mario klettert in den Jeep. Er richtet den Knoten seines Kaschmirpullovers, wirft sein volles schwarzes Haar zurück und fordert mich mit einem Nicken auf loszufahren. Wir fahren in Richtung Appalachia, unserem Nachbardorf und Tor zu allen Straßen, die in die Berge führen. Mario sieht den Powell River und will sogleich wissen, wo er hinfließt und ob er Hochwasser hat. Er läßt mich am Straßenrand halten, als wir zu der Kohletrasse kommen, einer langen, weißen Röhre, durch die die Kohle auf einem Fließband aus den Bergen, wo die Minen sind, zum Eisenbahnanschluß im Tal transportiert wird. Er schaut sich die Waggons an. Mit seinem starken italienischen Akzent liest er laut »Southern«, den Namen der Eisenbahngesellschaft, der auf den Waggons steht. Ich erkläre ihm, daß Virginia zu den »Southern States«, den Südstaaten gehört. Als wir durch Appalachia fahren, will Mario anhalten, um etwas zu trinken. Also parke ich vor Bessie's Diner, der besten Hamburgerbude im Südwesten von Virginia. Bessie's Diner ist immer voll.

Als Mario und ich eintreten, ersterben die lärmenden Gespräche zu einem leisen Flüstern. Spüren sie, daß ich gerade einen Fremden in die Stadt gebracht habe? Warum gaffen sie so? Dann weiß ich es, es sind nicht die Männer; sie schauen nur kurz auf und widmen sich gleich wieder ihrem Essen. Es sind die Frauen. Sie können den Blick nicht von Mario lassen. Eine Frau zieht mit den Daumen ihre BH-Träger hoch; eine andere wischt sich mit dem kleinen Finger die Krümel vom Mund und lächelt, wieder eine andere, am Tresen, richtet sich auf und mustert ihn von der Seite. Ich sehe Mario an. Er taxiert die Frauen im Raum, als wäre jede einzelne eine köstliche Praline. Keine Frau kann ihm widerstehen. Sogar ein kleines Mädchen in einem Kinderstuhl schlägt mit dem Löffel auf den Tisch, um seine Aufmerksamkeit zu erregen. Mir fällt ein, was Zia Meoli mir über Marios Ruf erzählt hat. Ich bestelle zwei Coca-Cola zum Mitnehmen, und Mario fragt mich weiter über die Gegend aus. Wie weit sind wir von Big Stone Gap entfernt? Fahren wir in die Berge? Komme ich oft nach Appalachia?

Als wir wieder im Jeep sitzen, fühle ich mich in Marios Gegenwart sicherer und beginne meinerseits, ihn auszufragen.

»Bist du verheiratet?« Er verneint und schaut aus dem Fenster, ohne mir mehr Informationen zu geben.

»Hast du eine Freundin?« Diese Frage bringt ihn aus irgendeinem Grund zum Lachen.

»Mehrere«, antwortet er.

Gut. Er wird mich nicht belügen, und das gefällt mir.

»Warum bist du nicht verheiratet?« frage ich ihn.

»Und du?« gibt er zurück.

Ich bin sicher, das ist nicht so überheblich gemeint, wie es klingt. Hat ihm denn niemand erzählt, daß ich die alte Jungfer der Stadt bin?

»Du bist hübsch. Ich verstehe es nicht«, sagt er einfach.

Ich finde es süß, daß er mir ein Kompliment macht, auch wenn es eher ein Eigenlob ist, denn schließlich sehe ich ihm ähnlich. Aber ich freue mich, daß er seine einzige Tochter nicht häßlich findet. Wie soll ich ihm erklären, warum ich nicht verheiratet bin? Ich glaube nicht, daß es auf diese Frage eine einfache Antwort gibt.

»Ich weiß nicht. Es sollte einfach nicht sein«, erkläre ich ihm.

Er wirft den Kopf in den Nacken und lacht.

»Was ist so lustig?« Langsam fange ich an, mich zu ärgern.

»Eine Frau kann immer, immer heiraten. Sie muß es nur wollen«, sagt er.

Ich weiß nicht, was »Nun mach aber mal einen Punkt« auf italienisch heißt, deshalb erkläre ich lang und breit, warum ich nicht verheiratet bin. Der richtige Mann zur falschen Zeit. Ich liebe das Alleinsein. Weiß nicht, ob ich Kinder will. Die Arbeit frißt mich auf. Andere Interessen. Kranke Eltern, um die ich mich kümmern mußte. Ich rede immer weiter, bis er mich unterbricht.

»Lächerlich«, sagt er und macht eine ausladende, wegwerfende Handbewegung. Der Mann ist mein Vater, und ich kann ihn nicht einfach am Straßenrand stehenlassen. Aber ich habe ihm gerade meine Seele offenbart, und er wischt alles weg, als wolle er eine Mücke verscheuchen.

»Wenn eine Frau heiraten will, läßt sie es den Mann wissen. Mehr sage ich nicht.«

Ich komme mir vor wie eine Idiotin, weil ich mich so lautstark verteidigt habe. Er spürt das und lenkt die Unterhaltung wieder auf sich.

»Ich bin Bürgermeister von Schilpario.«

Ich nicke. Das weiß ich.

»Wenn du nach Schilpario kommst, wirst du sehen, daß wir auch Berge haben. Die italienischen Alpen. Sie sind viel höher, und die Gipfel sind spitzer. Die Gipfel sind das ganze Jahr über mit Schnee bedeckt. Im Winter laufen wir Ski. Im Sommer ruhen wir uns aus. Überall in den Bergen wachsen wilde Beeren – köstliche, süße Brombeeren. Wir essen sie nur mit ein wenig Zitronensaft. Kein Zucker. Sie sind süß genug. Köstlich.« Er lächelt.

Schweigend fahren wir den Berg hinauf. Mario sieht sich immer wieder um und scheint die Stille und die Aussicht zu genießen. Er schaut aus dem Fenster in die Tiefe; auf seiner Seite sind keine Leitplanken, aber er hat keine Angst; es erinnert ihn an zu Hause. Wir fahren an Insko vorbei bis zu einer Lichtung. Ich will Mario die Wasserfälle von Roaring Branch zeigen.

Ich parke den Jeep. Wir laufen in den Wald und erklimmen den Pfad. Ich beobachte seinen Gesichtsausdruck, als er die Wasserfälle zum ersten Mal sieht. Mit ausgebreiteten Händen, die Handflächen nach oben, steht er da, wie Mamas Statue des heiligen Franz von Assisi in meinem Garten.

»Es ist herrlich! Wundervoll!« sagt er.

Ich führe ihn den Weg am Wasserfall entlang hinauf und zeige ihm, wie das Wasser die Felsen hinunterstürzt, und die trockenen Höhlen unter den Felsüberhängen.

Dann kniet sich Mario am Wasser hin, genau wie ich, damals in der zweiten Klasse, als Mrs. White mit uns den Ausflug zum Huff Rock gemacht hatte und uns zeigte, wie man das Quellwasser trinkt. Mein Vater hält die Hände genauso, und ohne den Grund aufzuwühlen, schöpft er das klare Wasser von der Oberfläche und trinkt es. Ich knie mich neben ihn und trinke ebenfalls.

Oberhalb der Wasserfälle gibt es eine Stelle, wo die Leute gerne picknicken. Man sieht, wie die Bäche zu einem kleinen Fluß zusammenfließen, der schließlich zum Wasserfall wird. Eine ganze Weile sitzen wir schweigend auf den Felsen. In Gedanken probiere ich verschiedene Möglichkeiten aus, das Thema auf meine Mutter zu bringen, doch keine scheint die richtige zu sein, also sage ich nichts. Wieder spürt er etwas und löst das Problem für mich.

»Erzähl mir von deiner Mutter«, sagt er.

Ich weiß wirklich nicht, wo ich anfangen soll. Und ich will nicht sentimental werden. Dafür ist es jetzt zu spät, es kann nichts mehr ändern. Ich will seine Version hören, aber der Knoten in meinem Hals läßt mich kein Wort herausbringen.

»Vielleicht sollte ich dir erzählen, woran ich mich erinnere«, sagt er freundlich, aber leidenschaftslos.

»Bitte.«

»Fiametta Villaminore war ein sehr hübsches Mädchen aus einer sehr guten Familie in Bergamo. Sie war sehr fleißig. Ich habe mich in sie verliebt, als ich sie zum ersten Mal im Laden ihres Vaters in der Stadt gesehen habe.« Er zuckt die Achseln, als wäre es das Natürlichste auf der Welt, sich in ein hübsches Mädchen zu verlieben. Mario zieht ein Päckchen Zigaretten aus seiner Hemdtasche; er bietet mir eine an, ich lehne ab, dann zündet er sich eine an.

»Sie hatte einen starken Willen. Einmal, als ich mit ihr in die Berge gefahren bin, gab sie mir Anweisungen, wie ich mit den Pferden umgehen sollte. Ich habe sie nur ausgelacht. Ich glaube, das hat ihr gefallen.«

»Warum hast du dich von ihr getrennt?«

Marios leichtes Lächeln erstirbt, und sein Gesicht verrät absolut nichts mehr. Er denkt über die Antwort nach.

»Ich mußte es tun«, sagt er. »Ich war bereits verheiratet.« Mario schaut aufs Wasser. Seine Augen folgen dem Lauf des Wassers, wie es über die Felsen schwappt und zum Wasserfall wird.

»Hast du nicht gesagt, du bist nicht verheiratet?«

»Jetzt nicht mehr. Damals war ich es.«

»Wußte meine Mutter das?«

»Ja, ich habe es ihr geschrieben.«

Das erklärt, warum Mama in Panik geriet, als die Reise nach Italien konkret wurde. Sie hatte Angst, ihn wiederzusehen und wieder abgewiesen zu werden. Und was wäre geschehen, wenn er mich abgelehnt hätte? Das konnte sie nicht zulassen. Sie wollte mehr für mich. Sie wollte nicht, daß ich das Kind einer kurzen Affäre bin, an die er sich kaum erinnert. Welche Mutter will das? Natürlich konnte sie nicht zurückgehen.

»Was ist mit deiner Frau passiert?«

»Sie ist wieder zu ihren Eltern gegangen. Ich war kein guter Ehemann.«

Ach nein. Irgend jemand sollte diesem Kerl sagen, daß man sich nicht mehr mit anderen Frauen einläßt, wenn man verheiratet ist. Aber was würde das jetzt noch nützen? Ein Blick auf diesen Mann genügt, und man weiß, daß er sich keinem Menschen zuliebe ändern wird. Mario gibt nicht vor, tugendhaft zu sein. Ich habe noch nicht mal das Gefühl, als kümmere ihn das. Er wirkt ein bißchen eitel, aber welcher gutaussehende Mann ist das nicht? Er fühlt sich wohl in seiner Haut und steht zu dem, was er tut, und das schließt auch seinen Umgang mit Frauen ein. Wenn er nicht mein Vater wäre, wäre ich fasziniert von ihm. Er kennt sich gut und wird nie zulassen, daß irgend jemand, sprich eine Frau, Besitz von ihm ergreift.

Als wir den Berg hinunter zurück zur Lichtung wandern, reden wir nicht viel. Ich wünschte, ich könnte Mario für alles, was passiert ist, verantwortlich machen, aber das kann ich nicht. Er war ein siebzehnjähriger Junge. Meine Mutter war ein junges Mädchen. Ich denke an meine Mutter, die sich ihr ganzes Leben lang nach ihrer ersten Liebe gesehnt hat. Sie hat Mario Barbari immer die Treue gehalten. Ich weiß noch, wie sie immer mehrere Platten auf dem Plattenspieler stapelte, wenn sie ein wenig Zeit für sich hatte, mit geschlossenen Augen auf ihrem Sessel saß und zuhörte. Sie ist nie eingenickt; sie träumte von jemandem. Ich bin mir sicher, es war Mario. Sie hing viel zu sehr an ihm, als daß sie ihn je hätte vergessen oder den Platz in ihrem Herzen für einen anderen freimachen konnte. Zum ersten Mal bedaure ich meine Mutter nicht. Sie hatte einen wunderbaren Traum. Von einem fernen Land und einem blendend aussehenden Mann, der sie einmal geliebt und ihr ein Baby geschenkt hatte. Vielleicht wußte sie, daß er ihre Erwartungen nie erfüllt hätte. Oder vielleicht hat sie, als sie merkte, daß er niemals kommen würde, um sie zu retten, das getan, was alle starken Frauen tun: Sie beschloß, sich selbst zu retten. Sehr praktisch. Das war so typisch für meine Mutter.

Ich wünschte, meine Mutter hätte mir diese Geschichte selbst erzählen können. Ich merke, daß ich wütend auf sie bin; nicht auf ihn. Obwohl er hier ist und ich ihm meine Wut zeigen könnte. Aber noch kenne ich ihn nicht gut genug, um das zu tun. Meine Mutter und ich standen uns so nahe, wir waren praktisch unzertrennlich. Es verletzt mich, daß sie mir nicht die Wahrheit erzählt hat. Selbst beschämende Fehler können korrigiert werden. Die Wunde heilt, und man kann die Fehler verzeihen, wenn man sich einmal mit ihnen auseinandergesetzt hat. Wie traurig für uns, daß Mama ihre Scham nie loslassen konnte.

Als wir zurück nach Big Stone Gap fahren, stelle ich mir uns drei vor: Mama, Mario und mich. Was wäre gewesen, wenn es uns gelungen wäre, nach Fred Mulligans Tod die Familie zu vereinen? Wenn sie mir die Wahrheit gesagt hätte? Wenn wir nach Italien gefahren wären, ihn gefunden und an seine Tür geklopft hätten? Hätten wir in sein Leben gepaßt? Mama wußte, daß dort kein Platz für uns war. Sie wußte, daß er sie so in Erinnerung behalten mußte, wie sie damals gewesen war: jung und hübsch und so, wie die Männer es am meisten lieben – anspruchslos. Sie wollte als die beste Geliebte in seiner Erinnerung bleiben: die unkomplizierte große Liebe seiner Jugend. Woher wußte sie, daß solche Erinnerungen das Alter versüßen? Wenn mein Vater über meine Mutter spricht, bekommt sein Gesicht einen zufriedenen Ausdruck. Er hat seitdem viele, viele Frauen gehabt. Ich frage mich, ob sie ihm wirklich wichtig war.

»Hast du sie geliebt?«

Er antwortet mir nicht.

»Es ist schon in Ordnung, Mario. Ich kann damit umgehen.« Ich tätschle seine Schulter.

»Ich habe Etta nie vergessen«, sagt er.

Niemand hat meine Mutter je »Etta« genannt; ich freue mich, daß er einen besonderen Namen für sie hat.

Im Augenblick kann ich ihm keine Fragen mehr stellen, weil ich in den wenigen Stunden, die ich ihn kenne, gemerkt habe, daß seine Konzentrationsfähigkeit nicht gerade groß ist. Er fragt viel, aber er bleibt nicht lange bei einem Thema. Ich merke, daß er von diesem genug hat, und spreche auf der Rückfahrt von etwas anderem. Das gefällt ihm.

Theodore ist ein richtiger Schatz und organisiert alle möglichen Ausflüge für die Verwandtschaft. Er hat den kleinen Schulbus ausgeliehen, um meine Familie in der Gegend herumzukutschieren. Nonna gefielen die Cudjo-Höhlen am besten. Ihr Lieblingsgericht hier ist Bohnensuppe mit Maisbrot; sie ißt es jeden Tag. Mario und ich werden gute Freunde; überall, wo wir hinkommen, sagen die Leute, daß ich ihm ähnlich sehe. Wir haben Gala überredet, die vier Tage bei uns zu bleiben. Obwohl sie in Amerika lebt, ist Big Stone Gap wie ein fremdes Land für sie. Worley hat sich in sie verknallt, auch wenn er es selber nicht merkt. Er folgt ihr auf Schritt und Tritt, als hätte er noch nie eine Frau gesehen.

Theodore und ich planen einen krönenden Abschlußabend für die Familie. Wir werden sie in Carter's Scheune ausführen. Ich hoffe, wir haben nicht zuviel versprochen. Meine Tanten können es nicht erwarten, den Holzschuhtanz auszuprobieren und ihre ersten Chiliwürstchen zu essen.

Als wir in der Scheune ankommen, ist es rappelvoll, wie immer. Beim Aussteigen bewegen sich meine italienischen Verwandten so langsam, als verließen sie ein Raumschiff. Sie schauen sich staunend um; all die Autos, die Menschen und die erleuchtete Scheune, all die Lichter, die auf dem Feld vor dem Hintergrund der Berge glitzern.

Iva Lou und Lyle tanzen gerade, als wir hereinkommen. Ich sammle Pullover und Taschen ein und ziehe ein paar Strohballen heran. Theodore nimmt sich Gala und meiner Tanten an, Fleeta entführt Mario, Nonna und meinen Onkel zum Würstchenstand.

Als ich auf dem Strohballen sitze, merke ich, daß ich zum ersten Mal, seit sie angekommen sind, allein bin und Gelegenheit zum Nachdenken habe. Es ist so verrückt: daß sie alle hier sind, unsere Gespräche jeden Abend bis tief in die Nacht hinein, die Ausflüge. Ich bin froh, daß ich an einem Ort lebe, an dem man in vier Tagen mühelos alles zeigen kann. Carter's Scheune ist so ziemlich der Höhepunkt an Touristenattraktionen um Big Stone Gap herum.

Nonna hat mich eingeladen, den Sommer mit ihnen in Schilpario zu verbringen. Ich glaube, das werde ich tun. Ich bin froh, daß meine Familie die Gelegenheit hatte, nach Big Stone Gap zu kommen, ehe ich endgültig hier wegziehe. Sie konnten im Haus meiner Mutter wohnen. Selbst ohne Möbel ist der Geist meiner Mutter in diesem Haus lebendig. Pearl und Leah werden gut darauf aufpassen. Der Herbst ist der perfekte Zeitpunkt für mich, mir eine neue Bleibe und einen neuen Job zu suchen. Fängt nicht jeder im Herbst etwas Neues an?

Iva Lou und Lyle kommen von der Tanzfläche. Sie gibt ihm einen flüchtigen Kuß, und er macht sich auf, etwas zu essen zu holen. Sie winkt mir zu und klettert zu uns auf die Strohballen.

»Wo hast du die Italiener gelassen?«

»Sie essen ihr erstes Chiliwürstchen vom Grill.«

»Gut für sie. Ich hoffe es schmeckt ihnen.«

»Bis jetzt hat ihnen alles geschmeckt, was sie gegessen haben. Ich kann es kaum glauben. Mein Vater steht auf Hähnchen vom Grill, und meine Tanten sind ganz versessen auf Kohl. Kannst du dir das vorstellen?«

Die Leute auf der Tanzfläche bewegen sich in einem großen Kreis und geben den Blick auf Jack MacChesney und Sarah, die neue Lehrerin, frei, die anmutig Walzer tanzen. Iva Lou erwischt mich dabei, wie ich die beiden ansehe.

»Ich hasse diese Frau«, beschließt Iva Lou.

»Wen?«

»Diese dürre Lehrerin.«

»Warum?«

»Sie hat es auf Jack Mac abgesehen. Ich kann es einfach nicht ausstehen, wenn eine Frau die Verletzlichkeit eines Mannes ausnutzt. Außer natürlich, wenn ich diejenige bin.«

»Er mag sie«, sage ich beiläufig.

»Es ist mehr als das. Sie ködert ihn im ganz großen Stil. Ich hab sie heute beim Friseur getroffen, sie hat mir brühwarm aufgetischt, was sie alles zusammen unternehmen. Sie sind sogar zelten gegangen. Mir wird richtig schlecht bei dem Gedanken.«

»Warum?« Ich muß zugeben, daß mir bei dem Gedanken auch schlecht wird. Ein Blick auf Sarah genügt, und man weiß, daß sie gar nicht der Typ für solche Freizeitaktivitäten ist. Der gute alte Jack Mac sollte zusehen, so oft wie möglich mit ihr zelten zu gehen, bevor er sie heiratet, denn das wird das letzte Mal sein, daß er sie in der Wildnis Steaks grillen sieht. Sie ist Köder und Falle zugleich. Wenn die Falle zuschnappt, gibt's keinen Köder mehr.

»Du weißt genau, warum.«

»Nein, weiß ich wirklich nicht. Du hast doch gar nichts mit ihr zu tun. Du hast Lyle. Was kümmert es dich?«

»Tu das nicht«, sagt Iva Lou verärgert.

»Was?«

»Ich finde es schrecklich, wie du Jack Mac behandelst. Er hat seinen Pick-up verkauft, um deine Familie hierherzuholen, und du hast dich nicht mal ordentlich dafür bedankt. Was ist los mit dir?«

»Iva, ich habe das ganze Haus voller Gäste, ich habe vor, ihn morgen abend zu besuchen. Okay?« Ich werfe ihr einen strafenden Blick zu, damit sie mich endlich in Ruhe läßt.

»Du hättest ihm gleich nachlaufen sollen und ihn aufhalten müssen!«

»Er ist doch davongestürmt.«

»Du hast ihm nicht mal nachgerufen. Er wäre zurückgekommen.«

»Du weißt nicht, was er zu mir gesagt hat.«

»So schlimm kann es nicht gewesen sein. Der Mann ist verrückt nach dir.«

Arme Iva Lou. Sie glaubt an die Liebe. Am liebsten würde ich sie schütteln und sagen: *Wach auf! Ich bin es, über die du redest. Kein Mann ist verrückt nach mir. Was brauchst du denn noch an Beweisen? Ich bin allein.* Doch anstatt ihr das zu sagen, fange ich an, mich zu rechtfertigen: »Du kennst nicht die ganze Geschichte, also schieb nicht alles mir in die Schuhe, denn so ist es nicht.«

»Klär mich auf, Süße.«

Ich flüstere: »Vor ein paar Monaten hatte er Mitleid mit mir, und da ist er vorbeigekommen und hat mir einen Heiratsantrag gemacht. Angeblich hatte er mit Sweet Sue Schluß gemacht, aber nachdem ich nein gesagt hatte, hat es nicht mal eine Woche gedauert, und er war wieder mit ihr zusammen. Es war also weder Liebe noch Apfelgelee, was ihn zu mir getrieben hat. Es war Mitleid. Okay?«

»Mitleid? Wer zum Teufel sollte dich denn bemitleiden?«

»Du weißt nicht, wie er ist. Er ist ganz wirr im Kopf.«

»Den Eindruck habe ich überhaupt nicht, aber wenn du das sagst, wird es schon stimmen.«

»Ich habe versucht, mich bei ihm zu bedanken. Ich wollte ihn in den Arm nehmen. Ich konnte nicht fassen, was er getan hatte. Aber er ist mir ausgewichen, ja er ist richtig zurückgeschreckt und wollte nicht, daß ich ihn anfasse.«

»Von der Veranda sah es aber nicht so aus.«

»Ich belüge dich nicht, Iva.«

Jack Mac folgt Sarah nach draußen zum Imbißstand. Seine Hand liegt locker auf ihrem Hintern. Sie faßt mit der rechten Hand nach hinten und tätschelt sein Bein. Iva Lou sieht es auch und schnalzt angewidert mit der Zunge. »Irgend jemand sollte ihr mal sagen, daß flache Schuhe für Frauen mit so dicken Knöcheln absolut tabu sind.«

»Sagen wir einfach, er hat mich einmal geliebt. Aber jetzt liebt er mich nicht mehr, so sicher wie das Amen in der Kirche. Also lassen wir das.«

Iva Lou kann es nicht lassen. »Was empfindest du denn für ihn?«

Ich schüttele den Kopf. Ich will nicht darüber reden. Was empfinde ich für ihn? Alles was ich weiß, ist, daß er mich nicht mochte, als ich ihn mochte. Und als er mich dann mochte, wollte ich ihn nicht. Ich denke manchmal an den Kuß – na gut, seien wir ehrlich, es ist das letzte, woran ich denke, wenn ich kurz vor dem Einschlafen bin. Dann bin ich wieder auf dem Parkplatz vor Iva Lous Haus, sehe das Buch, das Licht im Fenster, rieche seinen Duft, spüre, wie mein Gesicht perfekt wie ein Puzzleteil in die Kuhle an seiner Brust paßte, sehe seine Augen, die mich mit so viel Zärtlichkeit und Humor anschauten. Ich lasse das ganze Bild wiederaufleben, und dann küßt er mich. Das ist mein Gute-Nacht-Kuß und das letzte, woran ich denke, bevor ich frühstücke. Aber das ist mein kleines Ritual, mein kleines Geheimnis, und das werde ich Iva Lou mit Sicherheit nicht auf die Nase binden.

»Hast du Angst vor ihm?«

»Himmel, nein.«

»Ich meine nicht vor ihm an sich.« Iva Lou sucht nach den richtigen Worten, damit ich mein Privatleben in allen Einzelheiten vor ihr ausbreite.

»Sex. Denkst du sexmäßig an ihn? Hast du Angst davor, mit ihm ins Bett zu gehen?«

»Iva Lou.« Mein Ton sagt: *Hör bitte auf damit.*

»Hör zu. Ich bin deine Freundin. Und du weißt alles über mich. Aber ich habe verdammt noch mal keine Ahnung von deinen Gefühlen. Du redest nie darüber, was du Männern gegenüber empfindest. Als Frau. Sieh mich an. Es ist mein absolutes Lieblingsthema, egal ob im Schlafzimmer oder nicht.«

»Ich rede nicht gerne darüber.«

»Dann versuch's. Ich bin eine Frau, du bist eine Frau. Wir sind unser eigener kleiner Club, und Männer haben keinen blassen Schimmer, worüber wir reden. Deine Geheimnisse sind bei mir sicher aufgehoben.« Lyle steht am Eingang und hält ein Würstchen hoch. Iva Lou schüttelt den Kopf und bedeutet ihm, daß er bleiben soll, wo er ist. Er wendet sich wieder seinen Kumpels zu.

»Komm schon. Sag mir, wie du tickst. Bevor du die Stadt verläßt und ich dich nie wieder sehe.« Iva Lou macht ein so trauriges Gesicht, daß ich fast in Versuchung gerate, mich ihr anzuvertrauen.

»Ich finde ihn attraktiv, ja, wirklich.« Ich hoffe, das reicht, damit Iva Lou das Thema Jack Mac endgültig ad acta legt.

»Das ist immerhin ein Anfang. Jetzt laß mich nicht hängen. Red weiter.« Ich glaube, ich habe Iva Lou noch nie so aufgeregt erlebt.

»An dem Tag, als meine Familie ankam und er auf dem Bürgersteig vor meinem Haus stand, war er für mich der wunderbarste Mensch auf der ganzen Welt.«

»Und du hast dich nicht an Ort und Stelle in seine Arme geworfen?«

»Warum hätte ich das tun sollen?«

»Hör endlich auf deine Gefühle! Wie alt bist du eigentlich, *cara*? Sechsunddreißig? Wann glaubst du, wirst du Sex haben? Mit sechzig? *Cara*, stürz dich ins Getümmel und tu's, solange du dich noch bewegen kannst. Worauf wartest du noch? Wie kannst du dir so jemanden wie Jack Mac durch die Lappen gehen lassen? Ich wette, Sex mit ihm ist erste Sahne. Ich weiß es einfach.«

Ich wünschte, Iva Lou würde die Klappe halten, aber sie kann nicht. Sie arbeitet schwer daran, mir das Ganze begreiflich zu machen. Ich habe sie noch nie so leidenschaftlich erlebt.

Sie fährt fort: »Würdest du dir eine reife Erdbeere, einen Spritzer gutes Parfüm oder ein gutes Buch verkneifen, nur weil du glaubst, du hast es nicht verdient? Die Antwort? Nein, zum Teufel. Sex ist nichts anderes. Es ist ein herrliches Geschenk Gottes, das das Leben angenehm macht. Was sollte daran nicht in Ordnung sein? Im Bett mit einem guten Liebhaber wirst du eine Menge mehr über dich herausfinden, als wenn du mit Fotoapparat und Reiseführer durch ein fremdes Land latschst. Du mußt dir selbst gegenüber ehrlich sein. Du hast Angst. Aber du willst Sex. Du weißt, daß du Sex brauchst. Sieh zu, daß du ihn dir verschaffst.«

Auf der Tanzfläche bringen Otto und Worley meiner Großmutter gerade bei, wie man mit Holzschuhen tanzt. Eine beachtliche Menschenmenge hat sich um sie geschart, um sie anzufeuern. Iva Lou und ich gesellen uns dazu. Nonnas Körper ist wie ein kleines Faß, ihre Beine sind dünn, aber gut geformt. Ihre Augen leuchten beim Tanzen. Sie fällt von einem Twostep, wie er in Appalachia getanzt wird, in einen Volkstanz, den wir hier nicht kennen (es muß etwas Alpenländisches sein). Otto und Worley lassen sich von ihr führen, und bald drehen sich alle und lachen.

Iva Lou und ich geraten als erste außer Atem und setzen uns hin, um zuzuschauen. Ich sehe meinen Vater in der Nähe des Scheunentors im Gespräch mit Jack MacChesney. Mein Vater gestikuliert wie immer wild mit den Händen. Jack Mac beugt sich zu meinem Vater hinunter und sagt ihm etwas ins Ohr. Sie lachen und schütteln sich die Hände. Sarah kommt dazu (kann sie ihn nicht mal fünf Minuten allein lassen?); Jack Mac stellt sie meinem Vater vor. Als Jack Mac und Sarah gehen, schaut sich mein Vater nach uns um und kommt über die Tanzfläche zu mir herüber.

»Worüber habt ihr euch unterhalten?« frage ich Mario und meine das Gespräch, das er gerade mit Jack Mac hatte.

»Sein Italienisch ist sehr gut«, sagt mein Vater.

»Er spricht nicht italienisch.«

»Gerade hat er es getan.« Mario zuckt die Achseln. Was sagt man dazu? Vielleicht hat Sarah Dunleavy ihm ein paar Sätze beigebracht, die sie im Kino beim *Paten* aufgeschnappt hat. Wie europäisch sie ist.

»Jack Mac ist ein sehr netter Mann. Findest du nicht?« Mario schaut weg. Klar, Jack Mac ist ein sehr netter Mann, und ich bin ihm sehr dankbar. Doch er akzeptiert meine Dankbarkeit nicht und macht mich zum Dummkopf. Am liebsten würde ich meinem Vater alles über Jack MacChesney und Sweet Sue erzählen. Über den Heiratsantrag und Sarah Dunleavy und all das, aber ich lasse es lieber. Er würde bloß lächeln und irgendeinen flotten Spruch auf italienisch machen, wie »das Salz steht im Schrank« oder »die Augen eines Fisches« oder was weiß ich für ein Bild, das überhaupt keinen Sinn ergibt oder paßt. Sieht denn niemand, wie schwer das alles für mich ist?

Gala trommelt unsere ganze Gruppe zusammen (sie ist und bleibt nun mal Reiseleiterin), und wir machen uns auf den Heimweg. Während der Fahrt lachen alle, als Nonna erzählt, wie Otto und Worley versucht haben, ihr das Tanzen mit Holzschuhen beizubringen. Mir ist nicht nach Lachen zumute. Ich bin plötzlich nur noch traurig. Meine Familie ist gerade erst angekommen, und schon reist sie wieder ab. Sie sollen nicht wieder wegfahren! Ich wünschte, diese schwarze Straße würde nie enden, und wir könnten für immer in diesem Kleinbus bleiben und reden und lachen, mit Theodore am Steuer und meinem Vater neben mir.

Als wir zu Hause sind, gibt Nonna Gala die getrockneten Bohnen und Kräuter, die sie bei Piggly Wiggly gekauft hat, um sie mit nach Italien zu nehmen.

»Morgen abend werde ich endgültig mit Frank Schluß machen. Wenn ich Nonnas Bohnen durch den Zoll geschmuggelt habe. Verdammt, er hat mich ausgenutzt. Jetzt nutze ich ihn aus.«

Nonna gibt mir einen Gute-Nacht-Kuß und geht ins Bett.

Ich schaue zu, wie Gala getrocknete Bohnen in Socken stopft. Sie sieht mich an.

»Alles in Ordnung?« Ich nicke. »Du machst so ein trauriges Gesicht. Wirst du sie vermissen?«

»Die Zeit ist so schnell vergangen. Aber ich will mich nicht beklagen. Das klingt so undankbar.«

»Glaub mir, es war eine Heidenarbeit, die Leute hierherzubekommen. Ein logistischer Alptraum. Noch höher konnten sie nicht in den Alpen wohnen. Wie eine Herde Ziegen sind sie, deine Verwandten.«

»Gala, wer hat Kontakt mit dir aufgenommen, damit du meine Familie hierherholst?«

»Iva Lou.«

»Iva Lou?«

»Sie hat als erste angerufen. Aber sie wollte nur eine Auskunft. Du weißt schon, wie so eine Reise aussehen könnte. Ich hab ihr die Informationen gegeben und mir Notizen gemacht. Natürlich wußte ich nicht, wie ich es organisieren sollte, aber dann habe ich mir gesagt, es funktioniert genauso wie jede andere Reise mit einer Reisegruppe auch, nur in umgekehrter Richtung, und so ging's. Iva Lou hatte allerdings nichts mit der Finanzierung zu tun. Das war ganz allein Jack MacChesneys Sache. Er ist süß, findest du nicht?«

»Wann hat er dich angerufen, um alles zu arrangieren?«

Sie zuckt mit den Schultern. »Vor ein paar Monaten. Ich könnte nachsehen.«

»War meine Reise vor oder nach ihrer geplant?« Ich deute mit einer Geste an, daß ich meine Familie meine.

»Danach.« Einen Augenblick lang macht Gala ein schuldbewußtes Gesicht, dann fährt sie fort: »Ich habe deinen Anruf erwartet. Iva Lou hatte mich vorgewarnt. Es tut mir leid. Ich habe dich angelogen. Ich habe so getan, als würde ich eine Reise für dich buchen, damit du glaubst, alles ist echt. Aber es war schon längst ausgemacht, daß deine Verwandten rüberkommen, deshalb fand ich es nicht schlimm. Frank hat die falschen Tickets organisiert, die ich dir dann geschickt habe. Tut mir leid.«

Wie könnte ich Gala böse sein? Meine Familie ist hier in meinem Haus, und wir haben ein paar wundervolle Tage miteinander verbracht.

»Du mußt dich nicht entschuldigen. Ich habe dir soviel zu verdanken, ich weiß gar nicht, wie ich das je wettmachen soll«, sage ich zu Gala, und ich meine es ernst.

Diese hinterlistige Iva Lou. Damals, an dem Tag im Büchermobil, als Jack Mac mit der Zeitung da war, da haben sie Gala entdeckt. Und als ich ein internationales Reisebüro brauchte, hatte Iva Lou natürlich rein zufällig die Seite mit Galas Anzeige zur Hand und hat sie mir sofort in die Hand gedrückt. Jack Mac sagt, er habe mit der Planung angefangen, als er mir den Heiratsantrag gemacht hat. Und dann diese Mormonen; Iva Lou hat sich das nur ausgedacht, um Zeit für Jack Macs Plan zu gewinnen. Mischt die ganze Stadt inzwischen in meinen Angelegenheiten mit?

Alle sind schlafen gegangen. Wir haben drei Wecker gestellt, damit wir nicht verschlafen. Das Flugzeug zum John F. Kennedy Airport in New York fliegt um sieben Uhr in Tri-Cities ab, und es gibt keinen anderen Flug, deshalb müssen wir pünktlich sein. Ich kann nicht schlafen und schleiche möglichst leise im Haus umher. Auf Zehenspitzen gehe ich nach draußen und setze mich auf die Veranda. Ich spüre schon jetzt, wie traurig ich morgen sein werde, wenn alle wieder weg sind. In ein paar Wochen werde ich nach Italien fahren, um sie zu besuchen (Gala hat alles organisiert und mich eingeladen, eine Woche bei ihr in New Jersey zu verbringen und mir New York anzuschauen, ehe ich nach Übersee fliege!). Aber was ist danach? Wo werde ich hingehen? Vielleicht gefällt es mir in Schilpario, und ich bleibe dort. Einen Augenblick lang lasse ich mir das durch den Kopf gehen. Wenn Mama doch hier wäre! Wie glücklich wäre sie gewesen, mich hier mit ihrer Familie zu erleben und zu wissen, daß ich nie wieder ganz allein auf der Welt sein werde. Nicht einmal das konnte ich ihr geben. Warum mußte das Leben meiner Mutter so schwer sein? Ich atme tief durch. Diese Frage werde ich nie beantworten können.

Zia Meoli steht in der Fliegengittertür.

»Ich kann nicht schlafen«, sagt sie. Das bringt mich zum Lachen. Sie klingt genau wie meine Mutter. Man würde zwar nie sagen, daß meine Mutter witzig war, doch manchmal brachte sie einen Satz so komisch heraus, daß man lachen mußte. Zia Meoli kommt nach draußen.

»Ich wollte mit dir allein reden.« Sie zieht sich einen Stuhl heran.

»Gern.«

»Wie gefällt er dir?« Zia Meoli zeigt auf das Fenster, hinter dem mein Vater schläft.

»Ich mag ihn.«

Sie zuckt mit den Schultern.

»Du nicht?«

Zia Meoli denkt einen Augenblick nach. »Er ist Politiker«, sagt sie schließlich.

Ich nehme an, das ist in Italien kein Kompliment. »Erinnerst du dich an die Zeit, als Mama wegging?«

Zia Meoli nickt heftig, als wäre es gestern gewesen. »Deine Mutter hat uns mitten in der Nacht verlassen. Sie hat uns nicht gesagt, wohin sie wollte. Nur einen Brief hat sie für mich dagelassen, in dem sie schrieb, ich solle mir keine Sorgen um sie machen, sie würde mir schreiben.«

Ich kann in Zia Meolis Gesicht lesen, daß sie diese Ereignisse hundertmal in ihren Gedanken durchgespielt hat. Sie berühren sie immer noch.

»Wolltest du sie suchen?« frage ich.

»Ja! Natürlich! Ich habe mir den Kopf zerbrochen, wo sie sein könnte. Bei den Cousinen, den Vettern, in einer anderen Stadt. Aber niemand hatte sie gesehen. Und sie hat keinen Hinweis hinterlassen, wohin oder zu wem sie wollte. Ich hatte Verdacht geschöpft, weil sie so oft von Mario gesprochen hat, aber ich habe nichts gesagt, weil ich mir nicht sicher war. Meine Mutter, deine Großmutter, war am Boden zerstört. Nichts konnte sie trösten, nachdem Fiametta weggegangen war.«

»Was war mit deinem Vater?«

»Ich glaube, er wußte, was geschehen war. Siehst du, er kannte Mario Barbari. Er kannte die Familie. Nicht gut zwar, aber geschäftlich. Als Papa begriff, daß Fiametta Mario mochte, fand er, daß sie zu jung war, um einen Freund zu haben. Also hat er ihr verboten, sich mit ihm zu treffen. Sie war völlig aufgelöst. Aber unser Vater war sehr streng. Wenn irgend etwas Unschickliches passiert wäre, hätte er Fiametta aus dem Haus geworfen. Meine Schwester wußte das. Obwohl es mir das Herz gebrochen hat, daß sie tat, was sie tun mußte, konnte ich sie verstehen. Sie hatte keine Wahl. Ich hätte dasselbe getan.«

»Aber sie war erst siebzehn. Ein junges Mädchen.«

»Damals haben viele Italiener das Land verlassen. Manche gingen nach Kanada, manche nach Südamerika, manche nach Australien. Überallhin. Und viele gingen natürlich nach New York. Nach Amerika. Ich wußte, daß sie Italien für immer verlassen würde, wenn sie konnte, um keine Schande über uns zu bringen. Ich wußte auch, daß sie nicht zurückkehren würde, wenn sie eine Entscheidung getroffen hatte.«

»Hast du gewußt, daß sie mit mir schwanger war?«

Zia Meoli schüttelt den Kopf; sie wußte nichts vom Zustand ihrer Schwester.

»Wenn du von Mario Barbari wußtest, warum bist du dann nicht zu ihm gegangen?«

Sie nickt heftig. »Ich war bei ihm. Wirklich.«

»Und hast du gewußt, daß er verheiratet war?«

»Ich kannte eine Familie oben in den Bergen, in einer Stadt, die ungefähr fünf Kilometer von Schilpario entfernt liegt. Sie sagten mir, wo ich ihn finden konnte, und sie erzählten mir, daß er verheiratet sei. Ich war sicher, daß er meine Schwester geheiratet hatte. Aber es war nicht Fiametta, es war ein anderes Mädchen. Man erklärte mir, daß es eine arrangierte Ehe war, die nicht funktionierte. Nach kurzer Zeit ging das Mädchen zu seinen Eltern zurück.«

»Was ist eine arrangierte Ehe?«

»Die Familien setzen sich zusammen und entscheiden, wen ihre Kinder heiraten sollen. Pietro und ich sind auf diese Weise verheiratet worden. Er war eines von fünf Kindern, vier davon Söhne. Sein Vater kam zu meinem Vater, um sich mit ihm zu beraten, welche Tochter für seinen Sohn die passende wäre.

Antonetta liebte einen Jungen in Sestri Lavante, und Fiametta war weg, also blieb nur ich übrig. Dann lernte ich Pietro kennen und mochte ihn sehr. Wir waren ein Jahr miteinander verlobt, und dann haben wir geheiratet.« Sie verschränkt die Arme, als wollte sie ausdrücken, daß eine arrangierte Ehe überall auf der Welt etwas ganz Normales ist.

»Und was geschah, als du Mario Barbari gefunden hast?«

»Oh ja!« Sie nimmt den Faden wieder auf. Mir fällt auf, daß Italiener gerne abschweifen. (Auch ich tue es.) Mitten in einer Geschichte erregt irgendein Detail ihre Aufmerksamkeit, sie geraten ins Erzählen und kommen nie wieder aufs Thema zurück. Es zeigt mir, wie ähnlich wir uns sind, obwohl ich nicht von ihnen beeinflußt wurde, als ich aufwuchs. Aber diese Ähnlichkeiten stecken tief in unseren Knochen.

»Mario Barbari war sehr höflich. Dann das schwarze Haar. Diese schwarzen Augen. Ein beeindruckender Mann. Ich hatte mir einen Vorwand ausgedacht, um in die Berge zu kommen, ohne daß mein Vater den wahren Grund meines Ausflugs erfuhr. Ich hoffte, daß Fiametta da oben bei ihm war und ich an ihre Vernunft appellieren und sie überreden konnte, nach Hause zu kommen. Als ich nach Schilpario kam, fand ich Mario in der Kirche, wo er gerade arbeitete. Er kommt aus einer Glaserfamilie. Sie machen Kirchenfenster.« Wieder etwas über meinen Vater, das ich nicht wußte!

»Ich wußte sofort, daß er es war, denn ich hatte ihn schon mehrmals in der Stadt gesehen; er fuhr manchmal mit dem Pferdewagen hinunter, um Vorräte zu besorgen, und alle Mädchen in Bergamo machten ihm schöne Augen. Ich bat darum, mit ihm allein zu sprechen. Er war sehr freundlich, aber er wußte nichts über den Verbleib meiner Schwester. Er hatte nichts von ihr gehört. Er bat mich, seine Lage zu verstehen; er hatte eine Frau, und sie versuchten, eine gute Ehe zu führen, obwohl sie nicht unter einem Dach lebten. Er fand meine Schwester sehr schön und herzensgut, aber für ihre Liebe war kein Platz. Ob ich ihr das sagen würde, wenn ich sie gefunden hatte? Ich erklärte ihm, daß das etwas war, was er selbst mit Fiametta besprechen mußte. Ich erinnere mich genau; als ich ihren Namen erwähnte, wurden seine Augen ganz traurig. Ich glaube, er liebte sie.«

Zia Meoli hat offensichtlich gründlich darüber nachgedacht. Aber auch sie ist eine Frau, und sie weiß, was arglosen Mädchen geschieht, die sich in den Don Juan der Stadt verlieben. Am Anfang akzeptieren sie, daß sie eine von vielen sind, aber im stillen hoffen sie, daß sie ihn zähmen und sein Herz gewinnen können und er schließlich treu und ehrlich wird. Mit siebzehn wußte meine Mutter nicht, daß sie diese Schlacht nie gewinnen würde. Doch sie war so verliebt, daß sie ihm trotzdem ihr Herz geschenkt hat. Es ist eine Ironie des Schicksals, daß ich Marios einziges Kind bin. All die Frauen, all die Liebesaffären, und ich bin das einzige Kind, das daraus hervorgegangen ist.

»Also ging ich wieder nach Hause ins Tal und war nicht schlauer als vorher. Ich zog mich mit meiner Mutter und meinen Schwestern in ein Zimmer zurück, wo mein Vater uns nicht hören konnte, und erzählte ihnen, was ich erfahren hatte. Meine Mutter war am Boden zerstört; sie war überzeugt gewesen, daß ich Fiametta finden und nach Hause bringen würde. Damals wurde meine Mutter krank. Sie weinte die ganze Zeit und wurde bettlägerig. Die Italiener würden sagen, ihr Blut wurde sauer. Die Trauer hatte sie krank gemacht.«

»Was war mit deinem Vater?«

»Meine Mutter hat nie mit meinem Vater darüber gesprochen. Sie kannte seine Einstellung. Wenn Fiametta einen Fehler gemacht hatte, mußte sie die Konsequenzen tragen. Einmal hatten er und ich einen Streit deswegen. Er sagte, er sei sicher, daß meine Schwester am Leben sei und es ihr gutginge. Er wußte, was für einen starken Willen sie hatte. Papa glaubte, daß sie sich selbst beschützen konnte. Ich fand ihn kalt und gleichgültig und war sehr wütend auf ihn, weil er sie nicht suchte. Aber er und Fiametta hatten immer einen Draht zueinander. Ich hatte das nie.«

»Einen Draht?«

»Papa wußte, was sie dachte. Immer. Er konnte sagen, was sie tun würde, noch ehe sie es tat. Es war gespenstisch.«

»Wann hat Mama dir zum ersten Mal geschrieben?«

»Beinahe ein Jahr nachdem sie fortgegangen war. Mama war überglücklich, als der Brief aus Amerika kam.«

»Ich habe gar keine Briefe von deiner Mutter an meine Mutter gefunden.«

Zia Meoli wackelt mit dem Zeigefinger. »Meine Mutter hätte sich meinem Vater nie widersetzt! Niemals!«

»Wußte deine Mutter von mir?«

»Sie war so glücklich. Aber du warst erst ungefähr ein Jahr alt, als sie starb. Doch sie kannte deinen Namen und kannte alle Einzelheiten, die Fiametta mir schrieb.«

»Hast du es je deinem Vater erzählt?«

Meine Tante schüttelt traurig den Kopf. »Falls er es gewußt hat, hat er nie darüber gesprochen. Verurteile ihn nicht dafür, Ave Maria. Es waren andere Zeiten. Ein Mädchen konnte die Familie nicht verlassen, ohne verheiratet zu sein, erst recht nicht ...«

»Den Familiennamen entehren.«

Zia Meoli schüttelt wieder den Kopf. »Ich weiß, daß sie nichts Unehrenhaftes getan hat. Sie war jung. Sie war verliebt.« Zia lehnt sich zurück und wiegt sich leicht hin und her.

Mama verliebt. Ich wünschte, ich hätte es erleben können.

Theodore und ich verabschieden uns von allen am Flughafen, aber es ist absolut kein trauriger Abschied. Wir versprechen, einander anzurufen und zu schreiben, und alle freuen sich auf das Wiedersehen in Schilpario.

Mein Vater versucht, mir ein Bündel Geldscheine in die Hand zu drücken, das ich sofort wieder in seine Tasche stopfe.

»Papa, das brauche ich nicht.«

»Bitte nimm es.«

»Papa, behalt es. Kümmere dich um Nonna.« Er lächelt, und wir umarmen uns lange. Wir werden uns sehr bald wiedersehen, und wir sind glücklich darüber.

Theodore und ich schauen zu, wie das Flugzeug startet. Nachdem es hinter den Bergen verschwunden ist, gehen wir zu Shoney's, gönnen uns ein gemütliches Mittagessen und durchleben noch einmal jeden Augenblick des Besuchs meiner italienischen Verwandten.

Ich belade den Jeep, um all die Töpfe und Formen zurückzubringen, in denen die Damen der Stadt mir Essen gebracht haben, während meine Familie zu Besuch war. Etwas, das ich an Big Stone Gap besonders liebe, ist der Strom von Köstlichkeiten aus den Küchen der Nachbarn, der in Zeiten der Freude oder der Trauer von Haus zu Haus fließt. Damit man die Töpfe problemlos zurückgeben kann, befindet sich auf der Seite ein Klebestreifen mit dem Namen der Besitzerin: N. Goodloe, E. und L. Tackett, I. Makin, H. Edmonds und N. MacChesney. Es wird mich fast den ganzen Tag kosten, den Frauen ihre Sachen zurückzubringen.

Als erstes fahre ich nach Cracker's Neck hinauf. Ich beginne ganz oben in den Bergen mit dem ersten Topf. Dann werde ich mich langsam den Berg hinunterarbeiten, bis ich wieder in der Stadt bin. Weiße Rauchwölkchen steigen aus dem Schornstein der MacChesneys auf. Ich klopfe an die Tür. Keine Antwort. Ich klopfe noch einmal. Immer noch nichts. Urplötzlich höre ich ein lautes Bellen hinter mir, und ich mache mir vor Schreck fast in die Hose. Er hört nicht auf zu bellen und läuft hinters Haus. Ich folge ihm.

Mrs. Mac hängt gerade Wäsche auf. Die weißen Laken sind weißer als die Wolken über uns, und sogar hier im Freien ist die Luft angefüllt mit dem sauberen Duft nach frisch gewaschener Wäsche. Sie schaut auf, sieht mich und lächelt.

»Danke für den Butterkuchen. Meine Familie fand ihn köstlich.«

»Wer findet das nicht? Es ist ein guter Kuchen.«

»Kann ich Ihnen helfen?« frage ich.

»Ich bin schon fertig. Kommen Sie herein. Ich habe Kaffee gemacht.«

Ich folge Mrs. Mac über die Veranda ins Haus. Ich habe das Haus noch nie von hinten betreten oder die Veranda gesehen.

Ja, ich wußte nicht einmal, daß es im hinteren Teil des Hauses einen solchen Raum gibt. Von der Küche aus kann man ihn nicht sehen; er liegt versteckt auf der anderen Seite.

Der Wintergarten ist herrlich. Er ist mit gemütlichen Rattanmöbeln eingerichtet. Auf den Sesseln liegen kunstvoll gearbeitete Quiltkissen, und auf einem erkenne ich ein traditionelles Motiv der Gegend. Überall hängen Pflanzen, über und über mit rosa, roten und gelben Blüten gesprenkelt. Ich habe noch nie einen so schönen Wintergarten gesehen; er scheint in ein anderes Haus zu gehören, nicht in dieses saubere, schlichte Steinhaus in Cracker's Neck.

»Tja, dies ist mein Lieblingsplätzchen im Haus. Die Pflanzen brauchen allerdings viel Pflege.«

Ich kann mir vorstellen, daß dieser Raum, dem man die weibliche Hand anmerkt, ganz allein Mrs. Mac gehört. Aber es ist mehr als das; man fühlt sich hier in eine ganz andächtige Stimmung versetzt, fast wie in einem Heiligtum. Ich folge Mrs. Mac durch eine kleine Speisekammer in die Küche, die ich so gut kenne.

»Alle gut weggekommen?« fragt sie, während sie mir eine Tasse Kaffee holt.

»Sie haben es sehr genossen.«

»Und Sie?«

»Es war ein Traum.«

»Gut.«

»Mrs. Mac, Sie wissen wahrscheinlich, daß Jack seinen Pickup verkauft hat, um das alles zu bezahlen, und ich –«

Sie hebt die Hände, um mich zu unterbrechen. »Das ist seine Sache.«

»Ich weiß. Aber Sie sollen wissen, daß ich das sehr zu schätzen weiß.«

»Es geht mich nichts an, meine Liebe.«

»Aber –«

»Wirklich.«

Einen Augenblick lang herrscht peinliches Schweigen.

»Sie haben einen guten Mann großgezogen.«

»Vielen Dank.«

»Mrs. Mac, sind Sie wegen irgend etwas sauer auf mich?«

»Ich würde es nicht sauer nennen.«

»Wie würden Sie es nennen?«

»Lassen Sie mich nachdenken.« Mrs. Mac überlegt einen Moment, steht auf, geht zu der Kuchendose, hebt den Deckel, schneidet zwei Stücke ab, legt sie auf einen Teller, holt zwei Gabeln, zwei Teller und zwei Servietten, kommt wieder an den Tisch und setzt sich zu mir. »Ich bin verwirrt.«

»Wie bitte?«

»Wollen Sie meinen Sohn nun oder nicht?«

Ich kann ihr nicht antworten. Nicht nur, weil es mir peinlich ist, sondern weil mir klar wird, daß ich die Mutter eines anderen Menschen in meine eigene Verwirrung mit hineinziehe, und das ist für uns beide nicht gut.

»Sind Sie mir böse, wenn ich die Frage nicht beantworte?«

»Wie Sie wollen.«

Wir essen unseren Kuchen und trinken unseren Kaffee. Mrs. Mac starrt aus dem Fenster. Heute morgen kommt sie mir alt vor. Oder vielleicht fürchte ich auch, daß ich sie vermissen werde, wenn ich fortgehe.

»Ich habe noch jede Menge Töpfe im Wagen, ich mache mich jetzt lieber wieder auf den Weg.«

»Ave Maria?« Mrs. Mac schaut mir direkt in die Augen.

»Meine Schwester Cecelia kommt heute nachmittag, um mich für eine Weile zu sich zu holen. Ich werde ungefähr eine Woche weg sein. Die Schicht meines Sohnes endet um Punkt sechs, er kommt nicht später als sieben hier durch diese Tür. Er weiß nicht, daß ich seine Tante besuche, also wird er direkt zum Abendessen nach Hause kommen, wie immer. Wenn ich Sie wäre, und wenn Sie auch nur ein Zehntel soviel Verstand haben, wie ich vermute, werden Sie hier auf dieser Veranda sitzen und auf ihn warten. Habe ich mich klar ausgedrückt, Kleine?«

Ich nicke.

Ich nehme Mrs. Mac kurz in die Arme. Als ich sie loslasse, umarmt sie mich noch einmal extra fest, wie um zu sagen: *Tu, was ich dir sage, sonst kann ich für nichts die Verantwortung übernehmen.*

Durch Schwaden von Bodennebel fahre ich den Berg hinunter. Ich denke über den Kuß vor Iva Lous Haus nach. Es ist das erste Mal an diesem Tag, daß ich daran denke. Als ich in die Valley Road einbiege, läuft eine Katze vor dem Jeep über die Straße. Ich mache eine Vollbremsung und springe hinaus. Die Katze verschwindet im Straßengraben. Ich habe Angst, daß sie verletzt sein könnte. Also überquere ich die Straße und klettere in den Graben hinunter und sehe gerade noch, wie die Katze in die dunkle Öffnung eines Abwasserkanals schlüpft. Ich krieche näher heran und schiebe das Laub vor dem Eingang beiseite. Von Blättern sorgfältig bedeckt, liegen drei junge Kätzchen da, noch nicht einmal alt genug, um die Augen zu öffnen. Ich ziehe mich zurück, setze mich einen Augenblick lang an den Rand des Straßengrabens und warte auf die Mutter. Schließlich kriecht sie heraus und kümmert sich um ihre Babys. Sie leckt sie. Es scheint ihnen gutzugehen. Ich fange an zu weinen. Was für eine Heuchlerin ich doch bin. Otto erkläre ich allen Ernstes, daß er Worley gegenüber seine Schmach ehrlich zugeben soll. Und doch kann ich mir meine eigene Schmach nicht eingestehen. Ich habe beschlossen, mich nicht zu verlieben, weil ich dachte, es würde die Schmach meiner Mutter lindern, wenn ich eine perfekte Tochter wäre, tugendhaft und unabhängig. Ich habe mein Leben lang versucht, niemanden zu brauchen. Aber in Gedanken höre ich wieder Mrs. Mac, und mir wird klar, daß ich so nicht mehr leben will.

Hinter mir ertönt eine Hupe. Es ist Nellie Goodloe.

»Ave Maria, alles in Ordnung da unten?«

»Ja, danke, Nellie«, rufe ich ihr zu.

Sie zuckt mit den Schultern und fährt weiter. Ich stehe auf und wische die Blätter von meiner Hose. Als ich beim Jeep bin, weiß ich, was ich tun werde.

Ich fahre kurz bei der Apotheke vorbei, um Fleeta ihren Topf zurückzugeben. Sie ist gerade dabei, die Regale mit den Süßigkeiten aufzufüllen.

»Es gibt eine neue Regisseurin für die Theatergruppe«, verkündet Fleeta.

»Ach ja? Wen denn?«

»Sarah Dunleavy, die neue Englischlehrerin an der High-School.«

»Nein!« Das bringt mich richtig auf die Palme. Ich glaube nicht, daß ich als einzige ein Anrecht auf diese Funktion habe, aber ausgerechnet sie? Sie hat überhaupt keine Ausstrahlung.

»Sarah« – Fleeta spricht es aus, als wäre es der Markenname für Industrieschrott – »hat sämtliche Vorstandsmitglieder eingeseift. Sie ist Mitglied im Dogwood Garden Club geworden, war Gastgeberin des Frühstücks für Frühaufsteher, ist dem Nähkränzchen der Methodisten beigetreten und hat Zackie dazu gebracht, einen Ausflug der zehnten Klasse zu einem Theaterstück des Barter-Theaters zu unterstützen. Glaub mir, die Frau hat ihre Finger überall drin. Bist du sauer?«

»Ja, ich bin sauer.« Ich weiß auch nicht genau, warum ich mich ärgere, aber ich tue es.

»Mir ginge es genauso. Nach allem, was du für die Leute hier getan hast. Reißt dir beide Beine aus, hilfst hier, hilfst da, alles ehrenamtlich. Und das ist der Dank. Du bist noch gar nicht richtig weg, und schon ist dein Platz wieder besetzt. Portly findet das auch ganz furchtbar.«

»Haben wir noch Eau de Cologne von Coty, Emeraude?«

»Drüben im Schrank.« Fleeta zeigt auf den abgeschlossenen Schrank und zieht einen Schlüsselring mit zehntausend Schlüsseln aus ihrer hinteren Hosentasche. Sie hantiert mit dem großen Ring herum.

»Woher weißt du, welcher der richtige ist?«

»Sie sind wie Blindenschrift für mich. Ich fühle es an den Einkerbungen.«

Der erste Schlüssel, den Fleeta probiert, paßt.

»Dein Glückstag. Die letzte Flasche.«

»Setz sie auf meine Rechnung.«

Fleeta lacht und bekommt einen Hustenanfall. »Soll das ein Witz sein – in deinem eigenen Laden!« Ich wünschte, ich könnte mitlachen, aber im Augenblick finde ich überhaupt nichts lustig. Sarah Dunleavy hat nahtlos und ohne Mühe meinen Platz in Big Stone Gap eingenommen; es ist, als hätte es mich nie gegeben. Und ich habe noch nicht einmal die Stadt verlassen! Wahrscheinlich muß ich mein Territorium einfach ein wenig sorgfältiger markieren. Ich werde mit dem Eau de Cologne anfangen.

Ich verbringe fast den ganzen Nachmittag damit, mich für den Abend herzurichten. Ich will ganz sicher gehen, daß ich um Punkt sechs auf der Veranda der MacChesneys sitze und warte. Ich fürchte, daß ich auf der Stelle den Rückwärtsgang einlege und den Berg wieder hinunterrase, wenn ich zu spät komme und Jack Macs Wagen schon vor der Tür steht. Ich bin total nervös; mein letztes Gespräch mit Jack war nicht gerade freundlich. Wer weiß, ob am Ende nicht doch der Hinterwäldler in ihm durchbricht und er mich auffordert, sein Grundstück zu verlassen oder sonstwas. Also muß ich zuerst dasein und in Stellung gehen. Das wird mir Mut geben.

Ich wähle etwas Einfaches zum Anziehen: eine von Mamas neuen Blusen und Jeans. Keinen Rock; das würde nur so aussehen, als wollte ich Eindruck schinden, da ich selten Röcke trage. Für mich ist das Ganze eine geschäftliche Angelegenheit, ich muß eine gewisse Ernsthaftigkeit ausstrahlen, und das tue ich in Hosen.

Auf der Fahrt nach Cracker's Neck überdenke ich sorgfältig alle Irrungen und Wirrungen meiner Freundschaft mit Jack MacChesney oder wie man es auch immer nennen will. In der Schule war er eher schüchtern und unauffällig. Er war in nicht vielen AGs. Ich glaube, er hat Baseball gespielt, aber das war auch schon alles. Meine wirkliche Erinnerung an ihn beginnt an dem Morgen, als ich ihn in seiner langen Unterhose erwischt habe und zum Frühstück geblieben bin. Da habe ich ihn zum ersten Mal richtig wahrgenommen, als er plötzlich frisch geduscht in der Tür stand. Und ich glaube, richtig in ihn verliebt habe ich mich, als er mir bei der Theaterprobe zugewinkt hat.

Aber ich bin nicht der Typ, der anderen Frauen den Mann ausspannt. Erstens würde ich das keiner Frau antun, weil ich auf keinen Fall will, daß mir jemand so etwas antut. Und zweitens können Beziehungen, die durch ein falsches Spiel zustande kommen, niemals halten. So eine Beziehung hat keine solide Grundlage; beim ersten Anzeichen von Schwierigkeiten bricht sie auseinander. Vielleicht ist das der Kick dabei, doch für mich ist kein Mann ein gebrochenes Frauenherz wert.

Aber ich bin nicht naiv. Ich weiß, daß es die Sarah Dunleavys gibt, die es sich zur Aufgabe machen, die besten Männer herauszupicken, den Weg in ihre Herzen finden, indem sie still und sittsam sind und keinen Ärger machen. Doch keine von uns kann ein Leben lang schauspielern. Das verstehen Männer natürlich nicht. Sie glauben, sie wissen, wen sie heiraten, denn es würde ihnen niemals in den Sinn kommen, irgend jemandem zuliebe ihr Verhalten zu ändern. »Nimm mich, wie ich bin«, scheinen sie zu sagen, wenn sie sich mit einem einlassen, »oder such dir einen anderen, Mädel.« Aber Frauen? Wir passen uns an. Anpassung führt zum Erfolg. Es hat für Mama funktioniert, doch das ist kein Leben für mich. Vielleicht ist das der wahre Grund, warum ich nie geheiratet habe. Das könnte ich nicht.

Warum fahre ich nach Cracker's Neck? Was glaube ich, dort zu finden? Vielleicht hat Jack MacChesneys Kuß, der mich Abend für Abend in den Schlaf wiegt, sich in mein Herz eingebrannt und meinem Gehirn die Botschaft übermittelt, daß ich mich mir selbst stellen soll. Ich weiß es nicht. Aber irgend etwas ist in mir aufgebrochen. Dieser alte Jeep kann gar nicht schnell genug nach Cracker's Neck kommen, um mich sicher auf der Veranda der MacChesneys abzuliefern.

Die Angst verläßt mich, als ich auf der Veranda sitze. Ich bin beeindruckt von dem Blick, und ich wünschte, die Sonne würde nicht so schnell untergehen, damit ich die Landschaft ausgiebig betrachten kann. Schließlich, nach einer Ewigkeit, sehe ich Scheinwerfer, die in die große Kurve zum Grundstück einbiegen.

Der Pick-up holpert über die Schlaglöcher auf dem ungeteerten Weg und wirbelt Staub auf. Die Scheinwerfer strahlen mich an, als Jack Mac auf das Haus zufährt. Ich lege zum Schutz gegen das blendende Licht eine Hand vor die Augen, aber ich stehe auf, um ihn zu begrüßen. Mit weißer Schuhcreme ist der Preis des Pick-ups auf die Windschutzscheibe gemalt: Gebraucht – $ 3.100,-. Vermutlich hat Rick Harmon, der frisch gebackene Gebrauchtwagenhändler, ihn Jack geliehen. Ich verstehe nicht, wie er mit den großen weißen Zahlen vor Augen genug sehen kann. Einen Augenblick lang gerate ich in Panik. Wenn nun Sarah Dunleavy im Auto sitzt? Ich wünschte, ich hätte als Vorwand für meinen Besuch eine Kuchenform dabei, dann käme ich wenigstens hier weg, ohne das Gesicht zu verlieren. Es ist zu spät, um in den Jeep zu springen und wegzufahren, also warte ich ab. Jack parkt den Wagen, die untergehende Sonne scheint durch das Fenster des Beifahrersitzes, und ich sehe, daß er allein ist. Ich atme tief durch.

Es dauert einen Moment, bis er ausgestiegen ist, seine Lunchdose und seine Stiefel zusammengesammelt hat. Er geht um den Wagen herum und den Weg hinauf. Er sieht mich seltsam an.

»Ist was mit Mama?«

»Nein, nein. Sie … sie ist zu deiner Tante Cecelia gefahren.«

»Komisch. Warum hat sie mir nichts gesagt?« Jack Mac kommt die Treppe herauf, den Schlüssel in der Hand, und geht an mir vorbei zur Tür.

»Wahrscheinlich hat sie sich ganz plötzlich dazu entschlossen.«

»Kann sein«, sagt er und schließt die Tür auf. Jack Mac macht das Licht an. Mrs. Mac hat einen Brief auf dem Tisch am Eingang hinterlassen, der bestätigt, was ich ihm gerade gesagt habe. Er liest ihn und legt ihn zurück auf den Tisch.

Es ist, als wäre ich gar nicht da. Er freut sich nicht, mich zu sehen, aber er ärgert sich auch nicht. Freundliche Gleichgültigkeit. Wie furchtbar. Oder macht er das mit Absicht, um mich leiden zu lassen? Ich habe ihn verletzt, also muß er jetzt mich verletzen? O Gott, er wird es mir verdammt schwer machen. Ich werde auf die Knie fallen müssen und diesen Mann anflehen, mir zu vergeben. Ich fasse nach dem Geländer der Verandatreppe und halte mich daran fest.

»Möchtest du reinkommen?« Seine Stimme klingt so monoton, daß ich unmöglich heraushören kann, ob er es wirklich will oder nur höflich ist.

»Ja, gerne.«

Ich bleibe an der Tür stehen und warte auf weitere Anweisungen. Aber er sagt kein Wort. Er geht nur von Zimmer zu Zimmer, macht das Licht an, stellt die Lunchdose ab, räumt die Stiefel weg und legt die Post vom Kaminsims auf den Dielentisch. Es ist, als sei ich unsichtbar. Ich wünschte, ich wäre es.

»Glaubst du, daß Mama ein Abendessen gekocht hat?« fragt er mich schließlich. Es ist der erste freundliche Satz, den er sagt, aber ich traue ihm nicht.

»Ich weiß nicht.«

»Sehen wir nach.« Jack Mac geht in die Küche. Ich könnte mich nicht dümmer fühlen, wie ich da stehe. Er steckt den Kopf aus der Küchentür.

»Na komm schon«, sagt er und geht wieder in die Küche.

Ich folge ihm. Natürlich hat Mrs. Mac ein Abendessen vorbereitet. Der Tisch ist für zwei gedeckt, in der Mitte ein Windlicht mit einer dunkelblauen Kerze. Das Ganze ist mir unangenehm; es ist fast so peinlich wie Eltern, die beim Schulball um ihre pickelgesichtigen Kinder herumscharwenzeln.

»Wärm doch schon mal das Essen auf, ich heize solange den Kamin an, okay?« Er sieht mich an, als wäre ich ein Trottel, der nicht kapiert, daß wir einfach essen, wenn ich schon zur Essenszeit den ganzen Weg hier heraufgekommen bin. Ich gehe zum Kühlschrank und nehme eine Kasserolle heraus; auf dem Deckel klebt ein Zettel: »Makkaroniauflauf mit Käse.« Ich heize den Backofen vor.

Was tue ich hier? Das war die blödeste Idee, die ich je hatte. Ich muß zusehen, daß ich hier rauskomme, und zwar schleunigst. Lieber sterbe ich, als daß ich ihm meine Geschichte mit dem Kuß vor dem Einschlafen erzähle oder wie ich seinen Geruch liebe, oder daß ich Sarah Dunleavy eher die Augen auskratzen würde, als zuzulassen, daß sie ihn mir wegschnappt. Warum bin ich heute abend auf diesen Berg gefahren? Ich hätte ihm einfach einen neuen Pick-up kaufen, den Wagen liefern lassen, wegziehen und Jack Mac vergessen sollen. Ich bin zu alt, um mich so ausgeliefert zu fühlen. Warum ist er so ruhig? Das macht er bestimmt mit Absicht. Ich wette, er findet das witzig. Mr. Nie-ohne-Freundin. Bitte sehr, mach dich nur lustig über die verstörte alte Jungfer.

»Ich gehe duschen. Du kannst ja schon mal den Salat machen.« Er geht.

Wo ist das Telefon? Ich werde Theodore anrufen und ihm sagen, er soll kommen und mich abholen. In dem Zustand kann ich unmöglich Auto fahren. Dieser Mann bringt mich völlig aus dem Konzept. Meine Hände sind ganz taub, als könnte ich sie abstreifen wie Gummihandschuhe. Jack Mac steckt den Kopf durch die Küchentür. Ich fahre vor Schreck zusammen.

»Tu keine Radieschen in den Salat. Ich hasse Radieschen.« Er geht wieder.

Mein Gott, steckt einfach den Kopf zur Tür rein und erschreckt mich wie der Mörder in einem Horrorfilm. Er muß gesehen haben, wie ich zusammengezuckt bin, denn ich habe ihn zum ersten Mal heute abend lächeln sehen. Das ist die reinste Tortur. Soll ich gehen? Warum tue ich es nicht? Ich kann nicht. Meine Füße wollen sich nicht bewegen. Ich horche in mich hinein und finde mein inneres Gleichgewicht wieder. Ich atme tief und gleichmäßig, beruhige mein Herz und meine Nerven. Ich überprüfe mein Make-up im Toaster. Ich sehe gut aus. Ich schaffe das. Ich mache den Salat. Ich rühre die Soße an, finde eine Schüssel und stelle sie auf den Tisch. Dann suche ich mir einen Platz aus und setze mich. Ich warte.

Endlich kommt er wieder in die Küche. Er ist sauber geschrubbt und sieht gut aus. Er trägt ein frisches Baumwollhemd und alte Jeans, aber er hat sich nicht extra in Schale geworfen. Jack Mac geht an den Backofen, nimmt die Kasserolle heraus und stellt sie auf den Tisch. Dann holt er eine Flasche Wein aus dem Kühlschrank. Ohne mich zu fragen, entkorkt er sie.

»Wein?« fragt er.

Ich lege den Kopf in meine Hände. »Ich hätte lieber ein Aspirin.«

Weiß der Himmel, was daran jetzt wieder so witzig ist. Aber er lacht, als wäre es das Lustigste, was er je gehört hat. Er lacht so lange, daß ich beleidigt bin.

»Was ist denn daran so komisch?«

»Du.«

»Da bin ich aber froh, daß ich so unterhaltsam bin.«

»Du bist mehr als das.« Jack Mac setzt sich hin. Wovon redet er? Was meint er? Es kommt mir vor, als spräche er eine fremde Sprache. Das ist ein guter Anfang.

»Mein Vater hat mir erzählt, daß du mit ihm italienisch gesprochen hast.«

»Ich kann es ein bißchen.«

»Woher?«

»Aus einem Buch. Ich habe mir ein Buch und Kassetten aus der Bücherei ausgeliehen.«

»Warum?«

»Ich wollte es lernen.«

»Meinetwegen?«

»Du bist nicht die einzige Italienerin auf der Welt, weißt du.«

»So habe ich es nicht gemeint, ich dachte nur –«

»Laß es lieber.«

Mir reicht's, und dabei bin ich noch nicht einmal eine Stunde in diesem alten, häßlichen, abscheulichen Steinhaus. Aber ich werde ihm nicht den Kopf abreißen. Ich werde die Sache mit Würde durchstehen.

»Warum bist du so gemein zu mir?«

Er überlegt einen Augenblick. »Vielleicht ist es Selbstschutz.«

Okay, jetzt hab ich's kapiert. Ich habe ihn verletzt, also muß er mich runterputzen, damit die Kräfte gleichmäßig verteilt sind. Wie kindisch. Wie kindisch für einen Mann, der mehr graue als braune Haare hat.

»Ich will dich nicht verletzen.« Ich weiß nicht, warum ich das sage, aber ich glaube, daß es genau darum geht, und ich möchte es aussprechen.

»Zu spät.«

Er ist wirklich böse auf mich. Ich habe keine Ahnung, wie ich zu ihm durchdringen soll. Soll ich es überhaupt noch weiter versuchen? Vielleicht will er, daß ich gehe, und seine guten Manieren lassen nicht zu, daß er mich rausschmeißt.

»Möchtest du, daß ich gehe?« frage ich ganz freundlich.

»Möchtest du gehen?«

Ich hasse es, wenn man meine Fragen mit einer Gegenfrage beantwortet. »Nein, das möchte ich nicht«, sage ich sehr bestimmt. Wie ist mir das denn rausgerutscht? Noch vor einer Minute hätte ich mein rechtes Bein gegeben, um hier rauszukommen, aber da er mir zu verstehen gegeben hat, daß ich ihn verletzt habe, möchte ich bleiben.

»Liebst du Sarah Dunleavy?«

»Warum fragst du das?«

»Weil ich dein Angebot annehmen und gehen werde, wenn die Antwort ja ist.«

»Und wenn nicht?«

»Wenn nicht, glaube ich, daß wir die Sache klären können und du heute abend richtig Glück haben könntest, weil deine Mutter nicht da ist.« Wo kam das jetzt schon wieder her? Gott sei Dank lacht er, sonst hätte ich nämlich gefragt, wo sie das Gewehr aufbewahren, mit dem sie die tollwütigen Hunde abschießen, damit ich mir eine Kugel in den Kopf jagen kann.

»Wenn ich gewußt hätte, daß es so leicht ist, hätte ich meinen Pick-up nicht verkauft.« Er steht auf und gießt sich ein Glas Wasser ein.

»Warum hast du dein Auto verkauft?« Jetzt stehe ich auch. Ich glaube, die zwei Bissen Makkaroni haben mir meine Kraft zurückgegeben. Jetzt bin ich bereit für ihn. Also mache ich weiter. »Er hatte alle Extras. Es war dein Traumauto. Du hast diesen Pick-up geliebt.«

»Ja, aber dich liebe ich seit der sechsten Klasse.«

Er dreht sich zu mir um. Ich kann mich nicht rühren. Er bewegt sich auch nicht. Er steht einfach da und schaut mich an. Schließlich zeigt er auf den Boden vor seinen Füßen und winkt mich zu sich – er wird nicht zu mir kommen. Also gehe ich diese zwölf Schritte und falle in seine Arme. Ich hätte nie geglaubt, daß dieser Augenblick mir so viel bedeuten würde, aber als ich in seinen Armen liege und mein Gesicht an die Stelle an seiner Brust drücke, von der ich immer geträumt habe, gibt es nichts auf der Welt, was mich je wieder von ihm trennen könnte. Er küßt mich, so wie er es in meinen Träumen seit Iva Lous Hochzeit jede Nacht getan hat. Ich könnte mich ohrfeigen, weil ich so viel Zeit vergeudet habe.

Es ist noch früh am Abend, und wir haben noch viel zu besprechen. Wir essen (er hat Hunger, ich nicht). Dann will Jack mir das Haus zeigen. Er fängt mit dem Wintergarten an, der am Abend sogar noch gemütlicher wirkt. Er zeigt mir das Schlafzimmer seiner Mutter, ein einfaches, hellblau gestrichenes Zimmer. Das Wohnzimmer. Und dann führt er mich nach oben, zum Dachgeschoß, einen einzigen Raum, so groß wie das ganze Haus. Mrs. Macs Nähutensilien liegen ordentlich auf einfachen Holzregalen, und in der Mitte des Raumes steht ein langer Bauerntisch mit Stühlen drum herum. Jack Mac erklärt mir, daß Tante Cecelia und diverse Freundinnen zum Quilten hierherkommen. Er führt mich ans Fenster, von dem aus man das herrliche Powell Valley überblickt. Ich kann meilenweit sehen, obwohl es dunkel ist, die Straßenlaternen in der Ferne geben den kleinen Tälern einen schimmernden Glanz.

Er zeigt mir ein paar Fotos im Familienalbum. Bilder von seiner Mutter als junges Mädchen. Ich finde, sie sah aus wie Loretta Young in *Goldfieber in Alaska*. Jack erzählt mir, daß sein Vater das auch immer fand. Er erzählt mir, daß seine Eltern sich sehr geliebt haben, und wie traurig seine Mutter noch lange nach dem Tod seines Vaters war.

Jack vertraut mir ein wenig von seinem Liebesleben an, genug, damit ich ihn besser verstehe, aber nichts, was mich eifersüchtig macht. Er gesteht mir, daß er lange befürchtete, ich könnte Theodore heiraten und für immer für ihn verloren sein. Und er hat viele Fragen an mich. Er will wissen, wohin ich gehe, wenn ich Pearl alles übergeben habe. Ich erkläre ihm, daß ich es noch nicht weiß. Bis jetzt hatte ich vor, eine lange Reise zu machen, um dann zu entscheiden, wo ich leben will. Er fragt mich, ob ich in Big Stone Gap leben möchte. Ich bin mir immer noch nicht ganz sicher, aber allmählich begreife ich, daß nicht der Ort mich unglücklich gemacht hat – ich habe mich selbst unglücklich gemacht. Ich fing an die Dinge des täglichen Lebens als Last zu empfinden, also wurden sie zu einer Last. Aber ich erzähle ihm auch, daß es viel mit dem Tod meiner Mutter zu tun hat.

Jack fragt mich nach Fred Mulligan, mit dem ich jetzt meinen Frieden gemacht habe. Jack erinnert sich an ihn als einen anständigen, aber sehr unnachgiebigen Mann. Ich stimme ihm zu. Wahrscheinlich habe ich Glück gehabt; ich habe auch aus den schlechten Sachen eine Menge gelernt. Wer hätte gedacht, daß die Begegnung mit Mario Barbari mir helfen würde, Fred Mulligan zu überwinden?

Ich frage ihn nach seinem Vater. Er lächelt. »Das Beste, was ein Vater für seinen Sohn tun kann, ist, seine Mutter lieben. Und das hat er getan.«

Ich denke daran, wie Iva Lou mir erzählt hat, daß Jack Mac sich den Damen im Ort nicht wahllos an den Hals geworfen hat. Vielleicht ist er genau wie sein Vater. Er führt mich in den Wintergarten und nimmt das Windlicht mit. Wir legen uns auf das Sofa. Er hält mich in den Armen.

Dann erzählt er mir, was ihm am Herzen liegt: »Seit Jahren habe ich versucht, deine Aufmerksamkeit in der Theatergruppe auf mich zu ziehen. Ich habe immer angeboten, zu bleiben und den Bühnenleuten zu helfen, und oft wollte ich dich auch nach Hause bringen, erinnerst du dich?« Jetzt fällt es mir wieder ein. Aber ich hätte nie gedacht, daß er sich auf diese Weise für mich interessierte. Ich kam gar nicht auf den Gedanken. Ich war immer viel zu beschäftigt. »Du warst immer sehr nett, aber du hast mir nie besondere Aufmerksamkeit geschenkt.« Das stimmt. Ich war zu jedem gleich freundlich, aber ich habe nie jemanden bevorzugt. Das lag teilweise an Mazie

Dinsmores Stil, Regie zu führen, den ich imitierte, und teilweise an meiner ganz besonderen Schüchternheit Männern gegenüber.

Jack fährt fort: »Und dann war da dieser Abend, an dem Sweet Sue dir den Champagner überreicht hat, und die Truppe anfing, uns aufzuziehen und mich anfeuerte, Sweet Sue einen Antrag zu machen. Das war so ziemlich der schlimmste Abend meines Lebens. Weil ich dir sagen wollte: ›Du bist diejenige, die ich will.‹ Sue wußte das. Da habe ich beschlossen, offen zu dir zu sein. Ich bin zu dir gekommen und habe dich gefragt, ob du mich heiraten willst.«

»Du hast geglaubt, ich würde ja sagen und fertig?«

»Ich dachte, du würdest darüber nachdenken. Ich habe nicht damit gerechnet, daß du nein sagen und einen Tobsuchtsanfall kriegen würdest. Aber ich wußte nicht, was ich tat. Ich habe dich damals nicht verstanden. Jetzt verstehe ich dich. Es muß nach deinen Vorstellungen laufen, sonst geht gar nichts.«

»Aber warum? Warum hast du mir dann einen Heiratsantrag gemacht?«

»Na ja, ich dachte, ich hätte in deinen Augen etwas anderes gesehen, als wir nach der Explosion in der Mine im Krankenhaus waren.«

»Ich wollte dich nach Hause fahren«, sagte ich.

»Genau.«

»Aber Sweet Sue und deine Mutter ...«

»Ich konnte sie nicht stehenlassen, und du hast mich angesehen, als ob du Verständnis dafür hast.«

»Hatte ich«, sagte ich und meine es auch.

»Als ich nach Hause kam, habe ich mich erst mal hingesetzt und die ganze Nacht schwer nachgedacht. Mir wurde klar, daß mein Leben halb vorüber war. Klingt einfach, aber das ist es nicht. Hat mich die ganze Nacht wach gehalten. Verstehst du, ich bin in die Mine gegangen, um Rick zu helfen, und als ich bei ihm war, wurde mir plötzlich bewußt, daß ich in meinem Alter vielleicht nicht mehr die Kraft habe, ihn da rauszuziehen. Ich arbeite in der Mine, seit ich achtzehn bin. Das sind fast zwanzig Jahre. Ich bin nicht mehr so wie damals.«

»Aber du warst stark. Du hast ihn gerettet.«

»So gerade«, sagt Jack.

»Und was hat das mit mir zu tun?«

Jack Mac denkt einen Augenblick nach. »Ich wollte nicht ohne dich alt werden.«

Ich kann nicht sprechen. Als unverheiratete Jungfer der Stadt hatte ich keine Vorstellung vom Alter. Das Alleinsein machte mich irgendwie zeitlos. Ich habe nicht diese tiefen Sorgenfalten im Gesicht, die das Muttersein mit sich bringt, oder den weichen Körper, den man bekommt, wenn man einen Mann oder ein Kind in den Armen hält. Ich habe eine perfekte Haltung, weil ich mich nie beuge oder zu Boden blicke. Ich habe mich selbst eingefroren, in der Hoffnung, die Zeit würde mich nicht einholen. Aus Angst zu versagen, fürchtete ich mich davor, jemanden zu lieben.

»Weinst du?« fragt er mich.

»Ich glaube, ich bin kurz davor«, erkläre ich ihm. Er lacht. »Und jetzt erzähl mal, wie du auf die Idee gekommen bist, meine Familie aus Italien herzuholen.«

»Iva Lou hat mich mit Informationen über die Suche nach deinem Vater versorgt. Nachdem du Kontakt zu ihm aufgenommen hattest, habe ich mir überlegt, daß ich mit dir rüberfahren könnte, damit du ihn kennenlernst. Da fand ich Galas Anzeige in der Zeitung, rief sie an und organisierte eine Reise erster Klasse für uns beide. Dann bin ich zu dir gegangen und habe dir den Heiratsantrag gemacht.«

»Der Apfelgeleeabend.«

»Was?«

»Nichts«, sage ich ruhig.

»Du hast nein gesagt, und ich stand da, mit gekränktem Stolz und einer Luxusreise für zwei Personen nach Italien. Iva Lou behauptete nach wie vor steif und fest, daß du in mich verliebt bist. Sie schlug vor, die Tickets nach Italien zu schicken und deinen Vater und deine Großmutter herzuholen. Aber auch das wäre beinahe gescheitert, als du deine eigene Reise geplant hast. Wir haben Gala die ganze Geschichte erzählt und sie überredet, eine Reise für dich vorzutäuschen. Mit den

Tickets, die sie dir geschickt hat, wärst du nirgendwohin gekommen. Sie waren gefälscht.«

»Ich weiß. Gala hat es mir gebeichtet. Aber was ist mit Zia Meoli, Zia Antonetta und Onkel Pietro?«

»Du hast ja gesehen, wie Gala mitgespielt hat. Und in dem Fall auch Iva Lou. Sie haben Hand in Hand gearbeitet. Aber als ich mich erst einmal entschlossen hatte, an die Sache ranzugehen, wollte ich es richtig machen. Ich konnte schließlich nicht deinen Vater herholen und die Familie deiner Mutter ignorieren, oder? Also –»

»Also«, unterbrach ich ihn, »hast du deinen Pick-up verkauft.«

»– habe ich meinen Pick-up verkauft. Das Geheimnis ist gelüftet«, sagt Jack einfach.

Sozusagen.

»Warum wolltest du das immer noch tun, nachdem ich dich ...«, ich will nicht *zurückgewiesen hatte* sagen, also lasse ich es.

»Sieh mal, ich habe daran gedacht aufzugeben, aber es war zu spät; der Plan stand fest. Und ich bin stur. Ich wollte noch nicht aufstecken. Iva Lou hat mir immer wieder versichert, daß du mich liebst und es nur noch nicht weißt. Aber manchmal reicht Glaube allein nicht. Manchmal braucht man einen kleinen Beweis.«

Ich habe Jack nie auch nur ein einziges Zeichen gegeben. (Kein Wunder, daß er weggelaufen ist an dem Tag, als meine Verwandten ankamen.) Wahrscheinlich konnte er meine Reaktion nicht begreifen. Ich war viel zu sehr darauf fixiert, dankbar zu sein, als ich mich eigentlich hätte entschuldigen müssen. Ich war lediglich dankbar, als ich liebevoll hätte sein müssen. Noch nie habe ich ein solches Geschenk von einem Mann bekommen. Ein unbezahlbares Geschenk. Er hat mir in mein Innerstes geschaut und sich dann aufgemacht, mir meinen Herzenswunsch zu erfüllen. Und ich habe mich benommen, als hätte er mir ein Glas Apfelgelee gebracht. Also hat er sich anderswo nach Zuneigung umgeschaut.

»Und dann hat Sarah Dunleavy sich auf dich gestürzt.«

»Du kennst Sarah nicht, die kann sich auf nichts stürzen. Das würde ihre Frisur durcheinanderbringen.«

»Wieso wart ihr alle hier zum Abendessen, als ich den Stoff gebracht habe?«

»Meine Mutter kannte ihre Mutter von früher und hat die beiden zum Essen eingeladen. Theodore ist Lehrer an der High-School. Wir wollten mit ihnen ins Coach House gehen, aber Mama wollte kochen. Du kennst sie ja.«

»Aber du bist weiter mit ihr ausgegangen.«

»Eigentlich nicht. Sie war neu in der Stadt. Sie hat mich angerufen. Sie wollte mit mir ausgehen, nicht ich mit ihr. Aber es hat mir gefallen, daß du eifersüchtig warst. Da habe ich zum ersten Mal gemerkt, daß du Gefühle für mich hast.«

»Warum, glaubst du, habe ich so lange gebraucht? Warum habe ich so lange gebraucht, um rauszufinden, daß ich dich auch will?« frage ich ihn.

»Wenn ich das wüßte.« Wir lachen.

Es dauert lange, bis wir in Jack Macs Schlafzimmer landen. (Was für ein Gentleman!) Auf jeder zweiten Stufe bleiben wir stehen und küssen uns; manchmal reden wir ein bißchen, ganz langsam kommen wir uns immer näher. Ich habe so lange von diesen Küssen geträumt, daß sie mir noch ganz unwirklich vorkommen. Ich dachte immer, ich hätte eine ziemlich lebhafte Phantasie, aber jetzt bin ich mir nicht mehr sicher. Die Wirklichkeit ist so viel besser, birgt soviel mehr Überraschungen als die Geschichten, die ich mir ausgemalt habe.

Jacks Zimmer ist einfach, ein Bett mit vier Pfosten, ein Haufen Quilts, ein harter Stuhl in einer Ecke und drei Fenster, die auf das Feld hinausgehen, das sich weit ins Tal hinunter erstreckt. Ich werde ihm nicht erlauben, die Vorhänge zuzuziehen; der Blick ist so schön.

Aus irgendeinem Grund muß ich an Iva Lou denken und lachen.

»Was ist so komisch?«

»Iva Lou würde ihr letztes Hemd geben, um herauszufinden, wo ich jetzt bin.«

»Du willst sie aber jetzt nicht anrufen, oder?« witzelt Jack Mac.

»Wo ist das Telefon?« Wir lachen. Ich hoffe, daß wir immer so lachen wie jetzt, egal was geschieht.

Ich stehe neben dem Bett; er steht am Fenster. Er kommt zu mir, hebt mich hoch und legt mich sanft auf die Matratze. Er bedeckt mich mit kleinen, zärtlichen Küssen. Ob ich mich an jeden einzelnen mein Leben lang erinnern werde? Ich atme tief und spüre, wie sein Atemrhythmus sich meinem anpaßt.

Als Kind habe ich einmal ein winziges blaues Ei im Gras in unserem Garten gefunden. Ich schaute hoch; in dem Baum, außerhalb meiner Reichweite, war ein Nest in den Zweigen. Ich rannte los, um meine Mutter zu holen. Vorsichtig legte sie mir das Ei in die Hände, hob mich hoch, bis ich auf Augenhöhe mit dem Nest war. Dort lagen noch zwei winzige blaue Eier. Ganz sanft legte ich das heruntergefallene Ei zu den anderen in die Geborgenheit des Nests. So fühle ich mich heute abend im Bett meines Geliebten. Ich fühle mich geborgen, und ich bin zu Hause.

KAPITEL

11

Ich dachte immer, wenn ich je die Frau in mir von der Leine lasse und meiner leidenschaftlichen Natur nachgebe, würde es ganz Big Stone Gap sofort wissen und angerannt kommen. Deshalb bin ich eigentlich nicht sonderlich überrascht, als ich am nächsten Morgen aufstehe und Spec an die Tür poltert, kaum daß ich den Kaffee aufsetze. Wahrscheinlich hat Iva Lou bei mir zu Hause angerufen, konnte mich nicht erreichen, hat Spec angerufen, der in Cracker's Neck wohnt, und er kommt nun her, um mich zu suchen. Jack schläft noch. Ich bin schon angezogen, deshalb mache ich die Tür auf.

»Hallo, Spec.«

»Was machst du denn hier?«

»Kaffee. Und du?«

»Ich bin hier, um Jack Mac zu holen. Man hat seine Mutter unten in Pennington ins Krankenhaus gebracht. Er muß sofort zu ihr. Es sieht nicht gut aus, Ave. Wir müssen uns beeilen.«

»Warte hier.«

Ich gehe in Jacks Zimmer, wo er tief schläft wie ein kleiner Junge. Ich küsse ihn sanft, um ihn aufzuwecken, und er zieht mich an sich.

»Jack, Spec ist hier. Deine Tante Cecelia hat deine Mutter ins Krankenhaus gebracht. Wir müssen sofort los.« Er springt aus dem Bett. Ich reiche ihm ein T-Shirt, Boxershorts, eine Socke nach der anderen, eine Hose, damit er sich schneller anziehen kann. Wir springen in den Rettungswagen.

Spec stellt die Sirene nicht an; es ist sieben Uhr morgens am Samstag, und die meisten Leute haben frei. Doch er fährt fast hundertfünfzig. Ich sitze hinten. Jack vorne, neben Spec. Ich beuge mich vor, um Jack meine rechte Hand auf die Schulter zu legen und ihn wissen zu lassen, daß ich für ihn da bin. Ab und zu faßt er nach meiner Hand und drückt sie. Spec sieht mich im Rückspiegel an; er zieht eine Augenbraue hoch und läßt mich wissen, daß er versteht.

Jack sagt während der ganzen Fahrt kein Wort. Ich weiß, daß er diese Fahrt sein ganzes Leben lang gefürchtet hat. Der Gedanke, daß seine Mutter krank sein oder Schmerzen haben könnte, ist zuviel für ihn, aber er bricht nicht zusammen. Ich bin total zusammengebrochen, als es um meine Mutter ging. Jack MacChesney ist nicht der Typ, der zusammenbricht.

Spec fährt zur Notaufnahme des Krankenhauses in Pennington Gap. Er kennt sie gut und führt uns durch einen langen Gang zum Hintereingang der Intensivstation. Jack geht zuerst durch die Tür, vor Spec. Er sieht seine Mutter in einem Bett in der Ecke liegen, seine Tante Cecelia an ihrer Seite. Jack stürzt auf seine Mutter zu. Als Mrs. Mac ihn sieht, lächelt sie und hebt ein wenig den Kopf aus dem Kissen.

»Hat aber lange gedauert«, sagt sie.

»Ich bin gekommen, so schnell ich konnte, Mama.« Jack beugt sich ganz nah über sie und hält ihre Hände.

»Ich bin gefallen«, sagt sie und schließt die Augen.

»Sie ist ohnmächtig geworden«, erklärt Tante Cecelia weinend. »Ich konnte sie nicht hochheben. Wir beide waren allein, und ich mußte das Krankenhaus anrufen. Ich hatte solche Angst.« Jack hält seine Mutter ganz fest. Ich kann den Anblick von Cecelias Tränen nicht ertragen und lege sanft den Arm um sie. Sie sieht mich an, und obwohl sie nicht weiß, wer ich bin, akzeptiert sie meine Umarmung.

»Das ist die Frau, von der ich dir erzählt habe«, sagt Mrs. Mac zu Cecelia.

»Die bringen Sie hier schnell wieder auf die Beine, Mrs. Mac«, verspreche ich.

»Glauben Sie?« fragt sie, und ihre Augen leuchten ein bißchen auf.

Ich merke, daß Jack allein mit ihr sein will, und Cecelia und ich gehen raus. Auch Cecelia ist eine Schönheit, doch sie könnte sogar älter als Mrs. Mac sein. Sie ist größer und kräftiger.

»Wir hatten soviel Spaß zusammen. Wir haben geredet, gelacht und gegessen. Sie hat sich gestern abend unwohl gefühlt, aber wir haben uns nichts dabei gedacht; ich dachte, sie wäre nur müde. Aber sie hat mir erzählt, daß sie schlecht geschlafen hat, Magenverstimmung oder so, und dann, heute morgen, als ich sie wecken wollte, lag sie auf dem Boden und war bewußtlos.«

»Sie haben getan, was Sie konnten. Hier wird man ihr bestimmt helfen.« Ich versuche Cecelia zu trösten, doch Mrs. Mac sieht nicht allzu gut aus. Jack Mac ruft nach mir, und eine Schwester kümmert sich um Cecelia.

»Mama will dir etwas sagen«. Ihm versagt die Stimme. So habe ich ihn noch nie erlebt. Es bricht mir das Herz. Er ist so traurig. Er weiß es. Er weiß, daß sie stirbt und daß er nichts dagegen tun kann. Ich kenne das Gefühl, und es ist vernichtend.

Ich beuge mich zu ihr hinunter.

Mrs. Mac holt tief Luft. »Haben Sie sich je gefragt, warum Ihre Mutter meine Wäsche geflickt hat, obwohl ich selbst eine gute Schneiderin bin?« Ich schüttele den Kopf; ich habe nie darüber nachgedacht. »Mein Sohn brauchte einen Vorwand, um euch zu besuchen.« Sie lächelt. »Passen Sie auf ihn auf. Denn er hat immer gut auf mich aufgepaßt.«

Ich versuche zu sagen, daß ich das tun werde, aber ich bringe keinen Ton heraus. Ich küsse sie zum Abschied. Ich richte mich neben ihrem Bett auf; einen Augenblick lang ist mir schwindelig. Ich kann das alles nicht fassen.

Jack beugt sich über das Bett und nimmt seine Mutter in die Arme. Sie sieht aus wie eine wunderschöne Porzellanpuppe, ihre Haut ist seidenweiß wie ihr Haar. Jack hält seine Mutter in den Armen und weint. Ich höre ihn sagen: »Geh nicht, Mama! Geh nicht.« Die Schwester kommt herüber, um zu helfen, aber mein Gesichtsausdruck sagt ihr, daß Mrs. MacChesney gestorben ist. Sie starb in den Armen ihres Sohnes. Und das war es, was sie wollte.

Der Tod von Nan Bluebell Gilliam Mac Chesney kam für alle in Big Stone Gap überraschend. Bis auf Jack. Er wußte, daß sie eine lange Krankheit nie ertragen hätte; sie wollte schnell gehen. Und das tat sie. Meine Mutter spürte, daß ich nicht bereit war, sie gehen zu lassen, deshalb blieb sie so lange, bis ihr Tod ein Segen sein würde, bis ihr Leben vorüber war. Die schrecklichsten Dinge, die uns im Leben geschehen, erscheinen uns so sinnlos, wenn wir mittendrin stecken und uns mit unserem Leid quälen. Es scheint, als gäbe es nirgendwo einen Halt. Mütter können ihre Kinder in solchen Zeiten trösten. Niemand sorgt sich so um dich wie deine Mutter, und wenn sie nicht mehr da ist, erscheint die Welt unsicher und unberechenbar. Man kann sich nicht mehr an sie wenden, und das ändert das Leben für immer. Es gibt keinen Menschen mehr auf der Erde, der dich vom Tag deiner Geburt an kennt; der weiß, warum du weinst oder wann du satt bist; der genau weiß, was er sagen muß, wenn du verletzt bist, und der dich anleitet, ein guter Mensch zu werden. Wenn sie stirbt, geht alles, was von deiner Kindheit noch übrig ist mit ihr. Erinnerungen sind etwas ganz anderes und können dich nicht auf die gleiche Weise trösten wie ihre Berührung. Wenn der Tod meiner Mutter irgendeinen Sinn hatte, dann den, daß ich Jack ein wenig beistehen konnte, als er seine Mutter verlor. Ich hoffe, es war so.

Jack war so stark während der Totenwache und bei der Beerdigung. In der Kirche hat er ein bißchen geweint. Aber ich war so stolz auf ihn. Für jeden, der da war, hat er sich einen Augenblick Zeit genommen, jeden hat er wissen lassen, wieviel er seiner Mutter bedeutet hat. Während ich ihm zusah, habe ich mich noch mehr in ihn verliebt.

Ich belade den Jeep mit all den Kuchenformen (mal wieder!). Dann führe ich Theodore zum Mittagessen aus, um ihm für seine große Hilfe bei Mrs. Macs Beerdigung zu danken.

In Bessie's Diner gibt es wie immer nur Stehplätze. Ich höre Theodore meinen Namen rufen; über die Köpfe der Menge hinweg sehe ich, wie er mir aus einer Nische ganz hinten in der Ecke zuwinkt. Ich dränge mich zu ihm durch.

»Hast du der alten Bessie einen Diamantring geschenkt, um diesen Tisch zu kriegen?« Ich küsse ihn auf die Wange.

»So ungefähr.«

Wir hatten während der letzten Woche nicht viel Gelegenheit, miteinander zu reden, und es gibt soviel zu erzählen.

»Wie geht's mit Jack Mac?« fragt er.

»Na ja, er ist traurig. Aber nicht deprimiert. Er sagt immer wieder, wie dankbar er ist, daß sie nicht lange leiden mußte. Er konnte sich von ihr verabschieden. Er wird wieder auf die Beine kommen.«

»Nein, ich meine, wie läuft's mit dir und Jack?«

»Ich ... liebe ihn.« Das habe ich noch nie laut gesagt.

Theodore lächelt. »Wirklich?«

»Wirklich.«

»Warum?« fragt Theodore freundlich.

»Ich weiß nicht, ob ich es sagen kann.«

»Versuch es.« Theodore lehnt sich zurück und baut aus den winzigen Kondensmilchdosen eine Pyramide.

»Ich liebe Jack MacChesney, weil ... er mich liebt.«

»Ist das alles?«

Ich glaube nicht, daß Theodore versteht, was diese Aussage für eine Bedeutung hat, wieviel sie für mich beinhaltet. Niemand hat mich je geliebt; doch, Mama liebte mich, und ein paar Freunde mögen mich, aber niemand LIEBTE mich. Ich bin auserwählt worden. Und zum ersten Mal fürchtete ich mich nicht, ich ließ ES einfach zu. Wie dumm mir meine Ängste jetzt vorkommen. Warum habe ich so lange gewartet? Sogar Mrs. Mac wußte, wieviel Angst ich hatte. Immer wieder versuchte sie mich davon zu überzeugen, daß ich bei ihrem Sohn sicher sein würde.

»Reicht das nicht?« kontere ich.

Theodore nickt. »Ave, ich werde den Job an der University of Tennessee annehmen.«

»Wirklich?« Ich bin enttäuscht, aber gleichzeitig freue ich mich für ihn. »Gratuliere.«

»Ich glaube, es wird Zeit, daß ich was Neues anfange. Ich brauche eine neue Herausforderung. Ich muß in mich gehen und herausfinden, was ich vom Leben will, verstehst du?«

Theodore! Geh nicht. Ich will, daß mein Leben perfekt ist. Ich will Jack MacChesney lieben und ihn, meinen besten Freund, für immer in meinem Leben haben. Ich will nicht, daß sich irgend etwas ändert! Statt dessen sage ich: »Du darfst gehen. Aber ich werde dich nicht von der Angel lassen. Wir werden beste Fernfreunde bleiben. Okay?«

»So sehe ich das auch. Knoxville ist nicht weit weg. Du kannst mich besuchen kommen.«

»Wir können telefonieren«, sage ich, betont optimistisch.

»Jeden Tag. Genau wie jetzt.« Theodore sieht mich an. »Sag mir, daß ich das Richtige tue«.

»Du tust das Richtige. Das einzig Richtige. Manchmal muß man alles hinter sich lassen, um herauszufinden, wer man überhaupt ist. Es ist Zeit.«

»Danke.« Theodore ist erleichtert. »Was machst du nach dem Essen?«

»Ich muß Edna und Ledna Tackett ihre Kuchenformen zurückbringen.«

»Sie können warten. Laß uns zu den Cudjo-Höhlen fahren.«

Auf der Fahrt zu den Tropfsteinhöhlen denke ich über meine Freundschaft mit Theodore nach, wieviel Trost sie mir gespendet hat, wie sie mit uns gewachsen ist. Ich weiß genau, daß er immer ein wichtiger Teil meines Lebens sein wird. Wie könnte das anders sein? Er ist der einzige Mensch, den ich kenne, der Höhlen mag.

Roy führt uns mit seiner Taschenlampe den dunklen Weg hinauf.

»Können wir zum See gehen?« frage ich ihn.

»Ich zeige Ihnen was Besseres«, verspricht er.

Theodore und ich sehen uns an und folgen ihm.

Seit Jahren kommen Theodore und ich in diese Höhle, um sie zu erforschen, und immer wieder zeigt Roy uns etwas Neues. Wie ist das möglich? Kann es sein, daß er uns Dinge vorenthält? Oder macht er die ganze Zeit Entdeckungen und zeigt sie uns erst, wenn er soweit ist? Ist dieser alte Berg so voller Reichtümer, daß man sie während eines einzigen Lebens gar nicht alle entdecken kann? Der Pfad wird schmaler; ich taste mich an der Wand entlang, während wir eine neue Stelle erklettern. Als wir hineingehen, spüre ich einen Strom kaltes Bergwasser, das die Felsen hinuntertropft und die Stalagmiten formt. Es dauert Generationen, ehe das Wasser die Felsen verändert hat. Und doch fließt es so sanft über die Felsen, kaum mehr als ein grauer Nebel.

»Da ist es. Sehen Sie«, sagt Roy.

Vor uns liegt ein kleiner Alkoven, eine Grotte, deren hintere Wand voller zackiger Felsen ist und über unseren Köpfen eine Art Baldachin bildet. An den Seiten, wo das Wasser fließt, wächst Moos. Unser Führer leuchtet mit seiner Taschenlampe über den Boden. Er ist mit lavendelfarbenem Sand bedeckt, so fein gemahlen wie Mehl. Der Lichtstrahl huscht über den Sand und läßt ihn glitzern.

»Wie kommt so was zustande?« will Theodore wissen. Wir können die Schönheit des Sandes nicht fassen.

»So genau weiß ich das nicht«, beginnt Roy. »Das hier war jahrelang ein häßliches schwarzes Schlammloch. Ich habe es immer gemieden, weil ich nicht wußte, was drin ist. Man weiß ja nie im Innern der Berge. Aber im Winter fing es an auszutrocknen, also hab ich es im Auge behalten. Und als das ganze Wasser weggetrocknet war, kam das hier zum Vorschein.« Roy richtet den Strahl auf den lavendelfarbenen Sand; das Licht erzeugt einen Kreis, der in der Mitte hell strahlt und zum Rand hin blasser wird, bis er in ein weiches, düsteres Blau übergeht.

Roy, Theodore und ich bleiben eine ganze Weile dort stehen.

»Ich habe mein ganzes Leben lang hier gearbeitet. Manchmal kann man die Dinge einfach nicht erklären.«

Jack Mac kommt um Punkt sechs von der Arbeit nach Hause. Ich bin gerade dabei, Spaghetti zu kochen, als er hereinkommt. Das letzte Essen liegt schon Stunden zurück, und ich habe Hunger. Jack Mac ruft aus der Diele und kommt in die Küche. Er legt seine Lunchdose auf den Tisch und stellt die Stiefel auf den Boden. Dann sieht er mich an.

»Ich habe heute den Priester angerufen.«

»Willst du katholisch werden?« necke ich ihn.

»Nein.«

»Was dann?«

»Ich habe ihm gesagt, daß wir heiraten wollen.«

»Aber ist das nicht ein bißchen zu schnell?« Die alte Ave Maria ist wieder da, die alles in Frage stellt.

Jack Mac bleibt stehen und wirft mir einen *Das-kann-nicht-dein-Ernst-sein-Blick* zu, der mich davon abhält, weiter zu plappern und einen kostbaren Augenblick zu zerstören.

»Ich habe gelernt, daß es das Beste ist, dich über die Dinge nicht zuviel nachdenken zu lassen«, sagt Jack Mac und verschwindet, um sich zu waschen.

Man sollte Iva Lou Wade Makin niemals die Organisation einer einfachen Hochzeit überlassen. In zwei Sekunden hat sie mich überredet, ein Kleid zu tragen, das zu eng ist, einen Hut, der zu groß ist, und viel zuviel Make-up.

Wir streiten wegen des Rouges (ich brauche keins, die Peinlichkeit verleiht mir allen rosaroten Hauch, den ich brauche), ob es Lippenstift oder Lippgloss sein soll (meine Lippen sind so fettig, ich könnte glatt vom Bräutigam abrutschen), und schließlich wegen des Puders (ich finde, ich sehe damit kalkig aus).

Als ich mein grell geschminktes Gesicht im Spiegel betrachte, erinnert es mich an die schillernden Eisprinzessinnen bei den Ice Capades, die eine Menge Make-up brauchen, damit man sie aus zweihundert Meter Entfernung in der Arena überhaupt sieht. In einer Kapelle, die zwanzig Personen faßt, brauche ich mich nicht so auffällig anzumalen, basta. Ich schleiche mich ins Badezimmer, wasche mir das Gesicht und fange noch einmal von vorne an. Das Rot und Blau und Braun meines Clownsgesichts löst sich in Seifenblasen auf, als ich mein Gesicht schrubbe. Es ist meine Hochzeit. Lieber ein paar beleidigte Mienen als einen Jack Mac, der nach einem Blick auf mein Gesicht vor Schreck aus der Kirche rennt.

Während ich im Bad bin, wird mir klar, daß das ganze Fiasko meine Schuld ist. Ich hätte alles besser planen müssen. Ich hätte mir überlegen sollen, was ich will. Ich habe nie von meiner Hochzeit geträumt. Nicht ein einziges Mal. Ich habe keinerlei Vorstellung davon gehabt. Nie habe ich mir meine Brautjungfern in Bonbonfarben neben dem Altar aufgereiht vorgestellt. Nie habe ich die mit Blumen geschmückte Kirche vor mir gesehen, nie die Orgel spielen hören oder darüber nachgedacht, welche Farbe der Zucker haben soll, mit dem Nellie Goodloe ihre selbstgebackenen Hochzeitsglocken bestäubt. Ich dachte, ich heirate nie. Aber glauben Sie mir, es gibt jede Menge Frauen, die sechs, sieben, sogar acht verschiedene Versionen im Kopf haben, jedes Detail bis ins kleinste geplant, und sie reißen sich darum, die Organisation deines großen Tages zu übernehmen und ihn in einen Horror aus Spitze, Tüll und Schleifen zu verwandeln. Iva Lou Wakin ist die vollendete Romantikerin.

Als ich in der Kirche ankomme, ist das ganze Theater schnell vergessen. Für Jack und mich ist es eine einfache Zeremonie, bei der wir die große Ehre haben, uns vor allen, die uns lieb und teuer sind, die Treue zu geloben. Der Gedanke beruhigt mich. Die Messe findet im engsten Kreis statt, mit Jack Macs Tante Cecelia und unseren besten Freunden. Es wird kein Riesenbrimborium und auch sonst kein großes Getue geben, wenn wir auf den Altar zuschreiten. Jack und ich werden die Kirche gemeinsam betreten. Theodore, Iva Lou und Lyle, Tante Cecelia, Pearl, ihre Mutter Leah, Fleeta und Portly, Otto und Worley, Lew und Inez Eisenberg, Zackie und Spec, alle sind unsere Trauzeugen.

Jack Mac fährt in seinem Pick-up vor und springt heraus. Er rennt den Weg herauf und kommt zu mir in den Vorraum der Kirche.

»Du bist wunderschön«, sagt er. *Das würdest du nicht sagen, wenn du mich vor einer Stunde mit vier Pfund Max Factor auf dem Gesicht gesehen hättest.* Ich lächle meinen Bräutigam an.

Es ist absolut merkwürdig, niemand weint. Es herrscht nur Freude, einfach und schlicht, in dieser kleinen Kapelle mit dem ruhigen Priester. Morgen, am 29. April 1979, werde ich sechsunddreißig. Wie bin ich hierhergekommen? Wer hätte das geahnt?

Nach der Messe gibt es ein Festessen für alle im Coach House. Als wir unsere Torte anschneiden – danke, Edna und Ledna Tacket, für die Koskosglasur –, löst sich Zackie aus dem Kreis um uns herum.

»Miss Ave Maria ... ich meine, Missis MacChesney ...« Die Menge johlt. Ich sehe in die Gesichter von Rick und Sherry Harmon, Nellie Goodloe, June Walker und Mrs. Gaspar. Wie sie sich alle für mich freuen. Was bin ich doch für ein Glückspilz.

»... wir wollten Ihnen und Jack Mac etwas Besonderes schenken, deshalb haben wir ein wenig gesammelt.«

Iva Lou und Lyle kommen mit einem ein Meter hohen Gurkenglas aus der Küche, das mit Münzen und Scheinen vollgestopft ist. In dem Glas steckt ein Schild: FLITTERWOCHEN ODER BESÄUFNIS.

»Wir wollen euch nach Italien schicken. Wir hoffen, das hier reicht euch«, verkündet Zackie.

Iva Lou und Lyle stellen uns das riesige Glas vor die Füße. Pearl und Leah präsentieren uns eine gigantische Glückwunschkarte, auf der alle unterschrieben haben. Ich schaue mich im Raum um. Die meisten Leute weinen. Ich auch.

Jack und ich verbringen unsere erste gemeinsame Nacht als Ehepaar in seinem Steinhaus auf dem Berg. Ich öffne alle Fenster; es ist warm, und es duftet nach Geißblatt und Jasmin. Mein Mann kommt ins Bett.

»Es gibt da etwas, das ich dir nie erzählt habe«, setzt er an. Mein Herz beginnt zu rasen, tausend Möglichkeiten schießen mir durch den Kopf, eine schrecklicher als die andere, daß er nur noch drei Monate zu leben hat zum Beispiel, oder bereits eine Familie hat, versteckt oben in Insko, oder wegen Schulden im Gefängnis gesessen hat.

Was ist mit mir geschehen? Ich bin neuerdings so ängstlich, das war ich nie. Warum? Warum bin ich jetzt verletzlicher, als ich es war, solange ich allein lebte? Herrgott noch mal, ich habe allein mitten in der Stadt gewohnt. Ich habe allein den Ölstand meiner Heizung kontrolliert, allein den Kamin angezündet, Mäuse gefangen. Ich hatte ein geregeltes Leben: habe einen Haushalt geführt, ein Geschäft geleitet, das Rettungsteam, die Theatergruppe. Damals hatte ich nie Angst. Von wegen, gemeinsam sind wir stark, denke ich, als ich meinen Mann anschaue, jetzt, wo wir ein Paar sind.

»In dem Herbst, bevor deine Mutter richtig krank wurde, bin ich bei euch gewesen, um ein paar Sachen abzuholen, die sie ausgebessert hatte. Sie saß im Wohnzimmer und forderte mich auf, mich zu ihr zu setzen. Sie erzählte mir ein paar Dinge über sich, ganz allgemein, woher sie aus Italien stammte, wie sie sich selbst Englisch beigebracht hat und so. Als ich gehen wollte, brachte sie mich zur Tür. Sie sagte, daß sie sterben würde, und ob ich etwas dagegen hätte, ab und zu vorbeizuschauen, um mich zu vergewissern, daß es dir gutgeht. Ich habe es ihr versprochen.«

Was soll ich dazu sagen? Sicher weiß er, was es mir bedeutet. Meine Mama hat ihn für mich ausgesucht, lange bevor ich soweit war, damals, als ich viel zuviel Angst davor hatte. Ich frage mich, ob sie weiß, wie glücklich ich in diesem Augenblick bin. Obwohl ich keinen Beweis dafür habe, sagt mir eine innere Stimme, daß sie es weiß.

Wir kuscheln uns unter die Decke, ich auf meiner Seite, mein Mann neben mir, auf seiner Seite. Er legt den Arm um mich, wie den Bügel einer Achterbahngondel. Ich bin für die Nacht eingeschlossen. Wir hatten einen langen Tag, viel Kuchen und sind sehr müde. Mein Mann sagt mir, daß er mich liebt, und ich sage ihm, daß ich ihn liebe. Er küßt meinen Nacken und schläft ein.

Während er schläft, denke ich über Reverend Gaspar nach und höre ihn das Wort »Glaube« sagen. Erst jetzt begreife ich richtig, was er damals im Krankenwagen damit meinte. Ich glaube nicht, daß er vom Glauben an Gott sprach. Ich glaube, er wollte mir sagen, daß er an mich glaubte, daß er glaubte, ich könne ihm helfen. Vielleicht dachte er sogar, ich könne ihn retten. Deshalb war sein Blick so klar und seine Stimme so kräftig, als er im Sterben lag. Er hatte eine Erleuchtung. Er wußte, daß die großen Geheimnisse des Lebens nur zwischen zwei Menschen gelöst werden können. Wir können uns gegenseitig die Augen öffnen. Am Ende seines Lebens hat er es begriffen. Ich bin so froh, daß ich es mit seiner Hilfe bereits mitten in meinem Leben begreifen darf. Vielleicht kann ich jetzt von Nutzen sein. Vielleicht kann ich einem Menschen etwas Gutes bringen. Ich hoffe, dieser Mensch ist Jack MacChesney.

Die Reise nach Italien, die mein ganzes Leben ändern sollte, ist meine Hochzeitsreise geworden. Ich habe Jack überredet, unbezahlten Urlaub zu nehmen, damit wir den ganzen Sommer in Italien verbringen können. Mein Mann ist ein sehr guter Reisebegleiter. Er ist nicht allzu versessen darauf, alles zu sehen; er bleibt locker, wenn man einen Zug verpaßt; er regt sich nicht auf, wenn ein Museum oder eine Kirche, die ich besichtigen will, geschlossen ist. Er spricht Italienisch mit schwerem amerikanischem Einschlag; manchmal muß ich weggehen, weil es so witzig ist. Er läßt sich nicht beirren. Die Italiener lieben ihn, weil er sich solche Mühe gibt.

Wir sind nach Rom geflogen und reisen mit dem Zug durch Italien. Ich kann es nicht wissenschaftlich erklären, von solchen Dingen verstehe ich nichts, aber ich schwöre, daß die Sonne hier anders steht. Über Italien liegt ein weicher, goldener Schimmer, der die grünen Felder zum Leuchten bringt, der braunen Erde Tiefe gibt und die Menschen romantisch strahlen läßt. Ich erwähne es Jack gegenüber, und er meint, ich sei trunken vor Liebe zu diesem Land und meine Wahrnehmung sei getrübt. Das glaube ich nicht. Ich glaube, das Licht ist irgendwie anders. Wenn die Sonne untergeht, färbt sich der Himmel leuchtend blau-schwarz, die Sterne scheinen näher zu sein und werden auch zum Horizont hin nicht blasser. Dasselbe satte Blau, das den Mond umgibt, säumt den Horizont. Kein Wunder, daß die Familie Fortuny hier Stoffe produziert. Sie haben jede Nacht einen anderen Baldachin aus Samt über sich. Sie müssen nur hinschauen und ihn kopieren.

Natürlich können wir es kaum erwarten, nach Bergamo zu kommen, der Heimatstadt der Familie meiner Mutter, wo wir zwei Tage bleiben wollen. Von dort aus werden wir weiter nach Schilpario fahren, wo Mario und Nonna leben. Mit Mario ist verabredet, daß er ins Tal kommt, um uns abzuholen. Ich kann die tiefe Freude, die ich empfinde, nicht erklären. Neben mir im Zug schläft mein Mann, und ich reise durch das Land, aus dem ich stamme. Ein großartigeres Gefühl gibt es vielleicht auf Erden gar nicht.

Der Zug fährt in Bergamo ein. Ich wecke Jack und fange an, die Koffer aus dem Gepäcknetz zu ziehen. Wir haben soviel amerikanischen Mist für die Verwandten dabei. Nachdem sie wieder zu Hause waren, hatten sie genug Zeit, herauszufinden, was sie unbedingt in Italien brauchen, deshalb bin ich beladen mit Zigaretten, Stiften, Heftklammern plus Tacker, Oreo-Cookies, Jelly-Beans und riesigen Büroklammern aus Plastik. Ich habe ihre Bitten nicht hinterfragt; ich bin einfach losgegangen, habe einen Großeinkauf gemacht und den Kofferraum vollgeladen.

Meine Cousine Mafalda und mein Vetter Andrea holen uns vom Zug ab. Mit fröhlichen Gesichtern laufen sie am Zug entlang, bis er endgültig steht. Ich lehne mich aus dem Fenster; sie sehen mich und laufen zu unserer Tür. Ich glaube, noch nie hat sich jemand so gefreut, uns zu sehen. Sie streiten sich um unsere schweren Koffer; mir bleibt nur, mein neues, in Leder gebundenes Tagebuch zu tragen, das mein Mann mir in Florenz gekauft hat.

Der Bahnhof liegt am Stadtrand in einer Seitenstraße, die von Bäumen gesäumt ist. Andrea und Mafalda laden unser Gepäck in ihr kleines Auto, wir quetschen uns hinein und los geht's. Andrea fährt sehr schnell, und Mafalda ermahnt ihn, langsamer zu fahren. Wir biegen scharf nach rechts ab, in eine Straße, die in einer großen Kurve in den Stadtkern von Bergamo führt. Mafalda zeigt uns die Zeitungsredaktion, das Rathaus, die Kirche. Bergamo sieht genauso aus wie auf dem Bild in dem Buch, das Iva Lou in der Universitätsbibliothek gefunden hat. Nichts hat sich verändert. Der Brunnen mit den Engeln, das Kopfsteinpflaster, die hohen, schmalen Häuser in den Pastellfarben, der kleine Park, die Straßencafés – es ist alles gleich. Ich sehe nur eine Veränderung: Das Auto hat Pferd und Wagen ersetzt.

Die Familie Villaminore wohnt in einem vierstöckigen Haus in der Via Davide. Zia Antonetta, Zia Meoli, Zio Pietro und meine Cousine Federica warten vor dem Haus auf uns. Meine Tanten brechen in Tränen aus, als sie uns sehen. Sie wollen Jack gar nicht wieder loslassen, der nichts gegen ihre herzlichen, kräftigen Umarmungen zu haben scheint. Das Haus ist sauber und schlicht. Alles ist weiß, bis auf den Boden, der mit glänzenden dunkelbraunen Holzdielen ausgelegt ist. Mafalda führt uns die Treppe hinauf in unser Zimmer, einen großzügigen, einfachen Raum mit einem altmodischen Doppelbett und einem dazu passenden kleinen Sofa. Auf dem Bett türmen sich weiße Federbetten, so wie Mama es mochte. Mafalda sagt, wir sollen uns ausruhen, später wird es ein leichtes Abendessen geben. Ehe sie geht, erzählt sie mir, daß das hier früher das Schlafzimmer meiner Mutter war.

Während Jack auspackt, liege ich auf dem Bett und schaue an die Decke, die glatt und weiß ist. Die Fenster- und Türrahmen sind in der Farbe von Mandeln gestrichen. Es ist das gleiche Weiß und das gleiche helle Braun wie im Schlafzimmer meiner Mutter in Big Stone Gap. Meine Mutter mag nicht viel über Italien geredet haben, aber sie hat sich mit Kleinigkeiten umgeben, die sie an ihr Zuhause erinnerten.

Wir legen uns zu einem Nickerchen hin und wachen gegen sieben wieder auf. Die Sonne ist untergegangen; wir sind überrascht, daß wir so lange geschlafen haben. Der Küchentisch ist für uns beide gedeckt. Zia Antonetta serviert uns eine köstliche dicke Gemüsesuppe, dazu weiches Brot mit einer knusprigen Kruste. Es gibt jede Menge cremige Butter und guten, schweren Rotwein. Italiener nehmen ihre Hauptmahlzeit mittags ein; das Abendessen ist gerade richtig, genug, um satt zu werden, aber nicht soviel, daß man sich nicht mehr bewegen kann.

Als wir fertig sind, fordert uns Zia Antonetta auf, unsere Pullover zu holen, und wir machen einen Spaziergang mit ihr. Wir laufen ein kurzes Stück bis zum Zentrum der Stadt, wo die Menschen schwatzend in Grüppchen herumstehen. Manche flanieren um den Brunnen. Man hört Lachen, und die Kinder tollen herum und spielen. Die Menschen hier sind so lebhaft; um etwas zu betonen, heben sie die Stimme oder gestikulieren heftig; sie sind voller Leben und dazu echte Komiker! Kein Wunder, daß die Tradition der Comedia dell' Arte im vierzehnten Jahrhundert hier ihren Ursprung genommen hat. Alle scheinen einen göttlichen Sinn für Humor zu besitzen. Zia Antonetta erzählt uns, daß das jeden Abend so ist. »Es beruhigt, vor dem Schlafengehen zu lachen.« Jack findet das die beste Idee, von der er je gehört hat. Zia Antonetta zeigt auf einen Lichterkranz über der Stadt; im Zwielicht sieht es aus, als wären es Säulen und einige Gebäude. »*Alta città*. Das ist die Altstadt, das alte Bergamo. Heute ist sie nur noch eine Touristenattraktion. Mafalda wird sie euch morgen zeigen, wenn ihr wollt.«

»Warum ist die Stadt nach unten gezogen?« will Jack wissen.

»Der Krieg. Erdrutsche«, erklärt sie. Sie sieht, wie ich die Stirn runzle. »Aber das war vor vielen Jahrhunderten. Keine Sorge, Ave Maria. Keine Sorge.«

Wir treffen Zia Meoli und Zio Pietro. Mein Onkel entführt Jack, um ihm etwas zu zeigen. Zia Meoli und ich gehen spazieren, nur wir beide. Zia Antonetta verläßt uns und kehrt durch eine Seitenstraße nach Hause zurück.

»Wohin geht Zia Antonetta?«

»Nach Hause.« Zia Meoli zuckt die Achseln.

»Will sie nicht hierbleiben und ein bißchen Spaß haben?«

»Sie möchte ihre Hausarbeit erledigen.«

»Jetzt?«

»Ja. Sie deckt den Tisch für das Frühstück, und dann geht sie schlafen.«

»Warum bereitet sie das Frühstück vor?«

»So ist das bei uns. Antonetta hat nie geheiratet, also führt sie den Haushalt der Familie.«

So wie ich, denke ich bei mir, als wir weitergehen. Ich habe mich um alles gekümmert. Ich war so beschäftigt, daß ich nie darüber nachgedacht habe, was ich tat oder wo die Jahre hingegangen sind. Ich habe nur getan, was man von mir erwartet hat. Ich frage mich, ob Zia Antonetta die alte Jungfer der Stadt ist. Zia Meoli muß meine Gedanken lesen können.

»Meine Schwester sorgt gerne für uns.«

»Sie scheint glücklich zu sein.«

»Vor vielen, vielen Jahren sollte sie heiraten. Den dritten von sieben Söhnen einer Familie in Sestri Levante an der Küste. Dann kam der Krieg, und er fiel. Sie wollte keinen anderen. Sie hatte viele Verehrer. Aber ihr Herz war gebrochen, und damit war das Thema Liebe für sie erledigt.«

Ich bin froh, daß Zia Antonetta eine große Liebe hatte, auch wenn der Mann gefallen ist. Aber ich frage mich doch, was mit den Frauen der Familie Villaminore los ist: Lieben sie ihr ganzes Leben lang nur einen Mann, selbst wenn sie einen anderen heiraten, wie meine Mutter, oder nie heiraten, wie meine Tante? Sind sie sich ihrer großen Liebe so sicher, daß es niemals einen Platz für einen anderen gibt? Einmal der Liebe geöffnet, sollten ihre Herzen doch offenbleiben für die Möglichkeit einer neuen Liebe. Vielleicht sind die Villaminore Frauen einfach Ein-Mann-Frauen.

Als wir nach Hause kommen, erwartet Jack mich schon. Ich gebe meinen Verwandten einen Gute-Nacht-Kuß und gehe mit Jack in unser Zimmer.

Wir sinken in die vielen Schichten der dicken Federbetten und die weichen Matratzen. Wir sinken so tief, daß wir einander fast nicht finden können. Meine Mutter hat versucht, einen ähnlichen Effekt in ihrem neuen Zuhause zu erzielen, aber es ist ihr nie gelungen. Jack, gewohnt, auf harten amerikanischen Matratzen zu schlafen, fürchtete, sich in all dieser Weichheit den Rücken kaputtzumachen. Ich klopfe die oberste Matratze flach, um das Gesicht meines Mannes zu sehen.

»Danke, daß du mich geheiratet hast«, erkläre ich ihm. Er macht ein völlig verwirrtes Gesicht. Jetzt geht's wieder los, scheint er zu denken, seltsame Frau. »Nein. Wirklich. Danke.«

»Gern geschehen ... würde ich mal sagen.«

»Es gefällt mir, mit dir verheiratet zu sein.«

»Gut. Denn du hast versprochen, für immer mit mir zusammenzubleiben.«

»Ich weiß. Aber jetzt kommt es mir so vor, als ob die Zeit rast; ich werde nicht genug Zeit mit dir haben. Ich weiß es einfach.«

»Warum machst du dir wegen so was Gedanken?«

Ich glaube nicht, daß er eine Antwort erwartet. Weil ich mir über alles Gedanken mache! Ich mache mir Gedanken über Zia Antonetta, deren Geliebter starb, ehe sie ihn heiraten konnte. Ich mache mir Gedanken, daß ihr ganzes Leben aus Abwaschen und Putzen besteht, ohne daß Liebe die Eintönigkeit unterbricht! Ich sorge mich, daß das Glück nicht von Dauer ist; ich weiß, es ist wie Tiefschlaf, nur eine Phase, etwas Vorübergehendes, dann wacht man auf, und alles geht wieder von vorne los. Ich fürchte mich davor, daß ich mich so an das Glück gewöhne, daß ich vergesse, wie traurig ich ohne Jack war, daß ich mir seiner sicher bin, anfange, an ihm herumzunörgeln, und er sich von mir abwendet. Ich habe Angst, daß ich zu alt bin, um Kinder zu bekommen. Ich habe Angst, daß der Kohlenstaub sich wie schwarzer Sand in seiner Lunge festsetzt und er ein Emphysem bekommt und viel zu früh stirbt. Mir graut davor, daß er zuerst stirbt, und ich wieder ganz allein bin. Und ich habe Angst, daß er nicht dasein wird, wenn ich ihn nach meinem Tod im Himmel suche. Er wird sich verändert haben, und ich werde ihn nicht erkennen, und dann werde ich für alle

Zeiten durch die Ewigkeit irren und wieder und wieder die ersten fünfunddreißig Jahre meines Lebens durchleben, in denen ich niemanden lieben konnte.

»Hör auf.«

»Was?«

»Hör auf zu denken. Du hast diese Falte zwischen den Augen. Die hast du nur, wenn du dir Sorgen machst.«

Das wirkt. Sage niemals einer sechsunddreißigjährigen Frau, daß sie irgendwo eine Falte hat. Das ist etwas, das ich niemals hören will. Ich massiere die Falte weg.

»Das ist mein drittes Auge.« Jack lacht so laut, daß ich ihm die Decke über den Kopf ziehe.

»Schhh.«

»Was ist ein drittes Auge?«

»Nach der chinesischen Kunst, in Gesichtern zu lesen, ist es das allwissende Auge deiner Seele. Damit schaffst du die Bilder, die in deinem Leben Wirklichkeit werden.«

»Dann schaff ein schönes Bild«, sagt Jack einfach.

Gott, wenn das so einfach wäre. Ich schaue ihn mitleidig an. Letzten Endes bleibt er doch ein Mann, und Männer verstehen es einfach nicht.

Mario Barbari steht vor dem Haus der Villaminores auf der Via Davide, als gehörte ihm die ganze Straße. Schick, in blauer Hose, einem blauen Kaschmirpullover mit V-Ausschnitt, auf dem keine Falte zu sehen ist (natürlich), und seinem Markenzeichen, dem hellen Pullover, locker über die Schultern geworfen und zusammengeknotet, steht er da. Er raucht eine Zigarette; typisch Europäer. Ich schere mich nicht um die Etikette und rase den Bürgersteig entlang auf ihn zu. »Papa!« Er nimmt mich in die Arme, und wir küssen uns. Er freut sich, mich zu sehen, und ich bin so froh, daß ich meinen Vater mag. Ich mag ihn wirklich. Okay, er ist ein eigenwilliger Typ, und sein Rasierwasser könnte die gesamte Innenstadt von Bergamo in Brand setzen, aber er ist ein Original. Ich liebe es, mit ihm zusammenzusein.

»Du hast also geheiratet und nicht einmal darauf gewartet, daß dein eigener Papa dich zum Altar führt.«

»Du hast nicht viel versäumt. Ich war viel zu stark geschminkt und konnte in dem Kleid kaum atmen.«

»Du warst bestimmt wunderschön«, sagt er und schnippt seine Zigarette weg. Ist dieser Typ ein Filmstar oder was?

Mein Vater begrüßt meinen Mann, wie Männer es tun, mit einer kurzen Umarmung und ein paar kräftigen Schlägen auf Rücken und Arme, dann beladen die beiden das Auto. Meine Familie versammelt sich auf den Stufen zum Haus und winkt uns zum Abschied nach, bis wir um die Ecke verschwunden sind. Papa fährt wie ein Verrückter. Wie eine silberne Flipperkugel flitzen wir um die Kurven, um den Engelsbrunnen, am Park vorbei und auf die Straße, die aus der Stadt hinausführt. »SCHILPARIO 7 km« steht auf dem grün-weißen Schild. Wir sind auf dem Weg zu Großmutters Haus.

Jack und mein Vater unterhalten sich über den Unterschied zwischen italienischen und amerikanischen Betten. Jack erzählt Papa, wie verblüfft er ist, daß es seinem Rücken noch gutgeht, nachdem er auf all diesen Federn geschlafen hat. Papa erklärt ihm, daß die Körpertemperatur durch die Federn (oder durch Stroh) gleichmäßig verteilt wird, so daß die Muskeln immer warm bleiben und man ohne Krämpfe oder Schmerzen aufwacht.

»Schau mich an. Ich bin alt. Und ich bin gut ausgeruht. Stimmt's?« Nickend bekräftigt Jack, daß Papa für sein Alter gut aussieht. Papa sieht mich im Rückspiegel an und zwinkert mir zu. Papa ist fünfundfünfzig, aber nicht in Big-Stone-Gap-Jahren. Sein Haar ist lang und dicht und in sanften Wellen zurückgekämmt, das einzige, was sein Alter verrät, sind die weißen Strähnen. Sein Gang ist aufrecht und jugendlich. Und seine Haut ist immer noch ausgezeichnet. Er sieht aus wie vierzig. Ich hoffe, ich habe seine Gene geerbt.

Auf halbem Weg in die Berge biegt Papa in eine Schlucht ab. Anstatt in einen Wald, wie ich erwartet hatte, führt die Straße auf eine Lichtung, und eine Hütte liegt vor uns am Hang. Papa schaut uns an.

»Wir machen eine Pause.« Er parkt. Wir steigen aus und gehen in die Hütte.

Die Hütte ist ein Restaurant. Es ist Nachmittag und noch zu früh zum Abendessen. Papa nickt dem Besitzer zu, der gerade die Bar auffüllt. Er bringt jedem ein Glas Magenbitter. Mein Vater leert seins in einem Schluck. Jack zuckt die Achseln und folgt seinem Beispiel. Ich ebenfalls. Magenbitter werden, wie ich als Apothekerin weiß, aus Kräutern und Alkohol hergestellt. Normalerweise ist es eine Medizin; ich habe noch nie gehört, daß man so was zum Vergnügen trinkt.

»Reinigt das Blut«, erklärt mein Vater.

Der Besitzer bringt uns ein Tablett mit drei kleinen silbernen Schalen und drei winzigen silbernen Löffeln.

Er stellt die Brombeeren vor uns. Papa preßt frischen Zitronensaft über die Beeren.

»Nur zu. Eßt.« Jack und ich essen und können nicht glauben, wie süß diese Beeren sind. Papa ist zufrieden.

»Jetzt gehen wir«, sagt er, und das war's. Er nickt dem Besitzer zu. Er bezahlt nicht. Ich bedanke mich bei dem Mann hinter der Bar, und er winkt uns lächelnd zu.

Die Straße nach Schilpario ist kurvig und steil, und meine Ohren gehen zu. Ich frage meinen Vater, wie hoch wir sind, doch er weiß es nicht genau. Dann, mit einer schnellen Bewegung im Handgelenk, steuert er den Wagen an den Straßenrand zu einem Aussichtspunkt. Die schützende Leitplanke ist alt und verrostet, und mein Herz schlägt schneller, als Papa viel zu dicht daran parkt.

»Kommt. Schaut euch das an«, sagt er und steigt aus. Jack und ich gesellen uns zu ihm. Ich blicke hinunter in den Abgrund; unzählige gezackte Felsen, von der Zeit verwittert, bilden die Wände einer tiefen Schlucht, deren Boden von hier oben so winzig aussieht wie eine Münze. Mir wird schwindelig, und ich muß mich abwenden.

»Zu tief, wie?« sagt mein Vater. Ich nicke. Es ist mir unheimlich.

»Ich will euch eine Geschichte erzählen«, beginnt Papa. Ich bitte Papa und Jack, vom Rand zurückzutreten. Mir graut wirklich, und ich male mir aus, wie ein heftiger Windstoß die beiden auf Nimmerwiedersehen in die Tiefe reißt.

»Diese Geschichte hat mein Vater, Gianluca Barbari, mir erzählt. Sein Vater, mein Großvater, besaß eine Kutsche und zwei Pferde. Damit hat er die Leute den Berg hinunter in die Stadt und wieder nach Hause gefahren. Sie bezahlten ihn gut, so daß er sich eine sehr elegante Kutsche leisten konnte. Eines Morgens rief ihn eine Witwe aus dem Dorf zu sich, um mit ihm für den nächsten Tag eine Fahrt nach Bergamo zu verabreden. Sie wollte vor Sonnenaufgang aufbrechen, und mein Großvater war einverstanden. Am nächsten Morgen stand er vor Tagesanbruch auf, fütterte die Pferde, spannte sie ein und fuhr los, um die Frau vor ihrem Haus abzuholen. Sie kam in einem wunderschönen Kleid aus blaßgrünem Satin an die Tür. Ihr Schultertuch war mit winzigen gelben und goldenen Blättern bestickt. Sie trug einen prächtigen Hut mit einer grünen Feder. Mein Großvater berichtete von einer kostbaren Halskette mit einem Diamanten, so groß wie ein Stein. Er schimmerte im Licht der Laterne. Großvater half der Frau in die Kutsche. Er erinnerte sich daran, daß sie nach Rosen duftete und sehr glücklich lächelte. Wir sind an der Stelle, wo mein Großvater immer haltmachte, damit die Pferde sich ausruhen konnten. Die Frau wollte sich ein wenig strecken, deshalb half mein Großvater ihr aus der Kutsche. Er stand genau da drüben und tränkte die Pferde, als er ein Geräusch hörte, das klang, als schüttle jemand die Wäsche auf, ehe er sie auf die Leine hängt. Er drehte sich um. Die alte Dame war in den Abgrund gesprungen. Ihre Röcke machten das schreckliche Geräusch, als sie fiel. Mein Großvater rannte an den Rand, aber sie war verschwunden. Er zitterte fürchterlich, und einen Augenblick lang wäre er am liebsten hinterhergesprungen. Aber er hatte acht hungrige Kinder und brachte es nicht fertig. Also fuhr er zurück ins Dorf und direkt zur Polizeistation. Großvater kannte den Polizisten und hoffte, er würde seine Geschichte glauben. Der Polizist sagte, es würde schwierig werden, die Unschuld meines Großvaters zu beweisen, da die Witwe keine Verwandten im Dorf hatte; sie lebte allein, wer also sollte seine Geschichte bestätigen oder Informationen über den Geisteszustand der Frau geben? Kein Mensch. Mein Großvater war überzeugt, daß man ihn unter der Beschuldigung, die alte Dame in den Abgrund gestoßen zu haben, ins Gefängnis werfen würde. Aber dann hatte der Polizist eine Idee. »Laß uns in ihr Haus gehen und nachsehen, ob es irgendwelche Hinweise gibt, die uns helfen herauszufinden, ob sie verrückt oder verwirrt war.« Als sie bei dem Haus ankamen, wollte der Polizist das Schloß aufbrechen, aber das brauchte er nicht. Die Haustür war unverschlossen. Der Polizist ging hinein und bat meinen Großvater, draußen zu warten. Er hat erzählt, daß sein Haar während dieser Minuten, die der Polizist im Haus war, schlohweiß geworden ist. Der Polizist kam mit einem Brief in der Hand wieder heraus. Darin stand, daß Gianluca Barbari keine Schuld am Selbstmord der alten Dame hatte. Sie schrieb, daß es ganz allein ihre Entscheidung gewesen war. Sie war krank, hatte keinen Menschen auf der Welt und wollte sterben. Alles, was in ihrem Haus war, sollte die Kirche bekommen. Dann bezahlte der Polizist meinem Großvater das Fahrgeld und erklärte, die Witwe hätte es so verfügt. Mein Großvater ging nach Hause und erzählte seiner Familie die Geschichte. Er war so dankbar, daß die Witwe einen Brief hinterlassen hatte, um seine Unschuld zu beweisen, daß er ein Kirchenfenster stiftete. Die Brüder meines Großvaters hatten eine kleine Glaserei. Sie stellten das Kirchenfenster her und bauten es ein. Das Fenster gibt es immer noch.« Mein Vater verspricht, es uns zu zeigen.

Wir sind hoch oben in den Alpen, und obwohl es Sommer ist, weht ein kühler Wind, der mich erschauern läßt. Jack und Papa bringen mich zurück zum Auto. Wir fahren das letzte Stück schweigend.

Es gibt keine große Zufahrt in das Dorf Schilpario. Man landet automatisch mittendrin. Alles sieht aus, wie auf den Fotos in Iva Lous Buch. Es ist nur viel kleiner, als ich erwartet hatte. Ich bin nicht enttäuscht, nur überrascht. Die Hauptstraße ist eine enge Gasse, auf einer Seite von Häusern, klein wie Schuhschachteln, gesäumt. Aber sie sehen anders aus als die Häuser unten in Bergamo. Eher typisch alpenländisch: dunkles Fachwerk wie Lebkuchenhäuser, kleine Balkons und farbenfrohe Fensterläden in sanftem Beige, hellem Blau und Rot. Auch der Putz ist bunter als unten in der Stadt. Vielleicht malen die Leute in Schilpario ihre Häuser so bunt an, damit sie von den Reisenden nicht übersehen werden.

Das Dorf ist an den Berg gebaut; über uns kleben die Häuser am Hang; enge Gassen führen wie Adern zur Hauptstraße. Papa fährt uns durch den Ort hinauf zur Wassermühle, deren Rad sich in klarem, eisigem Bergwasser dreht. Jeder, der uns sieht, winkt und lächelt. Ich habe den Eindruck, daß mein Vater hier sehr wichtig ist. Papa kehrt um und fährt die Hauptstraße wieder hinunter, um vor einem leuchtend grünen Schuhschachtelhaus zu parken. Nonna erscheint an der Tür. Sie ist von lauter Menschen umringt – ich nehme an, ich bin mit allen verwandt. Als sie sich um das Auto drängen, scheucht Nonna sie beiseite und umarmt erst mich und dann Jack. Sie greift nach meiner Hand, um meinen goldenen Ehering zu begutachten.

»*Sposa bella!*« ruft sie aus und umarmt mich so fest, daß ich mein Schlüsselbein knacken höre. Sie führt uns ins Haus. Nonna hat ein Festessen aus Risotto, Salat und Entenbraten vorbereitet, worüber Jack ganz aus dem Häuschen gerät. Jack und ich und Papa setzen uns an den Tisch. Es ist, als würde jeder von uns von vier Leuten gleichzeitig bedient. Wir werden behandelt wie königliche Hoheiten. Mir fällt auf, daß man meinem Vater mit viel Respekt begegnet; und mir fällt auch auf, daß er das erwartet. Er ist der einzige Sohn der Familie, und er ist der Bürgermeister in dieser kleinen Stadt, also genießt er sehr hohes Ansehen. Ich betrachte ihn und bewundere sein Selbstbewußtsein.

Die Frauen wollen mich nicht beim Aufräumen helfen lassen, und sie starren Jack an wie einen Marsmenschen, als er aufsteht, um beim Abräumen zu helfen. Nonna schlägt ihm so hart auf den Rücken, daß er sich wieder hinsetzt und es nicht noch einmal versucht. Zum Schluß bringt Nonna *biscotti* und Beeren und Espresso. Wir essen alles auf. Sie ist zufrieden.

Zwei alte Kumpel von Papa – eigentlich Vettern ersten Grades – kommen vorbei, um die Amerikaner zu begutachten. Papa und Jack laden die Männer zum Kartenspielen ein. Jack fragt mich, ob ich mitspielen will, aber ich lehne ab, nicht weil ich nicht will, sondern weil ich weiß, daß das hier Männersache ist. Meine Onkel mustern mich, als sei ich eine neue Maschine. Ich halte mich schadlos, indem ich sie ebenso durchdringend fixiere; das verunsichert sie, und sie hören auf, mich anzustarren. Sie wissen nicht, wie gut ich italienisch spreche, und in der Annahme, ich würde ihn nicht verstehen, flüstert einer von ihnen dem anderen zu: »Hübscher Arsch«, als ich den Raum verlassen will. Ich kann nicht widerstehen, beuge mich zwischen sie und sage: »Ihr habt auch einen hübschen Arsch.« Erst sind sie entsetzt, aber dann lachen sie herzlich.

Nonna hat unser Frühstück fertig, lange bevor wir aufstehen. Es besteht aus harten Brötchen, Resten vom Abendessen, weicher Butter, Marmelade und einem großen Becher heißer Milch mit Espresso. Wir können es uns nicht erklären, aber diese Kombination schmeckt tatsächlich vorzüglich. Jack und ich beschließen, jeden Morgen genauso zu frühstücken, wenn wir wieder zu Hause sind. Woher wissen die Italiener, wie man so gut lebt? Alles schmeckt besser, sogar harte Brötchen mit Butter! Die Betten sind so bequem. Wir wachen hier viel erfrischter auf als in Amerika. Und das Leben geht einen so viel leichteren Gang. Arbeite ein bißchen. Mach ein Nickerchen. Arbeite noch ein bißchen, iß eine Kleinigkeit, wieder ein Nickerchen. Und so weiter, tagein, tagaus. Viel Zeit zum Spielen, Freunde zu treffen, für lange Spaziergänge. Es lebt sich himmlisch in den Alpen.

Papa will uns die Kapelle mit dem Fenster zeigen, das sein Großvater gestiftet, entworfen und eingebaut hat. Wir laufen die schmale Straße hinauf und biegen in eine kleine Seitengasse ein. Die Kapelle steht da, wie jedes andere Haus, nur daß sie einfacher ist und eine leuchtend rote Tür hat. Wie die Kirche der Baptisten in Big Stone Gap! – Vielleicht müssen die Italiener auch den Teufel vertreiben. Wir betreten den winzigen Raum. Ein Priester klappert am Altar.

»Ave Maria, das ist Don Andrea, unser Priester«, sagt Papa, als er uns vorstellt.

»Ave Maria«, sagt der Priester. »Ich habe noch nie eine Ave Maria kennengelernt.«

»Beten Sie nicht den Rosenkranz?« frage ich ihn. Zuerst versteht er den Witz nicht, dann lächelt er.

»Das ist Jack, mein Mann.« Don Andrea schüttelt ihm die Hand.

»Sie haben gerade geheiratet, Don Andrea. Ich hab ihnen ja schon alles über meine Tochter erzählt.«

»Oh, ja, ja.« Jetzt ist der alte Priester im Bilde.

»Wir wollen uns ein wenig umsehen«, erklärt Papa ihm.

Jack studiert die Bauweise. Ich bitte Papa, mir das Fenster zu zeigen. Er steigt mit mir auf die Empore und deutet auf das Fenster. Es ist sehr klein, ungefähr so groß wie ein Buch. Als ich mich vorbeuge, um es genau zu betrachten, läuft mir ein Schauer über den Rücken. Die Frau auf dem bunten Fenster trägt ein langes, blaues Kleid und einen Hut mit goldenen Sternen und Pfauenfedern, genau wie Ave Maria Albricci, die Frau, die meine Mutter mit auf das Schiff nach Amerika genommen hat. Sie strahlt Gelassenheit aus. Es sieht aus, als stünde sie auf den Wellen des Ozeans.

»Alles in Ordnung?« fragt Papa.

Wie soll ich ihm von Ave Maria Albricci berichten? Selbst Jack war verwirrt, als ich ihm von ihr erzählte. Er tat es achselzuckend ab, als würden den Leuten jeden Tag Engel erscheinen, die sie retten. Aber das hier ist zu seltsam. Ich beginne zu verstehen, daß wir nicht Herr über unser Schicksal sind; es wird uns in die Wiege gelegt, so sicher, wie wir geboren werden.

»Papa, ich will noch einmal heiraten«, verkünde ich ihm. Manchmal sieht er mich an, als wäre ich ein wenig verrückt. Zum Beispiel jetzt.

»Wer sagt es Jack?« fragt mein Vater mit einem schelmischen Lächeln.

»Keinen anderen Mann. Jack. Ich will Jack noch mal heiraten. Hier. Ich will, daß du mich zum Altar führst.«

Mein Vater zuckt mit den Schultern, als hätte er schon Schlimmeres gehört.

Also werden Jack und ich am Sonntag, den dritten Juni, von Don Andrea in der Santa-Chiara-Kapelle in Schilpario noch einmal getraut.

Mein Vater ist nervös, als er mit mir durch den Mittelgang schreitet, aber auch sehr glücklich. Er ist Jacks Trauzeuge, und ich bitte Nonna, meine Trauzeugin zu sein. Das macht sie sehr verlegen; sie denkt, sie ist zu alt. Aber ich überrede sie, zwinge sie mit sanfter Gewalt, so wie sie es auch immer tut. Es funktioniert.

Männer mögen schon die erste kirchliche Trauung nicht, man kann sich also vorstellen, was für Überredungskünste ich anwenden muß, um Jack dazu zu bringen, das Ehegelöbnis zu wiederholen. Aber dabei fällt mir etwas Wichtiges an ihm auf, etwas, das ich vorher nicht wußte. Egal, worum ich ihn bitte, egal, wie seltsam oder schwierig oder unerfüllbar mein Wunsch scheint, wenn ich ihn bitte, wird er ihn mir erfüllen. Ich bete, daß ich dieses Geschenk nie mißbrauchen werde. Aber wie ich mich kenne, wird es Zeiten geben, wo ich dem sehr nahe komme. Ich hoffe einfach, daß er es versteht.

Der beste Sommer unseres Lebens nähert sich dem Ende. Wir verabschieden uns, aber der Abschied ist nicht schlimm, weil Papa plant, uns im nächsten Frühjahr zu besuchen. Jack und ich versprechen, für den Rest unseres Lebens jedes Jahr einen Teil des Sommers hier in Schilpario, der Heimat meines Vaters, zu verbringen. Abschiede sind für mich längst nicht mehr so traurig. Ich habe gelernt, die Zeit, die dem Abschied vorausgeht, zu genießen, und sorge mich nicht um das Endgültige.

Ich will nach Hause. Ich vermisse die Blue Ridge Mountains. Jack lacht darüber.

»Berge sind Berge, egal, wo du bist«, sagt er.

»Nein. Unsere Berge sind unsere Heimat«, antworte ich ihm. Ich kann es ihm nicht erklären, aber Big Stone Gap, der Ort, von dem ich fortlaufen wollte, ist zu dem Ort geworden, an dem ich am liebsten sein möchte. Ich habe gesehen, wo ich herkomme, aber jetzt weiß ich, wo ich hingehöre. Mein Zuhause ist bei Jack MacChesney in dem Steinhaus auf dem Berg.

Der Heimflug ist unruhig. Mir ist die meiste Zeit schlecht, genau wie Jack. Aber ich glaube, ihm wird schlecht, wenn er sieht, daß ich mich übergebe. Wie heißt doch die alte Redensart über wahre Liebende? Wenn der eine sich schneidet, blutet der andere. Als wir auf dem Tri Cities Airport landen, freue ich mich darauf, nach Cracker's Neck zurückzukehren, darauf zu warten, daß die Jahreszeit sich ändert und uns den ersten gemeinsamen Herbst bringt.

Also, es war nicht die Reisekrankheit, damals im August. Beinahe genau ein Jahr nach unserer amerikanischen Hochzeit, am 28. April 1980, wurde Fiametta Bluebell MacChesney geboren. Das ist alles so neu für mich, und mir fehlen die Worte, es zu beschreiben.

Ich weiß es, und ich werde es meiner Tochter erklären, was für ein Glückspilz sie ist. Sie muß nicht weit schauen, um ihren Weg zu finden. Ihre eigene Familie wird sie inspirieren. Wir nennen das Baby Etta, wie meine Mutter von ihrem einzigen Geliebten genannt wurde. Ich hoffe, sie hat das Herz meiner Mutter; in den zwei Tagen, die sie auf der Welt ist, hat sie bereits deutlich genug gezeigt, daß sie ihren Dickkopf hat. Wenn ich sie im Arm halte, denke ich fast nur an Mama. Ich spüre sie um mich, fühle mich von ihr geleitet. Endlich begreife ich ihre Entscheidung. Jetzt verstehe ich, wie sie den Mut fand, ihre Familie zu verlassen und mit mir ein neues Leben zu beginnen. Ein Baby gibt dir die Kraft, beinahe alles zu tun.

Etta hat Nan MacChesneys Augen. Man sagt, daß alle Babys blaue Augen haben, aber ich weiß, daß diese hier die von Mrs. Mac sind: In ihnen liegt bereits ein Wissen und ein Humor, der nur von ihrer bodenständigen Großmutter stammen kann. Wie schade, daß Etta nie ihre Großmütter kennenlernen wird! Warum zähle ich alles auf, was meine Tochter nie haben wird? Das einzige, was ich genau weiß, ist, daß ich mir um dieses kleine Ding Sorgen machen werde bis zu dem Tag, an dem ich sterbe. Jack stimmt mir zu; er sagt, ich habe siebenunddreißig Jahre lang geübt, so daß ich ziemlich gut darin bin.

Und Jack MacChesney? Mein Mann und der Vater unserer Tochter? Wird er ihr das Gitarrenspielern und das Pfeifen beibringen?

Am ersten Abend mit unserem Baby zu Hause ist der Mond nur eine Sichel. Ich bin müde, deshalb nimmt Jack mir das Baby ab, und ich döse für vielleicht zwanzig Minuten ein. Als ich aufwache, ist es still im Haus. Ich kann Jack und Etta drinnen nicht finden und gehe in den Garten und von dort zur Vorderseite des Hauses. Da sind sie. Vater und Tochter. Sie sitzen auf der Veranda und schauen den Mond an. Lange stehe ich dort. Ich weiß nicht, warum. Sie fängt an zu quengeln, und ich weiß, daß sie Hunger hat. Aber ich kann mich nicht bewegen. Am liebsten würde ich den beiden für immer zusehen – eine Tochter, die lernt, Vertrauen zu haben, und einen Vater, der das tut, was er am besten kann: sie beschützen.

ANMERKUNG DER AUTORIN

1978 gab es tatsächlich eine Wahlkampagne, während der John Warner und Elizabeth Taylor auch Big Stone Gap in Virginia einen Besuch abstatteten und in deren Verlauf Elizabeth Taylor in ein Krankenhaus eingeliefert werden mußte, weil sie sich an einem Knochen verschluckt hatte. Diese Ereignisse haben mich zu Kapitel 6 und einigen anderen Szenen in diesem Roman inspiriert: Der Besuch in Big Stone Gap, der in meinem Roman geschildert wird, ist jedoch reine Fiktion. Alle Ereignisse, Handlungen, Kostüme, Dialoge oder Eigenschaften im Zusammenhang mit Elizabeth Taylor oder John Warner sind völlig frei erfunden und haben so nie stattgefunden. Die hier beschriebenen Szenen sollen weder die bewundernswerte Karriere und den Ruhm Elizabeth Taylors noch das demokratische Wahlverfahren der Vereinigten Staaten von Amerika verunglimpfen.